이 책을 우리 좋으신 하나님께 바칩니다. 예수님과 예수님이 사랑하는 베드로를 비롯한 열두 제자들, 스데반과 빌립을 포함한 일곱 집사들, 예수님의 친동생 야고보 사도 및 사도바울, 바나바, 실라와 바울의 동역자들, 누가, 마가, 디모데, 디도 등 이 소설에 등장하는, 주님의 사역을 위해 목숨을 아끼지 않은, 성경에 기록된 모든 사도들과 성도들께 감사히 바칩니다.

Paul in the Acts

사도바울의 마지막, 특별한 열흘

Paul, Peter, Luke, Timothy and Mark were imprisoned together for 10 days

배성혜 장편소설

좋은땅

소설을 시작하며

5년간 꿈꿔 온 사도행전 장편소설을 완성하게 해 주신 우리 좋으신 하나님께 영광 돌립니다. 2019년 여름, 개포교회 이상혁 담임목사님의 사도행전 강해를 듣게 해 주신 하나님께 감사드립니다. 그해 봄 갑자기 지독한 불안증이 저의 영혼을 사정없이 흔들었습니다. 기관지염으로 입원해 완치된 이후 일어난 일입니다. 저는 몹시 두려워서 교회에서 마주치는 사람들마다 붙들고 하소연했습니다. 모든 게 너무 불안해서 살 수가 없다고요. 그때 정성훈 목사님과 김정애 권사님이 설교 동영상 듣기를 권했습니다. 그게 저를 살렸습니다. 성전에서 예배드리고 집에 가서 반복 청취했습니다. 그전엔 교회에서 한 번 듣는 것으로 끝냈거든요.

그렇게 시작한 동영상 듣기는 지금까지 계속되고 있습니다. 주일예배, 오후예배, 수요예배, 금요예배, 새벽기도까지 빠지지 않고 들었습니다. 그중 담임목사님의 사도행전 강해가 너무도 은혜로워 이 소설을 완성할 때까지 여덟 번 가까이 들었습니다. 처음 들을 때부터 온몸에 전율이 일어 꼭 사도 바울에 관한 소설을 쓰고 싶다는 강렬한 소망을 품었습니다. 이상혁 목사님께 깊이 감사드립니다. 하나님께 어떤 식으로든 영광 돌리고 싶었습니다. 이 소설은 저 혼자가 아닌 성령님께서 함께 써 주셨다고 생각합니다.

부산 성민교회 홍융희 목사님과 더 바이블 미니스트리의 이지웅 목사님의 강해도 각각 두 번씩 복습하며 큰 은혜를 받았습니다. 소설 쓰기에도 엄청난 도움을 받았습니다. 감사드립니다. 개포교회 안성옥 원로목사님과 정성훈 목사님, 지구촌교회 이동원 원로목사님, 이재철 목사님, 선한목자교회 유기성 목사님의 사도행전 설교도 들었습니다. 각각 다른 듯 같은 듯 흥미진진함과 성령 충만함으로 저를 매료시켰습니다.

간단한 성경글을 쓸 때부터 큰 용기와 격려를 주신 이덕화, 이정배, 박인기 교수님과 김미옥 문예평론가님 그리고 이기혜, 윤미순 권사님, 최옥배 감독님께 고개 숙여 감사를 전합니다. 사도바울의 전도여행 루트 및 생생한 성지의 소식을 들려주시는, 이스라엘 거주 이강근 목사님과 이영란 사모님께도 감사를 전합니다.

당시 생각지도 못한 분들의 응원에 놀랐습니다. 성경글은 권위적이고 어렵다고 생각했는데 본질에 충실하면서도 재미있어 공감된다는 메시지에 천군만마를 얻은 느낌이었습니다. 이분들 덕에 장편으로 완성시킬 수 있었습니다. 모든 것이 다 하나님의 은혜입니다. 이 글을 통해 한 분이라도 성경에 흥미롭게 가까이 다가가기만을 기도하며 썼습니다. 고맙습니다.

목 차

제2부 • 사도바울 사역의 시작, 하나님께서 역사의 물줄기를 바꾸시다

에필로그

프롤로그

디모데와 마가, 열흘간 로마 마머틴 감옥에서
사도바울과 베드로 사도를 면회하다(디모데후서 4장)

1.
디모데, 죽음을 각오하고
에베소에서 드로아(트로이)를 거쳐 로마로 향하다

'아아, 로마는 그대로구나. 이토록 아름다운 도시인데 우리 스승님들은 차디찬 감옥에서 순교를 준비하고 계시는구나.'

디모데가 로마 오스티아 항구에 도착해 대형 상선 제우스호에서 내리는 순간 곧 바울 스승을 만난다는 기쁨과 동시에 스승의 순교가 얼마 남지 않았다는 슬픔이 동시에 휘몰아쳤다. 하마터면 선착장 옆에 높이 쌓여 있는 밧줄 더미 위로 주저앉을 뻔했다. 다리에 힘이 풀렸기 때문이다. 항해 내내 그를 괴롭힌 습기로 인해 더욱 마음이 가라앉아 있었다. 우기라서 시도 때도 없이 내린 빗줄기 또한 그의 고단한 심령을 더욱 피폐하게 만들기에 충분했다. 하나님의 도우심이 없었다면 몇 달간의 힘든 항해를 견뎌 낼 수 없었을 것이다.

배에서 내리기 전 겉옷의 매무새를 가다듬으면서 가보에게 고맙다는 생각이 절로 들었다. 항해 내내 바닷바람이 강하게 불었다. 그의 행낭에는 바울 스승의 겉옷뿐 아니라 많은 음식과 물건이 들어 있었다. 에베소에서도 드로아에서도 바울에게 보낼 물품을 정성껏 챙겨 준 성도들의 마음이 담겨 있었다. 그것 또한 그에게는 부담스러운 무게였기에 사실 걷는 것도 힘들었다. 그가 휘청거리면서 선착장을 빠져나오자마자 누군가 재빨리 다가와 그를 부축하면서 속삭였다.

"디모데 사도, 잘 오셨습니다. 지금부터 정신 바짝 차리셔야 합니다. 우리는 데오빌로 각하의 부하들입니다. 닥터 누가의 연락도 받았습니다. 보는 눈이 많으니 자연스럽게 행동하세요. 마차를 타면 마머틴 감옥이 멀지 않습니다."

디모데가 놀라 얼굴을 드니 자주색 망토를 걸친 로마인 두 명이 조용히 목례를 했다. 한 사람은 키가 크고 체격도 좋다.

자신의 이름은 마르쿠스라고 했다. 다른 한 사람은 비쩍 마른 케소라고 한 것 같은데 디모데는 처음부터 끝까지 꿈을 꾸는 것만 같아 정확히 기억하지 못했다. 그도 얼떨결에 목례를 하고 곧바로 마차에 올라탔다. 그의 양옆으로 마르쿠스와 케소가 착석하자마자 마차가 힘 있게 달리기 시작했다. 그제야 정신이 든 그가 작은 창문으로 비치는 로마 거리를 바라보았다.

가까이 보이는 크고 아름다운 성당의 돔엔 녹지 않은 하얀 눈이 소복이 쌓여 있고 스테인드글라스는 찬란한 햇빛을 받아 사방팔방으로 반사되고 있었다. 한겨울임에도 바람은 온화했고 광장엔 비둘기 떼가 평화롭게 날고 있었다. 보기에도 넉넉한 입성의 로마인들이 남녀노소 모여서 차를 마시거나 아이들이 비둘기를 쫓으며 웃고 뛰어다니는 모습을 보고 미소 짓고 있었다. 에베소에서 소문으로만 듣던 네로 황제의 폭정과는 거리가 멀어 보여 의아했다.

배를 타고 오는 내내 우기가 계속되는 시기라서 강 특유의 습기에 숨이 막혔다. 테베레강은 아름답지만 흉용한 파도는 몇 번이나 배를 위협했다.

그는 오래전 바울 스승의 가이사랴에서 로마로 가는 고난의 항해를 떠올리지 않을 수 없었다. 이번에 광풍 유라굴로를 만나지 않은 것만 해도 다행이었다.

사실상 그에게는 목숨을 건 여행이나 마찬가지였다. 그동안의 사역으로 원래 약한 체력이 바닥을 치고 있었고 고질병인 위장은 긴장감으로 말미암아 출발 전부터 툭하면 탈이 났다. 하지만 그는 꼭 스승을 만나고 싶었다. 스승이 그토록 간절하게 자신을 찾는 것처럼 그 역시 갈수록 스승에 대한 그리움이 깊어졌기 때문이다. 기도로 마음을 다졌다. 스승뿐 아니라 하나님께서 자신을 부르신다는 믿음이 더 컸다.

에베소교회 성도들도 적극적으로 그의 로마 귀환을 도왔다. 그가 교회를 떠나 있는 동안 자신들이 잘 관리하겠다며 출발 전부터 금식기도로 그에게 힘을 주었다. 특히 오네시모가 발 벗고 나서서 그를 도와주었다. 바울과 함께 감옥에 있는 베드로와 누가한테 보낼 선물까지 정성껏 마련한 고마운 성도들이다. 몇 달 전 에베소에서 출발해 드로아를 경유한 거친 여정의 끝에 마침내 로마에 도달했다. 에베소를 떠날 때는 늦여름이었지만 로마에 오니 이미 가을도 지나가고 겨울 중반으로 달리고 있었다. 드로아에서 가보네 집으로 스승의 겉옷을 찾으려고 가니 염렴한 가보는 스승의 두터운 여벌 옷뿐 아니라 베드로, 누가, 디모데가 입을 겨울옷까지 준비해 놓았다.

"사도님, 제가 바울 사도께 드릴 마지막 선물은 고작 이 겉옷들뿐이로군요. 감옥이 그렇게 춥다고 하셨다면서요. 웬만하면 그런 말씀 안 하시는 분인데……. 사도님의 편지를 받고 마음 아파서 한참 울었습니다. 여기 여벌 옷도 몇 벌 더 마련했어요. 부디 바울 사도께서 천국에 가시는 날까지 춥지 않게 지내기시만을 기도드리겠습니다. 베드로 사도와 누가 사도 그리고 디모데 사도의 옷도 같이 넣었으니 잘 다녀오세요. 또 이곳 성도들이 준비한 음식과 물품도 있습니다. 다 함께 기도하면서 모았어요. 저희가 계속 기도하겠습니다."

순박한 가보와 드로아 성도들의 울먹거림에 마음 약한 디모데도 따라 울었다. 그들은 디모데가 배를 타는 곳까지 배웅하며 바울을 비롯한 감옥에서 함께할 사도들을 위해 한마음으로 두 손을 모았다. 디모데는 그들의 환대에 에베소에서부터 긴장한 몸이 스르르 풀어지는 것을 느꼈다. 로마로 돌아간다고 생각하니 바울 스승의 1차 로마 감옥인 셋집은 천국이었다. 스승의 발목에 쇠사슬이 채워져 있을 뿐 다른 것은 자유로웠다. 스승은 마음껏 사람들에게 도를 전하고 가르치고 편지를 썼다.

디모데는 사실 스승과 셋집에는 오래 있지 못했다. 계속 스승의 편지를 전하러 에베소에도 빌립보에도 왕래해야 했기 때문이다. 왕복 기간이 오래 걸렸고 그 와중에도 스승이 어느 한 곳에 머무르면서 도를 전하라 하면 곧바로 순종해서 그곳에 몇 달이고 몇 년이고 있으면서 말씀을 전하고 교회를 세우는 데 심혈을 기울였다. 그는 평생 하나님과 바울에게 순종하는 기쁨을 누렸다.

그때 같이 있던 누가나 마가와도 오랜만의 만남이라 더 가슴이 뛰었다. 가끔씩 그들과 편지를 주고받아 서로의 근황은 파악하고 있었지만 함께 열흘이나 긴밀한 만남을 이어 갈 수 있다는 것에 살짝 흥분되고 설레는 마음은 숨길 수 없었다. 소년 시절부터 만난 사람들이라 친구같이 편하고 의지가 되었다. 특히 해맑은 장난꾸러기 마가와 만날 생각에 한없이 벅차올랐다.

마차가 평화로운 시내를 벗어나 골목으로 들어서자마자 다른 세상이 펼쳐졌다. 골목 안 거리거리는 살벌하기 그지없었다. 짐작한 대로 네로 황제의 폭정이 눈에 보이는 듯했다. 마차는 어느새 골목을 지나 다시 큰길로 나왔다가 또 다른 골목으로 접어들었고 골목의 끝인가 하면 또 다른 골목으로 치달렸다. 좁은 골목길에도 어김없이 로마 군인은 칼과 몽둥이를 들고 지나는 행인을 위협하고 있고 운이 나빠 그들에게 잡힌 사람들은 두려움에 비명부터 질러댔다. 특히 유대인으로 보이는 사람들은 무자비하게 얻어맞으면서 피를 흘리고 있었다. 디모데는 그만 눈을 질끈 감았다.

바울 스승도 로마 화재의 억울한 피해자 아닌가. 네로 황제는 자신의 책임을 피하기 위해 애먼 그리스도인들에게 화살을 돌렸다. 바울은 마치 화재를 주도하고 선동한 괴수로 각인되어 있었다. 바울은 사실상 몇 년 전 로마 셋집에 오기 전부터 이미 유명 인사였다. 유대인은 물론 그리스도교에 대해 조금이라도 관심을 가진 로마인과 이방인도 바울의 이름을 알고 있었다. 그들 모두가 바울이 죄를 뒤집어썼다고 생각하지만 대놓고 옹호하는 용감한 사람은 아무도 없었다. 그랬다간 당장 형장의 이슬로 사라지는 흉흉한 시절이었다.

디모데는 자신도 모르게 신음 소리를 흘렸다. 옆에 앉은 마르쿠스가 얼른 그의 손을 잡으면서 얼굴의 땀을 손수건으로 닦아 주었다. 케소는 물병을 내밀었다. 그가 물을 마시고 조금 진정이 되자 마르쿠스가 건조한 말투로 속삭였다.

"디모데 사도, 지금부터 제가 하는 말을 주의 깊게 들어주십시오. 아, 마가 사도도 그렇고 사도들은 라틴어를 알아들으니 소통하기가 쉽네요. 그나마 다행입니다. 지금 다른 마차를 타고 오는 마가 사도께도 똑같은 말이 전달되고 있을 겁니다. 두 분이 머무를 수 있는 시간은 단 열흘입니다. 철저히 지켜 주셔야만 합니다. 무슨 일이 있더라도 그 기간보다 더 머무르면 두 분의 목숨뿐 아니라 바울 사도를 비롯한 죄수들의 생명을 보장할 수 없습니다. 사실상 열흘도 데오빌로 각하께서 위험을 무릅쓰고 내리신 결단입니다. 닥터 누가에 대한 신뢰가 없으면 애초에 이루어질 수 없는 일이지요."

마차에 정적이 흘렀다. 마부가 말들을 다그치면서 채찍을 휘두르는 소리와 '히이잉, 히이잉' 하는 말들의 울부짖음이 마차 안에 울려 퍼졌다. 마르쿠스가 물을 한 모금 마시더니 다시 말을 이었다.

"데오빌로 장군께서 특히 유의하라는 말씀이 있어요. 절대로 화재나 그리스도인 박해에 대한 이야기를 나누면 안 된다고요. 감옥에서 혹시라도 그런 말이 나올 경우……. 그건 각하의 권한을 넘어서는 일입니다. 알아들으셨지요? 오로지 황제만이 결정할 수 있는 일입니다. 열하루째 날 새벽동이 트기 전 한밤중에 밖에서 마차가 대기하고 있을 겁니다. 두 분을 로마에서 출발하는 배편으로 모셔다 드려야만 우리의 임무가 끝납니다. 그리고…… 열흘간 누군가 두 분을 감시하고 있다는 것도 명심하세요. 낮말은 새가 듣고 밤말은 쥐가 듣는다는 속담이 있지요? 음, 데오빌로 각하가 성경을 읽는 것을 들은 기억이 있어요. '공중의 새가 그 소리를 전하고 날짐승이 그 일을 전파할 것이라'[1]고요. 맞나요?"

마르쿠스가 음흉한 미소를 띠면서 생색내듯 기지개를 폈다. 정중한 말투 속에 숨어 있는 건방진 태도는 여린 디모데한테 몹시 위협적이었다.

'쳇, 우리가 왜 이 어리숙한 헬라 애송이한테 이런 예우를 해 줘야 하는 거야? 대체 닥터 누가가 뭐라고 데오빌로 각하가 이러시는 걸까.'

케소와 마르쿠스는 살기등등한 눈빛을 주고받으며 이런 대화를 나누는 듯했다. 디모데는 그의 말에 한마디도 대답하지 못했다. 그저 고개만 끄덕

---

1 성경과 노트 앱 전도서 10장 20절.

였다. 알 수 없는 위압감에 잔뜩 주눅 든 그를 보고 부하들은 미간을 찌푸렸다. 조금 더 가자 골목이 아닌 널찍한 땅이 나타났고 광대한 소나무 숲이 청청하게 위엄을 뿜내고 있었다. 멀리 궁전처럼 보이는 건물이 보이기 시작했다. 돌벽으로 만든 견고한 울타리는 모두 소나무 군락으로 뒤덮여 있었기에 밖에서는 잘 보이지 않았다. 겉으로 보기에는 감옥이 아닌 왕족의 별장처럼 느껴지기에 그는 더 절망감에 빠져들었다.

"다 왔습니다. 사도께서 정문으로 가는 순간 간수들이 문을 열어 줄 겁니다. 아무 말도 하지 마시고 그들을 따라가세요. 우리도 여기서 인사드리겠습니다. 사도께서 안으로 들어가는 것을 확인한 순간 떠날 테니 걱정하지 마세요. 자, 자, 내려서 뛰어가세요. 수고하셨습니다."

디모데는 처음부터 끝까지 제정신이 아니었다. 어떻게 마차에서 내렸는지도 몰랐다. 마치 구름 위를 걷는 듯 붕 뜨는 느낌으로 앞으로 달려가고 있는데 누군가 그를 잽싸게 안으로 끌어당겼다. 육중한 철문이 빽 하고 닫히는 둔중한 소리가 났고 뭔가 부산스럽게 움직이는 소리도 들렸다. 주위를 둘러보며 어리둥절해 하고 있는데 낯익은 실루엣이 벤치에 앉아 있다가 벌떡 일어나서 달려온다. 마가다. 마가를 보니 이제야 여기가 감옥이라는 실감이 났다. 안도감에 한숨이 절로 나왔다.

"디모데! 반갑다. 잘 왔어. 나도 방금 도착했어. 비밀스러운 사람들에 둘러싸여 마법의 마차를 타고 왔지, 너도?"

마가는 예의 장난기 넘치는 말투로 디모데에게 물었다. 마가는 그와 다르게 생기가 넘쳤다. 그가 말없이 고개만 끄덕이자 마가가 갑자기 웃음을 터트렸다가 멀찍이 서 있는 위풍당당한 군인들을 보자 바로 자신의 입을 틀어막았다. 디모데의 표정이 마치 진흙 구덩이에 빠져 울상이 된 어린아이 같아 자신도 모르게 웃음이 터졌기 때문이다. 군인들은 무표정한 얼굴로 그들을 감시하고 있었다. 아까부터 옆에 있던 것만 같은 간수 두 명이 가볍게 목례를 하고는 따라오라는 손짓을 했다.

앞서서 걸어가는 마가는 디모데의 행낭보다 더 큰 행낭을 어깨에 둘러메고 있었다. 보기에도 꽤 무거워 보였지만 씩씩하게 걸음을 옮기고 있었다. 마가는 바울은 물론 사랑하고 존경하는 베드로를 만난다는 생각에 기운이 절로 났다. 디모데는 바울을, 마가는 베드로를 무척이나 그리워했다. 두 스승도 똑같이 제자들을 그리워했다. 열흘간 있어야 하기에 여러 음식을 준비한 두 사람이었다. 간수들과 다른 죄수들에게도 조금씩 나눠 주어야 한다는 누가의 특별한 부탁이 있었다.

2.
베네치아에 머무르던 마가,
디모데의 편지를 받고 즉시 로마로 출발하다

마가는 예루살렘에서 베네치아로 돌아온 지 얼마 안 되어 디모데의 편지를 받았다. 마가를 특별히 사랑하는 베네치아 교인들은 일찍부터 그를 초빙하려고 애를 썼다. 마가도 그에 순응해 그곳에 더 오래 머무르려고 했지만 바나바 삼촌의 갑작스러운 순교 소식에 충격을 받고 곧바로 알렉산드리아로 간다는 계획을 세웠다. 그는 오래전부터 알렉산드리아로 가 교회를 세운다는 사명감을 갖고 있었다.

마가는 로마 셋집에 함께 살던 바울의 부탁으로 바나바에게 보내는 편지를 전달하기 위해 몇 달의 힘든 항해를 거쳐 로마에서 예루살렘 집으로 가 오랜만에 어머니 마리아와 함께하는 시간을 가졌다.

* * *

"마가, 네 집에 대한 설명을 우리한테 해 줄 수 있겠니? 여기 모인 성도들은 모두 한마음으로 마가의 다락방에 대한 이야기를 몹시 궁금해한단다."

바울과 베드로는 성도들 몇 명만 모여도 자랑스러운 미소를 지으면서 그에게 부탁했다. 어디 가나 그랬다. 지위의 높고 낮음에 상관없이 빈부의 차이도 아랑곳없이 나이가 많건 적건 사람들은 그의 집이 예수님이 주관하신 최후의 만찬 장소라는 것에 폭발적인 관심을 보였다. 그뿐 아니다. 초대교회를 통해 믿음을 받아들인 성도들은 오순절 성령강림 사건에 더 흥미를 보였다. 조금 더 주님에 대한 믿음과 사도들에 대해 알고 있는 사람들은 베드로가 감옥에서 풀려난 후 가장 먼저 찾은 장소라는 것과 그의 어머니 마리아의 헌납으로 그의 집이 초대교회로 발전한 것까지 세세히 알고 있었다.

"아……, 음……. 어디서부터 시작해야 할지……."

그가 망설이면 성도들 특히 여자 성도들은 그의 어머니 마리아에 대해 먼저 알려 달라고 신신당부했다. 같은 여자로서 선망의 대상으로 각인되었기 때문이다. 그가 결심하고 입을 열면 사람들은 초집중해서 그의 말을 들었다. 사실상 마가의 다락방은 성도들이 도를 믿게끔 만드는 최초의 관문 역할을 충실히 했다. 그렇기에 바울과 베드로는 그가 오면 가장 먼저 그 이야기를 부탁하면서 사람들의 시선을 끌었다.

그의 집은 바로 마가의 다락방으로 유명해졌다가 초대교회인 예루살렘 교회가 들어선 곳이다. 원래 이층 저택이었다. 예수님께서 제자들과 함께 최후의 만찬을 가지신 곳이자 예수님께서 부활 후 사십 일간 제자들과 함께 계시다가 승천하신 후 일백이십 명이 모여 성령 세례를 받은 곳은 이층의 널따란 공간이다. 일층과 이층은 각각 여러 개의 방과 테라스로 구성되어 있었다. 높고 두터운 기둥들이 일층과 이층을 견고하게 이어 주는 역할을 했다. 처음 지을 때부터 일층과 분리되어 있어 들어가는 입구도 달랐다.

성령세례 후 성도들이 물밀 듯이 모여들자 신실한 마리아는 아예 일층과 이층 전체를 하나님께 흔쾌히 바쳤다. 그녀와 마가는 일층 뒷마당을 건너지른 긴 회랑 끝에 붙은 별채에 머물렀다. 당시 마가는 청소년이었기에 이 모든 상황을 생생히 기억하고 있었다. 믿음 좋은 할아버지, 할머니와 아버지는 모두 젊은 나이에 돌아가셨지만 그들이 남기고 간 귀한 신앙의 유산은 대대로 내려오는 넉넉한 재물보다 우위에 있었기에 그 모든 일이 가능했다. 마리아의 통 큰 결정으로 예루살렘교회는 점점 더 굳건해졌다.

마리아는 아들이 오자 급속도로 건강이 회복되어 갔지만 안타깝게도 바나바의 순교 소식이 전해졌다. 바울은 바나바에게 로마로 와 달라고 부탁했지만 바나바는 고향인 구브로(키프로스)에 교회를 세워야 한다는 소명 의식이 있었다. 고민하고 있을 무렵 마침 바울이 로마에서 석방되어 4차 전도 여행을 떠난다는 편지를 받고서야 부담을 덜어내었다.

바나바가 막 개척한 교회에서 열정을 발휘하려는 순간 포악한 유대인들에게 잡혀 죽음을 맞이해야 했다. 그들은 마침 성전에서 혼자 기도하고 있던 그의 목에 줄을 걸어 잡아당겨 밖으로 끌어내서는 돌을 던져 죽이는 잔혹사를 연출했다. 마가의 어머니 마리아는 그 소식을 듣고 혼절했지만 곧이어 하나님께 그의 영혼을 부탁하는 기도를 올렸다. 마가가 예상보다 오래 예루살렘에 머물게 된 이유였다. 마리아가 어느 정도 충격에서 헤어나자 마가에게 떠나라고 알렸다.

"내 아들아, 한시가 급하구나. 네 삼촌이 저렇게 덧없이 떠나는 것을 보니 세월을 아껴야 한다는 것을 절실히 깨달았다. 어서 가서 한 사람이라도 구원의 기쁨을 맛보도록 네가 애써야겠다. 베네치아에 들려 인사한 후 알렉산드리아로 간다고 했지?"

"네, 어머니. 황송하게도 베네치아 성도들이 저를 너무 사랑해 주세요. 그들은 제가 거기서 오래 사역하기 원하지만, 저도 그래서 좀 더 있으려고 했는데 삼촌 순교를 접하니 서둘러야겠다는 생각이 드네요. 하나님께서 빨리 가라고 재촉하시는 것 같아요. 알렉산드리아교회가 성장하고 어느 정도 안정되면 다시 베네치아로 돌아갈 겁니다. 어머니, 부디 몸조심하세요. 예수님의 어머니 마리아도 잘 지내고 계시지요?"

"그럼, 사도요한께서 얼마나 신경을 쓰시는지, 친아들 야고보사도가 아무리 집으로 모셔 가려고 해도 허락하지 않는다는구나. 주님의 마지막 명령이라면서. 야고보도 어쩔 수 없이 자주 들락거린다고 들었다. 요한은 참으로 충성된 하나님의 종이야."

* * *

여독이 풀리지도 않았는데 디모데의 편지를 보니 망설일 시간이 없었다. 생각보다 바울과 베드로의 순교가 일찍 진행되리라는 예감에 한시도 마음이 편하지 않았다. 알렉산드리아보다 로마로 가는 길이 급했다. 디모데한테 베네치아로 먼저 와서 같이 로마로 가자고 답신을 보냈지만 그는 드로아에 들러야 한다고 따로 오라고 했다. 바울의 겉옷을 찾아가야 한다는 것이다. 베네치아에서 로마는 가깝지만 디모데가 에베소에서 로마로 오려면 상당한 시간이 걸린다는 것을 알고 있었다. 그 기간 동안 마가는 자신이 할 일을 생각하고 정리하려는 마음을 먹었다.

마가는 베드로, 바울과 함께했던 로마 시절을 떠올렸다. 시기는 달랐지만 두 스승의 마지막 사역지가 로마라는 것도 하나님의 뜻이란 것을 깨달았다. 그러고 보니 그는 생각보다 로마에 오래 머물렀다. 바울이 로마로 오기 전에 베드로와 함께 사역하면서 베드로가 전한 예수님의 생애를 나름대로 기록했다. 두루마리에 조금씩 적은 것을 언젠가 스승과 함께 정리하고 싶다는 소망을 품었다. 이번이 마지막 기회임을 알기에 그동안 조금씩 기록했던 두루마리들을 소중하게 싸서 행낭에 넣었다. 베드로는 마가가 능력을 최대한 발휘할 수 있도록 용기를 주고 따뜻하게 격려한 스승이다. 베드로의 은혜는 죽을 때까지 잊지 못할 것이다. 베드로전서는 실라가 대부분 기록했지만 당시 베드로가 못다 한 이야기와 기억은 마가가 보충했다.

바울이 로마 셋집에 갇히자 그는 베드로의 배려로 바울 일행에 합류했다. 베드로는 자유롭게 다니면서 전도할 수 있지만 바울은 옆에 도와주는 사람들이 많아야 한다는 넉넉한 배려였다. 평소 베드로다운 사고방식에 존경심이 절로 들었다. 나중에야 들었다. 점점 로마 황제의 기독교인 박해가 심해지자 교인들은 베드로를 보호하려 했다. 베드로가 교인들의 간곡한 권유로 로마를 벗어나려다가 십자가를 지고 로마로 들어오시는 예수님을 만났다는 사실을, 거기서 크게 깨달음을 얻어 다시 발걸음을 돌렸고 얼마 안 있어 바울이 갇힌 마머틴 감옥으로 이송되었다는 것을……. 그 편지를 읽는 순간 온몸에 소름이 돋았다. '아, 우리 주님께서 베드로를 그만큼 사랑하셨구나.'

그는 몇 년 전 바울과 함께 살던 로마 셋집을 떠올렸다. 지나고 보니 그때가 가장 행복했던 시절이었다. 마가는 잠시 감사기도를 올렸다. 누가, 아리스다고, 데마, 디모데도 함께했다. 아굴라와 브리스길라 부부는 셋집에서 가까운 곳에 살았다. 그들은 수시로 드나들면서 바울의 일을 도왔다. 부부는 바울과 고린도에서 처음 만나 바울이 가는 곳곳마다 동행하며 바울의 사역을 도운 신실한 하나님의 종들이다. 두기고와 오네시모 그리고 에바브라와 오네시보로도 잠깐씩 함께 지냈다.

당시 바울은 하루가 어떻게 지나가는지도 모를 정도로 바쁘게 보냈다. 무척 많은 사람들이 찾아와 하루 종일 바울의 설교말씀을 들었다. 바울과 개인적인 이야기를 자주 나누고 싶어도 주변 상황이 허락하지 않았다.

이태 동안 셋집에서 바울이 무려 네 편의 옥중 서신을 작성한 것만 봐도 바울의 성실성을 짐작할 수 있다. 에베소서, 빌립보서, 골로새서, 빌레몬서이다. 주로 편지를 전하는 사람은 디모데였기에 디모데도 덩달아 바쁘게 움직여야 했다.

다들 바빴다. 헬라인 누가는 스승뿐 아니라 찾아오는 교인들은 물론 로마의 고위층 인사들 집으로 왕진까지 다녀야 했다. 누가의 사교성은 타의 추종을 불허했다. 좋은 인품에다 의사라는 직업은 그를 단연 돋보이게 만들었기 때문이다. 바울에겐 최고의 조력자였다. 사실 의사라는 직업은 기술직에 속하기에 사회 분위기상 큰 대접은 받지 못했다. 하지만 아픈 사람들에겐 누가 뭐라 해도 의사가 최고이기에 그는 존중받을 수 있었다. 유대 사회의 직업관과도 연관이 있다. 유대인은 어느 누구라도, 설령 글을 쓰고 높은 지위에 있다 할지라도 반드시 기술을 하나씩은 익혀야만 한다. 오래전부터 이어 온, 주변 국가들로부터 침략 받고 떠돌아다니던 역사를 지닌 그들만의 생존 전략이다. 바울도 가말리엘 같은 최고의 스승에게 배운 엘리트이지만 천막 만드는 일을 한 것만 봐도 알 수 있다.

누가는 로마인 데오빌로라는 최고위급 장성과 무척 가깝게 지냈다. 누가는 드로아에서 바울과 만나 도를 접한 이후 바울과 평생 함께할 것을 결심했다. 누군가의 소개로 마침 그곳에 와 있던 데오빌로를 찾아가 치료했다는 것만 알고 있었다. 그 후 데오빌로는 누가가 믿는 그리스도교에 대해 각별한 관심을 표명했기에 누가는 장군을 위해 틈틈이 기록한 예수님의 생애를 담은 서신까지 제출했다고 들었다. 그게 바로 누가복음이다.

데오빌로 장군은 의리파였다. 한 번 인연을 맺은 누가를 귀히 여겼다. 누가와 바울의 편의를 최대한 봐 준 보기 드문 사람이다. 성령께서 예비하신 사람이라고 바울이 말하는 것을 들은 기억이 있다.

다행히 유대인들은 로마까지 찾아와서 바울에게 재판을 걸지 않았다. 그들도 무고죄를 생각하지 않을 수 없기 때문이다. 로마법의 무서움을 잘 알고 있었다. 다른 곳은 몰라도 로마까지 배를 타고 오기란 쉬운 일도 아니다. 그런 연유로 바울은 비교적 자유롭게 도를 전했다. 물론 한쪽 발목에는 쇠사슬이 채워져 있었다.

어느 날 바울이 마가를 불렀다. 마가가 셋집에 거주한지 얼마 지나지 않아서였다.

"마가야, 급히 바나바한테 편지를 전해야겠구나. 나 혼자서는 끊임없이 찾아오는 사람들을 감당하는 것이 벅차다는 생각이 자주 든다. 바나바가 전에 나를 안디옥으로 불렀던 것처럼 이번엔 내가 그를 부르고 싶구나. 내가 알기론 그가 구브로로 가기 전에 예루살렘에 잠시 머물고 있다고 들었는데 맞느냐?"

마가는 펄쩍 뛰면서 손사래를 쳤다. 1차 전도여행 때 이탈한 후 바울로부터 상당한 미움을 산 전력이 있기 때문이다. 바울은 이미 그를 용서하고 서로 화해했지만 마음이 여린 마가한테는 평생에 걸친 트라우마로 남아 있었다.

"아닙니다, 아닙니다. 스승님, 저는 죽어도 스승님 곁을 떠나지 않을 겁니다. 아니 못 떠납니다. 제발 그런 말씀은 거두어주십시오. 편지는 다른 사람한테 부탁하십시오."

마가의 말을 듣고 다들 큰 소리로 웃었다. 바울도 웃으면서 그를 안아 주었다.

"아니다. 마가, 나도 들었다. 마리아가 요즘 몸이 안 좋다는 것을, 너를 많이 보고 싶어 한다는 것도. 어서 가서 어머니부터 뵈어라. 우리 같은 사람들은 도를 전하다 보면 언제 가족들을 다시 만나게 될지 알 수 없느니라."

마가는 그때가 바울과 마지막이라고 생각했는데 디모데의 편지를 보고 감읍해 눈물이 쏟아졌다. 바울의 디모데 사랑은 유명하지 않은가. 마가가 시기할 만큼 바울은 디모데를 아끼고 애정을 쏟았고 한편으론 의지했다는 것을 다들 알고 있었다. 누가와는 또 다른 차원이었다. 그런데…… 스승이 디모데를 부르면서 나도 같이 오라고 했다고……. 이 구절을 읽는 순간 마가는 벌떡 일어나서 하나님께 영광을 돌렸다. 스승의 마지막을 가장 사랑하는 제자들과 함께 보내고 싶다는 간절한 고백 아닌가. 그렇다면 나도 그의 애제자라고 인정받은 셈이다. 마가가 평생의 트라우마에서 벗어나는 순간이었다.

"아아, 스승님 감사합니다. 할렐루야!"

여독마저 싹 사라지는 느낌이었다. 그날부터 그의 기분은 물론 컨디션마저 바울과의 만남이 이루어지는 순간까지 최고조를 유지했다.

3.
은혜로운 열흘간의 만남,
누가의 상세한 기록이 이어지다

디모데와 마가가 달려오고 있다는 소식에 적막강산이던 감옥에도 조금씩 활기가 피어올랐다. 바울과 베드로 그리고 누가는 매일 얼굴을 맞대고 서로 의지하며 하루하루를 감사히 버티고 있지만 요즘처럼 행복한 기다림의 시간은 처음이다. 베드로는 작년에 기습적으로 투옥되어 바울을 놀라게 했지만 성령님의 도우심이라고 생각했다. 그가 곁에 있다는 것만으로도 큰 힘이 되었다.

"이제 내가 갈 날이 얼마 남지 않았는데……. 하나님 아버지 감사합니다. 주님의 길을 따르는 동안 은혜와 축복의 나날이었습니다. 때마다 제게 꼭 맞는 동역자를 보내 주셨지요. 그들로 인해 외롭지 않게 사역을 마칠 수 있었습니다."

한겨울 차디찬 감옥에서 바울은 지난날을 돌아보는 시간을 가졌다. 누가는 끝까지 그를 돕고 있다. 옆방의 베드로와 서로를 위로하며 지냈다. 에베소에서 출발한 디모데가 곧 도착할 것이다. 마가도 함께 오리라. 며칠만 지나면 그들을 만날 수 있다는 기대로 가슴이 벅차올랐다. 누가는 미리 바울과 베드로에게 작은 두루마리를 보여 주고는 곧바로 태워 버렸다.

"스승님, 디모데와 마가가 있을 동안 절대로 로마 화재와 그리스도인에 대한 박해 이야기는 꺼내시면 안 됩니다. 데오빌로 장군의 특별 부탁이 내려왔어요. 자신의 권한 밖이라고 합니다. 조심하라고요. 디모데와 마가한테도 전달되었답니다."

바울과 베드로는 알겠다는 듯 고개를 끄덕거렸다. 참으로 씁쓸했지만 어쩔 수가 없었다. 로마 화재의 후폭풍을 고스란히 뒤집어쓴 바울은 무슨 말을 할 새도 없이 소아시아에서 잡힌 후 곧장 로마로 후송되어 어떤 재판이나 변명의 기회도 갖지 못한 채 즉시 악명 높은 마머틴 감옥으로 보내졌다. 말 그대로 마른하늘에 날벼락이었다. 그가 로마 셋집에서 해방된지 얼마 지나지 않은 시점이었다. 그때 그는 곧바로 소아시아로 갔고 그곳에서 디모데와 합류해 에베소교회를 더욱 견고히 하고는 다시 여러 지역을 돌며 4차 전도여행을 시작하려는 시점이었다.

그가 잡힐 때는 초여름이었다. 그는 여름옷을 입은 채로 투옥되었고 누가가 합류하기 전까지 어떤 도움도 받지 못하고 어두컴컴하고 습기로 뒤덮인 지하 독방에서 오로지 하나님만 의지하고 살았다.

'아 주님이시여, 아직 제가 할 일이 남았는데 이대로 데려가시는 겁니까? 땅끝인 서바나(스페인)로 꼭 가야만 하는데, 설령 여기서 끝난다고 하더라도 순종하겠습니다. 지금까지 제가 받은 은혜만으로도 족하니까요.'

바울은 조금 시간이 지난 후 합류한 누가로 인해 기운을 차릴 수 있었다. 누가는 바울의 2차 투옥 소식을 듣자마자 모든 일을 제쳐 두고 다시 로마로 향했다. 지난번 상대적으로 자유로웠던 1차 투옥인 로마 셋집과는 비교도 되지 않을 만큼 열악하고 위협적인 환경에 놓여 있는 최악의 감옥이었다. 누가의 감옥행은 데오빌로의 특별 배려가 있었기에 가능했다.

* * *

특히 마가를 사랑하는 베드로는 그를 기다리는 힘으로 하루하루를 버텼다. 평소 유쾌하기 이를 데 없는 베드로이지만 날이 갈수록 기운이 빠지는 것을 스스로 느끼는 중이었다. 두 사도는 지난날을 회상하며 대부분의 시간을 보내고 있었다. 감옥에서도 누구보다 바쁜 누가는 그 와중에도 부지런히 틈만 나면 두 사도의 대화를 두루마리에 억새풀로 만든 뾰족한 붓으로 기록했다. 두루마리는 얼핏 보기만 해도 작은 글자들로 빽빽하게 채워져 있었다. 그보다 더 하루를 충만하게 사는 사람도 없을 것이다.

이들은 원래 지하 감옥에 수감되어 있었다. 창문 하나 없어 빛도 들어오지 못해 더위와 추위 그리고 습기에 고스란히 노출되어야 했다. 오랜 전도 생활로 인한 강렬한 햇빛 세례로 말미암아 피부가 이미 빨갛게 부어오른 노사도들은 투옥되고 얼마 후부터 습진과 짓무름으로 고생해야 했다. 누가가 어떻게든 고치려 했지만 역부족이었다. 습진이 심해지면 격리 조치가 되기에 감옥에서도 나가야 했다. 후미진 뒷골목이나 돌기둥 다리 뒤 혹은 외곽 어딘가에 숨어 있다가 죽어 가는 사람들 천지였다.

누가는 하는 수 없이 데오빌로 각하에게 도움을 요청했고 며칠 후 그들은 지상 감옥으로 옮기게 되었다. 냉기는 여전하지만 두 손바닥을 합친 크기의 작은 창문으로 들어오는 강렬한 햇빛과 상쾌한 바람의 위력은 대단했다. 이들의 습진은 서서히 회복되어 이젠 한시름 놓게 되었다. 누가는 바울의 방에 있는 돌로 만든 제단 위에 쌉싸름한 차를 올려놓았다. 이 역시 데오빌로 장군의 호의였다. 습진에 좋다는 약초를 수소문해서 보내 준 것이다.

간수들은 모두 데오빌로의 측근들로 구성되어 있었다. 오죽하면 다른 죄수들이 간수에게 바울과 베드로가 혹시 데오빌로의 배려로 사형이 면제되는 게 아니냐고 물었을 정도였다. 여기 갇힌 죄수들은 대부분 중죄인이다. 정치범이 가장 많고 전쟁 포로들과 종교인도 많다. 신으로 추앙받고 있는 로마 황제 대신 다른 신을 믿는다는 행위 자체를 로마 왕정은 용납할 수 없었다. 유대인 죄수들은 바울에 대한 전폭적인 신뢰가 있지만 다른 죄수들은 잃을 게 없는 사람들이기에 난폭함이 더해져 간수들의 골머리를 썩였다.

간수들은 펄쩍 뛰면서 큰일 날 소리라고 한마디로 일축했다. 황제께서 한번 정한 사형 칙령은 그 누구도 변개할 수 없다고 단호하게 말했다. 처음엔 바울 일행을 시기하던 죄수들도 바울과 베드로의 한결같은 신심과 자신들까지 살뜰히 보살피는 누가의 헌신에 감동받아 지금은 사도들의 열성적인 지지자가 되어 있었다.

요 근래 눈에 띄게 기력을 회복한 베드로가 장난기 넘치는 눈을 빛내면서 물었다.

"바울, 갑자기 생각나서 그러오. 그대가 가장 사랑한 동역자는 누구였소? 아마도 디모데나 디도겠지요? 마가는 아니겠고……."

베드로는 호쾌하게 웃었다. 마가가 중간에 바울의 미움을 사기는 했지만 결국엔 바울의 인정을 받았고 나아가 '내게 유익한 사람'이라고 디모데에게 언급했다는 사실을 베드로도 알고 있었다. 바울은 순간 당황한 듯 차를 마시다 말고 천장을 올려다보았다. 바울의 눈앞에 그동안 함께 사역한 여러 사람이 파노라마 펼쳐지듯 등장했다. 가장 가까이 있는 누가는 충성스러운 벗이다. 누가복음의 저자로 우리 주 예수 그리스도는 물론 사도행전을 통해 열두 제자 및 사도바울의 일거수일투족을 기록한 그가 경이롭다는 생각이 바울의 뇌리에서 떠나지 않았다. 하지만 바울에겐 누가도 모르는 엄청난 비밀이 있었다. 늘 바울의 곁을 지켜 준 수호자가 있었다.

디모데와 마가가 도착하는 날 새벽부터 감옥은 마치 잔칫상을 준비하는 집마냥 들뜬 분위기가 감지되었다. 그 전날부터 대부분 깊은 잠을 이루지 못했다. 죄수들도 뭔가 신나 했다. 누군가 오고가는 행복을 잊고 산지 오래된 사람들은 덩달아 즐거움에 전염되었다. 간수들은 일찌감치 데오빌로가 보낸 음식들을 정리하면서 나름대로 정성껏 오찬을 준비했다. 마침 날도 겨울치고 따스해 봄바람처럼 느껴지는 상쾌함이 사람들의 마음을 사로잡았다. 그동안 감옥은 한겨울답게 을씨년스러웠는데 오늘은 아침부터 잔잔한 미풍이 사람들의 얼굴을 간지럽혔다. 소나무 군락은 짙은 푸르름으로 기지개를 켜고 있었다.

감옥장의 특명에 따라 바울과 베드로는 오랜만에 방을 나와 기다란 회랑을 지나서 정원으로 들어섰다. 평소엔 죄수용 욕실이 있는 방향의 회랑만 오가는 것이 허락되었다. 감옥엔 여러 갈래의 회랑이 나뉘어져 있고 각각의 회랑을 따라가다 보면 없는 게 없는 커다란 공간이 나온다. 죄수들은 회랑만 지날 뿐이지 절대 정원으로 들어서지 못한다. 일하는 시간이나 아주 특별한 경우에만 허용되는 넓디넓은 정원이라 호기심만 발동될 뿐이다. 단 하나 예외가 바로 누가이다. 그는 어디고 자유롭게 왕래하는 유일한 자유인이었다.

두 노사도는 오랜만에 직접 부딪친 강한 햇빛에 눈이 부셨다. 바로 눈을 뜨지 못하고 휘청거렸다. 누가가 가운데에 서서 사도들의 한쪽 손을 붙들고 중앙 정원을 가로지르고 여러 개의 분수대와 광장을 지나 다시 안쪽 정원으로 들어서서야 벤치에 앉을 수 있었다. 사도들은 그제야 찬찬히 정원을 둘러볼 수 있었다. 돌벽을 따라 가지런히 놓여 있는 소나무 군락 위로 쌓여 있는 눈들이 녹으면서 나뭇가지들이 떨고 있었다. 하얀 눈은 햇빛에 반사되어 아름답게 추락하고 있었다. 바울과 베드로는 그 흔한 장면에도 가슴이 저려 왔다. 바울은 처음 이곳에 왔을 때가 생각났다. 그가 우악스러운 군인들의 손에 이끌려 그야말로 무슨 일인지도 모르고 둔탁한 철문을 들어섰을 때 가장 먼저 보이던 온갖 나무들과 꽃으로 치장된 초여름의 찬란한 정원은 여기가 정말 감옥인가 싶어 의심스러울 정도였다. 나중에 들으니 역시나 황후의 여름 궁전이었다가 황족들의 별장으로 사용되었다고 했다.

군인들이 곳곳에 숨어 있듯 듬성듬성 보였다. 이들도 오늘만큼은 죄수들의 즐거움을 방해하지 않으려는 듯 보였다. 베드로는 눈을 감고 심호흡을 하고 있고 누가는 그런 베드로의 어깨에 살짝 손을 얹고 서서 긴장된 표정으로 주위를 면밀히 살피고 있었다. 새들이 급작스레 푸드덕거리면서 날아가자 멀리서 마차 바퀴가 힘차게 구르는 소리와 말들의 울부짖는 소리가 정적을 깨트렸다. 누가 뭐랄 것도 없이 바울과 베드로가 동시에 벌떡 일어났다. 바울은 쿵쾅거리는 심장을 부여잡고 있었다.

조금 있으면 두 사람이 철문을 지나 널찍한 중앙 정원을 한 바퀴 돌아서 이쪽으로 올 것이다. 포세이돈 신이 포효하고 있는 분수대를 지나 아테나(미네르바) 여신의 위엄 있는 자태가 눈부신 광장을 지나 곳곳에 놓여 있는 여신상과 남신상이 보기 좋게 배치되어 있는 돌다리를 지나 여기 안쪽 정원으로 들어설 것이다.

억겁의 시간이 흐른 후에야 간수들이 등장하는 모습이 보였다. 그들은 마치 전쟁에서 승리하고 돌아오는 자랑스러운 장군의 모습이었다. 그 뒤로 경중경중 뛰어오는 마가와 쓰러질 듯 조심스레 걷고 있는 디모데가 나타났다.

디모데는 한눈에 봐도 어깨에 맨 행낭의 무게에 치인 지친 모습이었다. 누가가 달려가 마가와 포옹한 후 곧바로 디모데의 행낭을 받아 들었다. 그제야 디모데는 두 팔을 벌리고 아기가 아버지를 찾듯 바울의 품안으로 뛰어들었다. 마가는 이미 바울과 포옹한 후 베드로의 품에 안겨 오열하고 있었다. 누가는 침착하게 간수들에게 고맙다는 인사를 전하고 이들을 인솔해서 회랑 안으로 들어섰다. 죄수들은 열린 창문으로 이들을 쳐다보느라 정신이 없었다. 더러는 목례를 하고 더러는 손을 흔들었다. 어떤 이들은 디모데와 마가의 행낭에 정신이 팔린 듯싶었다.

디모데를 보고 바울은 눈물을 흘린다. 둘은 오래 끌어안고 있었다. 입 맞추고 서로의 눈물을 닦아 주었다.

"내 아들 디모데야, 네가 얼마나 바쁜지 잘 아는데, 로마가 멀고 힘든 길인 줄 알면서도 너를 불렀구나. 위장은 괜찮으냐? 드로아까지 들렀으니 많이 고되었지? 가보는 잘 지내고 있고? 오래 배를 탔는데 먹는 것은 어떻게 해결했느냐? 에베소와 드로아의 성도들은 잘 지내고 있는 것이냐? 네가 너무 보고 싶었다."

바울은 평소와 달리 반가운 마음이 앞서 디모데가 대답할 틈도 없이 질문 세례를 퍼부었다. 자신의 얼굴을 쓰다듬으며 애정을 피력하는 스승을 보면서 디모데는 그간 쌓인 여독이 한순간에 풀어지는 것을 느꼈다. 그는 평소 흠모하던 베드로와도 포옹했다. 충만과 화평이 넘치는 은혜로운 만남에 다들 기쁨을 감추지 못했다.

"저는 괜찮습니다. 성령님께서 함께하신 여정이었습니다. 여기 말씀하신 가보네 집에 있던 겉옷과 가죽 종이에 쓴 것(성경책)을 보십시오. 가보가 스승님의 겨울 여벌 옷은 물론 베드로 스승과 누가 사도의 겨울옷까지 준비했더군요. 여기 있습니다."

디모데가 베드로와 누가에게도 겨울옷을 전하니 두 사도 역시 기쁨으로 얼굴이 빛났다. 추운 겨울 감옥에서 가장 필요한 건 뭐니 뭐니 해도 두터운 옷이기 때문이다.

그들은 가보를 위해 잠시 축복기도를 올렸다. 바울의 얼굴엔 디모데를 향한 애정이 듬뿍 담긴 미소가 떠나지 않는다.

"네가 내 부탁대로 한겨울이 되기 전에 왔으니 하나님의 축복이로다. 디모데야, 네 서신을 보니 그간 새 성도가 늘지 않았나 보구나. 너무 낙심 말거라. 새로운 성도를 찾는 것도 중요하지만 오래전부터 알았던 성도들을 챙기는 것도 귀한 일이니라. 주님께서도 끝까지 당신의 제자들을 붙들고 계셨느니라."

"네. 스승님의 편지를 받고 생각했습니다. 외투는 신체를 보호하고 성경책은 영적 양식 그리고 성도들에 대한 책임감과 사랑을 깨우쳐 주시려고 저를 부르신 것이지요."

지혜로운 디모데는 이미 스승의 속 깊은 마음을 짐작하고 있었다. 그 역시 스승의 마지막을 인지하고 있었기에 모든 일을 제쳐두고 로마행을 택했다. 마머틴 감옥엔 바울뿐 아니라 꼭 한 번 다시 만나고픈 또 하나의 큰 스승 베드로도 함께 있었으니 두 사도께 마지막 인사를 드림은 성령님께서 시키시는 일이라고 생각했다. 다행히 먼 길을 오는 동안 그의 고질인 위장병이 크게 도지거나 통증이 심해지는 일은 없었다. 견딜 만했다. 모든 게 다 하나님의 은혜였다.

마가 역시 디모데와 비슷한 심정으로 스승들을 찾아왔다. 바울도 바울이지만 베드로와는 특별한 관계라고 할 수 있다. 한때 까다롭고 엄격한 성정의 바울과 달리 베드로는 한결같이 체격만큼 마음도 넉넉한 반석 같은 대장부였다. 마가복음에 그치지 않고 베드로와 함께 베드로전후서를 보완 작성한 것도 그의 너른 품이 마냥 좋았기 때문이다. 베드로의 젊은 시절 기억은 실라 사도가 담당했고 나이 들어 생각나는 것은 마가가 보완했다. 실라와 마가 두 사도의 멋진 합작품이 베드로전서가 되었다.

삼촌인 바나바 못지않게 자신을 사랑해 준 베드로이다. 베드로는 마가를 '내 아들'이라고 불렀다. 마가는 바울과는 이미 화해했지만 바울이 죽기 전 더욱 돈독한 관계를 갖기 원했고 베드로에겐 자신이 받은 큰 사랑만큼이나 자신의 애정을 남김없이 되돌려 주고 싶었다.

이들이 회포를 푸는 동안 누가는 바쁘게 움직이고 있었다. 디모데와 마가한테 받은 음식 꾸러미를 하나하나 풀어 셋으로 나누었다. 두 꾸러미는 각각 간수들과 다른 죄수들의 몫이다. 남은 하나로 열흘간 먹을거리를 분류했다. 그의 빠른 손놀림은 누구도 따라갈 수 없다. 모든 일처리를 노련하고 빈틈없이 해낸다. 좁은 바울의 방 안 돌제단 위엔 두 사람이 가져온 온갖 화려한 음식들이 진열되고 있었다. 감옥에선 보기 드문 음식이다. 지상 감옥뿐 아니라 지하 감옥에서도 음식을 받고 환호하는 소리가 들렸다. 얼마만의 진귀한 음식인지 그들은 보자마자 침부터 꼴깍 삼켰다. 간수들은 그런 죄수들을 보면서 오랜만에 너그러운 미소를 지었다.

포도주와 치즈 덩어리는 식사하기 전부터 입맛을 다시게 했고 다양한 빵종류는 보기만 해도 배부르다. 올리브기름과 초, 꿀까지 있어 그간 마른 빵만 우적우적 씹어대던 사람들은 오랜만에 환희를 맛봤다. 말린 고기와 따스한 스프는 다시 한 번 생에 대한 의욕을 북돋게 만들었다. 그동안 차디찬 스프만 제공되었는데 오늘은 간수들이 특별히 뜨거운 물주전자를 돌리면서 생색을 냈다. 달콤한 포도송이는 인생의 쾌락을 기억나게 해 준다. 바울이 좋아하는 무화과 말린 열매도 풍성하게 쌓여 있다.

바울이 대표기도를 하면서 축제가 시작되었다. 그들이 함께 하는 첫 번째 식탁이자 첫 번째 이야기가 풀어지는 순간이다. 그들이 하나님께 감사의 축배를 들 때 바울은 조심스럽게 한쪽 벽에 그림자처럼 기대고 서 있는 스데반 집사에게도 잔을 들어 영광을 돌렸다. 스데반도 눈을 맞추며 기쁨을 함께 누렸다. 그 역시 오랜만에 보는 디모데와 마가를 보고 반가워했다. 사람들은 그런 바울에게 익숙해져 아무도 신경 쓰지 않는다. 바울의 이상한 행동은 수십 년 가까이 지속되었기 때문이다. 신기한 건 그 누구도 의심하기는커녕 왜 그러는지 묻지도 않았다는 사실이다. 그저 열정적인 사도의 습관이라고만 생각한 사람들이다. 거의 이십사 시간 함께 있는 눈치 빠른 누가마저 그랬다.

사람들은 지금 있는 곳이 감옥이라는 사실을 잠시 잊은 듯 큰 소리로 건배를 들었다. 마머틴 감옥이 생긴 이래 처음 들어보는 조심스럽지만 기쁨과 감사가 넘치는 환호 소리에 긴장한 군인들이 걸음을 옮기기 무섭게 눈치 빠른 간수들은 그들에게도 선물 꾸러미를 안겼다. 자신들이 받은 몫에서 과감히 반을 덜어냈다. 군인들에게도 공범 의식을 심은 것이다. 군인들은 못 이기는 척 꾸러미를 풀어 하나씩 집어 먹으면서 서로를 향해 눈웃음을 날렸다. 이런 일은 이번이 처음이자 마지막이라는 엄중한 사실을 공유하는 순간이었다. 하지만 그들은 한시도 감시의 눈을 거두지 않았다. 언제 어디서 황제의 느닷없는 명이 떨어질지 모르기 때문이다. 예전보다 더한 긴장감이 감옥 안팎으로 팽배해 있었다. 누가 또한 이런 사실을 모를 리 없기에 온종일

뛰다시피 바쁘게 감옥과 정원을 드나들었다.

군인들은 감옥의 최고책임자이자 감옥장인 퀸투스로부터 특별 지시를 받았다. 퀸투스는 데오빌로 장군과 친척 간이다. 대대로 내려오는 황제들과 가까운 데오빌로 가문은 로마 최고의 전통 있는 명문가로 정치적 명망과 영향력을 끼치고 있었다. 당연히 사회 전반에 걸쳐 인맥이 뻗쳐 있다.

오랜만에 냉골인 감옥에 온기가 돌았다. 디모데는 바울에게, 마가는 베드로에게 존재 자체가 하나님께서 위로부터 내려 주신 온전한 선물이다. 마가와 디모데는 시간을 짜내고 짜서 열흘간의 특별한 만남을 만들었다. 열흘이라는 짧다면 짧고 길다면 긴 시간을 오로지 스승들과 함께한다는 설렘은 두 사람이 출발하기 전부터 주님께 받은 최고의 은총이자 축복이었다.

네 사람은 하루 종일 이야기꽃을 피우느라 시간가는 줄도 몰랐다. 순교의 두려움이 시시각각 바울과 베드로를 옥죄는 가운데 이들이 보내는 마지막 은혜의 시간임을 모두 다 알고 있었다. 그래서 누가도 간수들도 이들을 방해하지 않으려고 최대한 배려했다. 바울과 베드로는 물론 누가 역시 디모데와 마가가 다시 만나고 싶어 한 사도이다. 사실 누가에게도 자세히 듣고 싶었다. 바울과 함께한 생애를, 하지만 지금은 바울과 베드로에게 집중해야 할 시간이다. 누가와의 이야기는 아쉽지만 나중을 기약했다.

베드로를 바울만큼이나 흠모하고 존경한 디모데는 베드로의 말을 한마디도 놓치지 않으려고 애를 썼다. 디모데는 평소 궁금했던 마가의 다락방 오순절 강림 사건 및 미문에 앉았던 거지를 일으켜 세운 이야기를 듣고 싶어 했다. 사실 그는 마가와 무척 친하게 지냈기에 마가로부터 다락방 이야기를 익히 들어 알고 있었지만 직접 겪은 베드로한테 더 자세히 듣고 싶어 했다. 바울도 그 이야기를 그동안 베드로와 마가로부터 귀에 못이 박히도록 들었건만 듣고 들어도 기이한 축복이라 들을 때마다 가슴이 떨렸다.

"베드로 스승님, 이렇게 다시 뵙다니 영광이옵니다. 마가의 다락방 사건도 궁금하고 미문 사건도 자세히 듣고 싶습니다. 언제 또 이런 기회가 주어지겠습니까? 미문 사건은 스승님의 첫 번째 이적이라고 알고 있습니다. 첫 번째라는 건 엄청난 경험인데 어떠셨나요? 그리고 마가, 나는 그것도 궁금해. 물론 너한테 간단히 들은 적이 있지만, 예수님의 십자가 고난 때 홑이불만 두르고 따라갔다가 유대인 무리에게 잡히자 이불을 팽개치고 도망갔다는데 진위가 궁금해. 사실 그동안 만날 때마다 묻고 싶었지만 기회가 없었어. 아니 솔직히 말하면 네가 그 이야기를 별로 하고 싶어 하지 않았잖아. 부끄럽다고……."

사실 그랬다. 마가는 죽을 때까지 그 이야기는 누구한테도 하고 싶지 않았다. 스승들이나 친한 사도들한테는 어쩔 수 없이 대충 이야기했지만 한 번도 자세하게 말하지 않았다. 아니, 예수님께 죄송해서 차마 말할 수가 없었다.

반짝반짝 눈을 빛내며 천진난만한 표정으로 묻는 순수한 디모데의 질문에 마가, 베드로, 바울 모두 크게 웃었다. 디모데한테는 용기가 필요한 질문이기도 했다. 디모데를 잘 아는 바울은 그래서 더 웃었다. 신중한 누가마저 오랜만에 큰 소리로 웃었다. 베드로가 호탕하게 웃으면서 마가에게 말했다.

"내 아들 마가야, 디모데한테 네가 본 우리 주 예수 그리스도의 마지막 길을 전해 주어라. 비록 지금은 우리가 이렇게 웃고 있지만 그 당시는 보통 심각한 상황이 아니었지. 나는 예수님을 세 번이나 부인한 죄인 중에 죄인이라 입이 열 개라도 할 말이 없단다."

분위기가 잠시 숙연해졌다. 예수님의 십자가 고난의 여정을 생각하니 다들 마음이 무거워졌다. 마가는 얼른 남은 포도주를 마셨다. 갑자기 목이 말랐다. 그런 마가를 보더니 다들 물이나 포도주를 조금씩 따라 마셨다. 바울은 디모데에게도 포도주를 조금 따라 주었다. 디모데가 황송한 듯 두 손으로 받았다.

마가가 잠시 심호흡을 하더니 이야기를 시작했다. 마가는 먼저 예수님의 마지막 동반자로서 예수님의 십자가를 대신 지고 간 구레네인 시몬을 찾아간 이야기로 입을 열었다. 다들 쥐죽은 듯 숨소리 하나 내지 않았다. 열흘 중 첫 번째 날 점심 식사 때 가장 먼저 입을 연 것은 마가였다. 사도행전의 탄생을 알리는 태동이었다. 그들이 나눈 첫 번째 이야기가 시작되었다.

4.
마가와 구레네인 시몬의 만남
(마가복음 14-15장)

마가 사도가 찾아온 것에 놀란 시몬은 무릎을 꿇고 사도에 대한 예를 다한다. 마가가 당황하며 얼른 그의 손을 잡아 일으켰다. 두 사람은 오래전 안디옥교회에서 잠시 만난 적이 있었다. 마가는 그와 인사만 나누고는 곧바로 바나바와 함께 바울의 1차 전도여행에 합류했다.

"나도 사람입니다. 꼭 한 번 만나고 싶었습니다. 나는 그때 비겁하게도 잔인한 유대인 무리들에게 잡히자마자 이불을 팽개치고 도망쳤지요. 벗었다는 핑계를 대고요."

"아닙니다. 사도께선 소식을 듣자마자 나오느라 급해서 홑이불만 두른 것이지요. 우리 주 예수 그리스도께서도 충분히 이해하실 겁니다."

"아아, 사실 나는 예수님을 아주 오래전부터 알았습니다. 물론 함께 이야기를 나눈 적은 없어요. 그때 나는 아무것도 모르는 어린 소년이었지요. 신실한 어머니 덕에 나는 어릴 때부터 사도들과 성도들이 우리 집에 자주 오셔서 예수님 이야기를 나누는 것을 들었어요. 그러다가 최후의 만찬을 하실 때 나는 멀찍이서 훔쳐보고 있었지요. 차마 가까이 갈 수 있는 용기가 없었어요. 어머니가 나를 찾아 예수님께 인사를 시키고 싶어 하는 것을 알고는 더더욱 두려웠어요. 얼른 밖으로 나가 숨어 버렸지요. 지금은 그 일을 몹시 후회하고 있어요. 그때 내가 조금만 더 용기를 냈더라면 하고요."

"그러셨군요. 나라도 그랬을 것 같아요. 예수님의 후광을 바로 앞에서 접하기에는 사도께서 너무 어렸던 것이지요. 예수님도 분명 어린 소년을 보셨을 겁니다. 나는 그렇게 확신합니다."

시몬이 자신 있게 답하자 마가도 비로소 안심한 듯 웃었다.

"시몬, 정말 그런 것 같아요. 조금 멀리 있는 기둥 뒤에 숨어 있어서 확실하게 보이지는 않았지만 주님께서 저를 향해 인자하게 웃어 주신 느낌이 들었거든요."

"그럼 확실합니다. 주님께서 아무도 모르게 사도를 향해 웃으신 건 다 알고 있다는 뜻이지요. '마가야, 나는 너를 무척 사랑하고 있단다.'라고 하신 겁니다."

"아아, 시몬 오늘 여기 오기 너무 잘했네요. 늘 그때의 아쉬움을 간직하고 살았어요. 바울이나 베드로 그리고 누구한테도 이불 이야기를 하지 못했어요. 지금부터는 자신 있게 말할 수 있을 것 같아요."

"네, 어디서나 당당히 말씀하시지요. 주님께서도 그렇게 하기를 바라실 겁니다."

시몬과 마가는 포옹하며 한결 가까워진 것을 느꼈다. 그들은 다시 화제를 이불로 넘겼다.

"나도 가끔은 궁금합니다. 그 이불은 대체 어디로 사라졌을까요?"

두 사람은 큰 소리로 웃으면서 마주 잡은 손에 힘을 주었다.

"시몬, 늘 궁금했소. 어떻게 예수님의 마지막 동반자가 된 것이요? 부럽기도 하고 인간적으론 안쓰럽기도 했지요. 무척이나 힘들었지요?"

"예수님에 비하면 아무것도 아니었지요. 예수님께서 빌라도 법정에서 골고다 언덕까지 그 무거운 사십 킬로그램 가까운 십자가를 지시느라 열네 번 쓰러지셨다는데……. 다섯 번째 쓰러지셨을 땐 거의 탈진 상태셨다고 들었습니다."

두 사람은 동시에 울음을 터뜨렸다. 얼마나 힘드셨을까. 얼마나 기가 막히셨을까. 하나님의 사역을 생각하시느라 그 모든 고초와 고통을 견디셨을 것이다.

"나는 디아스포라 흑인으로 유월절을 지키기 위해 구레네(리비아 트리폴리)에서부터 먼 길을 왔지요. 민족 최대 명절을 예루살렘에서 지킨다는 자부심과 기쁨으로 지치기는커녕 설렘으로 충만했지요. 그런데…… 어쩌다 고난의 행군을 바로 옆에서 본 겁니다. 그때는 사실 예수님에 대해 잘 알지 못했습니다."

"그랬군요. 그럼 로마 군인이 막무가내로 잡아 십자가를 억지로 지게 했다는 겁니까? 지금 보니 체격도 좋고 듬직합니다. 그것도 이유 중 하나가 되지 않았을까요? 어허."

시몬은 한참이나 말을 잇지 못했다. 너무나도 처참한 광경이라 한참 지난 지금도 생생한 파노라마가 펼쳐졌다. 유월절을 앞두고 이게 무슨 일인가 싶었다. 광기 어린 사람들과 십자가를 지고 가는 젊은 청년의 비장한 모습에 그만 넋을 잃고 서 있다가 로마 군인의 거친 손을 느꼈을 땐 이미 십자가가 어깨에 메어 있었다. 눈 깜짝할 순간이었다.

"지금은 더 이상의 영광이 없다고 생각합니다. 덕분에 십자가의 진정한 의미를 깨달았지요. 그때부터 성령님의 은혜가 나와 우리 집안에 강물처럼 폭포수처럼 힘차고 강하게 몰려왔습니다."

"정말 잘하셨습니다. 하나님께서 엄청난 은총과 축복을 시몬 집안에 내리셨지요. 두 아들 알렉산더와 루포 모두 초대교회의 귀한 지도자와 감독이 되지 않았습니까? 할렐루야!"

"다 하나님의 은혜입니다. 우리 집안에 그런 변화가 오리라곤 상상도 못 했지요. 거기다 사도바울께서 제 아내에게까지 그런 예우를 하시리라 곤……. 또한 하나님의 은혜로 부족한 내가 구레네부터 시작해 안디옥까지 흘러가서 영광스럽게도 바울, 바나바와 함께 안디옥교회에서 사람들을 가르치기까지 했으니 이보다 더한 축복이 어디 있겠습니까."

시몬은 감격에 젖어 하염없이 눈물을 흘렸다. 주님 안에서 평강을 만끽하는 감사의 눈물이다. 마가 역시 주님이 주시는 평안과 강 같은 평화에 숙연해졌다. 오늘 시몬을 만나러 온 것이 자신의 뜻만은 아니었던 것이다. 늘 홑이불만 두른 채 예수님을 따라간 것과 제정신 아닌 폭도들을 피해 곧바로 도망친 것이 마음에 걸렸다. 그래서 바울과 베드로를 돕기 위해 혼신을 다했다. 물론 도중 바울의 미움을 사기도 했지만 결국엔 바울에게 '내게 유익한 사람', '내 동역자'라는 최고의 칭송을 들었다. 로마에서 순교를 앞둔 바울은 디모데와 마가를 간절히 보고 싶어 했다.

"얼마나 영광입니까. 바울께서 내 어머니라고까지 칭한 분이 바로 그대의 아내 아닙니까. 루포의 어머니는 바로 내 어머니라고 분명하게 언급하셨지요. 누가 봐도 신앙 명문가로 자리매김하셨습니다. 존경합니다."

"다 하나님께서 복을 주신 결과이지요. 얼떨결에 십자가를 졌지만, 아무것도 몰랐음에도 예수님 표정에서 우리를 위해 죄 없이 죽임을 당하신다는 게 피부로 느껴졌어요. 우리 집안뿐 아니라 구속사적으로도 쓰임 받은 영광이라 두고두고 감사하고 행복하게 생각합니다. 할렐루야!"

마가의 이야기가 끝나자 다들 힘차게 존경의 박수를 보냈다. 바울이 확실하게 밝혔다. 자신이 시몬의 아내한테 어머니라는 호칭을 쓰면서 존경을 바쳤다고, 또한 초대 안디옥교회에서 담임목사 바나바를 도운 네 명 중 한 명이 바로 시몬이었고 나머지는 바울되기 전의 자신인 사울과 구레네인 루기오 그리고 분봉왕 헤롯과 함께 자란 동생 마나엔이라고 일러 주었다.

마가 역시 바나바 삼촌의 활약상을 다시 들으니 뿌듯한 표정이다. 거기다 오래전 이미 바울에게 인정받았음에도 그에게 한 번 거절당했던 트라우마가 가시처럼 가슴 한편에 콕 박혀 있었지만 바울의 순교 직전 그의 사랑을 확인한 것이 눈물겹도록 고마웠다.

제1부

예수님의 수제자 베드로 사도,
초대교회의 중심인물로
활약하다

1.
너희는 예루살렘에 머물러 성령 세례를 받으라, 누가복음에 이은 데오빌로 각하의 관심이 사도행전으로 연결되다(사도행전 1장)

마가는 예수님의 품에 안겨 있었다. 옆에 구레네인 시몬도 함께 있었다. 시몬이 활짝 웃으며 마가가 던지고 도망간 홑이불을 예수님께 건넸다. 예수님도 인자한 웃음을 흘리면서 그 이불을 마가에게 덮어 주었다. 아기 천사들이 주위에서 즐거워하며 나팔을 불면서 날아다니고 있었다. 마가가 민망해서 고개를 숙이자 예수님께서 온화한 목소리로 말씀하셨다.

"사랑하는 마가야, 네가 버리고 간 홑이불은 내가 잘 간직하고 있단다. 나를 따라온 너의 마음이 갸륵해서야. 이불을 버리고 도망갔다고 죄책감을 가질 필요가 전혀 없단다. 네가 잠시라도 내 곁에 있어 준 것만으로도 나는 진정 행복했으니까. 이불은 나중에 네가 천국에 오면 돌려주마."

"아, 주여 저를 용서하시는 겁니까? 감사합니다. 시몬 여기서 보는구려. 반갑소."

"마가야, 나는 너를 오래전부터 사랑하고 있었단다. 네가 어린 소년이었을 때부터 나는 너를 알고 있었지. 네 어머니 마리아를 닮아 너도 참으로 온유한 성품을 가진 아이였다. 내가 너희 집에 갈 때마다 너는 나를 숨어서 바라보았지. 부끄러움이 많은 착한 아이였잖아. 그런 네가 얼마나 사랑스러웠던지. 맞다. 최후의 만찬 때 네가 멀리 기둥 뒤에 숨어서 나를 바라보던 것도 알고 있었지. 내가 너를 향해 미소 지었단다. 마가야, 이제 이불은 잊어버려라. 네가 나를 위해 할 일이 많구나. 베드로와 잘 상의해서 마가복음과 베드로전후서를 완성하는 데 힘을 쓰거라. 베드로가 천국으로 올 날이 얼마 남지 않았느니라."

"아아, 주님 감사합니다. 다 알고 계셨군요. 제가 꼭 베드로와……."

"마가 괜찮아? 무슨 꿈이길래, 계속 우리 주님과 베드로를 부르고. 또 시몬? 아까 말한 그 시몬인가? 어쨌든 어서 일어나게. 곧 저녁 식사할 시간이네."

누군가 그를 부드럽게 흔든다. 얼떨결에 눈을 뜨자 누가가 언제 왔는지 앞에 서 있다. 베드로도 걱정스러운 눈빛을 보내고 있어 벌떡 일어났다. 점심 식사 후 몰려오는 피로감을 이기지 못해 먼저 양해를 구하고 디모데와 함께 누가의 방으로 와 잠시 누웠는데 그새 저녁이 되었나 보다. 창문으로 교교한 달빛이 흐르고 있었다. 디모데는 보이지 않았다.

누가가 나가자 베드로가 침대에 걸터앉아 마가의 얼굴을 쓰다듬었다. 베드로의 거친 손이 자신의 얼굴을 훑을 때 뭔가 울컥하는 것이 올라왔는지 절로 눈물이 흘렀다. 주님께서 직접 말씀하셨다. 베드로가 떠날 날이 얼마 남지 않았음을, 예상했음에도 직접 들으니 상실감이 더 크게 다가왔다. 베드로가 그를 따뜻하게 안아 주었다.

"마가야, 우리 주님 꿈을 꾼 게로구나. 주님께서 아까 네 이야기를 우리와 함께 들으신 게 틀림없느니라. 이제 그런 죄책감은 갖지 말라는 뜻이지. 알아들었느냐? 주께서 너를 보통 사랑하시는 게 아니구나. 요즘은 내 꿈엔 자주 안 나타나시는데 말이다. 그리고 네가 내 이름을 부른 것을 보니 알겠다. 내가 떠날 날이 가깝다고 주님께서 말씀하신 것이지? 나는 괜찮다.

이미 마음의 준비는 마쳤단다. 너와 부지런히 네가 가져왔다는 두루마리들만 정리하면 내 지상에서의 일이 끝나니 오히려 마음이 가벼워졌단다."

베드로는 마가가 무슨 말을 할 수 없도록 유쾌한 웃음을 날리며 곧바로 그와 어깨동무를 하면서 바울의 방으로 갔다. 바울과 베드로의 방 사이에는 지상과 지하 감옥을 연결하는 기둥이 솟아 있었다. 이미 방의 제단 위에는 아까보다 더욱 풍성한 만찬이 준비되어 있었다. 누가가 첫날밤 만찬이라고 심혈을 기울인 태가 났다. 건포도와 석류가 추가되었다. 데오빌로 각하가 특별히 하사한 것이라고 했다. 바울과 베드로도 오랜만에 맛보는 과일이다. 바울이 좋아하는 무화과 말린 열매 역시 아름다운 자태를 뽐내고 있었다.

바울과 디모데의 얼굴엔 성스러운 빛이 흐르고 있었다. 바울은 가끔 벽을 돌아보며 혼자 미소를 짓는다. 다들 바울의 습관이라고 생각한지 오래다. 전도여행 다닐 때도 어디서나 바울은 누군가 옆에 있듯 고개를 끄덕이거나 웃거나 눈물을 흘렸기 때문이다. 그가 스데반과 소통하고 있다는 것은 아무도 몰랐다. 예수님과 그만 아는 특급 비밀이다. 저녁 식사는 베드로의 식사 기도로 포문을 열었다. 다 함께 건배를 한 후 누가가 부드러우면서도 단호한 음성으로 공지했다.

"스승님들 그리고 디모데 마가에게 부탁드립니다. 우리 모두에게 아주 소중한 열흘입니다. 다시는 함께하지 못할, 우리 주님께서 특별히 예비하신 시간이니 우리가 잘 사용해야만 합니다. 제가 계산하니 열흘 동안 우리가 함께할 수 있는 식사 시간은, 무엇보다 반드시 하루 세 끼를 먹어야 하고요. 그래야 우리의 시간이 더욱 촘촘해지니까요. 내일부터 마지막 날까지 스물 일곱 번의 식사가 남아 있습니다. 오늘 두 끼까지 합치면 스물아홉 번입니다. 스물아홉 번은 우리 모두가 향유하는 시간입니다. 거의 서른 번 가까운 시간이지요. 식사 시간 외 휴식 시간까지 합치면 마흔 번도 넘을 수 있어요."

누가가 잠시 숨을 골랐다. 사도들은 그가 무슨 말을 하려는지 즉시 알아들었다. 그의 말이 전적으로 옳다. 다시 못 올 시간이기 때문이다.

"아주 특별한 일, 그러니까 건강상의 문제가 아니라면 남은 스물일곱 번의 식사 자리에 반드시 참석해 주십시오. 이 기간에 그동안 궁금했던 점, 스승들께서 꼭 남기고 싶은 이야기, 사역 당시 차마 못했던 이야기 등등 허심탄회하게 풀어주세요. 후대에 소중한 기록으로 남을 겁니다. 저는 최선을 다해 제가 할 수 있는 한 자세히 기록하겠습니다. 아, 마가, 베드로의 이야기를 기록한 두루마리들을 가져왔다고 했지? 그것도 틈틈이 스승과 함께 보완 수정해서 기록하게나."

그의 말이 끝나기 무섭게 다들 큰 박수로 화답했다. 디모데가 첫 질문을 했다.

"누가, 저는 데오빌로 각하에 대해서도 무척 궁금합니다. 이번 기회에 그에 대해서도 들을 수 있을까요? 누가복음도 그에게 보내는 서신 아닙니까? 대화도 편지도 다 라틴어로 하나요?"

바울도 베드로도 마가도 열렬히 동의한다는 박수를 보냈다. 누가의 얼굴이 민망함에 잠시 붉어졌다가 곧바로 침착함을 되찾은 듯 고개를 끄덕였다.

"알겠습니다. 저도 언젠가 데오빌로 장군에 대해 이야기하려고 했는데 그 시기가 앞당겨지는군요. 오, 저는 오늘 저녁 시간에 베드로한테 예수님이 명령하시고 떠나신 성령 세례에 대해 자세히 듣고 싶었는데……. 장군과는 주로 라틴어로 대화하는데 가끔 편지는 그의 요청으로 헬라어로 쓸 때도 있어요. 혹시라도 중간에서 누군가 검열하게 될까 봐 그러시는 것 같아요. 아, 여기 감옥이 원래 황후의 여름 궁전이었다가 오랜 세월 황족들의 저택과 별장으로 쓰였대요. 그 후 로마제국이 팽창하면서 갑자기 늘어난 전쟁 포로들의 임시 수용소가 되었답니다. 처음엔 임시였는데 다른 장소가 마땅찮아서 이곳이 그냥 대형 감옥으로 변경되었다네요. 그래서 데오빌로 장군이 몹시 안타까워하세요. 감옥으로 쓰기엔 너무 아깝다고요. 장군도 어린 시절 이곳에 자주 와서 여름 한철 머무르다 갔대요. 장군의 할머니가 특히 이곳을 사랑하셨다네요."

일행은 데오빌로 장군과 감옥의 인연을 신기하게 받아들였다. 다들 감옥치고는 지나치게 화려한 정원과 분수대, 광장, 회랑 거기다 끝이 보이지 않는 숲길까지 늘 의아하다고 생각했는데 그런 이유가 있었다.

"누가, 사실 나도 성령 세례 이야기 전에 그에 대해 알고 싶네. 늘 한번 자네한테 묻고 싶었던 일이네. 바울 그대도 그렇잖은가?"

바울이 의자를 앞으로 끌어당겼다. 디모데가 얼른 일어나서 바울의 의자를 뒤에서 밀어 주었다. 둘은 그런 다음 또 포옹했다. 아무리 포옹하고 포옹해도 모자랄 것만 같은 애틋함이 둘 사이에 있었다.

"오오, 베드로 바로 내가 하고 싶었던 말일세. 나는 평생 누가와 함께 있었지만 데오빌로에 대해선 피상적으로만 알고 있지. 그를 직접 본 적도 없고 그의 충성스러운 부하들하고만 그것도 멀리서 인사를 나누었지. 지난 로마 셋집 이태 동안 그들한테 무척 많은 도움을 받았어. 그전에 우리가 전도 여행 다닐 때에도 알게 모르게 그의 도움을 많이 받았다네. 이번에 디모데와 마가가 오게 된 것도 그의 힘이라고 생각해. 디모데야, 마가야, 너희들을 후송한 사람들도 그의 부하들 아니냐?"

"네, 맞습니다. 저한테 직접 말했어요. 마르쿠스와 케소라고 했습니다."

디모데가 말하자 마가가 놀라운 음성으로 대꾸했다.

"아, 마르쿠스와 케소가 살아 있었구나. 다행이네. 두 사람은 나도 몇 번

본 적이 있어. 누가를 따라 시장에 갔을 때에도 우리를 멀리서 호위해 준 사람들이지. 맞지요. 누가? 나는 하빌로와 카이틴이라고 했나. 어휴, 로마 이름은 왜 이렇게 어려운지 바로 기억을 못 하겠어요. 두 사람은 여기 오는 내 내 무게를 잡아서 처음엔 내가 주눅 들었지만 나중엔 친구가 되었어요. 내가 웃기니 그들도 따라 웃더군요. 물론 억지로 웃는 느낌이 물씬 났지만, 나는 스승들을 본다는 기쁨에 겨워 다른 것은 눈에 들어오지 않았어요. 다만 그들의 분위기가 무척 비밀스러워 흥미롭더군요. 둘 다 말 한마디 안 하고 심지어 마부조차 마법사 같았어요. 마치 전도여행 다닐 때 많이 봤던 흑마술사 느낌이라 조금은 섬뜩했지요."

누가는 그들의 말이 다 끝나기를 기다릴 동안 조용히 눈을 감고 있었다. 분명 데오빌로 각하는 첫 만남부터 심상치 않은 분이었다. 나중에야 주님께서 기회를 만드신 것이라는 느낌이 강하게 왔다. 사도들은 이제 누가만 바라보고 있었다. 누가는 주로 말 대신 글을 더 선호한다는 인상을 풍겼기에 그의 말을 듣는 자체가 거룩한 흥미를 불러일으켰다. 벽에 기대 서 있는 스데반마저 머리를 쑥 빼고 그를 주목하고 있었다.

누가는 드로아에서 바울을 처음 만난 후 무섭게 그리스도교에 빠져들었다. 학구파답게 구약성경을 처음부터 끝까지 몇 번에 걸쳐 정독하면서 궁금한 점 하나하나를 바울에게 물었다. 바울의 바쁜 사역을 알면서도 그의 집요한 질문 공세는 그치지 않았다. 그때마다 바울은 세상 친절하게 설명하는 것도 잊지 않았다. 하나님께서 누가를 당신의 종으로 쓰려고 하신다는 직감이 왔기 때문이다.

누가는 바울이 도를 믿기 전의 예수님의 생애에 대해서도 궁금하기 이를 데 없었다. 그는 모든 인맥을 동원하여 이야기를 듣고 정리하기 시작했다. 의사로서 예루살렘에도 자주 갔기 때문에 골수 유대인은 물론 도를 받아들인 열린 마음의 유대인들까지 그와 친교가 있었다. 그는 원래 기록파였다. 말보다 글로 적어 확인하는 것을 좋아했다.

여느 때처럼 지인인 로마 관리의 집에서 관리의 딸을 치료하고 나오는데 회랑 끝에서 로마 군인 두 명이 기다리고 있었다. 지인이 미리 언질을 주었기에 그들을 따라 나와 함께 마차를 타고 어느 대저택으로 들어섰다. 정문에서부터 군인들이 정렬하고 있어 그는 처음부터 주눅이 들었다.

아름다운 정원을 지나 길고 긴 회랑을 집사를 따라 들어가니 드디어 응접실이 나타났다. 집사는 잠시 기다리라는 눈짓을 하고는 물러갔다. 그는 조심스럽게 방 안을 둘러보았다. 커다란 창문에 찬란한 햇빛이 반사되었다. 아까 들어올 때는 긴장되어 제대로 보이지 않던 각종 나무와 꽃이 어우러져 있었다. 바로 앞 광장엔 제우스와 어린 헤르메스(메르쿠리우스) 조각상이 입으로 물을 뿜어대는 분수가 시원스럽게 물줄기를 떨치고 있고 같이 사는 사람들은 있는지 없는지 적막만 흐르는 집이다. 군인들은 보일 듯 말 듯 서 있었다.

응접실 양쪽 벽으로 그리스·로마 신과 여신들의 조각상이 보기 좋게 배치되어 있고 푹신한 소파와 의자가 놓여 있는 안쪽엔 비단으로 만든 커튼과 온갖 패브릭이 질서정연하면서도 화려함을 뽐내고 있다. 그 뒤엔 육중한 책장이 보였다. 책장엔 금박으로 장식된 표지가 부착된 그리스·로마 고전이 자리 잡고 있었다. 살짝 피로감이 몰려온 그가 소파에 앉는 순간 누군가 보이는 듯했다. 데오빌로 장군인가 싶어 벌떡 일어나니 아니었다. 순간 하나님이신가 하는 짜릿한 전율이 일었다. 그동안 열심히 읽은 구약성경으로 말미암아 진정 하나님이 계시다면 나한테도 아주 잠깐만이라도 나타나 주셨으면 좋겠다고 어설픈 기도를 하고 잠든 어젯밤이다.

누가는 깊은 생각에 잠겨 데오빌로 각하가 방으로 들어서는 것도 인지하지 못했다. 집사가 대신 '흠흠' 헛기침을 하면서 인기척을 내고서야 그가 일어나서 깊이 허리를 숙였다. 각하는 한눈에 봐도 장대한 기골과 총명한 눈을 가진 최고위급 장군다웠다. '장군이 힘겹게 소파에 앉는 것을 보니 분명 어딘가 불편해서 나를 불렀구나.' 하는 생각이 들었다. 장군은 누가를 빤히 쳐다보더니 손으로 앉으라는 표시를 했다. 집사가 바로 다과 쟁반을 테이블 위에 조심스레 내려놓더니만 조용히 뒤로 물러가 방을 나갔다.

"그대가 닥터 누가인가? 와 줘서 고맙네. 명의라고 소문났다지. 여기도 이름난 로마인 의사들이 많지만 웬일인지 자네한테 끌리는 내 마음을 나도 어찌지 못해 자네를 수소문했다네."

장군이 큰 소리로 웃었다. 그는 위풍당당한 풍채뿐 아니라 말투에도 서릿발 같은 위엄이 서려 있었다. 처음엔 위압감이 들었지만 온화한 미소엔 뜻하지 않은 너른 인품이 숨겨져 있었다. 누가가 어찌 답을 해야 할지 몰라 망설이자 그가 다시 말을 이었다.

"자네를 보니 내 생각이 맞았네. 잠깐 봤는데도 미남이고 신사야. 헬라 출신인데 어떻게 유대인인 바울에게 끌렸단 말인가. 아, 내가 자네 뒷조사를 좀 했지. 하긴 내가 로마인임에도 헬라인 누가한테 마음이 가는 것과 같은 이치겠지."

그가 다시 유쾌하게 웃으면서 다과를 권했다. 누가는 아까부터 무슨 말을 하긴 해야 하는데 나오지 않았다. 지금껏 많은 로마 고위 관리를 만났지만 이런 경우는 처음이었다. 나중에야 그가 최고위층이며 대대로 내려오는 황족이라는 것을 알고 나서야 알 수 없는 위압감이 이해되었다. 그럼에도 교만이라고는 찾아볼 수 없었다. 자신도 모르게 권위를 풍기지만 대체로 소탈한 성품이었다. 무엇보다 사람들을 사귀고 관찰하는 것을 좋아하는 점이 누가와 통했다. 그다음부터 그들의 대화는 일사천리로 진행되었다. 많은 대화 중 특히 바울과의 만남에 엄청난 관심을 표명했다. 바울은 로마인들 사이에서도 유명하다고 했다. 그는 누가가 어떻게 바울과 알게 되었으며 또 어떻게 바울로부터 감화를 받아 도를 받아들였는지, 그 후 누가에게 어떤 변화가 왔는지, 지금 읽는 성경을 통해 무엇을 바라고 있는지 등등 세세한 질문을 끊임없이 퍼부었다.

누가가 얼핏 창문을 보니 이미 해가 져 있다. 달빛만으로도 아름다운 정원은 고즈넉한 품격을 과시하고 있었다. 갑자기 과격해진 바람이 열린 창문으로 그를 잡아 삼킬 듯 커튼을 가격하고 있었다. 누가는 자신도 모르게 벌떡 일어났다. 너무 오래 머무른 실례를 범한 건 아닌지 걱정되었기 때문이다. 장군은 그런 누가의 마음을 알아챘는지 먼저 사과를 하는 대장부의 모습을 보였다.

"아, 우리가 너무 즐거운 대화에 몰입하다 보니 시간 가는 것도 몰랐군. 그대가 세상 누구보다 바쁘다는 것도 잘 아는데, 지금 바울 일행이 자네 걱정을 많이 하고 있겠군. 어서 가 보게나. 혹시 내일 또 올 수 있는가? 내일 내가 진료를 부탁하지."

누가는 그제야 정신이 들었다. 그가 공손히 머리를 숙이면서 말했다.

"아닙니다. 장군님. 저는 괜찮습니다. 이왕 왔으니 장군님 몸을 한번 살펴봐도 되겠습니까?"

장군은 반색하면서 소파에 누웠다. 언제 들어왔는지 집사가 조용히 옆에서 그를 잡아 주고 있었다. 누가는 찬찬히 그의 몸을 훑었다. 옆구리 쪽에 뭔가 혹이 있어 보였다. 그곳을 누르니 장군이 신음 소리를 참느라고 이마를 찌푸리면서 손을 들었다. 누가가 손을 거두자 그가 조용히 말했다.

"맞아, 누가. 정확해. 바로 거기야. 자네 생각은 어떤가? 꼭 칼을 대야만 하나?"

"네, 장군님 아마도 결석 같습니다. 간단합니다. 절개해서 꺼내면 됩니다. 며칠만 고생하시면 됩니다."

"흠, 그렇군. 나도 그렇게 생각했지만 가급적 칼을 대기 싫어 망설이고 있었는데. 내가 여러 질환이 겹쳐 있거든. 이 모든 게 다 격렬한 전투 후유증이지. 참전하지 않은 전쟁이 거의 없다네. 로마가 우뚝 서는 데 내 공도 무척 컸지. 다행히 황제께서 알아주시니 감사하다네."

수술은 금방 끝났다. 수술 도구는 누가도 갖고 다니는데다 장군의 집에 웬만한 건 다 갖추고 있었다. 술인지 마약인지 집사가 수술하기 전 미리 바르도록 작은 유리병까지 들고 와 누가에게 건네주었다. 마취용으로 보였다. 그전에도 이 집에서 수술이 많이 행해졌는지 집사는 훌륭하게 보조 역할을 척척 해냈다. 수술 시작 전후 수술 도구를 알코올에 소독하는 것도 잊지 않았다. 한마디로 노련한 사람이었다. 이 집에서 산전수전을 다 겪었는지 집과 함께 조용히 늙어 가는 한 그루 나무 같았다.

누가가 결석을 꺼내고 지혈시킨 후 봉합을 마치자마자 집사는 능숙하게 붕대를 감았다. 한두 번 해 본 솜씨가 아니다. 누가가 가방에 수술도구를 챙기는데 도구 옆에 얌전히 놓여 있는 성경책이 장군의 눈에 띄었나 보다. 누워서도 눈썰미가 좋은지 곧바로 누가에게 물었다.

"누가, 그 책이 혹 그대가 바울로부터 받은 책인가? 궁금하네. 내가 며칠 볼 수 있겠는가?"

"당연하지요. 영광입니다. 장군님을 알게 된 기쁨이 커서 선물로 드릴 테니 받아 주십시오. 바울이 말하길 이 책이 구약성경이라고 했습니다. 예수가 이 땅에 오시기 전의 이야기입니다. 성경 곳곳에 그가 오신다는 약속이 보이더군요. 그 약속이 실현되고 주님의 뜻이 이루어지는 책이 완성되면 신약성경이라고 이름 붙인다고 했습니다."

"오오, 그런가. 고맙네. 나도 뭔가 선물을 해야 하는데, 수술비도 내야 하잖은가. 음, 뭐가 좋을까……."

누가가 뭐라고 말할 새도 없이 집사가 재빨리 나가더니 조금 있다 한 보따리의 음식물을 챙겨 왔다. 장군이 흘끗 보고는 고개를 끄덕거리니 집사가 얼른 들고 있던 비단 보자기에 정성껏 싸서 누가에게 건넸다. 누가가 장군을 쳐다보며 감사하다는 목례를 하자 장군이 미소 지었다. 누가는 깊이 허리를 숙이고는 집사를 따라 방을 나왔다. 장군이 조그맣게 신음 소리를 흘리는 것을 못 들은 척하고 걸었다.

그다음 날도 누가는 장군의 상태를 보기 위해 그 집으로 갔고 그 후부터 두 사람은 자주 만나는 사이가 되었다. 장군이 드로아를 떠나 다른 도시로 가고 나중에 로마로 돌아갔음에도 이들은 편지 왕래를 멈추지 않았다. 장군은 자기가 머무는 도시에서 가까운 곳에 누가가 있다는 소식을 들으면 언제나 사람을 보내어 누가를 초대했다. 이들의 인연은 이렇듯 오래 이어졌다. 누가는 장군의 이해를 돕기 위해 누가복음을 완성했고 사도행전마저 틈틈이 적어 그에게 편지로 보냈다. 장군은 누가의 성실하고 열정적인 후원자가 되어 있었다. 바울의 전도여행에도 다른 사람들 모르게 큰 도움을 준 사람이다. 하지만 네로 황제가 집권한 다음부턴 그도 신경을 써야만 했다.

그나마 상식적인 다른 황제들에 비해 네로는 지나치게 감성적이고 이기적인 캐릭터였기 때문이다. 나이도 너무 젊어 세상이치를 깨닫는 데 한계가 있었다. 그럼에도 불구하고 노련한 정치가이자 군인인 데오빌로는 수십 년의 인맥과 가문의 위력으로 누가와 바울을 도왔지만 사형은 그의 능력 밖이다. 사형 집행 여부는 오로지 황제의 권한이다. 거기다 치명적인 화재 사건은 가뜩이나 판단 능력이 부족한 젊은 황제의 아킬레스건이나 다름없었다.

* * *

누가가 여기서 말을 멈췄다. 아무도 말을 붙이지 않았다. 아니, 못했다. 적막을 깨트리는 까마귀 울음소리가 너무 가깝게 들려와 사람들은 놀라서 일제히 창문으로 눈을 돌렸다. 달빛이 은은하니 작은 방을 비추고 있었다. 신기하게도 제자들이 와 있던 기간은 겨울치고는 따뜻해서 창문을 열어 두어도 되었다. 마치 완연한 가을로 되돌아간 느낌이었다. 하나님의 신비라는 생각밖에 들지 않았다.

쥐꼬리만큼 열려 있는 작은 창문으로 커다란 까마귀 한 마리가 주둥이를 들이밀고 있었다. 간만의 음식 냄새가 바깥에까지 퍼진 모양이었다. 누가가 다가가서 지팡이를 살짝 휘둘렀더니 새들이 푸드덕하는 둔탁한 소리를 내면서 사라져 갔다. 한 마리 말고도 무리가 있었는지 날갯짓 소리가 예사롭지 않았다.

"오늘은 여기까지 하겠습니다. 장군은 무척 유머러스한 분이세요. 높은 직위만큼이나 제가 무척 어려워했는데 시간이 갈수록 그분의 유머에 빨려들어갔어요. 이제 베드로 스승께서 이야기를 받으셔야지요. 몹시 중요한 이야기 아닙니까. 예수님의 마지막 사십 일을 함께하셨잖아요."

그때 바울이 웃으면서 누가에게 말했다.

"누가, 그 이야기도 해. 장군이 바울 같은 천하에 포악한 짐승도 저렇게 도를 위해 목숨을 바치는 사람이 된 걸 보면 주님이 계시다는 것이 믿어진 다고 했다며?"

다들 술렁거렸다. 천하에 포악한 짐승이라……. 누가가 순간 당황해 바울을 쳐다보며 죄송하다는 표정을 짓자 바울이 아무렇지 않다는 듯 가볍게 대 꾸했다.

"예수님을 만나기 전 실제 나는 짐승이 맞아. 길길이 날뛰는 야수였지. 로마 셋집에서 뒷마당을 거닐다가 우연히 자네와 장군의 부하들이 헤어지기 전 문 앞에서 잠시 이야기하는 걸 들었네. 자네가 민망해할까 봐 얼른 뒷걸음질 쳐서 안으로 들어왔지. 그런 마음으로 도를 받아들이는 장군께 감사함을 전하고 싶은 마음을 꾹 참느라 힘들었어."

바울이 유쾌한 듯 웃어도 아무도 따라 웃지 못했다. 분위기를 바꾸려는지 베드로가 나섰다.

"바울이 야수였다면 나는 무식하고 거친 어부였지. 물고기 말고는 다른 데 관심도 없었고. 지금 생각해도 신기해. 나는 다른 사람들 말 안 듣기로 유명한 고집쟁이인데 그날 주께서 '나를 따르라.'라고 하셨을 때 어디 씐 것마 냥 그대로 일어났다니까. 안드레도 마찬가지이고, 우리 아버지가 넋이 나간 듯 우리를 쳐다보고 있음에도 다른 생각이 들지 않았어. 나중에 이야기 들으니 다른 제자들도 다 그런 식으로 주를 쫓아왔대. 처음엔 다 귀신에 씌었나 싶었다고. 하지만 아니지. 귀신이 아닌 성령께서 우리를 사로잡으신 것이야. 할렐루야!"

베드로는 누가를 지긋이 바라보더니만 다시 물었다.

"누가, 자네가 그를 위해 쓴 편지들이 모여 누가복음으로 완성된 것을 잘 알고 있네. 나도 자네한테 여러 번 아니 수십 번에 걸쳐 우리 주님 이야기를 했지. 다른 제자들도 그렇고. 그렇게 기록한 귀한 자료들이 성경이란 복음으로 묶인 게 아닌가. 그래 장군이 그 편지를 보고 감화되었는가? 그렇지. 감화되었으니 이제껏 우리한테 호의를 베푸는 것 아니냐. 누가복음의 끝이 지금 자네가 기록하려는 글과 연결이 되리라는 것도 감이 오네. 바로 성령세례 아닌가. 그 글의 제목은 뭐가 되겠는가? 바울복음? 누가복음 제2권이 되려나?"

바울이 갑자기 벌떡 일어났다. 펄펄 뛰면서 손사래를 쳤다. 그럴 때는 예전의 거친 성정이 살짝 되살아나는 듯했다. 가끔은 그도 사람인지라 그랬다. 그게 어쩌면 인간적이기도 했다.

"오오, 베드로 말도 안 되오. 바울복음이라니 무슨 끔찍한 소리요? 누가가 지금껏 누가복음에 뒤이어 기록한 것이니 누가복음 제2권이 맞을 것이오. 아니면 예수님의 제자들 이야기가 많이 들어가니 제자복음도 좋을 것이고, 사도들 이야기도 많고 우리의 전도여행 이야기도 많고 성령께서 늘 함께해 주셨으니 성령행전이라고 할까. 또 우리가 가는 곳곳마다 교회가 세워졌으니 교회행전도 괜찮고. 하……. 그것은 차차 누가가 생각하겠지. 자, 자, 베드로 이제 우리 주님이 남기신 이야기를 해 주시오. 나도 궁금하기 짝이 없소."

베드로가 그제야 깊이 고개를 끄덕였다. 스데반도 손뼉을 치면서 베드로를 응원했다. 베드로는 아는지 모르는지 벽을 한 번 쳐다보고는 삼십 년 전 주님과 다시 만난 시절의 흥분과 감사함을 떠올렸다.

주님께서 다시 오시리라, 사흘 만에 부활하시리라 하셨지만 우리 제자들은 그 사실을 믿는 사람이 없었다.

지금 생각하면 너무나도 부끄러운 일이다. 어떻게 주님과 삼 년이나 종일 붙어 다녔음에도 그럴 수 있었을까…….

우리는 주님께서 예루살렘에 입성하는 동시에 예루살렘을 정복하리라는 바람이 있었다. 주님께서 보시기엔 완전 뜬구름 같은 소원이었다. 아니 주님의 가르치심을 전혀 이해하지 못한 상태였다. 그토록 많은 주님의 기적을 목격했고 우리들 역시 그와 비슷한 기적을 행했음에도 온전히 믿지 않는 죄를 범했다.

부활 후 주님과 사십 일이나 함께 있었음에도 우리들은 여전했다. 변한 건 아무것도 없었다. 마침내 그가 완전히 우리들을 떠나신다고 할 때에야 실감 나기 시작했다.

"이제 진짜로 주님을 뵈올 수 없는 것인가. 남겨진 우리는 어떻게 살아가야 하나, 그래도 지금까지는 주님이라는 방패막이가 있었지만 그가 떠나면 우리는 홀로 남겨진 고아나 다름없는데, 이제나저제나 기회만 노리는 하이에나 무리인 집요한 유대인들의 먹잇감이 되는 건가, 이대로 죽는 것인가."

제자들은 막연한 두려움에 주님이 하늘로 올라가실 때에도 큰 감흥이 없었다. 주님께서 마지막 말을 남기셨다.

"예루살렘을 떠나지 말고 내게 들은 바 아버지의 약속하신 것을 기다리라. 요한은 물로 세례를 베풀었으나 너희는 몇 날이 못 되어 성령으로 세례를 받으리라. 오직 성령이 너희에게 임하시면 너희가 권능을 받고 예루살렘과 온 유대와 사마리아와 땅끝까지 이르러 내 증인이 되리라."[2]

　여기까지 회상한 베드로가 주님에 대한 죄송함으로 눈물을 흘리기 시작했다. 곧바로 옆에 앉아 있던 마가가 그의 눈물을 닦아 주었다. 베드로는 마가와 포옹하더니 물병을 들어 벌컥벌컥 마셔댔다. 마가가 "아!" 하고 짧게 소리치더니 갑자기 박수를 쳤다. 베드로가 뭐라고 말할 새도 없이 그가 베드로의 주의를 환기시켰다.

　"스승님! 주님께서 유독 스승님을 사랑하셨잖아요. 스승님은 늘 요한 사도를 부러워하셨지만 제가 볼 때는 요한보다 더한 사랑을 받으신 분이 바로 스승님이라고 생각합니다. 주께서 부활하셨다는 기쁜 소식을 막달라 마리아로부터 가장 먼저 전해 들은 사도도 스승님과 요한 아닙니까. 그리고 제가 가장 부러운 건 바로 주님의 끝없는 사랑입니다. 스승께 무려 세 번이나 확인하셨잖아요. '네가 나를 사랑하느냐?'라고요. 누가 주님으로부터 그런 애정 담긴 표현을 받을 수 있겠습니까. 안 그런가요. 바울 스승님?"

　바울을 비롯해 모든 사람이 고개를 끄덕이며 박수를 보냈다. 베드로는 쑥스러운 듯 미소 지으면서도 한편 자랑스러움이 내포된 흐뭇한 표정이었다. 그는 진지한 말투로 생각지도 못한 계획을 이야기해 사람들을 놀라게 했다.

　"맞아. 그런 진득한 주의 사랑을 내가 너무 늦게 깨달았지. 그래서 말일세. 나는 너무 황송해서 주와 똑같은 십자가형을 받지 않을 걸세. 바울, 그대는 로마 시민권자라서 십자가형이 아닌 참수형을 받을 것이요. 로마인이 보기에 천하디 천한 유대인은 당연히 가장 모욕적인 십자가형에 처해질 텐데 나는 거꾸로 십자가에 매달릴 것이요."

2　성경과 노트 앱 사도행전 1장 4, 5, 8절.

"아아!"

누구랄 것도 없이 모두의 입에서 짧은 한탄이 터져 나왔다. 벽에 서 있던 스데반 역시 자신의 입을 막았다. 베드로가 즉흥적으로 말한 것이 아닌 오래 생각해 온 것임이 느껴져서 다른 말이 나오지 않았다.

"얼마 있다 진짜 주께서 말한 일이 실행되었지. 성령 세례의 진면목을 볼 수 있었어. 우리 모두가 완전히 달라졌다네. 다들 새사람이 된 것이야. 너무나도 멋진 일이었다네. 참 맛디아가 가룟유다 대신 우리 제자로 합류한 것은 알고 있었지? 제비 뽑아 결정했다네. 가룟유다는 결국 창자가 터져 비참하게 삶을 마감했고……. 아, 맛디아를 뽑은 곳도 성령 세례를 받은 곳도 모두 마가의 집이었지. 신실한 마가의 어머니 마리아가 보통 여장부가 아니셨어. 웬만한 남자들이 할 수 없는 일을 결단하셨지. 결국 예루살렘교회로 다시 태어난 영광의 장소야. 마가의 다락방은 우리 모두의 자랑이란다. 마가야 고맙다."

마가는 쑥스러움과 자랑스러움이 교차하는 미소를 지었다. 그때 간수가 와서 방문을 똑똑 두드렸다. 이제 그만 끝내라는 신호다. 이미 취침 시간이 한참 지나 있었다. 그들이 할 수 있는 한 최고로 배려해 준 시간이었다. 아무리 목소리를 낮춰 말한다 해도 하다 보면 흥분해 절로 목소리가 올라갔다. 이들의 흥분과 기쁨 그리고 다시 만난 환희와 반가움은 다른 죄수들에게도 전염되어 아무도 잠을 이루지 못하고 있었다. 이런 상태가 계속되면 감옥이 위험해질 수도 있다는 위기의식이 간수들 사이에 팽배해졌다.

아까부터 창문 밖에서 군인들이 왔다 갔다 하는 거친 발자국 소리도 들렸지만 다들 애써 모른 체하고 있었기에 이제는 정말 파하여야만 했다. 그렇게 두 번째 이야기가 마무리되었다.

다들 조용히 일어나 포옹하고 눈으로 인사했다. 마가는 베드로를 부축해 나갔다. 디모데는 바울을 침대에 눕히고 입을 맞춘 후 누가를 도와 뒤처리를 도왔다. 누가는 손도 빨랐다. 능숙하게 제단을 치웠다. 정리할 건 정리하고 버릴 건 묶었다. 물병과 포도주를 따라 마신 청동으로 만든 컵도 재빨리 부대 자루에 집어넣었다. 이가 빠진 청동 컵도 군인들이 풀숲에 내다 버린 것을 눈 밝은 누가가 주워 온 것이다. 그런 식으로 누가는 죄수들에게 필요한 것을 충당하는 살림꾼이기도 했다. 그러고는 바울한테 다가가 입을 맞춘 후 물수건으로 그의 이마를 닦아 준 다음 마지막 불꽃을 태우고 있는 촛불을 입으로 불어 끄고는 디모데와 함께 조심스레 밖으로 나왔다.

디모데를 자신의 방으로 데려다주고는 바로 베드로의 방으로 향했다. 베드로의 얼굴과 손을 물수건으로 닦아 준 다음 입을 맞춘 후 마가를 끌고 자신의 방으로 왔다. 누가, 마가, 디모데는 무릎을 꿇고 오늘 하루가 무사히 끝난 것에 감사기도를 드린 후 촛대를 들고 조용조용 긴 복도를 지나 죄수들이 사용하는 작은 욕실로 들어가 간단히 땀만 씻어 냈다. 그리고는 다시 복도를 지나 방으로 와서 각자의 침대에 들어갔다. 어지간히 피곤했던지 세 사람은 곧바로 깊은 잠에 빠져들었다. 주께서 사랑하시는 사람들에게 단잠을 주셨다.

2.
마가의 다락방,
오순절 성령강림 사건(사도행전 1-2장)

  디모데와 마가가 도착한지 이틀째 되는 날 아침엔 전날과는 다른 유쾌한 긴장감이 감옥을 휩쓸었다. 누가는 아침식사 시간에 일행에게 손가락 세 개를 펴면서 세 번째 이야기라는 의미를 전달했다. 디모데는 시차로 말미암아 새벽녘에 눈을 떴는데 누가가 벽에 붙어 있는 작은 제단 위에 촛불을 켜 놓고 뭔가 적는 것을 보았다. 분명 데오빌로 장군에게 보내는 기록이리라 짐작했다. 누가가 한참 있다 촛불을 끄고 침대로 돌아왔을 때 옆에 누워 있던 디모데가 조용히 물었다.

  "누가, 어제 말씀하신 분께 보내는 기록인가요?"

  "어 디모데, 나 때문에 깬 거야?"

  "아닙니다. 시차 때문에 눈이 떠졌다가 보게 되었어요."

  "그랬군. 맞아. 너희들이 도착한 후 우리가 나눈 이야기를 순서대로 정리해서 보낼 참이야. 이미 첫 번째와 두 번째 이야기를 정리했지. 그분의 부하들이 도착하는 대로 그것들만 미리 보내려고. 이미 장군이 알아서 책으로 묶을 준비를 하고 있을 거야. 장군도 예수님이 다시 가시고 난 후 우리들의 이야기를 무척 궁금해하거든. 하, 그의 기억력은 나도 따라갈 수가 없어. 내가 잊고 있는 것을 깨우쳐 주기까지 한다니까. 하여간 대단한 남자야. 멋있지. 무엇보다 성령 세례가 핵심 아닌가. 나는 이미 오래전부터 그에게 서신을 보내 우리 상황을 전했지만 이번엔 베드로 스승이 있어 핵심 부분을 알릴 수 있게 되어 벌써부터 가슴이 뛴다네. 물론 그전에도 베드로 이야기를 쓰긴 했지만 이번처럼 가까이서 직접 들을 수 있는 건 행운이지 뭔가. 다 하나님의 축복이네."

누가가 속사포처럼 주절거리는 목소리를 들으며 디모데는 어느새 깊은 잠으로 빠져들고 있었다. 마치 부드러운 자장가를 듣는 듯 입가엔 미소마저 짓고 있었다. 잠이 든 디모데를 바라보며 누가는 피식 웃었다. 귀여운 병아리 같았다. 왜 그렇게 바울이 그를 어린아이 다루듯 귀애하는지 충분히 이해가 되고도 남았다. 디모데는 어디서나 막내 귀염둥이 노릇을 톡톡히 했다. 선천적으로 약한 체질답게 소심하기 이를 데 없지만 심지가 굳고 책임감이 강한데다 성실함으로 무장하고 있기 때문이다.

마가는 누가 업어 가도 모를 만큼 조용히 코 고는 소리를 내면서 깊숙이 침대에 파묻힌 채 미동도 안 하고 숙면을 취하고 있었다. 마가를 사랑하는 베드로의 얼굴이 그의 얼굴 위로 오버랩되었다. 젊은 제자들로 인해 노스승 바울과 베드로의 마지막 가는 길이 행복하다면 그것만큼 좋은 일은 없을 것이다. 부디 이들이 머무는 열흘간 어떤 일도 일어나지 않기만을 기도하며 누가는 모자란 잠을 보충하기 위해 다시 침대에 누웠다. 이제 동이 트면 할 일이 태산같이 많지만 하나님께서 힘을 주시리라 믿었다. 계획대로 세 번째 이야기가 순탄하게 진행되도록 기도드렸다.

어제에 이어 베드로의 성령강림 이야기가 계속되었다. 베드로의 얼굴은 그 어느 때보다 환하게 빛나고 있었다. 성령께서 함께하신다는 은총이 모든 사람들에게 임했다. 그도 당시 기쁨과 감격에 젖은 듯 처음엔 바로 이야기를 꺼내지 못했다. 다들 조용히 기다려 주었다. 사실상 함께 있는 누가만큼 사도들의 처음부터 끝까지 모든 행적을 알고 있는 사람은 드물 것이다. 하지만 그는 본래 차분하고 나서지 않는 신중한 성격이다. 말없이 기록만 철저히 했다. 자신의 행위를 내세울 법도 한데 절대 그러지 않았다. 뒤에서 모든 사람들을 조용히 배려하는 겸손한 카리스마가 그를 더욱 빛나게 했다. 마가와 베드로의 세월도 그만큼 잘 아는 사람은 없을 테지만 그들이 말할 때 단 한 번도 끼어들지 않고 그들이 편하게 말하도록 도왔다. 참으로 멋진 사나이였다. 베드로가 결심한 듯 입을 열었다.

"나는 알다시피 참으로 부족한 인간이자 최악의 제자였소. 말만 예수님의 수제자이지 예수님의 순교 직전 그를 세 번이나 부인했고, 아예 예수님께 호언장담이나 하지 않았으면 좋았을걸……. 사순절 내내 예수님의 부활을 직접 눈으로 목격했음에도 온전히 믿지 않고 '나는 고기나 잡으러 가겠다.'라고 시큰둥하게 나왔지. 예수님께서 속으로 얼마나 실망하셨을지 눈에 선하오. 그럼에도 우리 주님께서는 참으로 인내심 있게 나 같은 사람도 기다려 주셨소."

다들 아무 말도 보태지 못하고 고개만 끄덕거렸다. 디모데의 눈이 영적인 호기심으로 빛나고 있었다. 그런 디모데를 바라보며 모두가 흐뭇한 미소를 띠었다.

"거의 일백이십 명이 모인 자리였소. 우리 마가네 집 다락방이었지. 어제 말한 것처럼 마가의 어머니 마리아가 참으로 심지 굳고 용기 있는 분이셨소. 주께서 돌아가시기 직전, 최후의 만찬도 다락방에서 했고 또 내가 잠시 감옥에 갇혔다가 천사의 도움으로 풀려났을 때 나를 위해 성도들이 그곳에서 기도하고 있었지. 마가야, 네가 그런 환경에서 성장했으니 하나님께서 얼마나 어여삐 여기셨을지 눈에 훤하구나."

베드로는 연신 마가를 바라보며 고마움과 자랑스러움을 내비쳤다. 마가는 어머니 생각에 뭉클해졌다. 얼마 전까지 예루살렘에서 어머니와 함께 있다 왔지만 이상하게 그때가 마지막 만남인 것마냥 아쉽기만 했다. 마리아도 같은 느낌이었는지 모자는 함께 있는 시간 내내 애틋함으로 맺어졌다.

베드로의 말이 다시 이어졌다. 베드로 역시 천국으로 가기 직전임을 인식했는지 그 어느 때보다 진지했다. 하늘에서도 하나님과 천사들이 귀 기울여 듣고 계심을 알 수 있었다. 성령이 그날처럼 감옥에 충만했다.

"갑자기 급하고 강한 바람이 불면서 불의 혀같이 갈라지는 것이 우리 모두에게 임했지. 문득 그것이 성령이란 것을 깨달았어. 아, 이것이 바로 예수님께서 말씀하신 성령 세례였구나 하는 깊은 깨우침이 우리를 소름 끼치게 만들었지. 온몸에 전율이 일었다고 할까. 더 신기한 건 이방인들이 우리말을 자기네 방언으로 알아들었다는 거야. 이게 있을 수 있는 일인가. 예수님 살아생전 우리가 간혹 가다 만난 이방인들은 히브리어를 알아듣지 못해 복음을 받아들이고 싶어도 못 받아들인 사람들이 많았는데 그런 언어 장벽이 소멸된 것이지. 이거야 말로 예루살렘을 벗어나 온 유대와 사마리아 그리고 땅끝까지 도를 전파할 수 있는 토양이 완벽하게 이뤄짐을 뜻하는 것이라 우리 모두 하나님의 은혜에 감격하고 자신감과 사명감에 사로잡혔다네."

베드로가 말을 마치기도 전에 급작스러운 바람이 불면서 감옥이 잠시 진동했다. 하나님께서 그들과 함께하신다는 확신이 들었다. 멀리서 다른 죄수들과 간수들의 비명 소리가 들렸다.

간수들이 다다다다 소란스레 달려오는 소리가 들렸다. 성령은 베드로와 일행을 불의 혀 혹은 비둘기처럼 순결하게 감싸 안고 있었다. 간수들은 일행을 보며 안도의 한숨을 내쉬었다. 오히려 그들의 평온한 표정을 보며 놀라는 눈치였다. 이미 간수들은 한참 전부터 베드로와 바울을 통해 조금씩 인지하고 있었다. 바울이 들어온 직후부터 감지하기 시작한 하나님의 은혜와 축복을…….

간수들이 돌아가자 베드로가 천장을 올려다보며 주께 감사를 전했다. 마치 그 당시로 돌아간 듯한 설렘과 뿌듯함과 환희에 몸 둘 바를 모르는 사람처럼 보였다. 디모데가 손을 들더니 가장 중요한 바벨탑 사건을 상기시켜 주었다. 역시나 잘 성장한 사역자다웠다.

"스승님, 그 이야기를 들으니 구약 시대 초기 바벨탑 사건이 생각납니다. 그때는 하나님께서 오히려 언어를 땅끝까지 나누셨잖아요. 인간들의 교만을 방치하지 않으셨지요. 그 후 정말 오랜만에 언어를 통합해서 알아듣게 만드는 능력을 성도들께 다시 하사하신 셈이로군요."

다들 경탄의 눈초리를 그에게 보냈다. 베드로는 엄지를 들어 최고라고 칭찬해 주었다. 베드로는 디모데를 사랑스러운 눈으로 바라보더니만 감격에 젖어 말을 맺었다.

"그 후부터 우리 모두가 달라졌다네. 그게 초대교회의 시작이었지. 내가 가장 먼저 달라졌어. 우리 주님을 위해서라면 목숨이 아깝지 않았네. 신기한 건 이게 억지로 되는 게 아니더군. 성령이 함께하시니 우리가 변한 걸세. 바울 그대도 잘 알고 있지 않은가. 마가도 누가도 디모데도 이미 경험한 것 아니냐?"

바울도 마가도 디모데도 한마음으로 동의했다. 조용히 뒤에서 시중을 들던 누가 역시 두 손을 모았다. 그때 베드로가 갑자기 생각난 듯 손을 들었다.

"참, 성령 세례 때 신기한 일이 또 있었지. 우리들은 다 히브리어로 말했는데 각 도시 사람들이 자기네 언어로 알아들었다고 했잖아. 그런데 나중에 들으니 우리 가운데 일부는 아예 생판 모르는 다른 나라 언어를 말했다고 하네. 누구는 헬라어 누구는 라틴어가 자기 입에서 나왔다는 거야. 그전까지 자신도 전혀 모르는 언어였는데 본인이 말하면서 무슨 뜻인지도 알았다는 걸세. 얼마나 신통방통한 일인가. 사람의 힘으론 죽었다 깨어나도 이루어질 수 없는 일 아닌가 말일세. 이러니 우리가 전도하는 데 꼭 필요한 언어의 힘이 생긴 것이지."

"아아, 정말 들으면 들을수록 놀랍기만 합니다. 성령 세례가 없었다면 땅끝은커녕 유대와 사마리아도 도를 전하기 쉽지 않았을 겁니다."

"맞아. 하지만 하나님께서 그토록 언어라는 생명력 넘치는 무기를 주셨음에도 나를 포함한 예수님의 열두 제자들은 그저 예루살렘과 유대인에게만 도를 전하려는 게으름을 한동안 버리지 못했지. 밖으로 나가는 것이 두렵기도 하고 번거로웠기 때문이야. 뒤늦게 후회하고 반성했지. 바울의 오랜 전도여행을 보면서도 우리는 자극을 받지 않고 우물 안 개구리로 너무 오래 살았어……."

베드로가 자책감으로 울부짖자 다들 고개를 숙였다. 누가가 분위기를 바꾸려는지 얼마 남아 있지 않은 포도주를 조금씩 따라서 일행에게 돌렸다. 그때 디모데가 마가를 불렀다.

"마가, 어제 예수님께서 최후의 만찬 때 어린 소년이던 너를 보고 웃으셨다고 했잖아. 성령강림 사건 때도 분명 네가 있었을 텐데 기억나는 게 있어? 나는 그것도 궁금해. 우리 마가의 소년 시절 경험한 사건들이 다 엄청난 일이라 부럽기만 하네."

다들 감탄한 듯 디모데를 바라보았다. 스데반도 역시라며 엄지를 들었다.

"역시 젊은 너희들을 따라갈 수 없구나. 나는 왜 그런 생각을 한 번도 못 했는지. 아이고, 한심하다."

베드로가 크게 웃었다. 바울도 고개를 끄덕거리며 베드로에게 동의했다. 누가는 마가에게 입 맞추었다. 디모데는 자랑스러운 듯 마가를 안아 주었다. 마가는 잠시 어쩔 줄 몰라 했지만 다신 이런 기회가 없으리라 생각하니 용기를 내야만 했다.

* * *

그날은 집 안팎이 아침부터 분주했다. 평소에도 아침 일찍부터 밤늦게까지 성도들은 이층 다락방에 모여 기도한지 꽤 되었다. 어머니와 다른 사도들이 이야기하는 것을 얼핏 들으니 예수님께서 부활하신 후 사십 일간 지상에 계시다가 하늘로 올라가시면서 특별한 부탁을 하신 것을 알았다. 바로 예루살렘을 떠나지 말라는 명령이셨다. 지금까지의 물세례가 아닌 성령 세례를 주신다는 것이다.

성령 세례가 뭘까, 그도 궁금하기 짝이 없었다. 이상하게 그날은 일어날 때부터 설렘으로 가득 차 있었다. 무슨 좋은 일이 있을 것만 같았다. 어머니도 무슨 느낌이 왔는지 새벽부터 쉴 새 없이 별채와 본채를 들락거리면서 성도들의 편의를 도왔다. 그날은 보통 때보다 훨씬 많은 사람들이 모여들었다. 아니 밤새 기도한 사람들이 더 많았다. 이층 다락방은 워낙에 넓어 방도 여러 개인데다 테라스도 곳곳에 있어 삼삼오오 모여 성경 공부를 하거나 찬송을 부르기도 했다.

기도하다 힘들면 조용히 방에 들어가 잠시 쉬거나 자는 사람도 있었고 자다가도 벌떡 일어나 다시 기도에 합류하는 사람도 많았다. 그가 기억하기에 이십사 시간 내내 한 번도 기도하는 사람이 끊이지 않았다. 밤새 대형 양초를 넣은 촛대들이 다락방 여기저기에서 환하게 밤을 밝히고 있었다. 어머니를 비롯한 여자들은 그들이 먹을 음식을 준비하느라 늘 바쁘게 움직이고 있었다. 그럼에도 기도를 쉬지 않고 성경 묵상을 하면서 서로에게 힘을 주었다.

그는 이른 아침을 먹고 본채로 슬슬 걸어 나갔다. 집 안팎은 늘 사람들로 인산인해였다. 성도들은 물론이고 믿지 않지만 호기심으로 그득한 사람들도 집을 기웃거렸다. 최후의 만찬 이후로 유명세를 타기 시작해 일부러 구경하려고 오는 사람도 많았다. 그는 사람들을 바라보다가 자신도 이층으로 올라가야겠다고 생각하는 순간 갑자기 땅이 진동하는 것을 느꼈다. 너무 놀라 잠시 휘청거렸다. 태풍이 왔나 싶게 강력한 바람이 불더니만 사람들의 비명소리인지 알 수 없는 소리가 동시다발로 튀어나왔다. 그는 곧바로 이층 계단으로 뛰어올라갔다. 어머니가 걱정되어서이다. 지진 아니면 태풍이라고 생각했다.

아, 그는 이층에 올라가자마자 그만 엎드러져 버렸다. 강한 성령이 그를 한순간에 덮쳤기 때문이다. 사도들과 성도들의 환희인지 울먹임인지 분간할 수 없는 표정과 목소리에 할 말을 잃었다. 한 사람, 한 사람의 머리 위로 비둘기 형태의 바람이 스쳐 지나가고 있었다. 여자들 무리 속에 있는 어머니도 보였다. 어머니는 경건한 표정으로 두 손을 하늘로 올리고 있었다. 다른 사람들의 표정도 그랬다.

이게 바로 성령 세례라는 것을 깨닫는 순간 자신의 입에서도 알 수 없는 방언이 튀어나왔다. 어디선가 들은 것 같았지만 확실하게 단정할 수 없었다. 사람들 모두 무슨 말을 하고 있었다. 바깥에서 사람들이 웅성거리는 소리가 희미하게 들리다가 점점 커졌다. 나중엔 마치 폭도들이 몰려오는 소리 같았다. 그는 억지로 몸을 일으켜 아래층으로 뛰어 내려갔다.

각 지역에서 온 사람들이 아우성치고 있었다. 각자 자신의 고향 언어가 들린다고 신기해했다. 알고 보니 폭도가 아닌, 오순절을 지내기 위해 천하 각국으로부터 와서 예루살렘에 머무르고 있던 디아스포라 경건한 유대인 무리였다. 다들 흥분해서 자신이 온 곳을 알렸다. 바대, 메대, 엘림, 메소포타미아, 유대, 가바도기아, 본도, 아시아, 브루기아, 밤빌리아, 애굽, 구레네 그리고 구레네와 가까운 리비아, 로마, 그레데(크레타), 아라비아 등 열여섯 개 지방에서 온 사람들이다. 이들은 다 자신들이 사용하는 언어로 하나님의 큰일을 들었으니 그런 감격이 또 어디 있단 말인가. 이층에 있던 일백이십 명 성도들도, 바깥에서 자신들의 방언으로 들은 사람들도 하나님의 은총과 축복에 취해 어쩔 줄 모르고 감사와 찬송을 드렸다. 모두가 한마음으로 기쁨을 나누었다. 하지만 어디나 방해하는 사탄이 있는 법이다.

"저 인간들이 드디어 미쳐 가는군. 밤새 술을 마신 게 틀림없어. 아니면 아침부터 퍼마셨나 보군."

"이보시게. 지금 시간이 제삼시(오전 아홉 시)야. 이 시간에 누가 술을 마셨다고 그러나. 이건 하나님이 하신 일일세. 당신들이 죽인 사람이 바로 하나님의 아들 예수님이신 것을 확실하게 밝히신 것이라고, 부활하신 주님을 입증하신 것이야. 당신들이 지금이라도 회개하면 구원을 받을 수 있다네. 이런 일은 사람의 힘으론 할 수 없다는 것을 알고 있겠지? 어서 그리스도의 이름으로 세례를 받고 죄 사함을 받으라고, 그리하면 당신들도 우리처럼 성령을 선물로 받을 수 있다네."

사람들은 무식한 베드로가 평소와 달리 조리 있는 말투로 위엄 있게 설명하니 크게 놀랐다. 지금까지 그들이 무시한 주님의 다른 제자들도 달라 보였다. 정말 주님께서 계신다는 믿음이 이들의 마음속에 싹트기 시작했다. 그날 하루에만 삼천 명의 성도가 주님 앞으로 돌아오는 기적이 일어났다.

이때부터 제자들의 이적이 빈번하게 나타났고 성도들은 이층 다락방에 모여 함께 기도하고 묵상했다. 민족 최대 명절인 유월절을 맞아 예루살렘에 왔다가 오순절 성령강림 사건을 목격한 디아스포라 각국의 유대인들은 믿음에 휩싸여 그들이 왔던 곳으로 돌아가지 않고 예루살렘에 머물기로 작정했다. 수많은 이들이 한꺼번에 예루살렘에 머무르려니 당연히 숙소도 필요하고 돈도 필요했다.

이들의 필요를 채워 주기 위해 일백이십 명 성도들과 믿음이 들어온 다른 성도들이 한마음으로 물건을 통용하고 재산을 팔아 사도들의 발 앞에 갖다 두었다. 이들은 날마다 모여서 기도하고 찬미하니 점점 더 많은 사람들이 구원을 받았다. 이때부터 다락방은 교회의 형태를 띠기 시작했다. 마가의 다락방이 초대교회로 변환되는 역사적인 순간이었다.

* * *

마가의 긴 이야기가 끝나자 다들 기립 박수를 쳤다. 누가와 디모데는 가슴이 벅차올라 마가를 헹가래 칠 기세였다. 마가는 웃으면서 뒤로 물러갔다. 다섯 사도는 손에 손을 잡고 강강술래 하듯 좁은 방 안을 돌았다. 스데반도 슬그머니 다가와서 바울의 손을 잡고 같이 돌았다. 즐거운 흥분이 한참이나 방 안에 서성거렸다. 어느 정도 흥분이 가라앉자 베드로가 말했다.

"우리는 그 후 어디서나 하나님을 영화롭게 하도록 최선을 다해야 했어. 하나님의 은혜를 앙망하는 사람들이 기하급수적으로 늘어나는 것을 보면서 마음을 다잡았지. 그때 우리끼리 신기해한 게 뭐였는지 짐작이 가오. 바울?"

"아, 알겠소. 오순절 아니오? 어떻게 모세율법과 주님의 십자가형이 연관이 되는지……."

"바울, 그대가 예루살렘에 와 고초를 겪은 것도 오순절 기간 아니오?"

"아아, 베드로 그건, 민망하게 왜 그러오?"

바울이 손사래를 치자 베드로가 유쾌하게 웃었다. 일행은 다 고개를 끄덕이며 신기하다고 이구동성으로 말하면서도 하나님의 섭리라고 답했다. 누가가 생각난 듯 손을 들었다.

"그렇잖아도 스승님, 언젠가 데오빌로 각하가 오순절에 관해 자세한 설명을 듣기를 원했어요. 성경을 읽다 보니 유대인의 절기를 알아야 하는 게 필수라고 하더군요."

"진짜 대단한 장군이야. 그 말이 맞지. 그래서 어떻게 설명했느냐. 누가? 자네도 헬라인인데, 참으로 우리 주님을 영화롭게 만드는 일등 공신이로다."

누가가 얼굴이 붉어지며 겸손하게 대답했다.

"먼저 이스라엘 백성이 사백삼십 년 만에 애굽에서 탈출한 당일을 유월절이라고 했지요. 유월절부터 칠칠절인 사십구 일을 지나 오십 일로 들어서는 날이 바로 오순절이라고 했습니다. 칠칠절이나 오순절은 로마 제국의 추수감사절과 동일한 의미를 지닌다고 했고요."

"아주 잘했다. 오순절이 왜 의미 있는가 하면 하나님께서 구약 시대에 시내산에서 모세 선지자에게 하나님의 율법인 십계명을 내려 주신 날 아니냐.

예수님 시대로 넘어와선 예수님께서 바로 오순절에 십자가형을 당하셨고 또 바울이 예루살렘에서 곤혹을 치룬 것도 오순절 기간이었지. 그렇게 성경은 우리가 생각지도 못하는 연관성이 많단다. 나중에 이런 사실도 데오빌로에게 알리거라."

"알겠습니다. 꼭 그에게 자세히 적어 보내겠습니다."

디모데가 갑자기 생각난 듯 손뼉을 쳤다. 디모데의 습관이었다. 그는 뭔가 하고 싶은 말이나 궁금한 게 있으면 자신도 모르게 손뼉부터 쳤다.

"아아, 스승님. 그렇잖아도 한번 여쭙고 싶었어요. 제가 사역할 때 이방인 성도들로부터 가장 많이 받은 질문이 성령 세례와 성령 충만의 차이였어요. 그에 대해 제 나름대로 설명을 하긴 했는데 제대로 한 건지 모르겠어요. 전에 바울 스승님께도 여쭌 적이 있지요."

바울이 고개를 끄덕이면서 베드로한테 대답하라는 제스처를 취했다. 바울이 웃으면서 디모데를 껴안아 주었다. 사랑스럽다는 표시였다. 다들 디모데를 바라보며 최고라고 엄지를 올렸다. 디모데는 어딜 가나 사랑받는 능력을 타고났다.

"이방인 성도들한테 쉽게 설명하는 방법이 있지. 성령 세례라 함은 무슨 요란한 방언을 하거나 정신을 잃고 기절하는 게 아닌 하나님께서 내 안에 오셔서 영원히 나와 함께 계신다는 확신을 갖는 것이란다. 우리는 그 하나님의 사랑을 믿고 확인하는 것이지. 다시 말해 우리 마음에 믿음이 생기는 것이다. 일생에 단 한 번 체험하는 성령 세례이지만 한 번 오시면 말 그대로 영원히 우리 안에 임재 하신다는 뜻이다. 그리고 성령 충만이라는 것은 성령님이 수시로 왔다 갔다 하는 것이지, 우리가 사람인 이상 늘 성령 충만하기는 쉽지 않아. 성령 충만하다는 증거로 말씀을 듣는 귀가 열리고 언어 습관마저 달라진단다."

"다모데야, 베드로의 말 들었지? 물론 너도 그렇게 설명했겠지만 성도들 특히 이방인 성도들은 성령 세례나 성령 충만이라고 하면 겁부터 먹거나 자기와는 거리가 먼 이야기라고 지레짐작하곤 했지. 성령 세례는 물론 성령이 충만하다는 것은 늘 하나님을 우선시하는 생활이라고 쉽게 알려 주면 된단다. 꼭 방언을 안 해도 된다는 뜻이야. 방언은 그때그때 이방인들에게 하나님의 말씀을 반드시 전하고 싶은, 방언이 꼭 필요한 사람들에게 하나님이 주시는 은사라고 생각하면 된단다. 실제로도 성령이 충만해지면서 많은 성도들이 달라졌어. 표정부터 부드러워지고 언어도 달라지고 무엇보다 말씀 듣기를 사모하게 되면서 들은 말씀 또한 누군가에게 전하려고 애를 쓰게 되지. 그런 성도들의 변화를 볼 때마다 우리 사도들은 감사와 함께 사역의 희열을 느끼는 것 아니겠느냐."

베드로와 바울의 말을 차례대로 들은 제자들 역시 동의하며 기쁨에 젖었다. 그런 보람과 환희는 사역자들이 하나님의 종노릇을 감사히 할 수 있는 원동력이 되어 주었다. 그렇게 아침 식사가 끝나면서 세 번째 이야기가 마무리되었다. 누가는 제단 위에 식탁을 펼치거나 정리하면서도 틈틈이 기록하고 있었다. 다른 일을 하다가도 뭔가 생각난다 싶으면 어김없이 작은 두루마리를 펼쳐 빈틈없이 채워 나갔다.

3.
베드로 사도,
미문에서 나면서부터 하반신 마비 거지를 일으켜 세우다,
베드로의 첫 번째 이적과 초대교회의 성장,
인간의 능력으로 하나님의 권능을 가리지 말라(사도행전 3-5장)

감옥에서의 하루하루는 어떻게 지나가는지 모를 정도로 바삐 움직이고 있었다. 다른 사람들이 볼 때는 시간이 멈춘 듯하지만 간수들도 죄수들도 감옥에서 웅크리고만 있지 않는다. 마머틴 감옥은 원래 황후의 여름 궁전이자 대대로 내려오는 황족의 별장인 넓디넓은 공간이기에 할 일이 널려 있었다. 죄수들의 노동력을 필요로 했다. 아침부터 저녁까지 조금이라도 움직일 기운이 있으면 중노동에 시달려야 했다.

이들은 날카로운 채찍과 칼로 무장하고 있는 군인들의 감시에 시달리면서 하루 종일 일하고 식사 시간에만 휴식을 취할 수 있었다. 나무를 자르고 꽃을 가꾸고 관리하고 분수대를 정리하고 정원 곳곳 보수 공사와 신축 공사에 투입되어야 한다. 겨울을 대비한 벽난로에 들어갈 장작을 한없이 쌓아놓는 일도 해당되었다. 물론 죄수들이 있는 감옥엔 해당되지 않는다. 벽난로는 관리자와 군인들의 거주지에만 설치되어 있었다.

죄수들 중 무모한 사람들은 탈출을 꿈꾸지만 지금껏 그 누구도 성공하지 못했다. 잡히는 즉시 채찍으로 얻어맞은 후 사형장소인 정원의 맨 끝자락에 위치한 뒷마당의 참수 기둥터로 끌려가 참수형을 당했다. 그나마 참수형은 드물게 로마인이나 로마와 연관된 사람들이 당했다. 나머지 유대인이나 이

방인들은 채찍에 맞아 살집이 찢겨지고 피를 흘리면서 십자가형을 받기 위해 쇠사슬에 묶여 밖으로 기어 나갔다. 뒤에선 군인들이 계속 채찍을 휘두르니 비명 소리가 난무한다.

그런 모습을 다른 죄수들은 손바닥만 한 창문으로 지켜보면서 울거나 두려움에 떨어야 했다. 정치범과 전쟁 포로로 체력이 좋은 사람들도 살아남지 못했다. 오히려 죽기를 원하는 사람들은 일부러 탈출을 시도해 일찍 생을 마감한다. 어차피 사형을 피할 수 없기 때문이다. 그래도 아직 버틸 수 있는 사람들한테는 유일하게 바깥에서 움직이는 시간이기에 좋아하는 경우도 종종 있었다.

바울과 베드로 같은 나이 든 사람들한테는 특별히 노동이 면제되었다. 누가는 유일하게 죄수의 신분이 아니어서 노동에서는 제외되었지만 행정 관련 일을 도맡아서 했다. 히브리어, 라틴어, 헬라어가 가능했고 지식이 풍부했기 때문이다. 그곳에 거주하는 모든 사람의 건강을 돌보는 주치의라는 막대한 책임도 지고 있었다. 군인들도 아프면 어쩔 수 없이 그를 불러 도움을 받았다.

아침 식사가 끝나고 디모데와 마가는 누가를 쫓아 감옥의 최고 관리인 감옥장 퀸투스에게 인사하기 위해 감옥 뒤쪽으로 나 있는 길고 긴 회랑을 지나 감옥장의 사택으로 들어섰다. 가면서 자세히 보니 어젯밤 씻은 죄수용 작은 욕실이 있는 회랑과 반대쪽 회랑이었다. 눈썰미 좋은 디모데만 알아보았다. 마가는 아는지 모르는지 멀뚱멀뚱한 얼굴로 누가의 뒤만 부지런히 쫓아가고 있었다.

감옥에만 있다가 그래도 바깥이라고 나와 바람을 맞으려니 절로 상쾌해졌다. 소나무와 잣나무, 황양목과 이름 모를 나무들이 그를 반겨 주고 있었다. 겨울을 제외한 봄, 여름, 가을이 선사할 정원의 아름다움이 눈에 선명하게 그려졌다. 할 수만 있다면, 스승들이 내년 봄이나 여름까지 살아 계실 수만 있다면 다시 한번 위험을 무릅쓰고 이곳으로 들어와 함께 정원에서 산책하고 싶을 만큼 눈이 시원했다. 정원 곳곳에 흔하게 널려 있는 각종 그리스·로마 신과 여신들의 조각상은 그것을 만든 사람들이 섬기는 신만 아니라면 인간의 재능에 찬사를 보내고 싶을 만큼 정교했다.

순간 기지개를 켜고 심호흡을 하고 싶은 것을 저 멀리 서 있는 군인들을 보며 가까스로 참았다. 그들은 보는 듯 안 보는 듯 무심하지만 매의 눈으로 바울 일행을 감시하고 있다는 사실을 온몸으로 감지하고 있었다. 디모데가 한순간도 기도를 쉬는 죄를 범하지 않는 이유 중의 하나였다. 자신의 작은 실수 하나로 노스승과 누가가 위험해지는 일은 없어야 하기에 필사적으로 조심하는 수밖에 없었다. 한편 누가가 건강을 유지하는 비결을 알 것만 같았다. 누가는 하루에도 몇 번씩 여러 갈래로 나 있는 회랑을 드나든다고 했다. 이곳까지 그를 찾아와 치료를 받고 가는 고위층을 위해 따로 마련된 비밀 진료실도 있다고 식탁을 정리할 때 그가 속삭이듯 말했다. 디모데는 이 모든 게 비현실적으로 느껴졌다.

사택은 말 그대로 왕족의 저택처럼 화려했다. 감옥 안에 이런 곳이 있나 싶을 만큼 널찍한 공간이었다. 응접실만 봤는데도 집의 규모를 짐작할 수 있었다. 집사 역할을 하는 군인이 나와 그들을 안내했다. 집사는 칼집에 들어 있는 칼로 그들의 몸을 검사하듯 머리부터 발끝까지 훑어 내렸다. 누가는 제외되었다. 퀸투스에게도 어제 선물이 전해졌다. 그는 건방진 태도로 젊은 두 사람을 쏘아보듯 관찰한 다음 못마땅한 말투로 입을 열었다.

"흠, 자네들인가? 운 좋은 사람들이군. 우리 데오빌로 각하의 배려 덕에 이

험한 궁전에. 그렇지. 예전엔 다들 부러워하는 아름다운 궁전이었지만, 지금은 가장 흉포한 사형수들만 모여 있는 곳이지. 어허, 다른 사람들은 여기 한번 들어오면 죽을 때까지 못 나가는데 자네들은 무려 열흘이나 머문다고? 아니 무슨 여름 궁전에 황후의 초대를 받고 들어온 귀족들 같단 말이야."

그가 발작하듯 요란한 소프라노 고음으로 웃기 시작했다. 옆에 있는 군인들이 움찔하면서 전투태세를 취했다. 누가는 익숙한지 미동도 하지 않고 고개를 숙이고 있다. 그런 누가의 눈치를 보면서 디모데와 마가는 숨 한 번 제대로 쉬지 못하고 얼어붙었다. 누가는 능숙하게 두 사람의 신상이 적힌 두루마리를 그에게 건넸다. 그는 한 번 쓱 보는 척하더니만 옆의 군인에게 넘겼다. 그러면서 형식적으로 누가에게 물었다.

"닥터 누가, 차 한잔하고 갈 시간이 있으려나."

"아닙니다. 감옥장님. 가서 할 일이 많습니다. 호의는 감사하지만 다음에 할게요."

"그렇겠지. 자네가 아마 이 궁전 아니 감옥에서 가장 바쁜 사람이라는 건 하늘이 알고 땅이 알지. 가 보게. 그리고 두 사람은 아무 문제없이 여기서 나가기만을 고대하네. 마지막 인사 나눌 때를 기대하겠네. 닥터 누가 말만 잘 들으면 될 걸세."

변덕스러운 그는 한결 누그러진 목소리로 디모데와 마가의 등을 토닥거렸다. 디모데는 그의 손길에 소름이 끼쳤지만 내색하지 않았다. 마가는 어제 이곳에 도착하자마자 유독 말을 많이 한 탓인지 줄곧 멍한 표정이었다. 세 사람은 그에게 깊이 허리 숙여 인사한 다음 조심스레 물러나왔다. 아무도 입을 열지 않고 조용하고 신속하게 회랑을 건너질렀다. 다시 감옥으로 돌아왔을 때에야 그들은 안도의 한숨을 깊이 내쉬었다.

노스승들이 걱정스러운 표정으로 앉아 있다가 이들이 들어서자 그제야 미소를 띠었다. 누가는 곧바로 제단 위에 날렵하게 식탁을 차렸다. 디모데가 얼른 그를 도와 움직였다. 마가는 잠시 쉬고 오겠다고 누가의 방으로 갔다. 모자란 잠을 보충하려는 것 같았다.

　"흠, 마가가 어제 말을 많이 해서 피곤할 터이다. 모두 긴 이야기였잖아."

　"맞아. 마가의 다락방 이야기만으로도 넘쳐흘렀지. 예수님 이야기와 성령세례 목도까지. 저 정도로 버티는 것만 해도 다행이야."

　바울과 베드로가 낮은 목소리로 말했다. 언제부터인가 이들은 최대한 목소리를 낮춰서 말하고 있었지만 하다 보면 절로 톤이 높아졌다. 누군가 이들의 일거수일투족을 감시하고 있다는 것을 알면서도 사람인지라 가끔은 잊고 지냈다.

　이제 네 번째 식탁이었다. 네 번째 이야기가 기록되기 시작했다. 베드로는 성령강림 사건 후에 일어난 어마어마한 변화와 함께 초대교회의 성장과 안정에 관한 이야기를 꺼냈다. 어느새 마가도 들어와 함께 식사하고 있었다. 그는 어젯밤 내내 어머니 꿈을 꾸어 잠이 부족했는데 잠시 누워 짧은 단잠을 자고 나니 괜찮아졌다고 다시 명랑한 상태로 되돌아와 있었다. 누가는 왠지 그런 마가가 짠하게 느껴졌다. 겉으로 볼 때는 그리도 깊이 안정적으로 코를 골면서 자는 모습이었는데 계속 꿈을 꾸고 있었구나. 그것도 어머니 꿈을……. 그때만 해도 누가는 물론 아무도 마가의 이른 순교를 상상한 사람은 없었다. 일행은 밥을 먹으면서 베드로의 말에 주의를 기울였다. 누가는 왼손엔 붓, 오른손에 빵을 들어 초에 찍어 먹으면서 베드로한테 집중했다.

"나와 요한이 아름다운 문으로 가던 길에 그 하반신 마비 거지를 만났지. 예루살렘에선 우리 사도들보다 그가 더 유명했어. 사십 년 가까이 미문에 앉아 구걸했으니까. 미문은 말 그대로 은과 금으로 화려하게 장식된, 길이가 이십삼 미터나 되는 황동으로 만든 이중문이야. 그러니까 거지가 그곳에 앉아 있었지. 성전도 그만큼 화려했고 그런 성전에 들어가는 사람들의 선행 욕구를 만족시킨 것이지. 믿음은 하나도 없으면서 오로지 성전에만 가면 되는 줄 알았던 사람들에게 '이런 선행을 하면 하나님이 좋아하시겠지.'라는 생각을 하게 만들어서 주를 믿지 않는 죄책감을 희석시킨 것이란다. 근데 그날 내 눈에 그의 믿음이 보였단다. 성령이 시키신 일이었지. 이상하게 처음부터 그를 주목하게 되더라고. 요한과 눈을 맞추니 요한도 조용히 고개를 끄덕였다네. 어디서 그런 용기가 나왔는지 나도 깜짝 놀랐어. 오로지 우리 주님의 권능으로 이 사람을 구원해야겠다는 생각뿐이었네. 당시엔 디모데 말처럼 나의 첫 번째 이적이라는 생각조차 하지 못했다네."

베드로가 잠시 숨을 골랐다. 디모데는 얼른 그에게 물을 드렸다. 베드로는 목을 축이고는 사랑이 가득 찬 눈으로 디모데를 바라보며 그를 힘껏 안아 주었다. 디모데 역시 존경과 애정이 가득 담긴 눈으로 대사도를 바라보았다. 바울은 두 사람을 번갈아 바라보며 감동의 눈물을 흘렸다. 요즘 들어 바울은 자기도 모르게 눈물을 흘리는 일이 잦았다.

"거지는 당연히 처음엔 스승님과 사도요한께서 돈을 주시리라 기대했겠지요?"

디모데가 순진무구하게 묻는다. 베드로가 통쾌하게 웃었다.

"그랬겠지. 내가 '은과 금은 내게 없거니와 내게 있는 것으로 네게 주노니 곧 나사렛 예수 그리스도의 이름으로 걸으라.'³라고 말하면서 그의 손을 잡아 일으키니 그가 곧 힘을 얻어 걷기도 하고 뛰기도 했어. 평생 성전에 들어가지 못했던 사람이 처음으로 성전을 보며 하나님을 마음껏 찬미하는 것을 보면서 하나님의 권능을 실감했지. 그리고 또 내가 이야기하고 싶은 것은 내가 행한 기사엔 요한이 큰 힘이 되어 주었다는 사실이야. 나는 다 알다시피 행동이 먼저 앞서는 사람이고, 아, 그건 성령을 받았어도 고치는데 시간이 걸리더라고. 사람의 성정을 바꾼다는 게 결코 쉽지 않은 일임을 절실히 깨달았지. 성령의 도움이 없이는 사람은 죽어도 타고난 성질을 이기지 못한다네. 안 그런가? 하지만 요한은 원래부터 신중하고 침착한 사람이었지. 지금 누가를 보면 마치 요한을 보는 것만 같아. 요한은 생각보다 행동이 앞서는 나를 늘 뒤에서 잡아 주었지. 그러면서도 어떤 생색도 내지 않았어. 주님께서 왜 그를 그토록 사랑하셨는지 이해가 가지?"

지금껏 조용히 있던 바울이 입을 열었다.

"할렐루야! 나는 그 이야기를 수백 번 들었건만 지금도 온몸이 떨리오. 우리 사도들 모두가 하나님의 능력으로 수많은 기적을 행했지만 그대의 이적은 그대에게도 우리 제자들에게도 처음 주어진 기사 아니오. 그대의 이적을 시작으로 우리 사도들 모두 하나님의 권능을 두루두루 다니면서 드러낼 수 있었지요. 그런 면에서도 그 표적은 참으로 의미가 깊소. 어떠냐? 디모데와 마가도 그리 생각하느냐?"

마가도 고개를 끄덕인다.

"예수님의 수제자인 베드로 스승님을 기점으로 제자들의 기적이 본격화되었지요. 그 일이 있은 후 바로 남자만 오천 명이 믿지 않았습니까? 엄청난

---

3   성경과 노트 앱 사도행전 3장 6절.

숫자였지요. 아마 여자와 노비들까지 합치면 만 명이 넘었을 겁니다. 저는 또 감명을 받은 게 있습니다. 모두 다 스승님의 능력에 경탄하지 않았습니까? 날 때부터 하반신 마비인 사람을 일으켰으니까요. 우리 보통 사람들이라면 잠시라도 그런 칭찬에 취할 만한데 스승님은 단칼에 자르셨지요. '왜 이 일을 기이히 여기느냐? 우리 개인의 권능과 경건으로 이 사람을 걷게 한 것처럼 왜 우리를 주목하느냐.'[4]라고 하셨지요. 지금도 스승님과 요한 사도의 겸손이 놀랍기만 합니다.'

바울도 디모데도 누가도 벽에 서 있던 스데반도 엄지를 들어 경의를 표했다. 베드로가 털털한 웃음으로 가볍게 고개를 숙였다.

'그게 바로 성령의 힘 아닌가. 나도 성령을 받기 전엔 내 능력이라고 자랑스러워했을 걸세. 하지만 우리 모두는 잘 알고 있지. 결코 하나님의 권능이 아니면 도저히 사람의 힘으로는 가능하지 않다는 것을. 마가야, 디모데야, 너희도 명심하거라. 우리 하나님의 종들은 언제나 하나님의 능력을 가리는 죄를 범하지 않도록 조심 또 조심해야 한다.'

디모데는 바울에게 존경을 담은 미소를 짓더니 공손한 태도로 베드로에게 질문했다.

'그 후 솔로몬 행각에서 요한 사도와 함께 복음을 전하다 산헤드린공회(대검찰청)로 끌려가 고초를 겪으셨잖아요. 저는 그 이야기도 몹시 궁금합니다. 참, 스승님, 저는 그 일을 생각할 때마다 예수님의 오병이어 사건이 절로 떠오릅니다. 그때도 남자만 오천 명이 먹었잖아요. 아까 마가 말대로 아이와 여자들까지 합치면 만 명 가까이 되었을 겁니다. 어찌 그런 동일한 상황이 벌어졌을까요?'

---

4 성경과 노트 앱 사도행전 3장 12절.

"아아……."

다들 디모데한테 경의를 표하듯 손뼉을 쳤다. 디모데는 정말 성경을 꿰뚫고 있는 것이 틀림없다. 어떤 일화에도 막힘이 없었다. 연관성을 찾아내는 신비한 능력이 있었다. 누가마저 감동을 받은 듯 순간 얼어붙었다가 디모데에게 다가와서 입 맞추었다.

"디모데야, 너는 정말 하나님의 성실한 종이로구나. 하나님의 말씀이 다 네 머릿속에 차곡차곡 정리되어 있구나. 대단하다. 우리가 많이 배운다. 고맙다."

디모데는 황송한 듯 고개를 숙였다. 마가 역시 동의하듯 디모데를 안아 주었다. 다시 일행은 베드로에게 집중했다. 마가는 이미 베드로한테 들었고 간략히 기록까지 했지만 더 자세히 듣고 싶었다. 베드로가 한창 바쁜 사역 중일 때라서 생각날 때마다 간단히 짚어 준 사건만으로는 제대로 연결되지 않았기 때문이다. 마가는 이제나저제나 베드로와 둘만의 시간을 고대하고 있었다. 가지고 온 두루마리를 완성시키고 싶었지만 지금은 그럴 상황이 아니었다. 차분히 기다리기로 했다.

베드로가 잠시 고민하듯 천장을 올려다보았다. 바울은 괜스레 면구스러워 주먹을 꽉 지고 있었다. 산헤드린공회 회원이었던 자신의 과거가 떠올라 괴로웠기 때문이다. 베드로도 그 생각을 하고 있었나 보다. 아니 다 똑같은 생각이었다. 베드로가 결심한 듯 바울을 불렀다.

"바울, 힘들겠지만 당시 산헤드린공회 이야기를 해 줄 수 있겠소? 그대만큼 확실하게 설명할 수 있는 사람이 여기선 없구려. 미안하오. 스데반과 얽힌 상처를 헤집는 것 같아서. 하지만 그대가 사울이던 시절, 이것마저도 시원하게 떨쳐 버리고 천국으로 가는 게 그대한테도 좋을 성싶소. 바울, 나는 그대를 진정 사랑하오. 그대는 사울이 아닌 바울 시절에 주의 충성된 종으로 무척 많은 일을 한 사람이오. 부디 자부심을 가지시오."

감옥은 깊은 적막에 잠겨 버렸다. 바울의 아킬레스건이나 다름없는 치명적인 상처이자 절망적인 트라우마를 수면 위로 꺼내기를 바라는 베드로의 심정을 누구보다 잘 아는 바울과 일행이다. 스데반은 이제 벽에서 걸어 나와 바울의 뒤로 왔다. 그는 바울의 머리를 쓰다듬으면서 상체를 굽혀 깊이 바울을 안아 주었다. 다시금 바울의 오열이 시작되었고 사람들은 조용히 기다려 주었다. 억겁의 시간이 흘렀다.

바울이 결심한 듯 낮은 목소리로 기침을 했다. 사람들은 그의 얼굴을 똑바로 쳐다보지 못한 채 그의 목소리에 집중하느라 창문으로 비가 들이치는 것도 모르고 있었다. 점심 식사를 시작할 때만 해도 화창한 햇빛이 작은 창문으로나마 실낱같이 들어와 희망을 전했는데 갑자기 강한 바람이 불면서 제단 위의 촛불을 꺼트렸다. 그제야 놀란 누가가 얼른 일어나서 창문을 닫았다. 요란스런 빗소리가 직사각형 모양의 유리에 부딪치면서 창문이 격렬하게 바람에 저항하고 있었다.

사람들이 당황하고 있을 때 누가는 침착하게도 늘 갖고 다니는 보자기를 풀어 양초와 성냥을 꺼냈다. 곧 불을 붙여 전등으로 쓰는 사각형 등잔 속에 넣었다. 누가는 정원을 가로지르다가 깨진 등잔을 풀숲에서 발견하고 얼른 주워왔다. 깨진 곳을 천으로 정성스레 봉합하고 그곳에 촛불을 넣으니 근사한 실내 전등으로 바뀌었다. 그런 식으로 눈 밝은 누가는 정원에 굴러다니거나 군인들이 버린 물건들을 살뜰히 활용하는 다재다능한 사람이다. 지금은 간수나 군인들이 먼저 자신들이 버리기에도 귀찮은 물건들을 모았다가 그가 지나가는 것을 보면 불러서 생색내듯 선심을 썼다.

정직한 누가는 고칠 수 있는 건 고쳐서 다시 돌려주기에 그들에게 완전 신임을 얻은 사람이다. 그는 손으로 할 수 있는 것은 다 잘하는 재주를 타고 났다. 누가는 회진하듯 아침저녁으로 죄수들 방을 돌면서 그들을 진료하거나 그들의 필요를 채워 주려고 노력하기에 감옥 내 모든 사람들에게 사랑과 인정을 받고 있는, 없으면 안 될 소중한 사람으로 각인되었다. 이 모든 게 하나님의 은혜라고 말하는 겸허한 성정을 지녔다.

감옥이 부서질 것만 같은 강한 바람과 거친 빗소리는 바울의 오열 및 일행의 흐느낌과 한탄을 숨겨 주었다. 바울이 길게 한숨을 내쉬면서 그의 고통 어린 목소리가 좁은 방 안에 울려 퍼졌다.

산헤드린공회는 정통 유대인 고위층이 모인 명망 있는 이스라엘의 최고 위급 기관으로 평균 칠십 명이 회원으로 등록되어 있다. 당시 로마 식민지 시대의 지방자치정부 역할을 톡톡히 했다. 로마 정부는 유대법에까지 개입할 생각이 없었기에 이를테면 유대인만의 판단 기구를 허락한 것이다. 하지만 사형 집행만은 반드시 로마의 승낙을 받아야만 했다. 그래서 유대인들이 악착같이 예수님을 빌라도 법정까지 끌고 온 것이다. 말년의 바울도 어쩔 수 없이 로마 가이사에게 도움을 요청한 것도 이에 해당된다. 그렇지 않았다면 쥐도 새도 모르게 유대인들에 잡혀 허망한 죽음을 맞이했을 것이다.

회원들 중 사울은 연배가 어림에도 가장 열성적인 회원으로 유명세를 타고 있었다. 산헤드린 회원 그 누구도 그의 열정이나 이력 학력을 트집 잡을 수 없을 만큼 완벽한 조건이었다. 예루살렘이 아닌 다소 출신이라 나면서부터 로마 시민권을 부여받은 것도 그를 돋보이게 했다. 로마 식민지 시대라 시민권자의 위엄은 식민지 사람들을 주눅 들게 만들었기 때문이다. 게다가 유복한 집안 출신이다. 대형 천막업에 종사하는 부모님을 둔 덕에 일찍부터 가말리엘 같은 당대의 학자로부터 교육을 받았고 예루살렘으로 유학도 올 수 있었다.

그는 뼛속까지 철저한 유대인으로 할례를 포함한 모세율법에 정통했고 실행력 또한 타의 추종을 불허했다. 그가 보기에 그리스도인들은 아직 오지도 않은 메시아를 빙자한 뜨내기 청년을 쫓은 무식하고 교활한 집단이었다. 그는 그리스도인들을 하나도 남김없이 처단해야 한다는 사명감에 불타올라 그들을 때리고 잡아 죽이는 것에 조금도 가책을 느끼지 않았다. 한마디로 미쳐 날뛰는 야수 집단의 행동파 우두머리였다.

엄밀히 말하면 스데반을 죽인 것도 그라고 할 수 있다. 그는 유대인들에게 눈엣가시 같던 스데반을 추적했고 기회를 잡았다. 그는 스데반 처단의 재판장을 자청했고 몇 명의 증인들과 함께 스데반이 설교하는 곳으로 달려갔다. 증인이란 거짓 증거를 대는 자들로 사람들을 선동하는 역할을 한다. 증인은 자신의 옷을 재판장의 발 앞에 두어야 한다. 스데반이 결국 유대인들에 의해 성 밖으로 내쳐져 돌에 맞아 죽어갈 때 사울은 그 모습을 눈을 치켜뜨고 지켜보고 있었고 증인들은 사울의 발 앞에 자신들의 겉옷을 갖다놓았다.

베드로가 용기를 내어 물었다. 지금 아니면 다시 들을 수 없을 것만 같았다.

"바울, 나는 늘 궁금했던 게 분명 그대도 하나님을 믿었단 말이요. 그런데 하나님의 아들인 예수의 존재는 물론 그가 부활한 것에 대해 왜 그토록 악의적으로 생각한 것이오? 상처를 건드려 미안하지만 꼭 한번 듣고 싶었소."

일행은 베드로의 용기에 화들짝 놀랐다. 아무도 꺼내지 못한 진실의 물음이었다. 대충 짐작하고만 있었을 뿐이다. 바울 자신도 놀란 것 같았다.

"오, 베드로 고맙소. 나도 한 번은 말하고 싶었소. 그대가 용기를 주었구려. 물론 나는 하나님을 믿는 골수 유대인이었지요. 하지만 갑자기 나타난 그것도 갈릴리라는 촌구석에서 왔다는 젊은이를 전혀 믿을 수 없었소. 적어도 우리가 기다리는 메시아는 그렇게 초라할 리가 없다는 생각이었지. 메시아라면 당장 우리를 로마의 속국에서 해방시키리라는 강한 기대감이 있었소. 그렇기에 당연히 거짓 메시아라고 단정 지었지. 그가 메시아를 빙자한 신성모독죄를 방치하면 안 된다고 생각한 것이요."

바울이 길게 한숨을 내쉬자 일행은 숨소리 한 번 내지 않고 그의 다음 말을 기다렸다. 스데반 역시 귀를 쫑긋 세우고 있었다. 스데반도 그의 마지막 날 사울의 독기 서린 표정을 기억하고 있었다.

"그랬소. 그리고 한편으론 내가 백 번 양보한다 쳐서 그가 설령 메시아라고 해도 왜 죽어야 하는지 이해를 못 했고 또 죽은 사람이 다시 살아난다는 것은 상상도 못 했지. 분명 십자가에 매달려 죽었는데 예수파 사람들이 그가 다시 살아났느니 어쩌니 하는 미친 소리를 듣고 다시금 분노가 치솟았소. 그래서 무조건 그들을 잡고 때리고 죽여야 한다는 사명감에 불타올랐던 것이오."

여기까지 이야기한 바울이 혼절하듯 제단 위에 머리를 떨구자 누가가 중단을 요청했다. 일단 휴식을 취하기로 했다. 바울은 침대로 눕혀졌고 모두가 조용히 방을 나가려고 했지만 바울이 강하게 만류했다. 이야기가 지속되어야 한다고, 지금 하나님께서 이야기를 주도하고 계신다고 손을 저었다. 누가가 고개를 끄덕이고는 모두에게 차를 한 잔씩 따랐다. 빗소리는 여전히 거셌고 천둥번개가 번갈아 감옥을 뒤흔들고 있었다.

짜릿한 번개가 비칠 때마다 바울은 외마디 비명을 질렀고 스데반은 그의 곁으로 와 이마에 손을 대고 있다가 누가가 물수건을 갖고 오자 살짝 비켜 났다. 디모데가 얼른 다가와 물수건을 받아서 스승의 얼굴을 닦아 주었다. 누가는 물수건을 마가에게도 건넸다. 마가는 베드로의 얼굴을 닦아 주고는 서로 포옹했다. 천둥번개도 그치고 빗소리도 잔잔해질 무렵 바울도 진정되 었는지 한결 가벼운 표정으로 침대에서 내려와 의자로 다가왔다. 다시 이 야기가 진전되었다. 베드로가 바울을 향해 엄지를 들었다. 바울도 웃으면서 화답했다. 바울의 임시 침대로 쓰는 두꺼운 널빤지 받침은 이제 수명을 다 해 가는 듯 시도 때도 없이 삐거덕거리는 소리를 내었다. 사실 감옥에 침대 는 말도 안 되는 소리다. 노인이라는 특수 상황에 데오빌로의 후광이 겹쳐 간수들이 큰맘 먹고 허용한 것이다. 누가는 공사하고 남은 널빤지를 주워와 차곡차곡 모은 다음 두꺼운 담요를 덮어 임시 침대를 만들어 바울과 베드로 의 방에 놓았다. 간수들은 아예 누가의 방에도 놓으라고 권했다. 특별 배려 였다. 누가는 디모데와 마가가 오기 전에 그들 것까지 만들어 놓았다.

＊ ＊ ＊

베드로는 성령 세례 후 이전과 확연히 달라진 모습으로 유대인의 주목을 한 몸에 받았다. 산헤드린공회에 모인 대제사장들은 눈을 부라리고 갖은 위 엄을 떨면서 베드로와 요한을 심문하듯 몰아붙였지만 두 사도는 아랑곳하 지 않고 담대하게 주님의 권능을 밝혔다. 대제사장 안나스는 평소 배운 것 없는 무식한 어부 출신 베드로와 요한의 당당한 모습에 화가 날 정도였다. 이들은 대체 언제부터 저토록 조리 있게 말을 잘했단 말인가. 기가 막혔다.
　주위엔 그의 사위 가야바와 아들 요한 그리고 대제사장의 문중 및 많은 유대인들이 운집해 있었다. 이들 앞에서 예수파라고 불리는 사도들에게 말에서 밀리면 안 된다고 생각했다.

안나스와 가야바는 이미 예수님이 십자가에 못 박히시기 전에 심문한 사람들이다. 가장 먼저 유대인들이 예수님을 안나스에게 끌고 왔고 안나스는 그해의 대제사장인 가야바에게 보냈다. 가야바는 예수님을 다시 빌라도 법정으로 보냈다. 둘 다 예수님을 회피하고 성난 군중을 방조한 것도 모자라 선동한 책임이 있다. 이번에 베드로가 나면서부터 하반신 마비 거지를 일으켜 세운 기적이 널리 알려지면 곤혹스러운 상황에 부닥쳐야 한다. 자신들이 죽인 예수님을 인정하는 결과가 되기 때문이다. 안나스가 차가운 목소리로 묻자 공회는 정적에 휩싸였다.

"너희가 무슨 권세로 또 누구의 이름으로 이런 일을 행하였느냐?"

"몇 번을 말해야 알아듣겠소? 당신들이 십자가에 못 박아 죽였지만 하나님이 죽은 자 가운데서 살리신 나사렛 예수 그리스도의 이름으로 이 사람이 다시 건강해져 당신들 앞에 섰소이다."

으으……. 그들은 분함을 토하며 신음을 삼켰다. 더 이상 심문하면 도를 믿는 많은 사람들에게 오히려 돌을 맞을 수도 있다는 상황 판단 아래 일단 그들을 풀어주기로 합의했다. 예수를 안 믿는 사람도 많지만 믿는 사람도 많다는 것을 그들 역시 모르지 않았다. 완악한 유대인은 두 종류가 있는데 대부분 바리새인이다. 이들은 일단 메시아가 온다는 사실은 알고 있다. 하지만 사두개인은 다르다. 사두개인은 오로지 현실만 믿는다. 미래나 사후세계에 대한 관심이 전혀 없다. 그러니 예수도 부활도 그들에겐 헛소리로 다가올 뿐이었다. 이 사건엔 사두개인들이 더 예민하게 반응했다.

베드로와 요한은 곧장 그들을 기다리고 있는 성도들을 안심시키기 위해 마가의 다락방으로 향했다. 그들은 다른 사도들과 무리들에게 보고한 후 함께 감격에 젖어 한마음으로 기도하니 또 다시 다락방이 진동하며 하나님의 성령이 충만해짐을 느낄 수 있었다. 오순절 사건 이후 두 번째 성령강림 사건이었다. 할렐루야!

그 후 하나님의 말씀은 더욱 흥왕하였고 사도들의 기사와 표적은 날로 더해 가면서 본격적으로 서로가 물건을 통용하고 함께 모여 기도하는 초대교회의 발판이 시작되었다. 이때 마가의 삼촌 바나바가 사도들과 합류한다. 구브로에 살고 있던 바나바는 누이 마리아와의 편지 왕래를 통해 예수님 살아생전 이야기를 많이 접한 데다 마가의 다락방 성령강림 사건을 들은 후 완전히 주님께 사로잡힌 사람이 되었다.

그는 예루살렘에 오자마자 자신의 밭을 팔아 마련한 돈을 사도들의 발 앞에 갖다 두었다. 사도들은 마리아가 바나바의 누이라는 것을 알고 그렇잖아도 그를 불러들일 참이었다. 바나바는 바울을 열두 제자에게 소개했을 뿐 아니라 바울과 함께 오랫동안 전도와 사역을 담당한, 바울에게 지대한 영향을 끼친 훌륭한 인물이다. 바나바가 없었다면 바울도 없었을지 모른다. 그만큼 하나님께서 바울을 위해 예비하신 사도라고 할 수 있다.

자신들의 땅을 판 돈을 일부 숨긴 아나니아, 삽비라 부부의 죽음은 사람들에게 더더욱 하나님에 대한 경외심과 믿음을 불타오르게 만들었다. 이 모든 일에 베드로가 중심이 되었다. 과연 예수님의 수제자다웠다. 마가는 바나바 이야기가 나오자 자랑스러움에 자신도 모르게 어깨를 으쓱거렸다. 디모데는 또 다시 누구나가 궁금해할 질문을 베드로에게 던졌다.

"스승님, 그런데 아나니아, 삽비라에 관해 성도들이 의문점을 갖는 것을 종종 보았어요. 어쨌든 그들은 전 재산을 팔았고 일부만 숨겼지 갖다 바친 것은 사실 아니냐. 자기 재산인데 그 정도도 못 남겨야 하느냐고요. 이걸 성도들에게 설명할 때마다 저도 곤혹을 치렀습니다. 어떻게 이해시켜야 할까요?"

"오오……."

"역시 디모데다. 디모데만큼이나 성도들의 심정을 잘 헤아리는 사도는 없어. 훌륭하다."

일행은 시간이 가면 갈수록 디모데에게 감탄하는 일이 잦아졌다. 디모데는 말 그대로 섬세한 성정을 지녔다. 성도들이 무엇에 대해 궁금해하며 무엇에 관해 곤란해하는지 꿰뚫고 있었다. 나이는 젊지만 성도들의 영적인 필요를 채우기 위해 동분서주하는 진정한 사도였다.

"오 디모데야, 네가 늙은 나를 깨우치는구나. 맞다. 그것에 대해 아직 믿음이 부족한 성도들에게 자세히 설명했어야 하는데 나는 그 생각을 못 했구나."

바울이 한탄하자 베드로, 누가, 마가 모두 두 손을 모아 동의를 표했다. 베드로는 얼굴마저 붉어졌다.

"디모데야, 정말 좋은 질문이다. 네 말대로 그 부부는 전 재산을 팔았고 일부만 숨긴 채 우리한테 가지고 왔지. 다시 말하지만 성도가 반드시 전 재산을 팔아야 할 의무는 없단다. 얼마를 바치는 것도 다 성도의 자유야. 우리 사도들이 그것까지 강제한다는 건 말이 안 되는 일이지. 하나님께서도 원하시는 게 아니야. 그들이 죽임을 당한 것은 간단한 이치란다. 그들이 거짓말을 했다는 것이 핵심이야. 처음부터 '우리가 얼마를 남기고 이것만 가져왔습니다. 남긴 것으로는 우리가 할 일이 있습니다. 이것만 바치겠습니다.'라고 솔직히 말했다면 아무 문제가 없었을 것이라는 뜻이란다. 이제 이해가 가느냐? 누가, 마가도 알아들었느냐?"

그제야 다들 박수를 쳤다. 확실히 이해했다는 기쁨이 그들의 얼굴에 서렸다. 바울도 감사의 목례를 베드로에게 했다.

"아아, 이제야 온전히 이해했습니다. 그러니까 거짓말이 문제였군요. 앞으로 성도들에게 당당하게 설명할 수 있을 것 같아요. 스승님 고맙습니다."

그들은 그렇게 소소히 놓친 것들을 깨우쳐 가는 즐거움을 만끽했다. 한편으론 하나님에 대한 경외심이 더욱 돈독해짐을 느낄 수 있었다.

4.
스데반 집사, 첫 번째 순교자가 되다, 산헤드린공회(대검찰청) 집행자로 스데반의 죽음을 주도한 사울, 하나님 우편에 앉아 계시다가 일어나서 스데반을 맞은 예수님(사도행전 6-7장)

베드로의 말이 끝나자 바울과 마가, 디모데는 존경과 감사의 박수를 보냈다. 바울과 마가, 누가, 디모데까지 바나바가 그립다며 한목소리를 내었다. 바나바는 고향인 구브로에서 교회를 개척하리라는 꿈에 부풀어 차근차근 준비하는 중이라고 바울에게 소식을 전해 왔지만 얼마 안 있어 그의 순교 소식을 들어야만 했다. 그는 안디옥도 자신의 고향이나 마찬가지라고 강조했다. 바울만큼이나 안디옥을 사랑한 바나바였다.

바울이 로마 셋집에서 해방되어 소아시아 전도를 하고 있을 때였다. 바울이 도를 전한 그레데(크레타)교회를 디도에게 맡기고 떠난 직후였다. 누가도 생생히 기억한다. 그들은 모두 모여서 바나바를 생각하며 오열했다. 바울은 특히 넋이 나간 사람처럼 보였다. 바울에게 은인이나 다름없던 사람이었다. 마가의 일로 갈라선 일을 두고두고 후회한 바울이라 마가에게 더 잘하려고 애를 썼다. 바울은 며칠 동안 일어나지 못할 정도로 충격을 받은 듯했다. 일행은 그런 바울이 회복될 때까지 조용히 마음을 추스르며 기다렸다.

이제 사람들이 가장 궁금해하는 이야기가 남았다. 바로 스데반 집사의 순교 사건이다. 베드로도 마가도 디모데도 평생을 바울과 함께한 누가마저도 바울의 눈치를 안 볼 수가 없었다. 아무리 바울이 스데반 사건 이후 개과천

선해 베드로와 함께 유대인 선교와 이방인 선교의 양대 산맥으로 활동하며 선교 사역에 헌신한 전무후무한 사도가 되었지만 그의 과거마저 사람들이 완전히 잊은 것은 아니기 때문이다.

바울은 이미 하염없이 눈물을 흘리고 있다. 스데반을 생각하면 어디서 눈물이 나오는지 뚫린 샘마냥 흐르고 또 흘러내렸다. 자신으로 인해 사람들이 불편해할까 봐 잠시 자리를 비우려고도 했지만 그건 아니다 싶었다. 죽기 전에 정면으로 마주 봐야만 하는 엄연한 숙제였다. 사람들은 지금 스데반이 순교 이후 바울의 수호자 역할을 한다는 사실은 아무도 모르고 있다. 아니 상상도 못 했다. 물론 스데반이 이미 바울을 용서했다고 믿지만 그럼에도 그 이야기를 꺼내는 것은 베드로라 하더라도 용기가 필요한 일이었다.

늘 그렇듯 스데반은 조용히 바울의 옆에 서서 이들의 대화를 처음부터 경청하고 있었다. 오직 바울의 눈에만 보이는 스데반이다. 바울이 스데반을 바라보며 어쩔 줄 몰라 하자 스데반은 바울을 힘껏 안아 주었다. 자기는 괜찮다고 속삭였다. 이제 그만 울라고 눈물을 닦아 주었다. 바울이 손을 들었다. 손으로 가슴을 감싸고 있는 바울을 모두가 걱정스레 바라보고 있었다.

"아 베드로, 마가, 디모데, 누가, 나는 괜찮다. 진즉에 들었어야 할 이야기 아니냐. 베드로, 그때 일을 자세히 알려 주게나. 나도 듣고 싶소. 내 평생 스데반을 생각하며 조금 풀어질 때마다 나를 경계했소. 그의 죽음이 헛되지 않도록 나는 더더욱 최선을 다할 수밖에 없었다오. 나의 이룬 모든 사역은 나 혼자 한 것이 아니고 그와 함께 이룬 일이요. 우리 주님께서도 잘 아실 것이오."

한마디 한마디 피를 토하듯 절규하는 바울을 보면서 다들 흠칫 몸을 떨었다. 죽음을 앞둔 대사도의 진실을 말하는 입이 바들바들 떨리고 있었다. 디모데가 놀라 얼른 스승을 껴안았다. 마가도 누가도 베드로도 바울을 토닥거려 주었다. 바울은 한결 차분한 모습을 보였다. 마침내 베드로가 입을 열었다. 베드로 역시 죽음을 앞두고 처음 이야기하는 것이라 긴장된 모습이었다. 다섯 번째 이야기가 진행되고 있었다.

* * *

유대인 회당에서 자주 하나님의 말씀을 용감하게 전하는 스데반 집사는 유대인들에게 흉포한 이방인으로 각인되어 심한 미움을 받고 있었다. 예수님의 열두 제자도 아닌 예수님 사후 새로 뽑은 집사 직분이기에 자기 분수를 모른다고 더 미움을 받았다. 그들은 모일 때마다 스데반을 성토하느라 정신이 없다.

"스데반 말이야. 정통 유대인도 아닌 헬라파 유대인 주제에 우리를 가르치겠다니 기가 막히네. 베드로는 정통파라 삼천 명, 오천 명씩 넘어갔다고 쳐."

예루살렘교회의 대단한 점은 일곱 집사를 뽑을 때 그토록 유대인이 중시하는 순수 혈통이 아닌 모두 다 헬라파 유대인들로 선정했다. 성령이 함께하시지 않고는 불가능한 선택이었다.

지혜와 성령이 충만한 스데반은 본래 헬라파 여인들을 위한 구제 및 봉사 활동에 투입되었기에 예루살렘교회에서 행정 책임만 져도 충분했다. 하지만 전도하지 않고는 견딜 수 없는 뜨거운 열정으로 말미암아 상대적으로 안전한 교회를 벗어나 자유 회당에서 말씀을 전하면서부터 유대인들에게 위험인물로 부각되기 시작했다. 그의 설교는 목숨을 건 행위였다. 유대인의 자랑이자 예민한 다섯 가지 금기 사항을 겁도 없이 건드렸기 때문이다.

그건 바로 아브라함, 사마리아, 모세율법, 성전, 할례다. 특히 국부로 추앙받는 아브라함과 모세에 관한 언급은 그들의 심기를 불편하게 만드는 데 크게 일조했다.

"아니 아브라함의 조상 이야기는 왜 꺼내? 그의 조상은 우상이 가득한 하란에 살았지만 그는 아니잖아. 아브라함부터 새 시대가 열렸지."

"요셉이 세겜에 묻혔다는 사실을 누가 몰라? 세겜은 사마리아라고. 우리 정통파는 순수 혈통을 더럽힌 사마리아와는 아무 상관이 없다니까, 앗수르 남자들한테 당한 거기 여자들이 문제지."

"모세율법이 곧 법인데 우리 법을 무시하는 그 인간들을 어서 신성모독으로 정죄하자고. 육신의 할례가 아닌 마음의 할례라니 어디서 말도 안 되는 소리를 지껄이는 거야."

"헤롯왕이 건축한 화려하고 웅장한 성전을 헐고 사흘 만에 다시 지을 수 있다고? 우리를 바보로 아나? 당장 산헤드린공회에 신고하자고!"

"지난번 예수라는 이가 성전을 강도의 굴혈로 만들지 말라면서 상인들을 쫓아낸 트라우마가 아직도 남아 있는데……. 그러면 당장 성전세를 받을 수 없으니 우리 수입이 현저히 줄어들잖아."

"할례는 우리가 유일한 선민임을 만방에 알리는 표식인데 안 받아도 믿음엔 아무 지장이 없다는 헛소리를 지껄이고 있으니 더 들을 것도 없어. 죽여라, 죽여!"

군중 속에 끼어들은 거짓 증인들이 그들을 더더욱 선동하고 있었다. 스데반의 재판장으로 임명받은 사울과 함께 온 이들이다. 살기등등한 사울은 멀찍이서 이 장면을 도끼눈을 뜨고 바라보고 있었다. 증인들은 자기들의 겉옷을 벗어 사울의 발 앞에 두었다. 스데반은 사람들에 의해 성 밖으로 바로 끌려나왔고 강압적으로 그들에 이끌려 자신이 들어갈 구덩이까지 파야만 했다. 구덩이가 다 파이기도 전에 스데반은 사람들에게 밀려 구덩이로 쓰러지자마자 그들이 미리 준비해 놓은 바위만 한 큰 돌덩어리로 등을 강타당했다. 동시에 그의 목이 부러지면서 뒤로 나자빠졌다. 그 후에도 돌은 계속 날아왔다. 말 그대로 잔혹한 투석사였다. 보는 성도들은 소름이 끼쳐 신음 소리도 제대로 내지 못했다.

성난 폭도들의 야유를 들으며 죽어 가는 스데반의 얼굴은 점차 영광스럽게 변형되어 갔다. 눈썰미가 빠른 사람들은 곧바로 알아차리고 두려움에 떨었다. 그는 죽는 순간까지 저들을 용서해 주시라고 기도한 성인이었다. 사도도 아닌 평범한 집사가 최초의 순교자라는 귀한 호칭을 받았다.

베드로가 차마 못한 말은 바울이 나서서 말했다. 당시 사울이라는 이름으로 불린 자신이 스데반이 죽어 가는 저편에서 잔인한 승리의 미소를 짓고 있었음을, 곧 다가올 자신의 미래를 전혀 예측하지 못했음을…….

그때 바울을 비롯한 일행은 스데반의 목소리를 들었다. 바울을 제외한 사람들은 두려움에 떨면서 바닥에 엎드러졌다.

"아아, 내가 죽어가면서 하늘을 올려다보니 세상에나, 우리 주님께서 하나님 우편에 앉아 계시다가 벌떡 일어나시는 게 아닙니까? 너무나도 인자한 미소를 짓고 계셨어요. 저는 제 죽음이 헛되지 않았다는 기쁨을 누렸습니다. 저들의 죄를 사하여 주시라고 했을 때 주님께서 고개를 끄덕이셨지요."

스데반은 하늘에서 따뜻한 영접을 받았다. 그는 환희의 눈물을 흘리면서 예수님의 품에 안겼다. 그는 앞으로 바울의 수호자가 되리라는 사실도 이미 알고 있었다.

"그렇다. 내가 앉아 있다가 일어났지. 스데반에 대한 경의의 표현이었다.

스데반 잘했다. 애썼다. 신실한 스데반은 내가 죽을 때처럼 저들의 죄를 사하여 주시라고 기도했지. 그 기도 덕분에 사울이 바울로 변화될 수 있었다. 또한 바울 때문에 말씀이 땅끝까지 전파될 수 있었지. 스데반은 바울이라는 위대한 사도를 탄생시킨 나의 충성스러운 종이다.”

스데반과 다른 목소리에 바울이 깜짝 놀라 자신도 모르게 일어섰다. 일행이 모두 일어서서 하늘을 우러러 보았다.

“바울을 위해 나는 곧바로 스데반을 다시 지상으로 내려 보냈지. 다른 사람들 눈에는 보이지 않지만 바울은 그를 의지하며 평생을 미쁘게 내 종으로 살아왔다. 바울, 그대도 잘했다.”

이 음성은 바울에게만 들렸다. 다른 일행은 지금이 꿈인지 생시인지 분간이 안 되는 표정이었다. 넋이 나간 사람들처럼 보였다.

베드로와 바울의 이야기가 끝나자 아무도 쉽게 말을 잇지 못했다. 베드로는 따스하게 바울의 얼굴을 쓰다듬으며 숨을 골랐다.

“바울, 너무 자책하지 마시오. 어쩌면 스데반으로 인해 그대를 하나님의 크신 종으로 만드시려는 원대한 계획이었는지 모르오. 정말 그렇게 되지 않았소? 스데반의 마지막 표정을 보니 하나님의 평강이 그를 감싸고 있었소. 우리 주님처럼 영광스럽게 변형되었지. 우리 사도들 모두 다 그로 인해 용기백배했소. 남은 사람들에게 귀한 책임감을 전해 주고 갔지.”

바울은 아무 말도 못 하고 울음을 삼키고 있었다. 스데반은 베드로의 이야기를 조용히 듣더니만 베드로를 향해 두 손 모아 목례를 하고는 다시 바울을 감쌌다. 비록 베드로의 눈에는 보이지 않았지만 자신의 헌신을 알아준 그에게 고맙다는 진심을 전한 것이다. 오로지 바울의 눈에만 보인 인사다.

그래서 더 바울은 스데반의 얼굴을 똑바로 쳐다보지 못했다. 베드로는 다시금 마가와 디모데를 향해 인자한 목소리로 물었다.

"이제 알겠느냐? 너희들도 알다시피 정통 유대인들은 스데반의 혈통도 못마땅했던 것이다. 반은 헬라인이었거든. 그들이 얼마나 편협한 사고방식을 가지고 있는지……. 우리 주님도 스데반도 결국엔 바울도 똑같은 과정을 거쳤지. 유대인들이 가장 듣기 싫어하는 다섯 가지 금기를 건드린 거야. 아브라함의 조상을 굳이 언급한 것, 그중에서도 가장 보수적이고 완악한 일부 유대인은 모세오경 외엔 인정하지 않는데 자꾸만 메시아를 강조하니 증오심에 불탔던 거지."

베드로도 이제 지쳤는지 점점 말소리가 작아졌다. 힘겹게 숨을 내쉬면서도 이제 그만 하라는 사람들의 만류를 뿌리치고 마무리를 지으려 했다.

"또 사마리아 말이다. 얼마나 그들이 무시하는 동네냐. 자신들이 앗수르 남자들한테 패한 것을 애먼 여자들의 잘못으로 치부하고 있는 사람들한테는 요셉의 무덤이 사마리아 세겜에 있다는 사실도 부인하고 싶은 것이다. 거기다 성전을 헐고 사흘 만에 다시 짓는다는 것은 우리 주님의 죽음과 부활을 이른 것인데 그 비밀을 알지 못하니 물리적인 기한만 가지고 트집을 잡았지. 또한 그들은 돈 욕심으로 성전세를 받아야 했거든. 할례도 마찬가지야. 그들이 가장 자랑스러워하는 육체에 내는 모양인데 그걸 받지 않아도 믿음엔 지장이 없다는 투로 말하니 격분하는 것도 이해가 가. 바울도 그것 때문에 평생 고초를 당한 것이 아니냐."

흥분해서 숨을 헐떡거리던 베드로는 잠시 쉰다는 뜻으로 손을 들었지만 채 일 분도 안 되어 다시 말을 이었다. 누가가 제지하려고 했지만 소용없었다. 노사도는 자신이 천국에 갈 시간이 얼마 안 남았음을 인지하고 있기 때문이었다.

"그들이 그토록 성전에 집착한 이유를 알겠지? 그들은 하나님을 믿지 않으니 성전이라는 건물을 붙잡고 있던 것이야. 알다시피 아브라함이 거주했던 갈대아나 하란, 다 얼마나 엄청난 도시들이었느냐. 메소포타미아 문명은 세계 최고 아니었느냐. 그곳엔 이스라엘보다 훨씬 더 크고 웅장한 각종 성전들이 줄지어 있었지만 그 성전에서 사람들이 하나님을 믿고 예배드리지 않았잖아. 말 그대로 우상 숭배의 진원지가 되어 버렸던 것이야. 성전은 단순한 건물이 아니란다. 성전은 우리가 예배드리는 가정도 될 수 있고 우리가 일하는 터전이 될 수도 있단다. 중요한 건 성전에 반드시 하나님이 계셔야지 겉만 화려하면 아무 소용이 없단다."

이제 더는 안 되겠다는 듯 조용히 서 있던 누가가 나서서 사람들을 해산시키려고 하니 다들 그 뜻을 알고 그날의 마침표를 찍기로 했다. 모두 다 그날은 잠을 이루지 못했다. 여기저기서 뒤척이는 소리를 들어야만 했다. 베드로도 늦도록 기침을 하며 힘들어하다가 새벽녘에야 겨우 잠이 들었다.

야속하게도 하루하루는 아무 일 없다는 듯 무심히 흘러갔다. 그들은 분초가 아까운 듯 서로를 격려하느라 시간이 어떻게 가는 줄도 몰랐다. 일부러라도 유쾌한 분위기를 만들기 위해 서로가 노력한 시간이었다. 이제 누가는 더 이상 몇 번째 이야기라고 강조하지 않았다. 사실 몇 번째라는 숫자는 언제부터인가 그들에게 어떤 의미도 부여하지 못했다. 그저 이야기가 중간에 끊이지 않고 이어지는 게 신기할 따름이었다. 이들은 이야기에 빠져 들어갔고 누가는 성실하게 기록하고 있었다. 누가의 기록에도 이들은 익숙해졌다. 그가 두루마리와 붓을 꺼내는 것조차 숨 쉬는 공기마냥 자연스럽게 다가왔다. 아침 식사가 끝난 후 그들은 옹기종기 다시 모여 앉았다. 베드로가 이번에도 먼저 말을 꺼냈다.

"이제 마지막 이야기를 하고 싶구나. 아닌가. 마지막이라고 생각하는데 또 다른 이야기가 계속 생각나니, 어쨌든 어젯밤 끝낸 줄 알았는데 꿈에 우리 빌립 집사가 나타나 인사를 하더구나. 맞아. 어제 스데반 이야기를 할 때도 잠시 생각났는데 그 이야기까지 하기는 버거웠어. 아, 그리고 또 생각났는데 스데반이 죽기 전 명설교를 남겼지. 그가 구약성경에 대해 완전히 꿰뚫고 있다는 것을 알았어. 유대인들은 스데반이 그토록 자신들의 뿌리에 대해 자세히 설명했는데도 듣기 싫다고 돌을 던진 사람들이야."

디모데가 빌립 집사 이야기를 듣자 반색을 했다. 마가 역시 눈을 빛내면서 흥미로운 표정으로 베드로를 바라보았다. 베드로와 많은 시간을 보냈지만 사역 하나하나에 대해 이렇듯 상세하게 들을 수 있는 것은 축복이었다. 행낭에 들어 있는 두루마리에 어떻게 적을 것인지 이미 머릿속으로 정리했다. 혼자만의 시간을 갖기가 생각보다 쉽지 않았다. 식사 시간 외에도 오전이나 오후엔 툭하면 누가를 따라 감옥장의 사택으로 불려가야 했다. 감옥장은 이제 대놓고 마가에게 호의를 보이고 있었다. 지나치게 신중하고 말없는 누가 대신 사근사근한 마가는 그의 말을 잘 들어주고 공감을 표시했기 때문이다.

바울도 자신이 회심하기 전에 핍박한 사도들과 집사들의 사역 이야기라서 더 관심이 갔다. 바울은 스데반과 사도들이 더 이상 사과하지 말라고 신신당부했음에도 과거의 자신을 탓할 수밖에 없었다. 평생 살면서 몸에 가시가 박혀 있는 느낌이었다. 그도 자신의 사역에 어느 정도 자신감을 가진 이후론 가시를 없애달라고 하나님께 몇 번이나 빌었지만 단호하게 거절당했다. "네게 은혜가 족하니라."라는 말씀을 듣고는 오히려 가시를 기뻐하게 되었다. 조금이라도 긴장이 풀어질 때면 가시가 더 깊이 박혀 통증이 심해지는 느낌이었다. 그를 평생에 걸쳐 채찍질한 가시였다.

"아, 나는 정말 입이 열 개라도 할 말이 없소. 나 같은 지독하고 집요한 유대인들 때문에 당시 많은 성도들이 여기저기로 흩어졌지요. 그때 나는 마치 제압당하지 않은 미친 말처럼 길길이 날뛰었소. 이 죄를 다 어떻게 갚을지……. 주님의 말씀이 맞았소. 가시채를 뒤발질하는 우둔한 소였지."

"바울, 그렇기에 복음 전파가 사방팔방으로 이뤄졌잖소. 사람의 생각과 주님의 생각은 완전히 다르오. 주님께서 이미 그간 너무 애썼다고 그대를 칭찬하지 않았소? 나는 그렇게 들은 것 같은데 그날 저녁에……. 그러니 이젠 부디 그 생각에서 벗어나시오."

바울의 회한과 베드로의 위로는 반복적이다. 바울은 계속해서 스데반에게 예수님께 그리고 자신 때문에 죽고 핍박받은 많은 성도들에게 지은 죄를 뉘우치고 용서를 구했다.

5.
빌립 집사,
사마리아를 성시화(聖市化)시키다(사도행전 8장)

긴 이야기에 지쳐 점심 식사를 마치자마자 수면을 취한 베드로가 저녁 식사 때는 다시 기운이 났는지 호탕하게 웃으며 의자에 앉아 다들 따라 웃었다. 바울도 희미하게 웃었지만 이미 눈시울이 붉어져 있었다. 스데반도 바울을 바라보며 미소 지었다. 디모데가 물었다. 디모데도 여러 생각에 날이 갈수록 잠을 설쳤지만 평생에 이런 만남은 다신 없으리라 생각하고 스승들과의 마지막 시간을 깊이 새기리라 마음먹었다. 사마리아 사역 이야기는 그에게도 중요한 지침이 되기에 질문을 쏟아냈다.

"베드로 스승님, 그렇잖아도 빌립 집사의 사마리아 사역도 몹시 궁금했어요. 그 당시 사마리아는 말 그대로 버려진 땅이나 마찬가지였는데 어떻게 하나님의 은총이 임했는지 기이했어요."

"예수님께서 사마리아 여인을 만난 일화는 다들 알고 있지 않느냐. 빌립이 그 불모지에 가서 꽃을 피웠지. 참, 그때 우리가 뽑은 일곱 집사들이 하나같이 대단한 사람들이었어. 스데반도 빌립도 모두 헬라파 유대인이었지. 성령께서 이미 그때부터 헬라인을 비롯한 이방인 선교를 염두에 두신 것이야. 하나님의 큰 뜻은 감히 우리 인간들이 헤아리기 힘든 것이다."

베드로는 흘깃 스데반이 서 있는 자리를 쳐다보며 말하는 바람에 바울과 스데반은 설핏 긴장했다. 하지만 그는 물을 찾은 것이다. 디모데가 얼른 물을 건넸다. 베드로는 물을 마시고 호흡을 길게 하고는 말을 이어 갔다. 스데반에 이어 빌립의 사역에 대해 회상하는 그의 얼굴도 환하게 빛이 났다. 성령께서 함께하시는 자리였다.

빌립 집사는 성령의 감동으로 사마리아로 향했다. 그곳에서 그가 열심히 그리스도교를 전파하자 표적도 함께 뒤따르며 많은 중풍병자와 하반신 마비 환자들이 나음을 받았다. 또한 귀신들이 크게 소리를 지르며 귀신 들린 사람들에게서 나가는 기적이 일어나니 그는 사마리아 성에서 기쁨이 되었다. 사람들에게 기쁨을 주는 귀한 존재가 된 것이다. 할렐루야! 이 놀라운 소식을 듣고 예루살렘에서 베드로와 요한이 파견되었다. 두 사람이 지금껏 사람들이 받지 못한 성령 세례를 주면서 성도들이 폭발적으로 늘어났다.

빌립이 오기 전 흑마술로 사람들을 현혹시키던 시몬이라는 마술사가 갑자기 나타난 하나님의 사도들로 인해 당황한 나머지 돈을 주고 성령의 능력을 사려고 해 베드로에게 혼쭐이 났다. 베드로와 요한 그리고 빌립 앞에 시몬이 무릎을 꿇고 고개 숙여 사죄하고 있다.

"사도베드로, 사도요한, 빌립 집사, 잘못했습니다. 저를 용서해 주십시오."

"시몬, 네가 애굽(이집트)에서 철학과 흑마술을 배워 와 빌립이 오기 전까지 사마리아에서 왕 노릇 했지? 하나님이 두렵지도 않았느냐? 거기다 빌립한테 세례를 받았음에도 나와 요한에게 성령의 능력을 돈 주고 사겠다고 했으니 어찌 그리 심하게 사탄에게 사로잡혔단 말인가. 오죽하면 시모니(성직 매매)라는 단어가 생성되었겠나. 두고두고 회자될 치욕이지."

"잘못했습니다. 전지전능 하나님과 성령의 능력을 과소평가한 나머지 오만무지한 생각을 했습니다. 시모니를 떠올리면 그저 죽고 싶은 마음입니다. 다시는 살면서 마술의 마 자도 입에 담지 않겠습니다."

참회의 눈물을 흘리는 시몬을 보며 사도들은 착잡한 심정을 감추지 못한다. 오롯이 하나님의 뜻에 맡기자는 표정이었다. 그를 보내고 사도들은 다시 하나님의 권능에 대해 대화를 나누었다.

"빌립, 그대의 헌신으로 사마리아가 성시화되었구려. 그대의 용기에 찬사를 보내오. 황포한 유대인을 피해 숨죽이고 있지 않고 하나님을 덧입어 성령 충만한 사역을 하였으니 하나님의 상급이 클 것이오. 고맙소."

"이 모든 게 다 하나님의 은혜이자 권능입니다."

빌립은 뿌듯해하면서도 겸손을 잃지 않았다. 그는 이곳에 오기 전부터 핍박받는 사마리아에 대해 가슴 아파했다. 특히 여인들이 곤혹을 치룬 데 대해 분노마저 일었다.

"이곳 사람들이 주님을 받아들인 건 다 하나님의 크신 뜻이지요. 사마리아인 특히 여인들이 무슨 죄입니까. 솔로몬왕 이후 끊임없이 주님을 거스르는 유대인들에 대한 하나님의 분노로 말미암아 북이스라엘과 남유다로 나뉘었고 의외로 덩치가 큰 북이스라엘이 남유다보다 먼저 앗수르에 의해 멸망당했지요."

"땅이 많아도 다 소용없다는 게 느껴지오. 북이스라엘이 남유다보다 먼저 망할지 누가 상상이나 했겠소."

요한이 혀를 차면서 어이없어 하자 빌립이 다시 말을 이었다.

"맞습니다. 앗수르는 의도적으로 본국의 부랑아들을 사마리아로 보내 죄 없는 여인들과 관계를 맺어 자식을 낳게 했고 야속한 유대인 남자들은 그 일로 인해 순수 혈통을 더럽혔다고 사마리아를 개나 소 취급했지요. 특히나 여인들의 수모는 끝이 없었습니다."

빌립 집사가 안타까운 사마리아 역사를 회고했을 때 정통파 유대인인 베드로와 요한도 부끄러워 머리를 숙였다.

"예수님께서 사마리아에 들리셨을 때 우물가에서 만난 여인이 오히려 놀라서 물었지요. 어떻게 제게 물을 청하시냐고요. 전쟁의 패배는 여인들의 잘못이 아닌데, 남자들까지 사마리아인이라는 이유만으로 온갖 모욕과 저주를 받았으니…… 그 벌을 어찌 다 받으리오. 오 하나님, 이들을 긍휼히 여겨 주시옵소서."

세 사도는 사마리아를 위해 기도한 후 더더욱 하나님의 말씀 전파에 열심을 내리라 각오를 다졌다. 빌립은 그 후 주의 사자의 부름에 따라 예루살렘에서 가사로 내려가는 광야에서 에티오피아의 권세 있는 내시를 만났다. 내시는 성경 이사야 말씀을 읽고 있었는데 깨닫지 못하다가 빌립의 설명을 듣고서야 메시아가 오신다는 뜻임을 알게 되었고 세례까지 받았다. 빌립은 종횡무진 아소도를 지나 가이사랴까지 복음을 전파하며 혼신을 다했다.

6.
베드로와 요한의 종횡무진 이적,
고넬료를 통해 이방인 선교의 문을 열다(사도행전 10장)

디모데는 누가의 방 제단에 앉아 누가가 부탁한 기록을 다시 정리하고 있었다. 누가와 마가는 퀸투스의 부름으로 사택에서 행정 일을 보고 있었다. 퀸투스는 처음엔 감시 목적으로 마가와 디모데를 하루건너 따로 불러서 일을 시켰다. 디모데도 해보니 행정이 만만치 않았다. 수많은 죄수들 하나하나의 신상이 자세히 파헤쳐져 있고 감옥 내 분수와 정원 등 보수 및 신축 공사에 대한 준비 서류 등 할 일이 무척 많았다. 수학에 정통한 누가가 깊이 개입되어 있는 것도 알 수 있었다. 누가는 여러모로 도움이 되는 사람이었다.

평생 사역만 하던 디모데에겐 벅찬 일이었지만 마가는 의외로 쉽게 따라했다. 마가는 누가 못지않게 재주꾼이다. 마가는 방 안에만 있는 것을 몹시 답답해하던 차라 긴 회랑을 오고 가는 것을 오히려 좋아했다. 정원을 따라 걸으면서 신선한 공기를 마실 수 있다는 것에 행복을 느꼈다. 거기다 명랑한 성격이라 금세 퀸투스 및 집사와 군인들과도 안면을 텄다.

다행히 퀸투스는 마가가 사역한 이곳저곳에 관한 이야기를 듣는 것을 즐겼다. 누가와는 또 다른 성정을 지닌 젊은이의 이야기는 무척 흥미로웠다. 무엇보다 자신의 이야기를 잘 들어주기에 호감을 피력했다. 바쁜 누가는 자신한테만 집중할 수 없다는 것을 그도 인지하고 있었다.

"마가! 저 바울이라는 늙은이가 젊은 시절 흉악한 살인자였다는 게 놀랍기만 하네. 아니, 한 사람도 아닌 수십 명을 그것도 동족을 심하게 박해하고 죽이기까지 했다니. 그게 사실이야? 대체 자네들 법이 뭐라고 예수가 누구길래 다들 목숨을 걸고 이 난리를 치는지 나로선 도저히 이해 불가야."

여전히 목소리가 찢어질 만큼 소프라노로 말하면서 비웃음을 날리는 그를 보며 마가는 순간 분노가 치솟았지만 얼른 표정을 숨기려고 고개를 숙였다. 그는 신이 나서 더 큰 소리로 부르짖었다. 그는 이제 마가에게 느끼는 친근감을 아무렇지 않게 내비치고 있었다. 유식하고 집안 좋은 유대인을 알고 있는 것도 나중에 자신의 출세에 도움이 되리라 믿어 의심치 않았다. 이스라엘의 로마 총독 자리는 누구나 한 번쯤 탐내는 보직이기 때문이다. 퀸투스는 로마 여인들과 달리 정숙하고 신실하다고 소문난 유대 여인을 만나고 싶다는 흑심도 숨기지 않았다.

"마가, 나도 알 만큼 안다네. 닥터 누가가 주기적으로 데오빌로 장군에게 보내는 편지를 내가 먼저 읽어 보거든. 어휴, 처음에야 자세히 읽었지만 이해 안 되는 것들이 수두룩해서 말이야. 무슨 죽었다가 다시 살아났느니 어쩌니. 게다가 자기들끼리 싸우는 것도 모자라 우리한테 도움을 요청하고 부끄러움도 모르는 것들이야. 그래서 요즘엔 읽는 척만 하고 말지. 지루하기 짝이 없어."

디모데는 이 시간을 틈타 조용히 누가의 기록을 정리하면서 자신이 놓친 부분을 다시 되새기고 묵상한다. 그가 사랑하는 시간이다. 조용하고 말없는 디모데의 성정을 안 뒤로 퀸투스는 거의 마가만 불렀다. 마가와 디모데 두 사람에게 더할 나위 없는 선택이었다. 아침 식사를 한 후 점심 식사 전까지 바울과 베드로는 침대에서 쉬고 누가와 마가는 퀸투스의 저택으로 가 일을 하고 디모데는 기록을 재정리하면서 누가가 빠트린 부분을 보충해 넣었다. 각자에게 완벽한 충전의 시간이었다.

그는 여기 온지 며칠 되지도 않았건만 이미 스승들로부터 받은 감동으로 말미암아 앞으로의 사역에 대한 소망이 불타오르고 있었다. 오기 전엔 스승들을 만날 수 있다는 벅찬 기대 및 마지막 만남이 될 것이라는 슬픔이 공존했기에 도착하기 직전까지 여러 감정이 교차했다.

늘 머릿속에 그리기만 한 예수님의 마지막 고난의 여정 이야기도 마가를 통해 더 자세히 들을 수 있었고 그동안 궁금했던 오순절 성령강림 사건과 초대교회의 시작, 베드로의 첫 번째 이적 및 스데반 집사의 순교에 대해 확실히 이해하게 되었다. 하이라이트는 바울의 회심 장면이었다. 그 후 바울을 생각할 때마다 온몸에 전율이 일었다. 주님께서 두 번씩 이름을 부르신다는 자체가 엄청난 은혜이자 축복이었다.

"사울아, 사울아."

"디모데야, 디모데야."

그때부터 자신의 이름이 주님에 의해 언젠가 두 번씩 불리기를 마음속 깊이 품었다. 이보다 더 잘할 수 없을 만큼 그동안의 사역도 훌륭했다고 바울로부터 칭찬을 많이 들었지만 단 한 번이라도 주님의 음성을 직접 듣고 싶다는 강렬하면서도 거룩한 소망이 들기 시작했다. 한참 기록을 정리하며 묵상에 잠겨 있는데 등 뒤로 베드로의 목소리가 들렸다. 그는 반사적으로 벌떡 일어나 스승을 맞았다. 처음으로 베드로와 단 둘이 있게 되었다. 바울과 달리 평소 자주 만나지 못한 스승이기에 아무래도 어려울 수밖에 없다. 그런 심정을 잘 아는 베드로는 유독 디모데한테 살갑게 대했다. 활달한 마가와 달리 디모데는 조용하기 그지없는 성격이었다.

"오, 누가와 마가는 일하러 갔구나. 그래 기록하는 데 어려움은 없느냐? 보니까 네가 딱 적임자로다. 누가가 잘 생각했어."

"아닙니다. 스승님. 제가 행정 일을 잘 못하다 보니……."

베드로가 호쾌하게 웃었다.

"다 자신에게 맞는 능력이 있단다. 하나님께서 각자에게 주신 은사라고 하지 않느냐. 너만큼 성실하게 바울을 도와 일편단심 하나님의 일을 한 사람이 또 있겠느냐. 너는 바울의 복덩이였느니라."

디모데가 아무 말도 못 하고 고개를 숙이자 베드로는 그를 사랑스럽게 바라보면서 부드럽게 물었다.

"디모데야, 혹시 내게 궁금한 점이 있느냐? 무엇이든 물어 보거라. 내가 답할 수 있는 건 모조리 다 말해 줄 것이니라."

디모데는 이런 기회는 하늘이 주신 것이라 생각하며 하나님께 감사를 전했다.

"스승님 감사합니다. 갑자기 생각나는 게 있습니다. 스승의 첫 번째 이적 후 활발한 선교가 이뤄지고 나아가 이방인 선교의 문을 처음 여셨다고 알고 있습니다. 이달리야(이탈리아) 백부장 고넬료의 집에 가셨지 않습니까?"

"그랬지. 오호, 네가 알고 있구나. 나는 유대인 선교에, 바울은 이방인 선교에 평생 헌신했지만 아직 사울이 바울 되기 전에 하나님께서 나를 통해 먼저 이방인 선교의 포문을 여셨지. 우리 주님은 다 철저한 계획이 있으셨단다. 스데반이 죽고 사울이 회심하는 와중에 나는 중풍병자를 고치고 이미 죽었던 도르가를 살렸지. 그 일로 인해 사람들이 많이 주를 믿었단다."

디모데는 어느새 눈을 반짝거리면서 베드로에게 몰입해 있었다. 베드로는 그런 그의 얼굴을 쓰다듬어 주더니 온화한 미소를 보이면서 말을 계속했다.

"어느 날 기도하는 중에 환상을 보았는데 내가 평소 먹지 않는 음식을 세 번이나 보여 주셨어. 무슨 일인가 싶었는데 곧바로 고넬료의 하인들이 도착해 놀라운 소식을 전하더군. 고넬료 역시 기도 중에 말씀을 들은 것이야. 나를 부르라고. 그는 의인이었어. 기도와 구제를 많이 하는 사람이더군. 식민지 백성인 내게 점령국 군인이 그렇게 공손하게 나오기가 쉬운 일이 아니잖아. 나를 처음 볼 때 무릎을 꿇더군. 깜짝 놀랐어. 내가 그와 그의 집안에 복음을 전하니 그들 모두가 성령이 충만하여 방언을 말하더군. 그때 내가 크게 깨달았어. 하나님께서는 이미 이방인에게 성령을 주시기로 예비하셨다는 것을. 바로 그들에게 세례를 주었지."

베드로가 숨이 차서 헐떡거렸다. 디모데는 얼른 물을 대령했고 언제 왔는지 누가와 마가도 조심스레 듣고 있었다. 누가는 베드로의 안색을 살폈다. 베드로는 누가에게 고맙다는 목례 표시를 하고는 괜찮다고 미소를 지었다.

"너도 알다시피 안디옥교회에서 바울과 바나바가 한창 사역에 몰두하고 있을 때 사탄의 방해로 할례 문제가 대두되지 않았느냐. 그것 때문에 소동과 분란이 일었지. 보통 일이 아니었단다. 결국 바울과 바나바가 예루살렘까지 오고 예루살렘공의회까지 열렸지. 그때 내가 강력하게 고넬료 이야기를 했단다. 아마도 하나님께서 그때를 위해 고넬료와의 만남을 미리 예비하신 느낌이었어."

디모데는 자기도 모르게 벌떡 일어나 베드로 앞에 무릎을 꿇었다. 디모데 역시 헬라파 유대인이었기 때문이다. 베드로가 용기를 내어 고넬료를 만나지 않았더라면 자신 역시 이방인으로 간주되어 하나님의 사역을 할 엄두도 내지 못했을 것이다. 비록 자신은 바울의 깊은 뜻으로 뒤늦게 할례를 받았지만 한 번도 그에 대해 다른 마음을 품지 않았다. 바울은 유대인들이 디모데에게 불필요한 할례 문제로 시비를 걸어 하나님의 사역이 방해받지 않도록 조치한 것이다. 바울의 현명함을 느낄 수 있다. 디모데는 그나마 모친이 유대계였지만 온전한 헬라 혈통인 누가는 디모데보다 더 유대인들에게 배척을 받았다. 이 두 사람에게도 베드로가 큰일을 한 것이나 다름없다. 누가는 특히 의사로서의 소명을 다했다. 사도들의 건강 지킴이를 자원했다. 바울도 베드로도 그가 곁에 있어 영육간에 평강을 유지할 수 있었다. 그는 사도들 특히 바울의 보물이었다.

7.
야고보 사도(사도요한의 형제)의 순교와
헤롯왕의 죽음(사도행전 12장)

폭풍의 언덕처럼 스산한 바람이 언제 지나갔는지 이제 감옥의 정원은 곳곳마다 봄기운에 설레고 있었다. 지독한 한기도 봄의 문턱을 막지 못했다. 작은 창문으로 불어오는 살랑살랑 포근하면서도 때로는 차가운 바람이 사람들의 마음을 달뜨게 했다. 녹은 눈은 진창이 되어 군인들은 죄수들을 동원해 치우느라 정신이 없었다.

정원은 날이 갈수록 화려한 꽃들이 경쟁하듯 피어났고 새들과 벌들도 바빠졌다. 봄의 여신은 아름다운 자태를 뽐내면서 만나는 사람마다 지팡이를 휘둘러 마법의 세계로 초대했다. 바울과 베드로, 누가, 마가, 디모데는 달과 사냥 및 풍요의 여신 아르테미스(아데미, 다이아나)가 커다란 달덩어리를 두 손에 들고 하늘을 바라보고 있는 거대한 조각상이 설치된 대형 분수대 앞에 배치된 야외 테이블에 자리 잡고 있었다.

식탁에는 온갖 진귀한 음식들이 놓여 있었다. 붉은 포도주는 혀를 날름거리고 각종 과일은 색색들이 향연으로 눈을 즐겁게 해 주고 있다.

다시스로부터 공수한 공작새와 잔나비도 궁전을 휘젓고 다니면서 사람들의 눈을 호강시키고 있다. 공작새는 화려한 깃털을 시시각각 펼치면서 자랑하고 있고 잔나비는 이 나무 저 나무를 돌아다니며 재롱을 떨었다.

일행은 누구 하나 당황하지 않고 이 순간을 즐기려는 듯 포도주로 건배했다. 하나님께서 주신 지상에서의 행복한 시간이었다. 오랜만에 그들은 아침 일찍부터 봄이 만개한 정원을 산책하면서 살아 있는 환희를 만끽했다. 적당히 배가 고픈 시간에 풍성한 식탁에서 마음껏 음식을 즐기면서 회포를 풀었다. 그들은 이제 차를 마시면서 본격적으로 이야기를 시작하려고 서로의 눈을 마주보았다. 바울이 먼저 입을 열었다.

"베드로, 어제 곰곰이 생각했는데 직접 듣고 싶소. 야고보 말이오. 어떻게 첫 번째 희생자가 된 것이오? 예수님의 열두 제자 중 가장 먼저 희생양이 되지 않았소? 헤롯왕이 뒤이어 그대도 죽이려 했잖소?"

"오오 바울, 그 사건도 평생 나를 가시로 찌르는 것이라오. 왜 하필 그가 가장 먼저 희생되었는지. 망할 헤롯 같으니라고. 아니 자기도 야고보의 뒤를 이어 금방 죽을 것을 모르고 어리석어도 그리 어리석은 인간이 있을까. 지금 생각해도 분노가 치미오. 그 인간이 나도 죽이지 못해 화가 나서 분을 삭이느라 가이사랴 궁전에 갔을 때 변을 당한 것이라오. 주님께서 바로 갚아 주셨지. 나도 감옥에 갇혔는데 천사들이 나를 인도했잖소. 나는 그때 꿈인지 생시인지 모르고 헤매다가 감옥 문을 나서고야 천사들임을 깨달았다오. 곧바로 마가의 집으로 갔는데 로데라는 여자아이가 나를 보고 놀라 바로 문을 열어 주지 못했지. 나를 위해 기도하던 사람들은 그 애가 유령을 봤다고 할 정도로 처음엔 믿지 못했다오. 아 마가야, 그런 실망스러운 표정을 짓지 말아라. 이건 그 사람들이 믿음이 없어서 믿지 못했다는 뜻이 아니란다."

"아니 스승님, 어찌 아셨습니까? 저는 어머니한테 그때 이야기를 들은 기억이 사실 가물가물해요. 그 시절 갑자기 우리 집에 너무 많은 변화가 있었기에 얼떨떨한 것도 많았어요. 지금 스승님 말씀은 정확히 무슨 뜻인지……."

바울과 누가가 마주보고 웃었다. 디모데는 알 듯 말 듯했다.

"그 당시 사도들이나 성도들은 주님을 위한 죽음을 전혀 두려워하지 않았단다. 초대교회 초창기라 어쩌면 그 후 안정되고 성장했을 때보다 더 큰 믿음이 있었어. 설령 스데반이나 야고보처럼 불시에 죽는다 하더라도 하늘에서 더 큰 상급이 우리를 기다리고 있을 것이라는 강한 확신이 있었기에 그들은 내가 죽었다 해도 슬퍼하지 않으려고 했지. 내 죽음으로 인해 더 많은 사람들이 하나님을 믿는 계기가 되게 해 달라고 기도하던 사람들이야. 그렇게 기도했기에 내가 살아서 온 건지 죽어서 온 건지 긴가민가했던 것이란다. 그러다가 내가 살아온 것을 확인한 후엔 무척이나 기뻐하던 모습을 잊을 수가 없단다. 우리는 기쁨과 감사기도를 나눈 후 헤어졌지. 지금 생각해도 참으로 아름다운 교회와 성도들이었단다."

베드로가 미쁘던 시절을 회상하며 잠시 말을 멈추었다. 침묵을 깬 것은 바울이었다.

"듣기만 해도 성령의 감동이 밀려오는구려. 그런데 야고보가 회당 말고 노상 전도를 한 것이오? 스데반처럼? 나는 자세히 듣지를 못했소. 야고보는 스데반과 달리 엄연히 정통파 유대인이라 유대인들이 그래도 어느 정도는 용납해 준다고 생각했었소."

바울의 질문에 깊이 한숨을 쉰 베드로가 답했다. 바울도 누가도 스데반도 마가도 디모데도 숨죽이고 그의 이야기를 들었다. 야고보는 집에서 성전으로 기도하러 가는 길에 헤롯왕이 미리 대기시킨 자객들에 의해 어이없이 희생되었다고 말하는 베드로의 뺨에 눈물이 줄줄 흘러내렸다.

헤롯왕은 야고보에 이어 바로 베드로를 죽이지 못한 게 내내 분했다. 야고보를 칼로 죽였을 때 환호하던 유대인들의 포효를 생각하면 자다가도 벌떡 일어나게 되었다. 그 희열감이란…….

그런데 미련한 간수들로 인해 다 잡은 고기 베드로를 놓쳤다. 생각할수록 부아가 치밀었다. 헤롯도 이미 소식을 들었다. 베드로를 몇 겹의 쇠사슬로 감싸고 군사 네 명씩 네 패에게 맡겨 지키게 했음에도 그가 사라졌다는 것은, 아무리 주를 부정하는 왕이라 할지라도 무서운 일임에 틀림없었다. 겉으론 부하와 간수들에게 화풀이를 했지만 속으론 전전긍긍하고 있었다. 이미 자신의 죽음을 예상했는지도 모른다. 그래서 더 미친 듯이 난폭하게 행동했다.

왕의 불편한 심기를 간파한 영악한 신하들은 적극적으로 가이사랴행을 권했다. 궁전에서 기분 전환을 한 다음 다른 목표물을 찾으면 된다는 신하들의 아첨에 못 이기는 척 따랐다. 신하들은 작심한 듯 온종일 왕에게 충성을 다짐하는 서약을 하고 왕이 듣기 좋은 말만 하느라 정신이 없었다. 왕은 그런 신하들을 속으로 무시하면서도 그들에게 맞장구를 쳤다. 그렇게 해서라도 알 수 없는 두려움에서 벗어나고 싶었기 때문이다.

"왕이시여, 용안이 빛이 나옵니다. 왕복은 왕의 찬란한 위엄입니다. 너무나도 잘 어울리십니다. 그리고 왕의 목소리는 신의 거룩한 목소리로 들리옵니다."

두로와 시돈 사람 및 거기 모인 백성들은 실리를 취하기 위해 교만하기 그지없는 왕의 비위를 맞추느라 고개를 숙이고 또 숙였다. 그들은 지칠 줄도 모르고 끊임없는 아부의 향연을 이어 갔다. 왕은 그들이 만든 꼭두각시를 자청하고 있었다. 그래야만 시시각각으로 덮쳐 오는 불안감을 잠재울 수 있었다. 왕도 자기가 지금 무슨 말을 하는지 모르고 아무 말이나 내뱉기 시작했다. 한편으론 자신이 정말 신이 된 것 같은 환각에 사로잡혔다. 정신이 몽롱해졌다.

"그렇다. 이제야 알았느냐? 내가 곧 신이로다."

"와아 신이시여, 왕이 곧 신이시다. 경배하라! 경배하라!"

자신을 신이라고 떠받들며 추앙하는 분위기에 애써 공포심을 잠재우고 한껏 취하다가 뭔가 서늘한 기운에 뒤를 돌아본 그는 너무 놀라 하마터면 쓰러질 뻔했다. 서둘러 부하들을 물러가게 했다. 부하들에게 자신의 약한 모습은 결코 보이고 싶지 않았기 때문이다.

"여봐라! 다들 물러가라. 어서 나가라고!"

부하들은 갑자기 왕이 혼비백산해 고래고래 소리 지르는 모습에 당황하면서도 잘됐다 싶어 급히 빠져나갔다. 헤롯왕은 서 있기도 힘들 만큼 온몸을 덜덜 떨었다. 분명 얼마 전 자신이 죽인 야고보가 빛나는 하얀색 긴 옷을 입고 위엄 있게 서 있었다. 그는 하얗게 질려서 야고보를 제대로 쳐다보지 못했다.

"야고보 사도여, 어쩐 일이옵니까?"

"왕이여, 궁금한 게 있어 찾아왔습니다. 솔직하게 대답해 주시오. 왜 내가 첫 번째 희생양이 되어야 했습니까? 내가 이 땅에서 해야 할 일이 얼마나 많았는데……."

"아, 그건……. 핵심 멤버를 먼저 제거해야만 백성들의 칭찬을 받고…… 서서히 그리스도교를 약화시킬 수 있기 때문이지요. 잘못했습니다. 정말 잘못했습니다."

왕이 자지러지듯 절규했다.

"흠……. 베드로가 우리 주 예수 그리스도의 수제자인데 나를 먼저 택했군요. 요한은 예수님이 가장 사랑하신 제자라서 망설였군요. 어허."

"아아, 아닙니다. 사도도 알다시피 베드로도 감옥에 넣었는데, 베드로가 운이 좋았지요. 하필 무교절 기간이라, 명절이 지나면 바로 처단하려 했습니다. 믿어 주십시오. 그가 결코 수제자라서 그런 건 아닙니다. 알아주십시오. 잘못했습니다. 베드로 다음엔 요한을 죽이려고 했는데……."

헤롯왕은 울먹이면서 야고보 앞에 무릎을 꿇고 기어 다닌다. 그는 이미 넋이 나간 표정이다. 지금껏 살면서 이토록 비굴하게 군 적이 없었다. 로마 귀족에겐 아부했지만 같은 유대인에겐 늘 자신만만하게 행동했다. 왕이라서 부족한 게 없고 눈치 볼 것도 없었다. 그런 그에게 오늘은 말 그대로 치욕의 날이다. 그 와중에도 무교절이고 뭐고 바로 베드로를 죽이지 않은 건 일생일대의 실수라고 이를 갈았다.

야고보는 말없이 그를 내려다보고 있었다. 사도의 형형한 안색에 더욱 당황한 왕은 어쩔 줄 모르다가 급격한 복부 통증에 신음을 토하면서 고꾸라졌다. 외마디 비명 소리에 신하들이 달려오는 소리가 들리자 그가 기어 와서 야고보의 발을 잡았다.

"사도여, 저를 도와주십시오. 갑자기 배가 심하게 아픕니다. 살려만 주신다면 앞으로 그리스도교를 박해하지 않겠습니다. 아니 전적으로 돕겠습니다. 부디 용서해 주십시오. 제발 신하들 앞에서 왕의 위엄만 지키도록 해 주십시오. 살려 주십시오."

왕은 더는 말도 못하고 바닥을 구르면서 배를 부여잡고 고통에 몸부림쳤다. 야고보가 조용한 목소리로 말을 맺었다.

"안타깝지만 이미 늦었소. 내가 고칠 수 있는 일이 아니오. 만왕의 왕 하나님께서 당신을 정죄하기 시작하셨소. 당신 배 속에서 회충 수십만 마리가 움직이기 시작했어요."

"사도여! 살려 주십시오. 제발 살려 주십시오."

"당신은 곧 지옥으로 갈 것이오. 거기서 당신의 아버지와 할아버지를 만나 영원히 지옥 불에서 고통받는 천형에 시달릴 것이오. 아기 예수를 핍박해 애굽(이집트)으로 피신 가게 만든 당신의 할아버지, 세례요한의 머리를 소반 위에 얹어 여인에게 건네준 당신의 아버지와 함께. 그동안 당신들에 의해 죄 없이 죽임당한 그리스도 교인들에게 진심으로 사죄하기를 바라오."

왕의 오열을 듣고 달려온 신하들은 죽어 가는 왕과 야고보를 번갈아 바라보더니만 두려움에 온몸을 떨면서 사도 앞에 엎드러졌다. 그들 모두가 하나님의 위엄과 권능을 실감하는 자리였다.

제2부

사도바울 사역의 시작,
하나님께서 역사의
물줄기를 바꾸시다

1.

사울에게 직접 들은 다메섹 회심 이야기, 가시채를 뒤발질하며 살다가 각성하다(사도행전 9, 22, 26장)

베드로의 야고보 순교 이야기가 끝나자 성령의 진한 감동에 스며들었던 일행은 불현듯 자신들이 바울의 방에 앉아 있다는 것을 깨달았다. 일행은 순간 봄의 정원에서 근사한 식사를 즐긴 시간이 사실이 아닌 것에 망연자실했다. 디모데가 얼떨떨한 표정으로 바울에게 물었다.

"근데 스승님, 저만 꿈을 꾸었나요? 분명 저는 아까 아름다운 정원에서 화사한 봄 날씨를 즐기며 다 함께 식사한 것 같은데요. 맛있는 음식도 많았고 스승님이 아끼는 말린 무화과 열매도 은쟁반에 가득 쌓여 있었는데……."

"나도 그랬어. 나는 오랜만에 꽃향기를 맡으니 너무 좋아서 날아갈 것 같았는데, 정말 꿈이었던 거야? 그리고 방금 구워 낸 말랑말랑한 빵을 먹었는데, 얼마나 맛있던지 치즈도 그렇고. 그래서인지 포만감에 기분이 참 좋네."

"세상에 나만 그런 게 아니었구나. 왜 우리가 지금 바울의 방에 있는 거지? 나도 아르테미스(아데미) 여신이 가슴에 달을 품고 있는 조각상을 바라보며 포도주를 마셨는데……."

마가와 베드로가 동시에 말했다. 누가가 베드로의 말을 수정해 주었다.

"스승님, 아르테미스(다이아나)가 달을 품고 있는 게 아닌 두 손에 들고 있지 않았나요? 저는 그렇게 기억하는데요."

바울은 뭔가 집히는 게 있어 스데반을 바라보았다. 스데반은 바울을 보면서 눈을 찡긋했다. 바울은 그때 깨달았다. 스데반이 이들을 위해 한겨울에 잠시 화사한 봄의 축제를 선사한 사실을······.

이제 정말 모든 이야기가 마무리되었다고 생각하는 순간 스데반이 입을 열었다. 사람들은 스데반의 모습이 보이지 않으니 당연히 하늘에서 내려오는 소리라고 생각하고 온몸을 떨었다. 조금 전 꿈만 같던 식사 자리부터 하나님의 음성까지 들려오니 평소 침착한 누가마저 당황하며 어쩔 줄 몰라 했다.

"사도들이여, 지금까지 오순절 성령강림 사건과 초대교회의 시작, 사도베드로의 첫 번째 이적, 스데반 집사의 순교에 이어 빌립 집사의 사마리아 성시화까지 잘 들었도다. 거기다 베드로가 고넬료를 만난 이야기까지. 이제 가장 중요한 이야기가 남아 있도다. 그대들도 이미 눈치채고 있겠지. 바로 사울의 회심 아닌가."

바울은 이미 마음의 준비를 하고 있었다. 좀 전에 스데반이 눈으로 말했기 때문이다.

'바울, 방금 주님께서 말씀하셨소. 그대가 직접 나서서 이야기하라고요. 남아 있는 마가와 누가 그리고 디모데한테 큰 도전이 될 거라고 하셨소. 그대와 내가 말하는 게 아니고 하나님께서 우리 둘의 입에 말씀을 넣어 주실 것이라 하셨으니 담대히 말합시다. 그대가 천국에 가도 디모데와 마가, 누가는 남아 우리 주님의 사역을 더 확장시켜야 하는 성스러운 의무가 있다고 하셨소. 아무 걱정 말고 주님의 명령을 따라 이들의 영성을 더욱 깊게 합시다.'

스데반의 따뜻한 격려는 늘 바울을 감동받게 만든다. 베드로와 마가, 디모데, 누가 모두 눈을 크게 뜨고 바울을 바라보고 있었다. 어느 누구도 감히 입을 열지 못했다. 사실 베드로도 늘상 궁금해 마지않던 사건이었다. 누가는 비록 기록한 사람이지만 역시 바울 당사자만큼은 자세히 알지 못했다. 바울도 스데반에게 눈으로 도움을 요청했다.

'스데반, 내가 말이 막히거든 나를 도와주시오. 내가 차마 내 입으로 말하기 힘든 이야기는 대신 그대가 해 주시오.'

스데반이 조용히 고개를 끄덕인다. 다른 죄수들도 아는 듯 감옥은 그 어느 때보다 조용하다. 감옥에 정적이 흐르고 있었다. 바울의 방을 알게 모르게 감시하고 있는 간수들도 긴장한 표정이 역력하다. 바울은 심호흡을 한 다음 드디어 입을 열었다. 오늘만큼은 젊은 시절의 바울을 보는 것만 같다. 말에 힘이 넘친다. 그때의 감격이 다가오나 보다.

"당시 나 사울은 참으로 포악한 사람이었소. 오로지 하나님만 인정했지 절대로 예수님은 인정할 수 없었소. 정통파 유대인들은 오로지 모세율법만 믿으니까……. 거짓 선지자가 나와 세상을 어지럽힌다고만 생각했소. 그것은 우리가 신봉하는 하나님을 모독하는 행위라고 믿은 것이오. 성도들을 찾아내 죽이기도 하고 때리기도 했소. 사람들은 멀리서도 나를 보면 피해서 도망갔지. 그런 모습은 나를 더욱 기고만장하게 만들었소. 당연히 스데반이 죽을 때도 응당한 벌을 받는다고 생각했지. 스데반의 죽음 이후 성도들이 각 지역으로 흩어지자 더 독해진 나는 그들 모두를 잔멸하려고 이를 갈았지. 대제사장의 공문을 받아 다메섹(시리아 다마스커스)으로 갈 때만 해도 나는 살기등등한 사람이었소. 온건파 유대인들도 나를 피할 정도로 사나운 짐승이었소."

바울이 괴로운 듯 잠시 숨을 고를 때 아무도 입을 열지 않았다. 정적은 더욱 깊어졌다. 사울 이야기는 아무리 들어도 적응되지 않는 비극이었다. 들을 때마다 일행은 자신도 모르게 긴장해야만 했다. 베드로는 아까부터 계속 물을 마시고 있고 그런 베드로가 걱정되는지 누가와 마가는 예의 그를 주시하면서도 바울의 말 한마디 한마디를 놓치지 않으려고 귀를 쫑긋 기울였다. 차가운 웃풍이 감옥 전체를 휘감아 도는데도 이게 성령의 바람인지 진짜 겨울바람인지 구분을 못 할 만큼 그들은 몰입하고 있었다.

"다메섹에 도착했을 때 나는 마치 개선장군마냥 당당했지. 그리고 우리 핵심 멤버 외엔 아무도 우리 일행이 다메섹으로 가는 것을 알지 못했으니 성도들이 다른 데로 도망가지 못할 거라 자신만만했어. 누구든지 나한테 걸리기만 하면 곧바로 때리고 죽이던가, 끌고 가려고 다짐하며 걷고 있었는데 갑자기…… 강한 빛이 눈에 들어오면서 나는 고꾸라졌소. 빛무리가 나를 꼼짝 못 하도록 둘러싸는 느낌이었소. 정수리부터 발끝까지 번개가 때리는 듯했소. 땅에 엎드러지면서 나는 깨달았소. 이것은 하나님께서 나를 부르시는 표시라는 것을, 그런데……. 하나님이 아니라 내가 그렇게 핍박하던 예수님의 목소리였소."

바울은 목이 타는지 물을 마셨다. 모두가 다 물을 한 모금씩 마셨다. 디모데는 입이 바짝바짝 마르는 것을 느꼈다. 지금까지 바울과 많은 세월을 함께했지만 자세한 회심 이야기는 처음이었다. 바울이 가이사랴에서 로마로 압송되기 전 아그립바왕 앞에서 말한 회심 이야기는 누가를 통해 들은 적이 있지만 당자로부터 직접 듣는 것과는 차원이 달랐다. 간혹 궁금해서 묻고 싶었지만 차마 그럴 수 없었다. 언젠가 듣겠지 했는데 감옥에서 듣게 되리라고는 상상도 못 했다.

"내가 당황해서 '주여, 누구시니이까?' 하고 물으니 예수께서 '나는 네가 박해하는 나사렛 예수다.'라고 말씀하시는 순간 나는 전광석화마냥 깨우쳤소. 참으로 뒤늦게 안 것이오. 예수님이 바로 하나님이시라는 것을, 그것도 모르고 내가 얼마나 큰 죄를 지었는지……. 나는 이 이야기를 내 입으론 단 두 번 말했다오. 그만큼 그때 상황이 절박했단 말이지. 첫 번째는 내가 예루살렘에 가서 정결례를 치르자마자 성난 유대인들이 군중을 선동해서 나를 고소했을 때 천부장에게 양해를 구한 후 그들 앞에서 직접 말했소. 내가 얼마나 내 동족을 사랑하는지 어필하려고 했지만 실패했소. 그들은 아예 내 말을 들으려는 생각이 처음부터 없었지. 그저 나를 죽이려는 생각밖에 없었다오. 두 번째는 베스도 총독과 아그립바왕 앞에서요. 처음 다메섹에서 예수님이 내 눈을 안 보이게 하시고는 곧이어 말씀하셨소. '사울아, 어찌하여 나를 핍박하느냐. 가시채를 뒤발질하기가 네게 고생이니라.' 가시채를 뒤발질한다는 말씀에 내 골수가 쪼개지는 듯한, 온몸이 붕 뜨는 것을 느꼈소. 그처럼 강력한 표현을 찾기는 힘들 것이오."

그는 잠시 말을 멈추고는 눈물을 닦지도 못한 채 중얼거리듯 말을 맺었다.

"나는 눈이 안 보이는 사흘간 먹지도 보지도 못한 채 기도만 붙들었지. 내가 앞으로 어찌 살아야 하는지 생각하고 또 생각했소, 그리고 결론을 내렸지. 그동안 주인의 말을 안 듣고 멋대로 행동하는 소처럼 주인에게 가시채로 맞으면서도 뒤발질을 하며 저항했지만 이제부터는 주인에게 순종하며 열심히 주인의 일을 돕는 충성스러운 소로 살겠다고 말이오."

결국 그는 울음을 터뜨렸다. 울먹거리는 정도가 아니라 아예 통곡이었다. 평생 혼자 간직하고 살아온 치부와 영광을 동시에 드러내는 순간이었다. 사도들은 모두 그의 마음을 이해했다. 하나님께서 그래서 이런 자리를 마련했다고 깨우친 것이다. 그가 평생의 비밀을 시원하게 털어놓고 가벼운 마음으로 천국에 가도록 만든 주님의 깊은 배려였다. 조금 진정된 바울은 한결 가벼워진 표정으로 말을 이었다.

"예수님께서 신실한 제자 아나니아를 보내신다고 하셨을 때, 그리고 정말 아나니아가 와서 나에게 안수하고 기도해 주었을 때 내 눈이 보이기 시작했지. 우리 주님께서 살아 계신다는 증거를 확신했어. 나는 곧바로 그로부터 세례를 받았소. 그다음부터 내 삶이 확 바뀌었어. 그다음부터는 그대들이 다 아는 그대로요."

다들 얼떨떨하고 있을 때 하늘에서 소리가 났다. 마치 천둥이 울리는 소리 같았다. 감옥의 벽이 떨리고 있었다. 일행은 또 다시 고개를 숙이고 얼굴을 가렸다. 디모데는 벅찬 감격에 가슴을 부여잡고 울고 있었다.

"바울아, 기억하느냐? 내가 '사울아, 사울아!' 하고 너의 이름을 두 번 연속해서 불렀다. 내가 사람들의 이름을 두 번 부를 때는 역사의 물줄기를 바꾸려고 시도하는 것이다. 나의 창조 질서를 임시로나마 뒤집으려고 하는 광대한 뜻이 있느니라. 너는 아느냐? 내가 두 번씩 이름을 부른 사람들이 누구냐. 아브라함, 모세, 야곱이니라. 이들을 통해 당대의 흐름을 바꿔 새 역사의 장을 열었느니라. 그만큼 나는 너를 이방인과 이스라엘과 땅끝까지 이르러 복음 전파를 하도록 크게 쓰려고 했느니라. 너는 참으로 애썼다. 내가 다 안다. 그리고 베드로야, 너의 헌신도 내가 다 아느니라."

바울과 베드로가 동시에 바닥에 엎드려졌다. 일행도 따라서 차가운 감옥 바닥에 무릎을 꿇었다. 서로가 서로를 껴안고 기쁨의 눈물을 흘렸다. 이제 진정한 마지막 축제가 완성된 것이다. 스데반은 이들을 바라보며 환희의 미소를 짓고 있었다. 그 역시 눈물 콧물로 범벅이 되어 있었다. 참으로 아름다운 밤이었다. 할렐루야!

2.
안디옥교회의
탄생(사도행전 11장)

마가는 갑자기 삼촌 바나바가 몹시 그리워졌다. 스승들의 대화에 참 많이
도 등장한 삼촌이다. 특히나 안디옥교회 발전의 주역인 삼촌이기에 바울도
베드로도 무척 고마워했다. 삼촌은 바울과 베드로에 견줄 만한 대사도에 포
함되기 때문이다. 거기다 자신을 끔찍이도 사랑한 분이다. 바울과 자신의
일로 격렬한 다툼을 한 것만 봐도 알 수 있다.

사실상 바울과 베드로 모두 바나바를 아끼고 사랑했다. 그에 대한 이야기
가 나올 때마다 바울은 눈물을 흘렸다. 바울은 그가 한창 젊은 시절이라 열
정과 패기만 있었다고 당시의 일을 미안해했다. 마가 대신 전도여행에 실라
를 택한 바울은 마가가 당시 불성실하게 여겨졌기에 자신이 화를 냈다고 솔
직하게 이야기하고 진심 어린 화해를 청했다. 베드로와 바울 모두 안디옥교
회의 탄생과 성장에 대해 꿈꾸듯 말했다. 그들의 한마디 한마디가 알알이
머릿속에 박혔다. 베드로도 그때의 감격이 되살아나는지 목소리에 힘이 들
어갔다.

실라가 언제부터 소식이 없다고 두 스승 모두 안타까워했다. 아마도 어디
선가 순교를 당했다고 추측할 뿐이다. 이제 예수님의 열두 제자뿐 아니라
사도들까지 서서히 순교하고 있었다. 예수님 사후 삼십 년이 넘었으니 어쩌

면 당연한 일이다. 야속한 세월은 그 누구라도 피할 수가 없었다. 거기다 네로 황제의 핍박은 절정을 향해 달려가고 있었다. 로마 아니라도 곳곳에서 박해받는 사도와 성도들이 늘어만 가는 절망적인 시절이었다.

네로의 화재 사건 이후 지독한 유대인들은 이때다 싶어 별일 아닌데도 평소 못마땅해하던 그리스도인들을 무차별적으로 로마 관리에게 고소하는 거짓 증거가 남발하던 시기였다. 그리스도인들은 지금껏 이토록 위험한 시절을 만난 적이 없어 무척이나 당황했지만 결코 굴하지 않았다.

곳곳에서 참수형과 십자가형 나아가 사자 굴에 던져지는 형벌이 잦아졌다. 결국 그리스도인들은 사상 최대의 박해를 피해 카타콤이라는 지하 동굴을 파기 시작했다. 미로처럼 만든 곳에서 예배드리고 기도하고 찬송하면서 하나님의 구원을 기다렸다.

"마가야, 디모데야, 너희들 모두 스데반의 죽음 이후 성도들이 가랑잎 흔들리듯 피하느라 정신없던 시절에 대해 알고 있지? 아이고, 바울 그대는 내 말에 더 이상 신경 쓰지 마시오. 스데반의 고귀한 희생으로 하나님의 도가 만방에 알려지는 계기가 되었잖소. 구레네(리비아)와 구브로(키프로스) 출신 유대인들이 안디옥으로 가 그곳 헬라인에게도 도를 전했소. 참으로 열린 마음의 소유자들이오. 그중에 구레네인 시몬은 안디옥교회의 초창기 지도자가 되었지. 참으로 하나님의 뜻이 얼마나 오묘한지 시몬을 보면 알 수 있지요. 그에게 예수님의 십자가를 로마 군인에 의해 지게 하신 것은 안디옥교회를 위해 예비하신 것이오. 그전까지 유대인은 무조건 같은 유대인에게만 도를 전파했지. 이방인은 사람 취급을 하지 않았어. 헬라인도 이방인에 포함되었지. 물론 헬라인은 우리 유대인을 야만이라고 멸시했고."

베드로가 조금 흥분한 듯 말이 빨라졌다. 가끔씩 호탕한 웃음소리를 흘리는 것을 보면 예전의 기백이 되살아나는 듯하다.

"구레네, 구브로인들은 참으로 훌륭해. 성경에 이름 하나 남기지 않은 겸손한 사람들이지. 그들로 인해 안디옥에서 모임이 활성화되면서 교회가 성장하는 발판이 되었어. 헬라인이 대거 모여드는 게 참으로 기이했어. 유대인과 헬라인이 매일 성전에 모였지. 매일 모인다는 것이 얼마나 중요한 일인지 새삼스럽더군. 안 믿는 사람들이 처음엔 그들을 예수쟁이라고 무시했지만 지금은 예수쟁이를 믿음 좋은 크리스천이라 부르니 얼마나 감사한 일이냐."

"예루살렘교회에서 그 소식을 듣고 바로 삼촌을 파견했다면서요?"

마가가 신이 나서 물었다. 베드로가 고개를 끄덕이면서 바울과 눈을 맞추었다.

"그랬지. 우리도 신기했어. 누구를 보내야 하나. 만장일치로 바나바를 선택했지. 그만큼 누구한테도 인정받은 사람이니까. 그가 가서 놀라워했어. 혼자 감당하기 힘들 만큼 일이 많았던 거야. 그래서 바울을 불러들였지. 바울에게도 엄청난 기회를 준 것이야. 바울은 그때만 해도 사울이라는 이름으로 불렸지."

바울 역시 감사의 표시로 두 손을 모았다.

"나의 첫 사역지나 마찬가지인 안디옥이오. 내 열정을 원 없이 퍼부었으니까. 바나바는 나의 영적 은인이오. 베드로 기억나오? 내가 아직 사울이었을 때 예수님의 제자들과 친해지려고 예루살렘으로 간 일을. 그런데 제자들 대부분이 나를 믿지 못해 만나지 않으려고 했잖소. 그때도 바나바가 나섰소. 그가 나를 위해 참 많은 일을 했구려. 그가 나를 대신해 내가 어떻게 다메섹에서 주님을 만나고 아나니아를 통해 세례를 받았는지, 또 어떻게 사람들에게 담대히 도를 전했는지 설명했다오. 그러고야 그들은 나를 받아 주었지. 나는 평생 잊지 않고 고마움을 간직하고 있다오. 아아, 바나바. 어찌 그리 일찍 가셨소? 그럴 줄 알았다면 로마 셋집에서 해방되는 순간 나도 먼저 바나바를 찾아갈 걸 아쉽기만 하네. 나는 정말 안디옥을 사랑했소. 일 년간 바나바와 함께 사역했고 1차와 2차 전도여행을 마치고 매번 안식년은 안디옥교회에서 보낼 정도로 그곳은 나의 영혼의 고향이었소."

바울의 눈은 이미 그리움으로 촉촉이 젖어 있었다. 옆에 있는 마가를 꽉 껴안아 주었다. 바나바에 대한 그리움과 미안함의 표시였다. 마가도 그의 심정을 잘 알기에 기쁜 마음으로 함께 포옹했다.

베드로가 얼굴이 붉어지며 미안함을 전했다.

"바울, 생각할수록 부끄럽소. 그때 우리들이 참으로 생각이 짧았소. 바나바가 우리들보다 한참 난 사람이오."

"아니오. 나라도 피했을 것이요. 사울은 예수님을 만나기 전까지 인간이 아니라 길길이 날뛰는 미친 말이었소. 저주받아도 마땅한 악종이었지. 오죽하면 데오빌로가 바울 같은 인간도 변하는데 그리스도의 은혜라면 안 변할 사람은 없을 거라고 확신했겠나. 누가와 그의 부하들이 로마 셋집에서 말하는 것도 들었고 그가 누가에게 보낸 서신에도 그렇게 쓴 것을 보았지."

누가가 놀라서 눈을 똥그랗게 떴다. 평소 침착한 그가 처음으로 안절부절못하는 모습에 다들 누가와 바울을 번갈아 보았다. 바울이 웃으면서 속삭였다.

"누가, 미안하네. 셋집에 살 때 자네를 찾으러 갔다가 탁자 위에 놓여 있는 편지를 우연히 봤다네. 데오빌로라고는 생각 못 하고 디모데나 디도가 보냈나 했지. 그때는 로마 군인이 모든 편지를 누가가 먼저 보게 했거든. 누가가 라틴어와 헬라어, 히브리어까지 능통하니 통역 겸 번역을 맡긴 것이나 다름없었지. 일종의 필터 역할도 한 셈이야. 군인들도 어쨌든 위험한 상황은 피하고 싶었던 게지. 자신들의 목숨도 달려 있는 문제니까 편지 하나에도 신중할 수밖에 없었어."

"흠……. 어쨌든 모든 게 다 하나님의 은혜로 합력하여 선을 이뤘으니 행복한 결말이군. 또다시 누가한테 감탄하네. 그대는 어찌 그리 완벽한가. 언어마저. 하나님께서 바울만큼이나 미리 예비하신 하나님의 큰 종일세 그려."

베드로가 누가에게 엄지를 들며 유쾌하게 웃었다. 다들 베드로와 바울을 번갈아 보며 조심스레 미소 지었다.

"안디옥교회가 또 존경스러웠던 점은 보통 모교회에서 가지교회를 도와주는데 안디옥교회는 자발적으로 모교회인 예루살렘교회로 부조금을 보냈지. 그때 예루살렘에 심한 흉년이 들었어. 바나바와 바울이 그 헌금을 가지고 예루살렘교회로 왔었지."

베드로가 감탄스러운 목소리로 부조금 이야기를 꺼내자 일행은 새삼 안디옥교회에 대해 경외심을 품었다.

3.
바울, 게바(베드로)를 대놓고
질책하다(갈라디아서 2장)

베드로는 무슨 말을 이어 하려다가 갑자기 바울과 마가를 흘끗 보더니만 잠시 멈칫거렸다. 눈치 빠른 마가가 그 틈을 놓치지 않았다. 마가는 베드로의 눈과 표정만 보고서도 그의 의도를 알아차렸다. 바울에게 디모데가 그렇듯 베드로에겐 마가가 참아들이나 다름없었다. 네 사람 모두에게 큰 축복이었다.

"스승님, 무슨 말씀을 하시려는 것 같은데 왜 망설이세요? 궁금합니다. 또 바나바 삼촌 이야기인가요?"

"음……. 바나바도 포함되지. 바울, 그리고 보니 그대와 내가 참 여기저기 많이도 얽혔네. 바나바도 그렇고, 주님께서 특별히 우리 셋을 몹시 사랑하신 게 틀림없어."

베드로가 유쾌하게 웃으면서도 마음속에 걸리는 게 있어 보였다. 바울이 잠시 뭔가를 떠올리는 듯하다가 짧은 탄식을 내뱉었다. 그리고 베드로에게 살짝 머리를 저었다. 하지 말라는 뜻이다. 그러니까 마가는 더 궁금해졌다. 누가는 집히는 게 있다는 듯 고개를 끄덕거렸다. 디모데는 조용히 앉아 있었다.

"아니오. 바울 이건 꼭 말해야 하오. 마가야 잘 들어라. 바나바도 너한테 부끄러워 말하지 못했을 것이다. 어느 날 내가 안디옥교회에서 성도들과 식사하고 있을 때 하필 야고보가 보낸 유대인들이 갑자기 들이닥쳤어. 순간 너무 놀라 식사하다 말고 자리를 피한 거야. 아, 너무 창피하다. 내 마음속 깊은 곳, 그러니까 무의식적으로 나도 이방인과 같이 식사하고 싶지 않은 유대인의 습성이 깊숙이 배어 있었던 거야. 그 사건은 인구에 회자되어 나는 한동안 성도들 앞에서 얼굴을 들지 못했단다. 우리는 그래서 늘 깨어 있어야 해. 바울의 칼 같은 성정이 빛나는 순간이었어."

평소에도 말이 빠른 베드로가 숨 돌릴 새도 없이 일사천리로 말하는 바람에 일행은 그의 말을 따라가느라 벅찼다. 말을 다 끝낸 베드로는 결국 침대에 누워 버려 한동안 거친 숨을 내쉬기에 바빴다. 누가 역시 그를 돌보느라 바쁘게 움직였고 디모데와 마가도 덩달아 가슴을 부여잡았다. 그만큼 베드로의 진정성이 돋보이는 고백이었다. 바울은 쑥스러운 듯 아무 말도 못한 채 침대에 걸터앉아 베드로의 손을 힘주어 잡았다. 두 사도는 마주 보고 서로의 얼굴을 쓰다듬으며 애정을 확인했다.

바울이 베드로의 태도를 질타한 사건으로 인해 예루살렘교회는 충격을 받았지만 성령의 은혜로 각성의 기회로 삼았다. 그 시절 바울은 이방인 선교 외 아무것도 눈에 들어오지 않았다. 여기저기서 유대인 성도와 사도들이 수군거렸다.

"세상에나, 바울 말이오. 대체 무슨 자신감인가. 감히 예수님의 수제자인 베드로에게 직언을 했다고?"

"아직 정신 못 차렸나 보오. 베드로가 지금 어떤 위상인지 인식 못 하는 건 아니겠지?"

"야고보가 누군지는 아는 건가. 설마 예수님의 친동생이라는 사실을 모르는 건 아닐 테고. 야고보와 베드로가 주축으로 이끄는 예루살렘 사역인데 아무리 이방인 선교가 우리 주 예수 그리스도의 명령이라 해도 너무한 거 아니오?"

"그것도 이방인들이 많은 데서 대놓고 망신을 주다니. 솔직히 우리가 꼭 이방인과 함께 먹어야 할 의무가 있는 것도 아니잖아."

"오죽하면 바나바까지 그 자리를 피했으려고. 그가 가장 바울에게 친화적이었는데……."

그날 저녁 베드로(게바)와 바울은 생전처음 둘만의 시간을 가졌다. 아무에게도 방해받지 않고 허심탄회하게 대화를 나누었다. 오로지 둘을 감싸고 있는 건 성령님의 자애로움뿐이다.

"베드로, 미안하오. 내 직선적인 성격이라 참지 못하고 그만……. 깊이 사과하오."

"아니오, 바울. 잘했소. 오히려 감사하오. 그렇지 않았다면 나는 어디서도 그런 행동을 반복했을 것이오. 나와 같이 식사하던 이방인들이 얼마나 상처받고 우리 도에 대해 회의가 들었을지, 내 자신이 원망스럽소. 그토록 믿음으로 구원에 이른다고 구구절절 전도했으면서 막상 내가 유대인을 의식했으니…… 입이 열 개라도 할 말이 없소. 나를 용서하시오."

바울은 베드로의 진심 어린 사과에 당황하면서도 기쁨을 감추지 못했다. 드디어 자신이 목숨을 걸고 전파한 믿음의 구원약속이 대사도들한테도 전해졌다는 안도감과 뿌듯함이 느껴져서였다. 베드로는 한숨을 크게 쉬더니만 주님께도 용서를 구했다.

"우리 주님께서 얼마나 슬퍼하셨을지 눈에 선하오. 오 주여, 또 실망시켰습니다. 대체 언제까지 주님을 실망시킬지 얼굴을 들지 못하겠습니다. 부디 저를 용서하소서. 그리고 바울, 그대 아니면 누가 그런 조언을 했겠소? 내 자신을 돌아볼 수 있는 좋은 계기가 되었소. 그대가 이방인의 아버지라는 소리를 듣는 게 당연하오. 다시 보게 되었소. 역시나 우리 주님의 혜안이 틀린 적이 없구려. 할렐루야!"

바울이 어쩔 줄을 모르고 손사래를 치자 베드로는 눈으로 고맙다고 인사한 후 다시 말했다.

"내가 바나바한테도 사과하겠소. 그는 나 때문에 잠시 시험에 든 것이오. 그가 얼마나 큰일을 했소? 다들 두려워하는 당신을 우리 제자들한테 용감하게 소개한 사도가 아니오."

얼마간 시간이 지난 후 베드로가 야고보 및 제자들 그리고 성도들 앞에서 그간의 사정을 설명하고 사죄했다. 바울이 옳다고 그에게 많이 배웠다고 솔직한 심정을 피력했다. 야고보도 동의했다.

"나도 사실은 우리 주님께서 부활하시기 전까지 예전의 바울 못지않게 주님을 멸시하고 믿지 않았지요. 나는 단지 예수님의 동생이라는 이유만으로 지금 분에 넘치는 대우를 받고 있음을 잘 알고 있소. 앞으로 더욱 겸허하게 나아갈 것을 약속하오."

야고보는 물론 사도와 장로들도 바울을 비난한 것에 대해 용서를 구했다.

"바울, 결국 당신이 옳았소. 우리 모두 크게 깨달음을 얻었소. 앞으로 우리도 용기를 갖고 정진할 것이오."

모두 함께 격려의 박수를 힘껏 치면서 서로가 포옹하며 위로했다. 바나바도 바울에게 살짝 목례하면서 회개의 심정을 전했다.

"나도 회개하오. 주님께서 큰 울림을 주셨소. 그대한테도 고맙소."

이후 믿음의 양대 산맥 베드로와 바울은 각각 유대인과 이방인 선교에서 협력하며 엄청난 성과를 거둔다. 베드로는 십자가에 거꾸로 매달린 상태로, 사도바울은 참수를 당하며 순교했다. 두 사도의 헌신과 희생, 열정적인 사역은 두고두고 후대 성도들에게 교훈과 용기와 위안을 줄 것이다.

마가는 베드로의 이야기를 듣고 온몸에 전율이 일었다. 말 그대로 신선한 충격이었다. 역시 바울답다는 생각이 들었다. 목에 칼이 들어와도 할 말은 하고야 마는 곧은 성정을 새삼 체감했다. 사도로서 본받고 싶은 용기와 신념이다. 사실상 다른 사람도 아닌 최고로 추앙받는 베드로에게 이런 직언을 한다는 것은 보통 사람의 배짱이 아니고서는 상상하기 힘들다. 디모데한테도 인상적으로 각인된 일화였다. 앞으로 그의 사역에 있어 몹시 중요한 영향력을 행사할 것이다.

바울도 바울이지만 이런 대놓고 한 질책에 어떤 변명이나 군소리 하나 없이 기꺼이 받아들이고 사과한, 진정한 남자의 모습을 보여 준 넉넉한 베드로의 성정도 존경스럽기는 마찬가지라서 마가는 사랑하는 베드로를 향한 경외심이 더욱 넘치게 되었다.

4.
안디옥교회,
바나바와 사울을 선교사로 파송하다,
1차 전도여행의 시작(사도행전 13장)

오늘은 마가 대신 디모데가 누가와 함께 퀸투스의 사택으로 향했다. 며칠 동안 계속 마가를 불렀던 퀸투스는 갑자기 디모데가 궁금해졌다.

"그 조용한 헬라 녀석은 대체 뭘 하고 지내지? 원래 말 없는 것들이 더 무서운 법이야. 살인자 바울 노인네와 가장 가깝게 지낸다며? 뭔가 수상해. 그동안 무슨 흉계를 꾸민 건 아니겠지? 보고서 들어온 것, 한 번 읽어 봐."

그가 차를 마시며 앞에 서 있는 집사에게 물었다. 집사는 곧 장부를 펴서 디모데에 관해 적혀 있는 글을 읽었다.

"디모데는 헬라인 아버지와 유대인 어머니 사이에서……."

그가 손을 들어 집사의 말을 끊었다.

"오, 모계가 유대인이야? 더 무서운 인간이네. 그래서 그 깡패 노인네와 친하게 지내고 있구나. 닥터 누가는 부모가 모두 헬라인이더군. 역시나 믿음이 가는 친구야. 마저 읽게."

"디모데는 오전엔 누가의 방에서 누가의 지시대로 두루마리에 뭔가 적거나 읽으면서 외우고 있다. 자주 무릎 꿇고 기도하면서 성경을 묵상한다. 바울과 베드로의 방에도 종종 가서 그들의 잔심부름을 돕고 대화를 나누면서 손발을 주무르거나 물수건으로 닦아 준다. 오후엔 누가를 도와 식사 준비를 하거나 죄수들을 돌볼 때 보조 역할을 충실히 하고 있다. 저녁 식사 후엔……."

"그만. 똑같은 인간들이군. 바울과 베드로 둘 다 처음엔 성경 읽고 기도만 했지. 점점 쇠약해져 가면서 누워 있는 시간이 늘었지만. 어쨌거나 위험성은 없으니 됐어. 그래도 모르니 감시를 쉬지 않도록!"

마가는 이곳에 와서 처음으로 누가의 기록을 자세히 살펴볼 수 있었다. 바쁠 땐 간략하게 단어만 적어 놓은 것도 있었다. 나중에 좀 더 자세한 설명이 추가되어 있다. 보니까 디모데의 글씨도 꽤 많았다. 누가가 놓친 부분을 꼼꼼히 짚어 보충해 놓았다. 마가도 하나하나 읽어 가면서 자신이 들었거나 기억나는 부분을 옆에 작은 글씨로 채워 넣었다. 하다 보니 성령 충만해짐과 동시에 배우고 깨치는 재미도 쏠쏠했다. 디모데가 왜 그렇게 몰두했는지 이해가 갔다.

생각하니 바울과 베드로만큼이나 마가와 디모데도 함께 있는 시간이 꽤 많았다. 이곳저곳에서 만났고 함께 사역하고 함께 성장했다. 둘도 없는 친구이기도 하다. 성격도 정반대라 더 잘 맞았다. 로마 셋집에서도 잠시 함께 있었지만 디모데는 바울의 편지를 가지고 빌립보와 에베소에 전하고 다시 오기도 하고 또 바울이 명한 선교지에서 사역하느라 사실상 둘은 거의 부딪칠 시간이 없었다. 마가가 예루살렘으로 떠나기 전에 디모데는 이미 로마에 없었다. 하지만 어디서나 둘은 서로 의지하며 지냈다. 편지로 꾸준히 왕래하면서 서로를 격려했다.

마가는 이곳에 오기를 정말 잘했다는 생각이 하루에도 여러 번 들었다. 바울과 베드로와의 마지막 만남에 대한 애틋함과 슬픔 그리고 존중이 담긴 로마행이었다. 무엇보다 삼촌 바나바에 대해 많이 들을 수 있어 더욱 의미

깊었다. 생각하면 바울과 참 많은 시간을 보낸 사람은 바나바라고 할 수 있다. 역사적인 안디옥교회에 당시 성도들 특히 유대인이 기피했던 사울을 초빙한 삼촌의 담대함과 예지력은 지금 생각해도 놀랄 만치 신선하다. 분명 하나님께서 예비하셨으리라.

"마가야, 오늘은 네가 기록하느냐?"

뒤에서 바울의 부드러운 음성이 들려 그는 벌떡 일어나 스승을 맞았다. 바울은 오늘 몸 상태가 좋아 보였다. 마가는 순간적으로 이 기회를 놓치면 안 된다는 위기의식이 들었다.

"스승님, 괜찮으시면 회랑에서 좀 걷다가 오실래요? 보니까 군인들도 정원이 아닌 회랑 오가는 건 봐 주던데요."

"오, 그럴까. 하긴 정원이나 회랑에 나가 본 것도 너희들이 올 때니 벌써 며칠 지났구나. 그때도 엄청난 특혜였지. 여기 방에서 회랑 한 번 나가 보지 못하고 들어오자마자 죽은 사람들도 꽤 많단다. 아, 아버지 하나님 우리를 지켜주시옵소서.

바울이 기뻐하니 마가도 기분이 좋았다. 조심스레 죄수용 욕실이 있는 쪽 회랑으로 나가 보니 다행히 군인들이 보이지 않았다. 겨울이 수줍게 물러가는지 한결 바람이 순해졌다. 아니 한겨울이 잠시 마법을 부리는 것 같았다. 마가는 며칠 전 분명히 퀸투스의 부하들이 중얼거리는 소리를 들었다. 금년은 봄이 빨리 오나 보다고. 확실히 혹한의 매운 기는 많이 희석되었다.

바울은 마가의 부축을 받고 걸으면서 안디옥교회에서 처음으로 선교사로 파송된 기쁨과 설렘에 대해 설명해 주었다. 스승은 마치 그 시간으로 되돌아간 것마냥 행복해했다. 사울에서 바울로 거듭나는 단계였다. 안디옥교회 성도들의 성령 충만함에 대해서도 더 자세히 알게 되었다.

"마가야, 안디옥교회 성도들이 성령의 음성을 들었단다. 참 신실한 사람들이었어. 한창 부흥하는 교회라서 나를 포함해 다섯 명의 사역자들이 있었지. 네가 만난 시몬도 그중 한 명이었고. 그런데 성령께서 나와 바나바를 따로 세우라고 지시하셨어. 성도들은 금식하면서 기도한 후 순종했지. 다섯 중에 둘을 빼라니. 그것도 바나바는 핵심 인물 아니냐. 나는 아직 사울일 때라 결코 쉬운 결정이 아니었단다. 만약 그때 성도들이 안디옥교회의 성장을 우선시해 우리를 파송하지 않았다면 지금처럼 이방인 선교가 활성화되지 못했을 거야. 그들은 진정 하나님의 영광을 가리는 죄를 범하지 않은 것이지."

마가가 아는 척을 했다.

"그게 바로 제가 동행한 바울의 1차 전도여행이지요. 근데 제가 중간에 포기했으니. 지금 생각해도 죄송해요."

"아니다, 아니다. 그 얘기를 꺼내려고 하는 말이 아니다. 이제 그 이야기는 그만 잊어라. 마가야, 나도 잊은지 오래되었다. 내가 그때만 해도 까칠한 성격이라 그랬다. 내 탓이다. 미안하다."

바울이 마가의 손을 꽉 잡았다. 마가도 스승의 손을 힘주어 잡았다. 바울이 오랜 선교 생활로 굳은살이 여기저기 박인 거친 손으로 마가의 얼굴을 쓰다듬을 때 느껴지는 촉감이 뭉클하게 와 닿아 그는 하마터면 울 뻔했다.

"사랑하는 마가야, 나는 안디옥교회의 아름다움을 네게 알리고 싶어서 이런 말을 하는 것이다. 네가 안디옥교회 성도들의 믿음을 깊이 간직하면 좋겠다는 생각에서야. 믿음의 공동체, 기도의 공동체 그리고 하나님께 순종하는 공동체였지. 그러니 내가 틈만 나면 그곳으로 돌아가지 않았느냐. 지금도 가고 싶다. 아마 천국에 가서도 그리워할 것이야."

바울이 부드럽게 말하자 마가도 멋쩍은 듯 웃었다.

5.
바울과 바나바,
루스드라에서 이적을 베풀다
신으로 추앙받은 기막힌 사건(사도행전 14장)

마가는 이어 바울로부터 바나바와 얽힌 특이한 이야기를 듣고 회랑이라는 것도 잠시 잊고 박장대소하다가 놀란 바울이 주위를 살피자 그제야 정신을 차리고 입을 가렸다. 마가는 유복하고 신실한 가정에서 태어나 많은 사람들로부터 사랑을 듬뿍 받고 자라 천성이 밝고 유독 웃음이 많았다. 별일 아닌 것에도 자주 소리 내어 웃느라 가끔 사람들을 당황시켰지만 그의 낙천성과 사랑스러움은 어디 가나 같이 있는 사람들을 매료시키는 데 부족함이 없었다. 누가와는 또 다른 사교성이었다.

그는 무슨 일이든지 잘 잊어버리고 앞으로의 일을 중시하는 성격이지만 유일한 트라우마로 인해 꽤 오랫동안 고통받았다. 그건 바로 바울로부터 냉정하게 내쳐진 상처 때문이었다. 살면서 그런 모진 거절을 당해 본 적이 없었다. 아마도 베드로와 바나바의 끊임없는 애정과 격려가 없었다면 더 이상의 사역은 힘들었을 것이다. 바울이 몇 번이나 괜찮다고 다 잊었다고 하면서 자신을 인정했어도 한참이나 괴로워하다가 결국 바울의 죽기 전 마지막 감옥에 와서야 그의 트라우마가 극복되기 시작했으니 이것 또한 하나님의 은총이었다.

시작은 디모데의 편지를 받았을 때였다. 바울이 죽기 전에 디모데와 자신을 간절히 보고 싶어 한다는 내용이었다. 그 순간부터 그의 트라우마가 벗어날 기미를 보였다. 또한 감옥에 그를 무조건적으로 사랑하는 베드로가 함께 있다는 든든함만으로도 힘이 났다.

바울에게 들은 일화가 너무 재미있으면서도 황당하기 이를 데 없어서이다. 마가는 바나바 바울과 함께 1차 전도여행으로 불리는 실루기아, 구브로, 살라미, 바보와 밤빌리아의 버가까지 동행하다가 너무 힘들어서 예루살렘으로 돌아갔다. 그때는 그 일이 그렇게까지 바울의 노여움을 사리라고는 상상도 못 했다. 잠시 쉬다가 다시 합류하면 된다고 생각했고 바나바 삼촌 역시 흔쾌히 동의했기 때문이다.

여행 중 때때로 바울의 까다롭고 엄격한 성격이 불편하고 무섭기도 했지만 늘 넉넉한 성품의 삼촌이 중재에 나서면서 분위기가 풀어졌기에 그리 깊이 생각하지 않았다. 하지만 중도 이탈은 그가 죽을 때까지 후회하고 또 후회한 사건이다. 아무리 바울이 괜찮다고 하고 화해도 했지만 본인은 그 일을 엄청난 교훈으로 삼았다.

마가가 돌아가고 바나바와 바울은 비시디아 안디옥과 이고니온을 거쳐 루가오니아의 한 성(城), 루스드라에 들어가 전도하기 시작했다. 그때 나면서부터 하반신 마비 남자가 바울의 설교를 듣는 것을 보았다. 바울은 곧바로 그의 믿음이 구원받을 만한 것을 주목하여 알아차리고 "네 발로 바로 일어서라."라고 하니 그가 곧바로 걷고 뛰어 사람들을 놀라게 했다.

"스승님, 듣고 보니 베드로의 맨 처음 이적과 비슷한 기사를 베푸셨군요."

마가가 말하자 바울이 싱겁게 웃으면서 맞장구쳤다.

"그렇단다. 나도 당시엔 깨닫지 못했는데 그날 저녁 바나바가 말해 줘서 알았지. 어떻게 둘 다 똑같이 선천성 하반신 마비였구나. 너도 알다시피 이 모든 것은 다 하나님의 능력이지 결코 우리 소행이 아니란다. 그 일 이후 우리는 더더욱 황당한 일을 겪었지. 지금 생각해도 기가 막힌다. 웃을 수도 없고 울 수도 없던 순간이었지. 어허.”

바울의 말을 듣더니만 누가도 웃음을 참지 못하고 조심스레 웃어 젖혔다. 그들은 서로에게 집중하다 보니 누가와 디모데가 일을 끝내고 돌아오는 것도 보지 못했다. 언제부터 둘이 그들의 곁에 있었는지도 알지 못했다. 누가는 신중한 성격답게 자신의 감정을 잘 드러내지 않기에 다들 신기해했다. 그것을 보니 더 궁금해졌다.

“누가, 대체 무슨 일이예요? 궁금해서 미칠 것 같아요.”

마가가 독촉하자 누가는 더 크게 웃었다. 일행은 이제 긴 회랑을 가로질러 죄수들의 욕실까지 가까이 왔다는 안도감으로 안심하고 소리 내어 웃을 수 있었다. 누가도 처음 바울로부터 그 이야기를 들었을 때 포복절도했다. 누가는 마가를 향해 바울에게 직접 들으라는 제스처를 취하면서 안으로 들어갔다. 디모데도 싱긋 웃으면서 누가를 따라 들어갔다. 점심 식사를 준비하려는 두 사람이다. 디모데 역시 오래전 그 이야기를 들을 때 박장대소했다.

바울도 그때 생각을 하는지 어깨를 으쓱하면서 민망해했다. 낮잠을 자고 있던 베드로도 바울의 방에 합류했다. 멀리서 누가의 웃음소리를 들었다고 했다. 마가의 눈망울이 궁금증에 반짝거렸다. 늙은 베드로의 얼굴에도 홍조가 들었다. 어두컴컴한 감옥에 짧은 햇빛 한 조각이 손바닥만 한 창문에 기웃거렸다. 사람들은 그럴 때마다 탄성을 질렀다. 귀한 손님이 오셨기 때문이다. 베드로가 자고 일어나 기분이 좋아졌는지 돌아가며 사람들을 안아 주고 입 맞추었다.

“아, 바울 그대가 바나바와 함께 그리스·로마 신들을 만난 사건이지요?

대단하오. 헬라인들이 최고로 추앙하는 제우스가 직접 그대들을 보기 위해 왔다는 것 아니오?"

베드로의 말에 바울이 민망한 듯 손사래를 쳤다. 마가는 실라로부터 잠시 이야기를 들은 것 같은데 전체 내용은 듣지 못했다. 바나바한테 들은 것 같기도 하고 아닌 것 같기도 하다. 그리스·로마 신들은 헬라인에겐 하나님 같은 존재들이다. 그래서 더 그리스도의 복음이 들어가기 힘들었다. 헬라 문화가 어마어마하게 융성하던 시대였다. 베드로와 마가가 흥미진진한 표정으로 바울의 입을 주시했다. 베드로는 이미 실라한테 한 번 전해 들었지만 당사자가 직접 말하는 것을 들으려니 흥분되었다. 누가와 디모데가 들어와서 제단 위에 음식을 차리기 시작했다. 마가가 도우려고 하자 두 사람은 괜찮다고 어서 바울의 말을 들으라고 그의 등을 떠밀었다.

바나바와 바울은 어안이 벙벙하다. 루스드라에서 날 때부터 걷지 못하던 사람을 바울이 안수하여 일어나 걷고 뛰게 만들었더니 사람들이 흥분했다. 신이 아니면 도저히 할 수 없는 이적이라고 굳게 믿고 제우스 신당의 제사장이 무리들과 함께 신을 위한 제사 준비물로 소와 화관까지 준비해 몰려왔다.

"세상에나, 바나바가 쓰스(제우스), 바울이 허메(헤르메스)였다니……. 이제라도 정체를 드러냈으니 얼마나 다행이요. 그런 것도 모르고 우리는 그들을 잡아 죽이려고 했으니 이 일을 어쩐답니까?"

"그러게 말입니다. 쓰스가 누굽니까? 우주와 신과 인간을 다스리는 신 중의 신, 위대한 최고의 신이 아닙니까?"

"그 쓰스의 아들이 바로 허메 아니오? 어떻게 이런 일이……. 경사 났네, 경사 났어."

"오호라, 신들이 잠시 사람의 형상으로 우리 가운데 내려오셨구려. 이런 영광이 어디 있소? 바나바는 잘생기고 체격도 좋으니 쓰스가 틀림없소. 바울은 말을 잘하니 허메 아니겠소? 어서어서 제사를 드립시다. 우리를 위해 친히 고귀하신 신들이 강림하신 것 아니오!"

깜짝 놀란 바울과 바나바는 옷을 찢고 소리를 지르며 자신들은 사람이라고 강변했다. 이 모든 일은 하나님의 권능이라고 강조하며 우리가 온 것은 당신들이 이런 헛된 제사를 버리고 우리처럼 하나님께 돌아오도록 하고 싶어서라고 강력하게 호소하자 사람들이 실망을 금치 못한 채 물러가기 시작했다. 사실 바울은 말보다 글이 더 강했는데 잘생긴 바나바를 보고 무조건 그를 제우스라고 믿어 버린 것이다.

올림포스산 판테온에서 이 소동을 지켜보던 제우스와 헤르메스(메르쿠리우스)가 화가 잔뜩 나서 곧바로 사도들을 찾아와 반박했다. 올림포스산에 모여 있던 신들이 색다른 재미를 찾은 듯 신이 나서 두 신과 함께 동행하기로 했다. 포세이돈(넵투누스)과 아폴론(아폴로) 신이 가장 흥분해서 이리 뛰고 저리 뛰면서 성질 급한 제우스를 부추겼다. 제우스는 사도들을 보자마자 따지듯이 달려들었다. 헤르메스가 귓속말로 조용히 왕 중의 왕이자 신 중의 신인 제우스의 체면을 지키라고 권했지만 불같은 성격의 제우스는 아랑곳하지 않았다.

"바울, 그리고 바나바 사도, 우리를 알아보겠소? 내가 진정 올림포스 신전의 제우스인데 그리고 내 아들 헤르메스 아니오. 인간들이 우리를 사칭한 사람들을 몰라보다니 기가 막히는구려. 그들의 어리석음에 그저 한탄만 나올 뿐이오. 우리가 얼마나 모욕을 느끼고 황당했는지 아시오? 어떻게 인간을 신으로 착각한단 말이오?"

제우스가 펄펄 뛰면서 분노를 토했다. 그들 뒤에서 많은 신과 요정들이 날개를 펼치며 빙빙 돌고 있었다. 이 사태가 무척 흥미로운 듯했다. 바나바가 웃으면서 제우스에게 악수를 청했다.

"제우스, 노여움을 푸시오. 우리는 그대들을 사칭한 적이 없소. 단지 하나님의 사역을 감당했을 뿐이라오. 당신들도 알다시피 우리가 섬기는 신은 오로지 하나님 한 분 아니오."

그의 정중한 답변에 스르르 분이 풀린 제우스는 자신도 모르게 하나님을 인정하는 발언을 토했다.

"사실 그대들이 행하는 환상적인 치유는 인정할 수밖에 없소. 우리가 죽어도 못 하는 게 그런 신체적 치유 아니오? 정신적 위안은 줄 수 있지만⋯⋯."

헤르메스도 기분 좋게 웃었다.

"바울, 바나바, 우리가 바라는 건 인간이 우리 그리스·로마 신화를 폄하하거나 훼손하지 않는 것이오. 성경 다음으로 문화예술, 문학, 과학, 철학의 기초를 쌓은 소중한 헬라 문화 아니오? 바울 그대는 우리 문화와 학문에 대해서도 조예가 깊은 엘리트라는 것도 이미 알고 있소. 웬만한 헬라인보다 그대가 훨씬 우리 문화를 전방위적으로 꿰뚫고 있지요."

"오 헤르메스, 그리 말해 주니 고맙소. 우리는 아름다운 헬라 문화를 존중은 하지만 그대들이 아닌 진짜 유일신인 하나님의 도를 전하고 싶을 뿐이오. 솔직히 그대들을 창조한 것은 인간들 아니오. 인간의 욕망을 여러 방법으로 채우려는 것이지요. 하지만 그대들로 인해 예술과 문화가 발전한 것은 우리도 인정하는 바이오."

바울은 헤르메스의 칭찬에 민망한 듯 얼른 답했다. 제우스는 살짝 복잡한 표정을 지었지만 곧바로 고개를 끄덕였다.

"잘 알겠소. 나도 그대들의 도가 땅끝까지 전해지기를 바라오. 분명 그리될 것이라 확신하오. 오늘 만나서 반가웠소. 부디 건강을 지키시오. 그리고 유대인들로부터 안전하기를 나도 바라마지 않소. 참으로 잔인하고 교활한 집단이더군. 하여간 조심하시게나."

신들은 그리스도교에 대해 부정적인 유대인에 대해서도 이미 파악하고 있었다. 제우스와 헤르메스 그리고 바울과 바나바는 서로를 격려하고 위로하면서 작별 인사를 나누었다. 이렇듯 바울이 만났던 그리스·로마 신들은 하나님의 존재를 인정하고 두려워했지만 그리스·로마 신화 역시 존중해 달라고 부탁하는 것도 잊지 않았다.

바울, 바나바와 헤어진 후 제우스는 괜스레 분한 마음에 다른 신들에게 지팡이를 마구 휘두르면서 분풀이를 했다.

"흥, 뭐라고? 우리를 인간이 창조했다고? 그게 말이 되는 소리야? 우리들의 유구한 역사를 다 알고 있으면서도 저 인간이……. 그냥 확……. 바울 자기가 언제부터 사도라고 잘난 척이냐고."

다른 신과 요정들은 깔깔거리면서도 제우스의 비위를 상하게 하지 않으려고 잽싸게 사라져 버렸다. 그의 만사형통 요술지팡이를 피하려면 그의 눈에 띄지 않아야 하기 때문이다. 이미 운 없는 요정 몇몇은 지팡이에 걸려들어 거미와 거미줄로 변하고 있었다. 헤르메스만 홀로 씩씩대는 제우스를 위로하면서 하늘 높이 날아오르고 있었다. 헤라(유노) 여신은 다른 여신들과 함께 날아가면서 고소한 듯 신나게 웃어 제쳤다.

이 어이없는 해프닝 이후 바울은 돌에 맞아 죽을 뻔했다. 안디옥과 이고

니온에서 달려온 집요한 유대인 무리들은 기어코 바울을 찾아내 돌을 던지고 죽은 것으로 오해해 성 밖으로 끌어 내쳤다. 바울과 바나바는 더베로 갔다가 다시 루스드라와 이고니온을 거쳐 안디옥으로 돌아왔다. 그들이 가는 곳곳마다 기적이 일어나고 믿는 사람들은 더해 갔다. 그때 마가가 궁금증을 표시했다.

"스승님, 혹시 바나바 삼촌한테 섭섭하지는 않으셨나요? 유대인들이 유독 스승께만 잔혹함을 보였잖아요. 스승한테만 돌을 던지고 대놓고 죽이려고 하고요. 삼촌도 가끔 그런 이야기를 하셨어요. 자신한테는 유대인들이 바울보다는 온건함을 보였다고요. 그래서 더 스승께 미안한 마음이 들었다고 했어요."

"아니다. 그런 서운함이 있었다면 진즉에 같이 다니지 못했지. 유대인들의 심정이 충분히 이해되니까. 그들이 보기에 나는 그들 집단을 배척한 사람이 되거든. 그들보다 훨씬 그악스럽게 그리스도인들을 박해하던 내가 갑자기 변하니 그 배신감은 이루 말할 수 없었을 거야. 불쌍한 영혼들이지."

마가가 고개를 끄덕거렸다. 그리고는 다시 물었다.

"스승님, 또 궁금한 게 있어요. 돌에 맞아 죽을 뻔한 루스드라에 다시 가셨잖아요? 저는 그게 신기해요. 보통 사람들이라면 피할 만도 한데 굳이 그곳에 다시 가신 이유가 있을까요?"

"마가야, 아주 좋은 질문이다. 우리가 전도하면서 피해를 본 지역에 다시 가지 않는다면 전도의 의미가 없다고 생각한단다. 왜냐하면 그렇게 가서 씨를 뿌리고 오면 반드시 거둘 날이 온단다. 그곳에서 거둔 산물이 바로 여기 있지 않느냐?"

"아, 디모데……."

다들 디모데를 바라보자 그가 민망해하며 고개를 숙였다.

"그렇다. 디모데는 그때 우리가 뿌린 씨앗이 열매를 맺은 것이지. 우리의 전도로 말미암아 디모데의 어머니 유니게와 외할머니 로이스의 믿음이 더 성장한 것 아니냐. 내가 받은 최고의 선물이란다."

"바울, 그대들이 부럽소. 나도 진작 예루살렘을 벗어나 각지로 다니면서 전도했어야 하는데. 하, 우리 유대인 제자들은 너무 오래 예루살렘에 머물렀어. 그게 두고두고 후회되네."

"아니오. 베드로. 예루살렘에서의 사역 기간이 필요해서 주님께서 머무르게 하신 것이라 생각하오. 그대의 주님에 대한 충성은 하늘이 알고 땅이 알고 있으니 더 이상 자책하지 마시오."

바울과 베드로가 포옹하자 나머지 제자들은 두 스승께 존경의 박수를 보냈다.

안디옥으로 돌아와 안식년을 가진 바울은 다시 2차 전도여행으로 비시디아, 밤빌리아의 버가를 거쳐 다시 안디옥으로 돌아왔다. 2차 전도여행은 하나님께서 바울에게 신실한 동역자를 만나게 해 주신 황금 같은 기간이기도 했다. 실루아노(실라)는 처음부터 함께 출발했고 루스드라에선 디모데를, 드로아에선 누가를 만나게 해 주셨다. 디모데와 누가는 그 후 한평생 바울의 곁을 떠나지 않았다. 바울의 영광스러운 사역은 이 같은 헌신적인 사도들이 든든하게 받쳐 준 결과이기도 하다. 할렐루야!

열성적인 바울은 힘든 전도여행을 다니는 틈틈이 서신까지 작성했으니 하나님의 은혜 아니고는 사람의 힘으론 결코 할 수 없는 일이다. 1차 전도여행을 마치고 갈라디아서를, 2차 전도여행 중간에 데살로니가전후서를, 3

차 전도여행 중간에는 로마서와 고린도전후서를 썼다. 옥중서신이라고 불리는 빌립보서, 에베소서, 골로새서, 빌레몬서는 로마 셋집에서 기록했다. 갑작스럽게 로마의 마머틴 감옥으로 후송되기 전까지 디도서와 디모데전서를 썼고 옥중에서 디모데후서를 기록했다. 그 편지를 받고 디모데와 마가가 각각 에베소와 베네치아에서 마머틴 감옥으로 찾아와 비밀스러운 열흘간의 만남이 이루어졌다.

바울은 2차 전도여행 당시 수리아와 길리기아도 거쳤다. 진실로 안디옥은 그의 영혼을 위로하고 휴식을 준 쉼터였다. 안디옥에서도 쉬지 않고 도를 전하고 장로들과 함께 금식기도를 하며 제자들을 가르쳤다. 2차 전도여행은 마가로 인해 바나바와 갈라서고 실라와 동행했다. 실라 역시 하나님께서 바울을 위해 예비하신 충성된 하나님의 종이다. 강직하고 까칠한 바울에게 잘 맞춰 준 너른 인품을 지녔다.

6.
예루살렘공의회,
야고보 사도(예수님의 친동생)의 거시적 결단,
이방인 선교를 향한 역사적 순간의 감격(사도행전 15장)

바울과 베드로는 끊임없이 바나바와 얽힌 이야기를 해서 마가를 기분 좋게 만들었다. 하지만 이미 구브로에서 순교한 삼촌이기에 그리움만 깊어 갔다. 그는 아침 식사 후 바울과 베드로를 부축해 회랑을 가로질러 오는 산책을 했기에 기분 좋은 피로감이 몰려왔다. 두 스승의 가운데에서 오른손으론 바울의 손을, 왼손으론 베드로의 손을 잡고 천천히 걸었다. 스승들은 오랜만에 쐬는 바람이라고 무척 반가워했다. 다행히 날씨마저 숨겨진 봄 냄새를 은밀히 내뿜고 있었다.

겨울임에도 소나무 군락은 푸르름을 마음껏 뽐내고 있고 곁에 있는 잣나무, 황양목, 목련나무, 밤나무 등 수많은 종류의 나무들은 어서어서 봄과 여름이 오기만을 목 빠지게 기다리고 있었다. 높은 나뭇가지와 너른 공간 곳곳에 소복하게 쌓인 눈이 녹으면서 사방팔방 지붕 밑으로 떨어지고 돌기둥을 타고 흘러내리는 소리는 마치 푸드덕거리는 새소리 같기도 하고 경쾌한 수금 소리처럼 들리기도 한다. 겨울이라 입을 닫은 정원 곳곳의 화려한 분수대로 연결되는 작은 개울에도 녹은 눈이 몰려오면서 비파를 타거나 소고를 흔들며 하나님을 찬양하는 듯 힘찬 화음이 울려 퍼졌다. 바울과 베드로는 연신 감탄사를 흘리며 하나님이 만드신 아름다운 자연에 찬송을 드렸다.

마가는 한껏 늦겨울 풍경에 취한 두 사람의 너털웃음과 함께 옛이야기를 많이 들었다.

오히려 여기 감옥이 바깥세상보다 안전한 느낌이 들 정도이다. 마가는 마차를 타고 오면서 흘깃 본 골목골목의 잔혹한 광경이 떠오를 때마다 눈을 감아 버렸다. 베네치아만 해도 이 정도는 아니었다. 로마 시내도 겉으론 평온함을 유지하고 있었다. 네로 황제는 이제 중산층 유지에 심혈을 기울이고 있었다.

마가는 퀸투스의 사택에서 하루건너 잡혀 오는 유대인 죄수들을 창문 너머로 보았다. 채찍에 맞고 몽둥이로 얻어터지고 칼에 찔려 벌거벗은 채로 죽기 직전에 도착하는 사람들이 대다수이다. 이들은 변론 한 번 제대로 못 해 보고 며칠 있다가 죽었다. 이제 군인들은 이들을 감옥으로 처넣지도 않았다. 뒷마당 데크에 빨래 널 듯 걸쳐 놓았다가 숨이 끊어지면 한꺼번에 자루에 넣어 어디론가 보내 버렸다. 군인들은 이 일에 익숙해진 듯 무표정했다.

비위가 약한 디모데는 이들을 보고 오면 제대로 먹지 못했다. 행정 일을 하면서도 얼굴이 벌게지며 가슴을 부여잡고 힘들어했다. 그런 디모데를 보면서 희열을 느끼는 퀸투스와 부하들이다. 누가는 그런 디모데를 위해 가급적 마가를 데려오려고 했지만 심술궂은 그들은 일정 기간 마가의 방문을 허용하지 않았다. 마치 악의 화신을 보는 듯했다. 디모데는 괜스레 그들의 미움을 받은 반면 마가는 신기하게 환영을 받았으니 세상만사 요지경이로다.

마가는 며칠 전부터 퀸투스가 무슨 변덕인지 자기 대신 디모데를 부르면서 오전에 여유가 생겼다. 그는 스승들과의 산책이 끝나면 누가의 기록을 살펴보고 자신이 가져온 작은 두루마리를 펼쳐 베드로가 말한 이야기에 더

하거나 설명을 적었다. 감옥에 온 직후 누가가 기록하는 것을 보면서 자신이 가져온 두루마리들을 일행에게 보여 줬더니 다들 반색하며 좋아했다. 바울은 물론 누가마저 적극적으로 베드로에 관한 이야기를 자세히 적으라고 권유했다.

자신은 바울을, 마가는 베드로 이야기를 적어서 나중에 합치는 것도 생각해 보자고 했다. 바울과 베드로도 좋은 생각이라고 기뻐했다. 그때부터 베드로는 틈틈이 마가를 찾았고 둘은 두루마리를 보면서 기억을 떠올려 빠진 부분을 채웠고 새로운 사실을 보충했다.

베드로는 이 일로 인해 컨디션이 다시 살아나는 것을 느꼈다. 죽기 전에 자신이 할 일을 찾았다는 사명감과 환희로 어쩔 줄 몰라 했다. 주님의 마지막 선물이라고 감격해했다. 이렇게 해서 탄생된 성경이 마가복음과 베드로전후서가 되었다. 베드로전서의 기초는 실라가 닦아 놓았기에 마가는 수월하게 보충작업만 하면 되었다. 실라의 유려한 문체가 빛나는 헬라어 기록은 볼 때마다 감탄을 내지르게 만든다. 실라가 자신 대신 바울과 함께 2차 전도여행을 떠난 자격이 있다고까지 생각하게 할 만큼 명문이었다. 마가는 스승들을 각자의 방으로 모셔다 드린 후 자신의 방으로 와서 누가의 기록과 자신의 기록을 차례대로 읽고 적다가 그만 제단 위에 엎드려 잠이 들었다.

마가는 오랜만에 예루살렘으로 향했다. 어머니도 보고 싶고 바나바 삼촌이 곧 오실 거라는 어머니의 편지를 받았기 때문이다. 마가가 도착하고 얼마 후 바나바가 왔다. 얼마나 반가웠던지 그는 바나바를 보자마자 맨발로 뛰어나가 맞았다. 바나바가 다소 당황한 듯했지만 곧 포옹하고 입맞춤으로 반갑게 인사했다.

"아니 애야, 무슨 환영이 이리도 격한 것이냐? 하긴 우리가 지금 몇 년 만에 만나는 거지? 로마는 잘 갔다 왔느냐? 사실 나도 바울이 로마 셋집에 있을 때부터 계속 로마행을 주선했지만 여러 사정이 맞지 않아 아쉽게 포기했는데, 너와 디모데 이야기를 듣고 어찌나 부럽고 궁금하던지……."

"오호라, 삼촌은 조카보다 바울과 베드로의 근황이 더 궁금해서 오신 것이로군요?"

"아이고, 녀석이 눈치도 빠르네. 물론 너도 궁금했지."

두 사람은 마주잡고 한참을 웃었다. 마가의 어머니 마리아가 얼른 식탁을 차렸다. 마리아가 흔쾌히 기증한 마가의 다락방인 이층과 본채인 일층은 이제 위풍당당한 예루살렘교회가 되어 있었다. 교회는 물론 마리아가 거주하는 별채에도 사도 및 성도들은 끊임없이 오가면서 음식을 대접받고 잠시 쉬어 갔다. 말 그대로 오가는 사람들의 쉼터 역할을 톡톡히 하고 있었다. 한마디로 성도들의 안전지대나 다름없었다.

"어떻게 네가 디모데의 편지를 받고 한달음에 달려갔는지 그게 너무 신기했다. 예루살렘에서 베네치아로 막 돌아간 때 아니냐. 시차도 적응하기 전인데, 이제 철이 들어도 한참 들었구나."

바나바가 정답게 마가를 쓰다듬고 껄껄거리자 마리아도 따라 웃었다.

"으으, 삼촌 또 그 이야기를 하려고, 거기서도 베드로가 어찌나 놀리던지. 바울은 이제 그 생각은 그만 좀 하라고 제게 사정하다시피 했어요. 이미 지난 일이라고 자신이 그때 젊어서 패기만 있었다고 미안하다고요."

"알았다, 알았어. 생각하니 내가 유독 두 사도와 얽힌 일이 많더구나. 위대한 사도들과 함께 사역했으니 하나님 뵐 면목이 선다. 그래 자세히 좀 들려주어라. 몹시 궁금하구나."

"열흘간 참 많은 이야기를 나누고 왔는데도 다 끝내지 못한 느낌이에요. 삼촌 이야기가 빠지지 않았어요. 어느 일화에도 삼촌이 등장하니 자랑스러웠지요. 바울과 베드로는 늘 삼촌께 고맙다는 말을 입에 달고 살았답니다. 그리고 어머니께도 감사드립니다. 우리 집 이야기도 많이 나왔어요. 두 사도 모두 어머니께 감사드린다고 꼭 인사 전하라 했습니다."

마리아는 얼굴이 빨개진다. 뿌듯한 미소와 함께 예수님 살아생전부터 지금까지의 모든 상황이 파노라마 펼치듯 생각나니 눈물방울도 함께 떨어졌다.

"그랬지. 마가의 다락방 성령강림 사건도 생각나는구나. 또 베드로 사도가 투옥되고 모두 우리 집에 모여서 열심히 기도했지. 베드로가 천사의 도움으로 나와서 우리 집에 왔을 때 다들 처음엔 믿지 못했는데, 지금도 주님 뵙기에 부끄럽구나. 로데 그 어린 것만 베드로가 사람이라고 믿었지. 우리가 애만도 못했어."

"아닙니다. 어머니. 베드로가 설명해 주었어요. 그건 성도들이 믿음이 없어서가 아니라고요. 그 당시엔 사도들이 주님을 위해 죽는 것을 슬퍼한 게 아니라 오히려 자랑스러워했다고요. 그래야만 사람들에게 도가 빨리 확실히 전해진다고 믿었다고요. 그에 대해 조금도 서운함이 없으셨어요. 그러니 혹시라도 자책하셨다면 떨쳐 버리세요."

"오오, 그렇구나. 그래 맞아. 그렇게도 생각했지. 하지만 아무래도 우리가 사람이다 보니 부끄러움도 사실이었어."

마가는 어머니의 후회를 듣고 곧바로 화제를 돌렸다. 어머니만큼 헌신한 사람도 없기 때문이다.

"삼촌, 저는 예루살렘공의회가 너무 궁금해요. 우리 집, 아니 예루살렘교회에서 이루어진 역사적 사건이나 마찬가지 아닌가요. 아, 마가의 다락방이 몹시 자랑스러워요. 그때 어머니와 저는 안나 고모님의 마지막을 함께하기 위해 베들레헴에 가 있었어요. 돌아오고 나니 바울과 삼촌이 와서 며칠 머무르다가 다시 안디옥으로 가셨다고 해서 얼마나 아쉬웠는지 몰라요. 삼촌도 그 고모님 아시잖아요?"

마리아도 안타까운 표정으로 바나바의 손을 잡았다.

"그랬단다. 안나 고모님의 임종이 가까웠다는 전갈을 받고 마가와 함께 급히 출발했지. 우리가 도착하자마자 우리의 손을 잡고 축복하신 다음 바로 눈을 감으셨어. 우리를 기다리기 위해 초인적인 힘으로 버티고 계셨대. 그녀는 유독 마가를 사랑하셨어. 마가가 어릴 때부터 여기서 함께 살면서 그를 키워 주신 것이나 마찬가지야. 비록 예루살렘공의회가 열릴 동안 여기 있지 못하고 너와 바울 사도를 만나지 못했지만 우리를 위해 늘 기도로 힘을 주신 그녀의 마지막을 보고 온 것은 정말 잘했다고 생각해."

바나바도 그녀를 생각하며 잠시 숙연해졌다. 믿음 좋기로는 둘째가라면 서운한 사람이었다. 마가가 다시 말을 이었다.

"예루살렘공의회에 관해 베드로와 바울에게 듣긴 들었는데 열흘간 너무 많은 이야기를 나누다 보니 혼동되는 것도 종종 있어요. 어떠셨나요? 지금도 그런데 당시 할례 문제는 유대인에겐 목숨보다 소중한 안건이었잖아요?"

"마가야, 그 사건은 하나님의 예비하심이었다. 할례가 굴레가 되면 더 이상 이방인 선교가 활성화되지 못할 중대 사항이었지. 하나님께서 역사를 바꾸신 셈이다. 그런데 그 좋은 일 이후, 호사다마라고 바울과 내가 갈라설 줄이야 누가 상상이라도 했겠냐. 아니다, 아니다. 내가 또 그 이야기를…… 미안하다. 마가야. 바울도 너와 화해한지 오래되었는데 내가 왜 이러냐."

마가가 고개를 숙이면서 낮게 속삭였다.

"어쨌든 삼촌은 저와 함께 구브로로 갔잖아요. 덕분에 바울은 실라와 함께할 수 있는 행운을 얻었지요. 바울과 실라는 수리아와 길리기아를 다녀갔고요."

바나바는 집이 쩡쩡 울리도록 큰 소리로 웃었고 식탁에 함께 앉은 사람들도 박장대소했다. 마리아는 조용히 다가와서 마가를 안아 주었다.

"마가야, 나는 우리 아들이 몹시 자랑스럽단다. 그 일도 하나님께서 너를 훈련시킨 것이라고 엄마는 믿어. 네가 그 후 얼마나 많은 일을 했느냐. 그러니 바울도 베드로도 너를 그토록 사랑하고 신뢰한 것 아니냐. 바울이 애타게 너를 찾았잖아. 디모데한테 편지로 꼭 너를 데리고 오라고 신신당부한 것만 봐도 너를 향한 깊은 애정을 느낄 수 있지. 베드로는 너에게 아버지 같은 분이고, 두 분이 돌아가시기 전에 두 분을 한꺼번에 뵙는 축복을 누린 사람은 오직 너와 디모데 둘뿐 아니냐. 우리 아들 내가 몹시 사랑한다."

마리아의 말을 들은 모두가 동의한다는 뜻으로 마가를 향해 힘찬 박수를 보내고 엄지를 들어 최고라고 칭찬해 주었다. 마가는 어머니의 자애로움에 가슴이 뜨거워졌다. 그렇다. 누구보다 어머니가 알아주면 됐다고 생각했다. 어머니가 누구인가. 초대교회가 탄생하는 데 엄청난 기여를 한 사람 아닌가. 그러니 바울도 베드로도 진심 어린 경의를 표한 것이리라. 떠들썩한 분위기가 조금 진정되자 마리아는 곧바로 바나바에게 예루살렘공의회에 관해 물었다. 참으로 현명하고 신실한 주님의 여제자다웠다.

"바나바, 그건 나도 궁금해. 사람들한테 많이 들어 짐작은 가는데 정확히 분위기가 어땠는지 상상이 안 가."

마리아도 호기심의 눈빛을 보내니 바나바는 괜스레 으쓱해졌다. 바나바의 이야기가 이어지면서 식탁에 함께 앉아 있던 사람들이 모두 바나바에게 집중했다. 바나바는 한 번 숨을 들이마시고는 천천히 이야기를 시작했다.

모세율법은 이방인에겐 무척 힘든 과제다. 특히 할례의 어려움은 말할 것도 없다. 생후 팔일 만에 받는 유대인과 달리 성인이 된 이방인에겐 신앙으로 나아가는 길을 가로막는 올무나 다름없다. 한창 성장하는 안디옥교회의 공동 사역자 바울과 바나바에게 생각지도 못한 시험이 닥쳤다. 몇몇 사람이 단지 유대에서 왔다는 이유만으로 안디옥교회 성도들을 거세게 뒤흔드는 사탄의 훼방에 맞닥트렸다.

정식으로 예루살렘교회에서 파송된 자들이 아니지만 어떤 거대한 세력이 뒷배임을 추측하게 만든다. 그렇지 않고서는 이토록 당당하게 남의 교회로 와서 선동하기란 쉽지 않기 때문이다. 아마도 모세율법이 핵심인 보이지 않는 세력으로 추정할 수 있다.

이들은 사실상 유대인에게도 어려운 엄격한 율법을 지키지 않으면 구원받지 못한다며 사람들의 마음을 흔들기 시작했다.

선동의 힘은 무시무시하다. 기껏 교회가 안정된다 싶었더니 생각지도 못한 유혹이 교회를 갈라서게 만들었다. 그럼에도 안디옥교회는 참으로 지혜롭게 처신했다.

사실상 안디옥교회의 입지는 모교회인 예루살렘교회를 좌지우지할 정도로 성장한 상태였다. 여차하면 본교회의 지시를 따르지 않고 독립교회로 설 수도 있었다. 하지만 이들은 하나님의 뜻을 고스란히 따르기로 결정해 바울과 바나바를 예루살렘으로 보내는 결정을 내렸다. 두 사도는 참으로 할 일이 많았을 텐데도 교회의 결정에 두말없이 순종해 먼 길을 내딛었다. 교회도 사도들도 모두 하나님의 뜻에 순종하는 아름다운 모습을 보여 줬다. 바울은 이때 디도를 동행시켰다.

디도 역시 디모데만큼이나 충성된 종이지만 부모 모두 헬라인이다. 바울은 일부러라도 그에게 할례를 받지 못하게 했다. 할례를 받지 않은 헬라인이라도 그처럼 하나님의 종노릇을 훌륭히 해낼 수 있다는 확신을 주기 위해서였다. 사안의 심각성에도 불구하고 이들은 기쁘게 성도들의 배웅을 받고 가는 곳곳마다 기적을 행했다. 하나님의 계획은 늘 웅대하심을 느낀다.

예수님의 친동생 야고보 사도의 위용은 엄청나다. 예수님 살아생전엔 예수님을 믿기는커녕 무시했지만 사후 커다란 깨달음을 얻어 명실상부 예루살렘교회의 주축이 되었다. 기도를 얼마나 많이 했으면 낙타 무릎이 되었을 만큼 경건한 믿음의 소유자로 자리매김했다.

"바울, 바나바, 잘 오셨소. 그대들의 헌신과 열정으로 안디옥교회의 괄목할 만한 성장이 이루어졌으니 모든 것이 다 하나님의 크신 은혜요. 할렐루야!"

야고보와 베드로를 비롯해 사도와 장로들이 한마음으로 바울과 바나바를 환영했다.

"따뜻하게 맞아 주시니 절로 힘이 납니다."

바나바는 예루살렘교회가 누이 마리아의 집이기도 해 여러 감정이 교차되는 것을 느꼈다. 사실 안나 고모님의 임종을 보기 위해 베들레헴으로 간다는 누이의 편지를 미리 받았음에도 그들을 만나지 못하고 돌아간다는 것에 아쉬움만 가득했다. 그에게도 오랜만의 예루살렘 방문이었기 때문이다. 하지만 그런 안타까움을 덮을 만큼 예루살렘공의회에서 다룰 안건은 심각하기에 안디옥에서 떠날 때부터 긴장감이 온몸을 감쌌다. 바울도 마찬가지였다.

살짝 주눅 든 바울과 바나바는 예상과 다른 환대에 얼떨떨하면서도 기운이 났다. 하나님께서 미리 준비하셨으리라. 아무래도 예루살렘교회는 정통 보수파가 많다 보니 사실상 할례에 대해 긍정적이다. 당연한 일 아닌가. 날 때부터 그들은 할례를 받았고 할례는 오랜 세월에 걸쳐 화석처럼 박제되었기 때문이다. 그럼에도 그들은 무조건 자신들의 주장만 내세우지 않았다. 베드로와 바울, 바나바의 이야기를 진지하게 경청하는 어른스러운 자세를 보여 주었다.

베드로가 하나님의 계시를 받고 이방인 고넬료 가족에게 세례를 베푼 이야기를 상기시킨데 이어 바울과 바나바도 이방인선교의 결실을 맺은 안디옥교회를 통한 하나님의 응답하심을 전했다.

바울과 함께 온 디도도 그동안의 선교 사역을 간단히 설명했다. 다들 그가 헬라 순수 혈통이라는 것에 놀라움을 드러냈다.

바울의 계획이 들어맞았다. 바울이 적극적으로 디도와의 동행을 추진했기 때문이다. 바울은 헬라인 아버지와 유대인 어머니 사이에 태어난 디모데에게는 할례를 권유했지만 부모님 둘 다 헬라인인 디도한테는 오히려 할례를 막았다.

디모데는 어머니가 유대인이기에 혹시라도 사역할 때 유대인들이 시비를 걸지 못하도록 미리 차단막을 준비한 것이다. 유대 사회에서는 모계가 부계보다 우위를 점한다. 디모데는 모계가 유대인이라 그나마 완악한 유대인들의 무차별적인 공격을 막아 낼 수 있었다. 하지만 순수 헬라인 디도에겐 다르게 접근한 바울이다. 디도가 할례를 받지 않았어도 훌륭히 사역을 감당했다는 것을 알리고 싶어 했다.

만약 디도에게도 할례를 강요했다면 더 이상 헬라인들에게 전도하는 것은 포기해야 한다는 상징적인 의미를 공의회 회원들에게 강력하게 각인시킨 것이다. 바울의 예상대로 회원들은 디도 문제도 깊이 논의했다. 오랜 시간 회의에 회의가 거듭되었다. 사도들과 장로들은 진지하게 안건을 나누다가도 의견대립으로 격렬히 토론도 하면서 서로의 의견을 좁혀 나갔다. 바울과 베드로는 이들을 바라보며 하나님께 간절히 기도드렸다. 마침내 결론을 내릴 시간이 다가왔다. 수많은 사람들이 북적거리던 의회가 순식간에 고요해졌다. 사람들이 입을 닫았다. 의회 단상으로 올라가는 야고보의 뒷모습만 뚫어져라 쳐다보고 있었다.

모두 다 숨죽이며 야고보의 입을 주시하고 있었다. 기독교가 세계적인 종교로 확장되는 엄숙한 순간이자 이방인 선교의 명과 암이 갈라지는 역사적인 현장이었다. 성령이 충만하여 강력한 사탄의 방해 공작을 막고 있었다.

위엄 있게 단상에 선 야고보는 운집해 있는 사도들과 성도들의 긴장된 표정을 바라보며 자신 역시 미세한 떨림을 느끼고 있었다. 사실 바울과 바나바가 도착하기 전부터 잠을 이루지 못할 정도로 고뇌한 사항이다. 자신의 결정 하나로 사도들은 물론 이방인 성도들의 운명까지 바뀌게 될 처지에 놓여 있었다. 그가 막 입을 열려는 순간 하마터면 소리를 지를 뻔했다.

의회 그러니까 다락방의 맨 끝자락 기둥 뒤에 서 있는 낯익은 실루엣이 눈에 들어왔기 때문이다. 그가 가까스로 놀람을 감추고 기둥 뒤를 눈으로 쫓자 예수님께서 앞으로 나오시면서 그를 향해 손을 흔들었다. 평소의 인자하고 온화한 미소를 짓고 계셨다. 그는 반가움에 당장 단상으로 내려가 형님 예수님께 달려가고 싶었다. 형님 살아 계실 때 믿지 않았던 자신을 용서해 주시라고 무릎 꿇고 빌고 싶었다. 그때다. 천둥 같은 형님의 목소리가 들렸다.

"사랑하는 내 동생 야고보야, 무엇을 망설이느냐? 내가 왜 십자가에 달렸는지 아직도 모르겠느냐? 내가 왜 하늘에서 내려와 이곳에서 공생애를 마쳤는지 아직도 이해가 가지 않느냐? 내 종 야고보야, 너는 분명 알고 있을 것이다. 나는 사람들의 죄를 씻기 위해 십자가에 달렸고 부활의 약속을 지키기 위해 죽은 자 가운데서 다시 살아났으며 너희에게 성령 세례를 주면서 다시 나와의 약속을 상기시켰느니라. 벌써 잊었느냐? 너희는 예루살렘과 유대와 사마리아 그리고 땅끝까지 이르러 복음을 전하라는 하나님의 지엄한 명령을, 이제 막 유대와 사마리아까지 진행되었잖느냐. 어서 속히 땅끝까지 도를 전해야 하느니라. 한시가 급하니라. 내 종 야고보야, 나는 너를 사랑하노라. 네가 내 일에 앞장서는 것이 나는 무척 자랑스럽단다."

야고보가 대답할 새도 없이 예수님께서 사라지셨다. 다른 사람들의 귀에는 들리지 않았다. 사람들은 야고보가 너무 생각을 많이 하느라 잠시 지체한다고만 생각해 그에게 격려의 박수를 보냈다. 야고보의 눈에 살짝 눈물이 맺혔다.

'아 형님, 우리 주님, 저를 용서하셨군요. 감사합니다. 감사합니다. 저에게 사랑하는 내 동생 그리고 영광스럽게도 저를 자랑스러운 하나님의 종이라고 불러 주셨으니 은혜가 넘치나이다. 할렐루야!'

그가 지금껏 마음에 걸려 하고 죄책감에 짓눌려 있던 모든 것이 한순간에 벗겨져 나온 느낌이었다. 감사 찬송이 절로 나왔다. 시원함과 상쾌한 책임감이 그를 감싸면서 용기백배한 자신을 발견할 수 있었다. 드디어 그가 힘찬 목소리로 포문을 열었다.

"나, 예루살렘공의회 의장 야고보는 선포하노라. 하나님께 다가오는 이방인들을 우리도 지키기 어려운 모세율법과 할례로 더 이상 괴롭게 하지 말

라. 다만 우상과 음행을 삼가고 피 채 먹지 말라. 우리 주님께서 함께하실 것이다. 우리는 십자가 복음과 하나님의 은혜만으로도 얼마든지 구원에 이를 것을 확신하고 기도한다. 아멘!"

우레와 같은 박수 소리와 함께 기쁨의 환호성으로 의회가 떠나갈 것만 같았다. 서로서로 감격하여 포옹하며 하나님께 감사드렸다. 바울, 바나바, 베드로는 뜨거운 포옹으로 서로의 노고를 치하했다. 거시적 결단을 내린 야고보를 향해 깊이 허리 숙여 존경심을 표했다. 야고보 역시 목례로 화답했다. 주님께서도 흐뭇한 미소를 띠고 계셨다.

예루살렘교회는 바울과 바나바의 가는 길에 교회의 권위와 공신력을 보여 주고자 실라와 유다 사도에게 편지를 주어 동행시켰다. 두 사람은 예루살렘교회에서도 인정받은 능력 있는 사도들이다. 안디옥교회 성도들에게 굳건한 믿음을 심어 주기 위한 전략이다. 모든 설명이 깃들인 편지를 받고 안디옥교회 성도들은 무척 기뻐하고 하나님의 은혜에 감사했다.

마침내 할례라는 율법 지옥에서 벗어난 바울, 그 후에도 지독한 유대인들은 할례를 굴레 삼아 집요하게 그를 괴롭혔지만 이방인에게 다가가는 통로는 훨씬 쉬워졌다. 바울은 이때 동행한 실라를 주목하며 실라의 매력에 급속도로 빠져들었다. 실라는 바나바처럼 온화한 성품이었다. 바울에게 아직도 경계심을 보이는 일부 유대인 사도들과 달리 그는 마음을 활짝 열고 바울에게 친근감을 표시하며 남다른 관심을 보였다. 바울은 그에게 기대고 싶은 마음이 절로 들었다. 바나바에게 느끼는 고마움과 또 다른 평안함이었다.

두 사람은 예루살렘에서 안디옥으로 오는 내내 살갑게 대화를 나누었다. 바울의 어린 시절부터 시작해 열성적인 유대교 청년으로 성장하기까지 다른 사람들은 듣기 힘든 바울만의 이야기에 깊이 귀 기울여 주었다. 바울은 자신도 모르게 자신의 속을 내보이며 그에게 가까이 다가갔다. 분명 주님께서 또 다른 짝을 맺어 주시는 것만 같았다. 또한 바나바는 유다와 속 깊은 대화를 나누는 소중한 시간을 갖게 되었다. 유다는 가룟유다 대신 제자를 뽑을 때 맛디아와 함께 천거된 인물이다. 예루살렘교회에 없어서는 안 될 중요 인물이었기에 바나바에겐 무척이나 흥미로운 예수님과 제자들에 관한 이야기를 폭 넓게 들을 수 있었다.

바울, 바나바, 실라, 유다 네 사람에게 더할 나위 없는 귀한 시간이었다. 디도는 이들 엄청난 스승들과 함께 안디옥으로 돌아오면서 주님과 주님이 베풀어 주시는 은혜에 감복하는 나날이었다. 앞으로 디도가 사역하는 데 소중한 자산이 되어 준 다시 올 수 없는 축복의 시간이었다. 얼마 안 있어 2차 전도여행을 준비할 때 바울이 망설임 없이 바나바 대신 실라를 선택해 선교 사역을 펼쳐 나간 것은 어쩌면 당연한 결과였다.

바나바의 이야기가 끝나자 식탁에 있던 모든 사람들이 일어나서 힘찬 박수를 보냈다. 마가는 감격에 겨워 예수님께서 서 계셨다는 돌기둥 뒤로 달려갔다. 다들 마가를 따라왔다. 마가는 돌기둥을 팔로 감싸며 하늘을 향해 부르짖었다.

"오 주님, 여기 서서 바라보고 계셨군요. 주님께서 야고보 사도에게 지혜와 용기를 주셨군요. 감사합니다."

"주님, 저와 바울에게 계속해서 이방인 선교에 사역할 수 있는 용기와 담대함을 주신 것에 감사드립니다."

바나바도 간절한 마음으로 오랜만에 돌기둥을 쓰다듬었다. 그날 공의회가 끝난 직후 야고보한테 이야기를 들은 사도들은 모두 한마음으로 돌기둥을 너 나 할 것 없이 쓰다듬느라 바빴다. 주님의 임재에 감동받은 것이다. 돌기둥은 하도 많은 사람들이 쓰다듬은 나머지 일부가 마모되어 있었지만 마리아를 비롯한 사도들은 굳이 원상 복구하려고 하지 않았다. 그만큼 예수님의 임재는 모든 사람들에게 영광이었기 때문이다.

* * *

"마가, 피곤하면 침대에 눕지 왜 차가운 제단에서 잠들었어? 그러다가 입돌아가면 큰일 나. 여기 바닥에서 자다가 입 돌아간 죄수들 많아. 사실 우리한테나 특혜로 널빤지 침대를 제공했지 대부분 죄수들에겐 그림의 떡이야. 그것도 내가 이곳 정원에 굴러다니는 판자때기를 모아서 스승들께 드린 것이지 사실 침대도 아니야. 그래도 냉골 바닥보다는 훨씬 나아서 좋아라 하셨지. 간수들이 무슨 마음을 먹었는지 나한테도 만들라고 해서 고맙게 내것까지 만들었어. 어쨌거나 마가, 돌 냉기는 조심해야 돼. 그나저나 어서 밥먹자. 배고프지?"

누가는 마가를 깨우자마자 걱정스러운 듯 차가운 돌바닥의 위험성에 대해 강조했다. 마가는 얼떨떨해 잠시 멍하니 있다가 자신이 예루살렘공의회 사건을 꿈으로 파악한 것이 무척이나 신기해서 바울과 베드로에게도 이야기하겠다고 생각하며 바울의 방으로 갔다. 누가와 디모데가 부지런히 식탁을 차리고 있었다. 언제부터인가 두 사람이 식사 당번이 되었다. 마가는 베드로와 기록하는 시간을 가지라고 특별히 배려해 준 두 사람이다. 마가는 바울이 침대 위에 멍하니 앉아 있는 것을 보았다. 마치 무슨 꿈을 꾼 것처럼 보였다. 베드로는 보이지 않았다.

"스승님, 혹시 꿈을 꾸셨어요?"

"그렇구나. 내가 꿈을 꾼 것이로구나. 요즘 왜 이렇게 꿈을 자주 꾸는지 신기하네. 야고보를 오랜만에 만나서 반가웠는데. 그러고 보니 마가 너도 꿈을 꾼 게로구나. 그렇지?"

"네, 스승님. 꿈에 예루살렘 집에 갔었어요. 오랜만에 어머니도 만났고 마침 바나바 삼촌이 와 계셨어요. 삼촌한테 그간 궁금했던 예루살렘공의회 이야기를 들었어요. 스승님과 삼촌이 참석했던 공의회입니다. 그날 예수님께서 야고보를 찾아오셨다면서요. 예수님께서 서 계셨던 돌기둥이 다락방 맨 끝에 자리 잡고 있는데 사람들이 워낙에 많이 만져서 맨질맨질해졌어요."

"아, 나도 그날 이야기를 들었지. 나 역시 돌기둥을 소중히 안고 만지고 왔단다. 마치 예수님과 포옹하는 느낌이라 참 포근했지."

"어떻게 스승님과 제가 동시에 야고보를 꿈에서 보았군요. 야고보 사도께 무슨 일이라도 생긴 걸까요?"

언제 왔는지 베드로가 이들을 빤히 쳐다보고 있었다. 디모데와 누가도 기다리고 있었다. 그들은 다 함께 식사하면서 바울의 꿈 이야기를 들었다.

바울과 야고보는 예루살렘공의회 이후 오랜만에 즐거운 만남을 가졌다. 비록 바울이 로마로 압송되기 전 예루살렘교회에서 방치한 면도 있지만 사실상 그때는 거의 모든 사도들이 순교 전후의 처절한 시대를 헤쳐 나가고 있었다. 두 사도는 만나자마자 입을 맞추고 포옹하며 반가워서 어쩔 줄 몰라 했다.

"야고보, 반갑소. 이제 우리 사도들이 얼마 남지 않았구려. 우리도 곧 갈 날이 다가오는군요. 아, 그날이 파노라마처럼 스쳐지나가오. 예루살렘공의회 의장으로서 그대의 거시적 결단이 나처럼 이방인 선교 사역을 담당한 사도들에게 엄청난 힘을 주었지요. 지금 생각해도 그때 사도는 형형한 빛이 났소이다. 예수님께서 얼마나 기뻐하셨을지…….

"아……."

야고보는 멋쩍지만 환한 미소로 화답했다.

"우리 형님 아니 우리 주 예수 그리스도를 그제야 제대로 뵈올 낯이 생겼지요. 왜 살아 계실 동안 우리 형제들 나 요셉 유다 시몬과 누이들은 형님이 바로 메시아라는 생각을 꿈에도 하지 못했을까요. 믿기는커녕 속히 고향을 떠나라고까지 했으니……. 형님 죄송합니다. 죄송합니다."

그는 다시 울먹이면서 주님께 죄송함을 토했다. 바울이 그를 안아 주었다.

"야고보, 그만 자책하시오. 그날 주님께서 돌기둥 뒤로 나타나신 것은 그대를 용서하고 사랑하신다는 것을 증명하신 것 아니오. 나는 회의가 끝난 후 그대로부터 그 이야기를 들을 때 온몸에 소름이 돋았소. 그때 우리 모두 엎드러졌지요. 주님께서 처음부터 끝까지 우리와 함께 계셨다는 것을 느낄 수 있었어요."

"다들 그랬지요. 사탄 역시 강력하게 방해하고 있었는데 주님께서 직접 내려오시니 꼼짝 못 했지요."

야고보도 기분 좋은 웃음을 날렸다. 이들은 언제 또 다시 만날지 모른다는 애틋함으로 말미암아 일분일초를 헛되이 쓰지 않으려고 노력했다. 그만큼 쌓인 이야기도 많았다. 야고보가 갑자기 큰 소리로 웃었다.

"그나저나 바울, 그때 마틴 루터 사건 기억나시오? 얼마나 황당했던지 지금도 온몸이 떨리오. 그대와 비교당하며 온갖 비난이란 비난은 다 받았지요."

바울도 생생히 기억하는 사건이다. 후에 이들 모두 천국으로 가서 모든 사도들과 함께 반가움을 나눈 한참 후 갑자기 후대에서 야고보와 바울을 비교하는 격렬한 논쟁이 벌어졌다. 일방적으로 갖은 비난을 당한 야고보를 사도들이 위로하느라 정신이 없었다. 바울은 자신을 두둔하는 후대 사람들로 인해 야고보에게 미안함과 동시에 민망함을 견딜 수 없었다. 순전히 오해에서 빚어진 황당한 해프닝이었다.

마틴 루터는 바울의 구원은 오로지 믿음에서 온다는 사역과 상반되는 말씀을 전파한 야고보에게 분노해 야고보서를 극도로 폄하했고 부스러기 복음이라고까지 낮추면서 아예 독일어 성경에서 빼 버렸다. 천오백 년대에 일어난 엄청난 사건이다. 야고보가 바울에 비해 상대적으로 믿음보다 행함에 주력했다는 이유로 거센 공격을 받았다. 바울이 그를 다정하게 안으며 위로했다.

"하아, 마틴 루터는 우리 사도들의 사역 배경을 깊이 이해하지 못했소. 나는 사역 대상자를 거의 이방인으로 한정했기에 말씀 위주의 사역으로 시작했지요. 신생아에게 당장 걷고 뛰라면 말이 되겠소? 그들은 모태 유대인에 비해 하나님에 대한 기초 지식도 전무한 사람들인데 우선 믿음의 은혜, 말씀의 은혜를 마음속에 새기게 해야지요. 하지만 사도는 유대인이 아닌 예수님 사후 한창 불붙은 초대교회 교인들이 주 대상이었지요. 이방인과 신앙의 차원이 완전히 다른 사람들 아닙니까."

야고보가 격정적으로 동의하며 억울함을 호소했다.

"맞습니다. 나는 초대 교인들의 믿음을 한 단계 상향시키려고 했지요. 그들은 이미 뜨거운 성령의 불길을 체험한 성도들이었지요. 그러면 더 높은 신앙으로 나아가는 게 당연한 것 아닙니까? 가장 기본적인 사람과 사람 사이에 지킬 일을 설명했지요. 추위와 굶주림을 겪는 사람들에게 따뜻한 장소와 음식을 제공해야 하는데 말로만 '어서 따스한 곳으로 가라. 어디 가서 뭐라도 먹어라.'라고 하면서 모른 척 하면 안 된다는 단순한 이치를 깨우쳐 주려고 했건만 어떻게 그게 믿음과 위배된다는 건지…… 당시엔 무척이나 서운했지만 우리 주 예수 그리스도께서 큰 위로를 주셨지요."

바울이 때를 놓치지 않고 말을 이었다.

"지금은 야고보서 1-5장 모두 성도들한테 사랑받는 귀한 말씀 아닙니까. 지극히 상식적이라 오히려 잊기 쉬운 행함을 자세한 예를 들면서 하나하나 설명하고 있으니 은혜가 차고 넘칩니다."

"오 바울, 그렇게 이해해 주니 참으로 고맙소. 나도 가끔은 신약성경의 대부분을 차지하고 있는 그대의 서신들이 솔직히 부럽구려. 그럴 줄 알았으면 야고보서 말고도 조금 더 많이 기록했을 텐데……. 우리 예수님의 어린 시절만 회고했어도 성도들이 얼마나 흥미롭게 성경에 다가왔을지 생각만 해도 벅차오르오. 후회막급이요."

두 사람은 배를 잡고 웃었다. 하늘에선 그리스도께서 육신의 형제들인 요셉, 유다, 시몬 그리고 누이들과 함께 그들을 바라보고 있다가 유쾌하게 웃으셨다. 유다를 제외한 다른 형제들이 맞장구를 쳤다. 유다는 단 한 장의 유다서를 작성했다.

"맞아. 우리도 조금이라도 예수님과의 관계를 기록할 걸. 사람들은 우리가 늘 형님을 미워하고 괴롭혔다고 오해하는데 전혀 아니야. 갑자기 형님의 제자들과 성도들이 형님을 우리가 그토록 고대하던 메시아라고 해서 믿어지지 않았을 뿐이지. 왜냐하면 형님은 어릴 때부터 늘 우리와 즐겁게 놀았던 장난꾸러기였지 우리가 바라는 영웅이 아니었어. 물론 점잖을 때도 많았지. 어른들이 형님을 애어른이라고 불렀으니까. 키도 크고 지혜롭다고 칭찬이 자자했잖아."

"우리도 그렇고 사람들이 메시아에 대해 크게 오해한 거지. 유대인은 메시아가 어느 날 하늘에서 뚝 떨어진다고 생각했어. 당장 우리를 로마 속국에서 해방시킬 것이라고 철석같이 믿었던 거야. 어이없게도 모두가 메시아가 아닌 해방 전사를 기다렸던 것이지. 하지만 해방의 영웅이 아닌 가난한 동네 나사렛 출신 젊은이를 보고는 몹시 실망하고 허탈해서 그간 쌓였던 분노와 증오심이 폭발한 것이라고 볼 수 있어."

주님께서 조용히 듣고 계시다가 형제들을 포근히 안아주셨다. 그들의 회한 섞인 눈물을 말없이 닦아 주셨다.

마틴 루터는 바울과 야고보의 대화를 들었다. 그는 이들에게 다가와 후회와 미안함에 깊이 머리 숙이며 존경심을 표했다.

"야고보 사도, 죄송합니다. 제가 그때 패기와 열정만 앞섰습니다."

야고보는 그를 향해 너그러운 미소를 잊지 않았다.

"다 지난 일일세. 마틴. 그대의 열정적인 개혁으로 큰일을 해냈지 않은가. 나는 그대가 자랑스럽다네."

바울도 야고보도 그를 포옹하며 화답했다.

7.
실라 사도와 함께한 2차 전도여행의 시작 및
바울과 디모데의 만남, 신실한 동역자와
함께하는 축복(사도행전 16장)

　일행은 여느 날처럼 바울의 방에 모여 정답게 아침 식사를 하고 있었다. 하루하루 시간이 가는 것이 야속할 만큼 이들은 틈만 나면 모이려고 애를 썼다. 그동안 숱한 대화를 나눴다고 생각했음에도 아직도 남은 이야기가 많았다. 누군가 방문을 똑똑 두드렸다. 특별한 일이 없는 한 일어나지 않는 일이다. 누가가 벌떡 일어나서 방문을 열었다. 다들 긴장해서 밥을 먹다가 중단했다.

　간수가 누가의 귀에 대고 속삭였다. 누가가 고개를 끄덕이더니 근심 어린 표정을 짓고 있는 일행을 돌아보며 낮은 목소리로 말했다.

　"오랜만에 데오빌로 각하가 보낸 사람들이 왔다고 합니다. 퀸투스가 마가와 디모데도 같이 오라고 했다네요. 스승님들은 아무 걱정하지 마시고 식사 계속하세요. 금방 다녀오겠습니다. 별일 아닙니다. 아마도 편지를 갖고 온 것 같아요."

　누가는 디모데와 마가를 데리고 방을 나섰다. 갑자기 분위기가 황량해졌다. 바울과 베드로는 애써 웃으면서 자리를 정리했다. 갑자기 밥맛이 뚝 떨어졌기 때문이다. 물론 황제의 칙령이 내려온 것은 아닐 터이다. 그렇다면 감옥이 벌써부터 술렁술렁 요동쳤을 것이다. 죄수들은 귀신같이 알아차렸다. 불현듯 감옥이 소란스러워지면 누군가 비명을 지르며 끌려 나갔다. 나가지 않으려고 발버둥치는 죄수들의 등 위로 군인들의 무자비한 채찍질이 행해지고 나면 피 냄새가 진동했다. 남은 죄수들의 울음소리와 절망적인 한탄이 감옥을 한차례 휩쓸고 지나가면 모두 다 탈진 상태가 되었다.

그렇게 나가서 돌아오는 사람은 단 한 명도 없었다. 물론 살아서 감옥 밖으로 나가는 사람도 없었다. 오로지 십자가형을 받으려고 쇠사슬에 묶여 떠나는 사람들 말고는 없었다. 나머지는 뒷마당 끝자락에 있는 참수 기둥터로 가 참수형을 당했다. 시신은 군인들에 의해 신속하게 치워졌다. 지상 감옥임에도 지하 감옥의 동향을 손바닥 보듯 짐작할 수 있었다. 지하 감옥에서도 마찬가지였다. 죄수들 몇 명이 끌려 나가면 지상이나 지하나 하루 종일 근심 섞인 자조로 분위기가 무거워졌다. 희망을 잃은 죄수들 몇 명은 그날 밤 스스로 목숨을 끊어 다음 날 아침이면 또 다시 울음소리로 뒤덮인다. 둘은 한참을 말없이 앉아 있었다. 베드로가 먼저 적막을 깨고 물었다.

"바울, 나는 그대와 디모데가 어찌 만났는지 자세히 듣고 싶소. 물론 루스드라에서 만났다는 것은 알고 있지만, 어떻게 두 사람이 그토록 영혼의 짝이 되었는지. 육신의 부자보다 더한 아버지와 아들로 살지 않았소? 마치 나와 마가처럼 말이오. 아, 하나는 확실히 알겠소. 디모데는 마가처럼 한 번도 불성실한 적이 없었다는 것을……."

베드로는 바울이 당황하는 모습에 큰 소리로 웃었다. 베드로는 이제 바울과 마가를 놀리는 수준이었다. 마가가 있을 때에도 툭하면 그 이야기를 꺼내 마가를 곤란하게 만든다. 베드로의 두 사람을 향한 진한 애정 표현이었다. 우직한 베드로는 자신이 사랑하는 사람들을 놀리면서 즐거워했다. 두 사람도 그런 점을 알고 있기에 서운해하지 않았다.

"또 있소. 물론 짐작하고 있지만, 그대가 그토록 할례에 대해 민감하게 반응했잖소. 그런데도 디모데한테 할례를 행했지요. 그대는 디모데와 평생을 함께하다시피 했고 지금도 함께 지내고 있으니 더 이상 여한이 없을 듯하오. 혹여 디모데가 디도와 자신을 비교하지는 않았소? 디도는 그대가 오히려 받지 못하게 했지요. 예루살렘공의회에서 디도를 만난 게 나는 마지막이오."

바울은 디도를 떠올리며 애틋해했다. 그가 디모데만큼이나 아끼고 사랑하는 제자다.

"나는 드로아에서 디도를 기다렸지만 그가 오지 않아 성령께서 인도하신 사역도 포기할 만큼 그를 훌륭한 동역자로 생각했다오. 지금 생각하면 하나님께 불충을 저질렀지만 성령께서 곧바로 마게도냐(마케도니아)로 가라는 환상을 보여 주셨지요. 그래서 유럽 선교의 문을 열었답니다."

바울은 갑자기 미칠 듯 그가 그립다. 디도도 몇 번이나 스승을 만나기 위해 달마디아(크로아티아)에서 로마행을 시도했지만 번번이 다른 일로 막혔다고 들었다. 그래도 꾸준히 편지로 소통하고 있다. 바울은 흠칫 주위를 둘러보았다. 스데반이 다정한 미소를 띠고 있었다. 바울은 디모데와의 만남을 회상했다.

바울과 디모데의 만남은 누구에게나 궁금증을 불러일으키는 흥미진진한 사건이다. 바울은 디모데를 후계자로 생각할 만큼 아끼고 사랑했다. 디도도 그가 사랑한 제자였지만 디모데는 더욱 특별한 애정을 받았다고 의심치 않았다. 바울은 스스럼없이 디모데를 내 사랑하는 아들이라고 불렀고 최고의 찬사인 '너 하나님의 아들아.'라고 했다. 하나님의 아들이라는 호칭은 성경에서도 드문 일이다. 모세, 사무엘, 다윗에게 해당된 영광스러운 명칭이었다.

루스드라에서 바울은 여러 일을 겪었다. 바나바와 함께 신으로 추앙받기도 하고 돌에 맞아죽을 뻔했다. 그런데도 또 루스드라를 찾았다. 실라와 함께 2차 전도여행 중이다. 수리아, 길리기아, 더베를 거쳐 루스드라에 와서 디모데라는 충성된 제자를 만났으니 루스드라는 바울에게 애증의 장소가 된다. 디모데는 그 지역에서 이미 유명한 사람이었다. 사람들에게 칭찬과 사랑을 받고 있었다. 아버지가 헬라인이지만 어머니가 유대인이라 다른 헬라파 유대인에 비해서는 대접을 받았다. 유대인에겐 모계가 훨씬 중요하기 때문이다.

바울은 디모데를 보는 순간 깨달음이 왔다. 하나님께서 나를 위해 예비하신 귀한 동역자라는 믿음이……. 디모데는 보기에도 순하고 허약해 보였다. 성격도 유순하고 덩치도 작고 고질병인 위장병으로 늘 고생하고 있었다. 오죽하면 바울이 포도주를 조금씩 마시라고 권했을 정도이다. 당시 포도주는 술보다 약에 가까웠다. 그곳의 물이 워낙에 석회를 많이 포함하고 있기에 물만 마시다간 자칫 위를 버릴 수 있었다.

디모데는 그럼에도 단점보다 장점이 더 많았다. 그는 신실한 외할머니 로이스와 어머니 유니게의 영향으로 어릴 때부터 성경을 눈과 귀에 달고 살았다. 그들의 믿음에 기름을 부은 사람은 바로 바울이다. 바울이 루스드라에서 독한 고난을 받았음에도 도를 전하고 안디옥으로 돌아가는 길에 다시 한번 들려 사람들의 믿음을 굳게 만드는 것을 보고 로이스와 유니게는 성령의 감동을 받았다. 그들의 감동이 디모데한테도 고스란히 전해진 것이다.

또한 디모데의 성경 지식이 풍부하다는 것은 믿음에 이르는 길에 박차를 가했다. 그는 늘 바울에게 절대 순종했다. 그는 바울과 함께 사역하다가 바울이 어느 교회를 맡기고 떠나면 남아서 그 교회가 완전히 자립할 때까지 돌보다가 다시 바울이 다른 곳에서 부르면 또 어김없이 달려가 스승과 함께 새로운 교회를 섬기는 일을 반복했다. 어느 날 바울이 그에게 권유했다.

"디모데야, 우리가 이곳을 떠나기 전에 네가 할 일이 있구나."

"말씀하십시오. 스승님. 무엇이든 따르겠습니다."

"네가 헬라파 유대인 아니냐? 유대인들은 네가 순수 유대인이 아니라고 괜한 반감을 가지고 있지. 그들만의 쓸데없는 자존심이란다. 그들은 하나님께 유일하게 선택받은 선민이고 나머지는 개나 소, 돼지 취급을 하고 있지. 얼마나 기가 막힌 일이냐. 그래서 나는 네가 할례를 받으면 좋겠다는 생각이 든다. 왜냐하면 그들이 너를 향해 쓸데없는 트집을 잡을 것이 눈에 훤히 보여서 그래. 앞으로 네가 사역할 기간이 한참이나 많은데, 아예 처음부터 비난을 받지 않도록 싹을 잘라내고 싶구나."

"알겠습니다. 충분히 스승님의 의도를 이해했습니다."

"고맙다. 내 아들 디모데야, 혹여 디도와 비교해서 서운하지 않으냐? 그는 양친이 둘 다 헬라인 아니냐."

"전혀 아닙니다. 스승님의 깊은 뜻이 있지 않았습니까? 할례를 받지 않아도 디도처럼 굳건한 믿음을 간직할 수 있다는 사례로 예루살렘까지 동행하셨잖아요."

"오, 네가 알고 있구나. 네가 오해했을까 봐 괜스레 신경이 쓰였지."

"아닙니다. 전혀요. 스승님. 오히려 저는 디도한테 몹시 미안한 마음입니다. 사람들이 그러대요. 디모데는 좋은 사역지만 보내고 디도는 험한 곳으로만 보낸다고요. 스승님께서 제 약한 체력을 고려해서 그러신 것으로 압니다. 스승님께도 죄송한 마음뿐입니다."

디모데가 아기처럼 울먹거리자 바울은 그만 웃음을 참지 못하고 크게 웃어 버렸다. 디모데처럼 순한 사람이 사람들의 말에 상처를 받았나 보다. 그건 어느 정도 사실이었다. 디모데는 특히 위장이 좋지 않아 낯선 곳에선 심하게 물갈이를 했지만 타고나기를 강건한 체력의 디도는 어디서나 살아남을 만큼 듬직했다. 그런 체격 조건도 무시할 수 없었다. 헬라인은 체격이 좋기로 유명하다. 로마 군병을 생각하면 된다.

디도는 디모데만큼이나 바울에게 충성하고 하나님께 충성한 신실한 종이다. 성령께서 바울의 아시아 사역을 막으셨을 때, 바울이 부르기아, 갈라디아, 무시아를 지나 드로아(트로이)로 갔는데 마게도냐 사람이 그에게 도움을 요청하는 환상을 본 후 드로아에서 마게도냐(마케도니아)로 건너갔다. 원래 드로아는 성령께서 허락하신 곳이지만 그때 디도가 도착하지 않았다. 동역자를 중요시하는 바울은 도저히 드로아에서 사역할 엄두를 내지 못했다. 그 일에 대해 디도는 평생 바울에게 미안해했다. 디도는 오랜만에 만난 바울을 보고 반가움에 어쩔 줄 몰라 하면서도 머리를 숙여 바울에게 송구함을 표했다.

"스승님, 제가 조금만 일찍 도착했더라면 드로아에 교회가 세워졌을까요? 그게 늘 마음에 걸렸습니다."

"디도, 왜 아직도 그 일을 마음에 담고 있느냐? 하나님께서 진즉에 아시아 선교를 막으시고 나를 마게도냐에 보내 유럽 선교의 문을 여시지 않았느냐? 다 하나님의 깊은 뜻이 있었느니라."

디도는 아직도 그 일이 못내 걸리는지 스승의 손을 맞잡고 말을 잇지 못했다. 체격만큼이나 우직하고 넉넉한 성품의 디도를 보면서 바울은 또다시 그에게 고마움과 미안함을 표했다.

"디도야, 네가 없었다면, 네가 고린도교회와 나 사이를 중재하지 못했다면 나는 실패한 사역자가 되었을 것이다. 네가 나의 은인이나 다름없다. 진심이다. 디도야. 그리고 많이 서운했지? 몸이 약한 디모데를 배려하느라 늘 너를 그레데(크레타) 같은 험지로 보냈느니라. 너한테 말은 안 했지만 늘 고맙게 생각했다. 너로 인해 나의 기쁨이 무척이나 컸단다."

디도는 참았던 눈물을 쏟았다. 자신도 모르게 스승의 품에 안겨 그간 쌓였던 서러움과 아쉬움을 토했다. 처음엔 사람들이 디모데와 비교하는 것에 그리 큰 의미를 두지 않았으나 사탄은 이 작은 틈새마저 놓치지 않고 비교의식을 심었고 말 많은 이들은 바울을 비난할 때 양념처럼 디도의 일을 끼워 넣었다. 이렇게 스승에게 직접적인 위로와 사과를 들으니 오히려 자신의 좁은 심성을 들킨 것만 같아 심히 부끄러웠다.

바울이 말을 이었다. 바울은 아버지처럼 인자한 미소를 짓고 있었다. 바울은 디도와 디모데한테 늘 온화한 아버지였다. 마가의 일로 인해 바울 역시 크게 깨달은 바가 있어 성품을 다스리는 데 온 힘을 쏟은 결과이다.

"디도야, 사실 내 잘못이 컸다. 고린도교회에 눈물의 편지를 보낸 것을 몹시 후회하고 교인들이 혹여 편지를 보고 근심할까 봐 잠을 이루지 못했지. 그들이 너를 통해 어떤 회신을 줄지 궁금해서 갈피를 잡지 못했다. 내가 잠시 마음의 평강을 잃은 적은 그때가 처음이었지……."

"스승님, 만약 제가 때 맞춰 와서 드로아교회가 세워졌다면 아시아와 유럽 동시 선교가 시작되고 더불어 아시아 선교도 훨씬 빨리 진행되지 않았을까요. 후대 사람들도 성경을 묵상하며 아쉬워하지 않았을까 가끔은 궁금합니다."

"아니다. 성령께서 강력하게 내가 드로아에 있기를 원하셨다면 너와 상관없이 선교의 문이 열렸을 것이다. 후에 너를 비난하는 사람은 아무도 없을 것이다. 내 아들아, 내 형제여, 너는 매사 하나님께 그리고 나에게 최선을 다했노라."

"스승님, 이제야 제 마음이 편해졌습니다. 하나님께 모든 영광을 돌립니다."

* * *

바울의 긴 이야기가 끝나자 베드로는 바울을 힘껏 안아 주었다. 둘은 디도를 위해 기도를 올렸다. 달마디아에서 성공적인 사역을 이루도록 하나님께 은혜를 구했다. 디도는 그 시간 성령을 통해 바울과 베드로의 기도를 듣고 눈물을 흘렸다. 성령께서 그를 포근히 감싸 주셨다. 달마디아 사역을 끝낸 이후 그는 그레데로 가서 죽는 순간까지 주를 섬겼다. 그는 사도들 중 순교당한 것이 아닌 평화로운 죽음을 맞은 드문 경우이다. 순교도 영광스럽지만 디도처럼 자연사도 하나님의 크신 은총이었다.

8.
마게도냐(마케도니아)의 첫 성(城),
빌립보교회의 여성 파워 및
바울과 실라의 투옥 사건(사도행전 16장)

마가는 바울로부터 그동안 몹시 궁금했던 빌립보교회에 대해 들었다. 며칠 있으면 떠나야 하기에 마음이 급해진 그는 들을 수 있을 때 최대한 많이 들으려고 작정하고 스승들께 묻기를 쉬지 않았다. 하루 종일 이야기하느라 지친 베드로는 코를 심하게 골면서 자고 있었다. 베드로는 나이 탓에 눕기가 무섭게 바로 잠들었다. 잠자는 베드로의 상태를 누가가 체크하고 조용히 사라졌다. 오늘 따라 돌바닥은 더욱 냉기를 뿜어대고 나무로 만든 삐거덕거리는 엉성한 선반은 작은 창문을 두드리는 바람에도 요란스레 소리를 냈다.

겨우 옷가지 몇 개만 놓여 있을 뿐인데도 선반은 바람의 무게를 견디지 못했다. 베드로의 잠든 얼굴은 마치 천사의 표정이다. 행복한 미소를 가득 담고 있다. 아마도 천국에서 그토록 그를 사랑하신 예수님과 환희의 시간을 보내나 보다.

디모데도 곤한지 누가의 방에서 깊이 잠들었다. 다른 죄수들도 모두 잠들어 있는 고요한 밤이다. 바울은 잠이 안 오는지 뒤척거리다가 결국은 일어나서 좁고 긴 복도를 소리 없이 걸었다. 조심스레 이쪽 끝에서 저쪽 끝으로 걸어 다니다가 방에서 나오는 마가와 눈이 마주쳤다. 디모데와 마가는 간수의 특별 배려로 누가의 방에서 지내는 중이다. 가뜩이나 좁은데 장정 세 사람이 누우니 뒤척거리기도 힘들다.

그럼에도 하루 종일 노사도들을 위해 애쓴 누가는 피곤에 지쳐 꿈나라로 가 있었다. 디모데와 누가가 깨지 않게 발소리를 줄여 밖으로 나온 마가는 바울을 보고 반가워서 손을 흔들었다. 그는 곧 바울을 따라 그의 방으로 향했다. 방문을 닫으면 그나마 소리를 줄일 수 있다. 마가는 속삭이듯 물었다.

"아니 스승님, 왜 안 주무시고. 밤이 깊었는데……."

"며칠만 있으면 우리만 남게 될 것을 생각하니 도저히 잠이 오지 않는구나. 근데 마가 너는 왜 못 자고 있었던 것이냐?"

마가는 오랜만에 둘만 있는 자리에서 세상 다정한 바울의 목소리를 들으니 가슴이 쿵쾅거릴 만큼 설레면서 행복감이 몰려왔다. 자기도 모르는 새 늘 바울의 애정을 갈구했나 보다.

"스승님과 이야기하고 싶어 깼나 봐요. 자다가 답답해서 눈이 떠졌거든요. 조용히 회랑에 나가 바람이라도 쐬려고 했는데 스승님을 보고 얼마나 반갑던지요."

마가가 수줍게 웃었다. 그런 마가를 바울은 꼭 안아 주었다.

"마가야, 우리가 만날 시간이 점점 줄어들고 있구나. 무엇이든 궁금한 건 물어보거라. 내가 답할 수 있는 건 다 말해 줄 터이니……."

바울이 부드럽게 답하면서 마가의 손을 잡았다. 마가의 볼이 기쁨과 흥분으로 상기되었다.

"스승님, 그럼 여쭐게요. 고맙습니다. 저는 늘 스승님의 2차 전도여행이 궁금했어요. 너무 염치없는 질문이지만 처음부터 끝까지 듣고 싶은 욕심이 있습니다. 그렇게 해서라도 첫 전도여행의 죄송함을 씻고 싶어서요. 지금껏 많이 들었다고 생각하는데 스승님이 아직 말씀하지 않으신 곳이 궁금해요.

아, 빌립보교회도 생각났어요."

바울이 알았다는 듯 고개를 끄덕이면서 이야기를 풀었다. 이제 그만 죄송해 하라고 언급하지도 않았다. 그저 사랑스럽게 마가를 바라볼 뿐이었다.

"마가, 너도 알다시피 빌립보성이 마게도냐의 첫 관문이었다. 거기서 누굴 만났는지 아느냐? 우리 인자하신 하나님은 이미 우리를 위해 예비하신 성도가 있었지. 바로 자주 장사 루디아란다."

적막한 밤 멀리서 짐승이 울부짖는 소리와 거센 바람소리가 다행히 두 사람의 목소리를 숨겨 주고 있었다. 돌벽에 부딪치며 소리가 울렸기 때문이다. 간수들도 지쳐서 쓰러진 깊은 밤, 바울은 이미 그 시절 빌립보로 가 있었다. 그의 얼굴에서 뿌듯함과 기쁨이 솟아나왔다.

많은 선교지 중 바울에게 유독 인상적인 곳은 유럽 선교의 첫 열매인 빌립보이다. 특이하게도 다른 곳에 비해 여자 성도들의 활약이 도드라졌다. 루디아와의 첫 만남이 떠올라 미소 짓는다. 바울은 드로아에서 배를 타고 사모드라게, 네압볼리를 거쳐 빌립보로 들어왔다. 빌립보 역시 로마의 식민 지배를 받고 있었다. 루디아는 신실한 성도로서 그와 그 집이 다 세례를 받고 그녀의 집에서 바울 일행을 머물게 했는데 결과적으로 그 집이 빌립보교회의 초석이 되었다. 마치 마가의 다락방이 예루살렘교회로 탄생된 것이나 다름없다.

바울이 빌립보를 떠난 후에 교회는 더욱 발전했고 유명한 여자성도 두 명이 돌아가면서 여선교회 회장을 맡아 활발하게 주님의 일을 도왔다. 바로 양대 산맥인 순두게와 유오디아다. 루디아와 순두게 그리고 유오디아는 교회에 모여 기도하고 묵상한 후 존경하는 바울의 이야기를 하고 있었다. 루디아가 먼저 말을 꺼냈다.

"빌립보교회는 교회사적으로도 무척 의미 있는 사역이지요. 역대 교회 중 여성 파워가 가장 강력했고요. 다들 신선한 충격이라고 합니다."

"루디아, 어떻게 처음 본 바울 일행에게 선뜻 집까지 내어줄 수 있었나요? 그 결과 영광스러운 빌립보교회가 세워질 수 있었지요. 대단합니다."

"다 하나님의 뜻이지요. 그래서 우리 집안 전체가 구원을 받았으니 얼마나 큰 은혜인지 몸 둘 바를 모르겠어요. 그나저나 유오디아 순두게, 두 사람한테 바울 사도께서 권면의 편지를 보내셨다고요. 무슨 오해라도 있었나요?"

둘이 절레절레 고개를 흔들었다.

"우리는 그저 열성적으로 여선교회 일을 했는데 남자들의 눈에는 지나친 경쟁이 빚어낸 심각한 갈등으로 보였나 봅니다."

여장부 루디아가 흥분해서 어쩔 줄 몰랐다.

"아니 경쟁 좀 하면 어떻습니까? 남자들만 경쟁해야 된다는 법이라도 있나요? 갈등이 있으면 해결하면 되고요. 왜 여자들끼리 조금만 의견 충돌이 있으면 시답잖은 경쟁이나 질투, 시기 이런 걸로 몰아가는지 화가 납니다."

"그러게 말입니다. 가뜩이나 추운 겨울 차가운 감옥에서 힘든 나날을 보내고 계신 사도께 위로는 못 전할망정 무슨 큰일이나 난 듯 걱정을 끼치는지 알다가도 모르겠어요. 아 루디아, 우리 사도께서 돌아가시기 전에 마머틴 감옥으로 겨울옷 좀 보내면 어떨까요? 점점 더 추워질 텐데요. 사도를 생각하면 가슴 아파요."

"나도 그 생각을 했어요. 들기론 마가와 디모데 사도가 감옥으로 출발했다는데 무사히 들어갔는지 모르겠어요. 쉿! 극비 사항이라 아는 사람만 알고 있어요. 혹시나 로마 관리들을 자극할까 봐 다들 조심하고 있어요. 참, 베

드로 사도도 함께 계신대요. 그나마 다행인 것 같아요. 두 분이 서로 의지할
수 있으니까요."

"결국 이렇게 되는군요. 순교가 얼마 남지 않았다고, 우리는 그저 기도
하는 수밖에요. 여기 빌립보도 예전 같지 않아요. 틈만 나면 거짓 고소하
려고 눈을 부릅뜨고 있는 사람들이 많아요. 어떻게 같은 유대인들이 더 심
한지 모르겠어요. 바울 사도를 고소한 이도 지독한 유대인이었다면서요.
하……."

"하나님, 우리 사도들을 지켜 주시옵소서."

세 여인은 무릎을 꿇고 간절히 기도드렸다. 유오디아가 뭔가 생각난 듯
갑자기 손뼉을 쳤다.

"사도께서 실라 사도와 함께 투옥되었다가 하나님의 은혜로 풀려난 사건
도 기억나요. 참 나쁜 사람들이었지요. 가여운 어린 애가 귀신 들렸으면 남
이라도 사도들에게 데려가서 고쳐 줄 생각은 안 하고 그저 돈벌이 좀 줄었
다고 그렇게 난리를 쳐댔으니……."

루디아도 동의했다. 순두게는 벌써부터 눈물이 고였다. 순두게가 떨리는
목소리로 대답했다.

"오죽하면 사도께서 기도하셨겠어요? 그 애한테 붙어 있는 귀신한테 호
통을 치셨지요. '예수 그리스도의 이름으로 내가 네게 명하노니 그에게서
나오라.'라고 하니 즉시 귀신이 떨면서 나왔지요. 그 애를 이용해 돈을 벌던
이들이 화가 나서 사도들을 붙잡아 관원들에게 끌고 갔지요. 유대인들이 우
리 성을 요란케 한다고요."

"사도들이 무척 고생하셨지요. 심하게 매를 맞고 피 흘린 와중에 가장 깊
은 지하 감옥에 투옥되고서도 찬송과 기도를 잊지 않았으니 그 믿음에 고

개가 절로 숙여집니다. 우리 주님께서 들으시고 옥문을 여셨지요. 그런데도 탈출하지 않고 자리를 지켜 간수의 목숨을 구했으니 진정한 하나님의 사람들입니다. 얼마나 가슴 아프면서도 존경스럽던지 지금도 맞아서 피가 나고 퉁퉁 부은 모습이 생생합니다. 말도 제대로 못 하셨지요."

"간수가 얼마나 감명을 받았으면 자신이 어떻게 해야 하냐고 오히려 사도들께 물었지요. 감옥 문이 열리면 다들 탈출하는 게 보통인데 아무도 탈출하지 않았으니까요. 간수는 처음에 죄수들이 다 탈출했다고 생각해 추궁당할까 두려워 자결하려 했지요. 하지만 감옥에 그대로 있는 사도들을 보고 놀라서 그 앞에 부복한 후 자기 집에 모시고 가 씻기고 음식을 대접한 후 그 집의 모든 사람들이 다 세례를 받고 구원을 받았으니 이런 기쁨이 또 어디 있겠어요."

"놀라운 건 다음 날 석방하라는 지시가 내려왔을 때 사도들께서 '우리가 로마인인데 재판도 없이 무조건 옥에 가두었다가 이제 조용히 내보내려고 하느냐? 너희가 직접 와서 우리를 데리고 나가야 하느니라.' 하니 다들 혼비백산해서 달려왔지요. 저는 사도들이 로마 시민권자임에도 처음부터 밝히지 않았다는 것에 더 감동했어요. 로마 관리들도 시민권자들에겐 함부로 못 하거든요. 아마도 로마 시민권자로 인한 혜택이 하나님의 영광을 가리지 못하도록 처음엔 이야기를 안 한 것으로 짐작됩니다. 대단한 분들이지요."

세 신앙 여걸의 가슴이 뜨거워졌다. 믿음이 복받쳐 오르면서 그들은 하나님의 일에 힘껏 몸 바치기를 결단했다.

"누가 사도도 애쓰셨지요. 바울 사도가 먼저 떠나신 후 잠시 빌립보 사역을 담당하셨잖아요. 지금 감옥에 같이 있으면서 바울과 베드로 두 사도를 전심으로 모시고 있답니다. 굳이 본인은 감옥에 갇히지 않아도 됨에도 자원해서 들어가 두 사도의 마지막까지 함께하려는 충성심을 생각하면 눈물만 나와요. 존경스럽기만 합니다."

루디아가 다시 목소리를 낮춰서 속삭이듯 말했다.

"누가 사도가 로마 고위급 장성에게 보낸 서신이 누가복음으로 만들어졌다는 소식을 들었어요. 그분의 요청으로 지금 감옥에서의 하루하루도 기록되고 있답니다. 아마 그것도 나중에 복음서로 탄생할 것 같아요. 그동안 그분이 알게 모르게 누가를 통해 바울의 선교 사역에 큰 도움을 주었다고 합니다. 지금 디모데와 마가 사도가 간 것도 그분의 도움 없이는 이뤄질 수 없었다고 하네요. 어떻게 하나님께서 그리 살뜰히 예비하셨는지 모르겠어요. 할렐루야!"

세 여장부는 더욱 주님을 위해 마음을 굳게 하기로 작정했다.

"하지만 사형은 그분 권한 밖이라네요. 사형 집행 여부는 오로지 황제만 결정할 수 있다고요. 어쨌든 우리는 사도들을 본받아서 더 열심히 전도합시다. 여선교회를 넘어 남선교회 그리고 교회 전체를 위해서요."

마가는 바울의 이야기가 끝나자 잠시 울먹거렸다. 이렇듯 여자들도 용감하게 도를 전하는데 앞장섰는데 자신은 그동안 너무 나태하게 살아온 게 아니냐고 부끄럽다고 바울에게 고백했다. 바울은 전혀 아니라고 너는 지금껏 하나님께 그리고 나와 베드로에게 충성스러운 종이었다고 진심 어린 고마움을 전했다. 마가는 바울의 품에 안겨 뜨거운 눈물을 쏟으면서 한참동안 오열했다. 다행히 감옥을 뒤흔드는 거친 바람소리와 빗소리는 그의 통곡을 가려 주었다. 언제부터 왔는지 그들은 인식하지 못할 정도로 강한 빗방울이 점점 거세게 창문을 두드리고 있었다. 이상하게 이번 겨울은 눈보다 비가 더 많이 내렸다. 죽음을 앞두고 사도들이 흘리는 가슴속 깊은 눈물 같았다. 회한과 후회와 기쁨이 교차하는 눈물이었다. 마가의 울음이 그치자 바울이 따사로운 미소를 띠고는 에바브로디도에 관해 물었다.

"마가야, 에바브로디도 기억나느냐? 빌립보교회와 나의 교두보 역할을 했지. 참으로 신실한 종이었느니라. 아, 나는 복 받은 사람이로다. 가는 곳곳 신실한 동역자들을 만나게 해 주신 하나님께 영광 돌리노라. 빌립보에서 로마로 오는데 최소 한 달 이상 걸렸음에도 그는 늘 씩씩하게 오갔지. 사실상 목숨을 건 여정이었단다. 빈손으로 오는 것도 아닌 감옥에서 필요한 것들을 가지고 오느라고 짐도 많았지. 내가 빌립보에 전하는 편지를 가져가고 또 빌립보교회 성도들이 정성껏 모은 물품들을 내게 전해 주었지. 디모데도 여기저기 다녔지만 빌립보는 거의 에바브로디도가 전담하다시피 했단다."

"네. 스승님, 기억납니다. 저도 로마 셋집에 잠시 있을 때 그를 봤습니다. 그토록 충성된 종은 없으리라 생각됩니다. 오가느라 힘들어 심각한 병이 들었는데 다행히 하나님께서 긍휼히 여겨 주셨지요."

"그랬다. 얼마나 하나님께 감사하던지, 그가 회복되면서 내가 그리고 우리 일행이 얼마나 기뻐했느냐. 누가가 최선의 치료를 했지. 누가뿐 아니라 우리 모두 그를 위해 간절히 기도드렸단다. 그럼에도 그는 더 남아서 나를 도우려고 했지만 내가 서둘러 그를 빌립보로 다시 보냈느니라. 빌립보 성도들에게도 내가 특별 부탁을 했지. 그를 잘 대해 주라고. 빌립보교회 성도들은 내 믿음대로 그에게 진심 어린 존경을 보여 주었지. 참으로 감사한 교회였다."

바울과 마가는 하나님의 은총에 젖어 잠시 말을 잊고 조용히 기도를 올렸다.

9.
바울의 데살로니가, 베뢰아,
아덴(아테네) 전도(사도행전 17장)

마가는 그날 밤 바울과 단 둘이만 은밀하고 촘촘한 시간을 보낸 흥분이 가라앉지 않아 하얗게 밤을 밝혔다. 물론 대화의 끝 무렵 잠이 깬 디모데가 은근슬쩍 합류했지만 그전에 바울과 둘이만 보낸 시간이 충만해 하나도 아쉽지 않았다. 디모데는 신기하게 돌아오자마자 잠에 곯아떨어졌다. 다행이었다. 옆에 누운 디모데와 누가가 자신의 뒤척거림에 행여 깰까 봐 조심스러워 제대로 움직이지도 못했지만 감옥에 들어온 이후 가장 만족한 시간을 보냈기에 하나님께 감사 찬송을 드렸다. 마가도 자신이 그토록 바울의 사랑을 갈구하고 있었음에 새삼 놀랐다.

그는 바울로부터 빌립보교회 전도 및 실라와 함께 투옥된 사건을 흥미진진하게 들었다. 늘 자신이 동참하지 못한 2차 전도여행에 대한 궁금증과 회한이 동시에 그를 괴롭혔기 때문이다. 자신과 바나바 대신 선택을 받은 실라에 대해 가끔은 질투심이 일었다. 그에 대해 늘 궁금해하고 있을 때 실라가 베드로의 요청을 받고 즉시 로마로 온 것을 보고 그의 남다른 충성심에 대해 절로 호기심이 발동했다.

마가가 베드로를 도와 로마에서 사역하고 있을 때였다. 실라는 바울이나 베드로와 견주어도 조금도 부족함이 없는 대사도였다. 예수님 살아생전에도 활약한 사도였으며 예루살렘교회에서도 중요 인물이었다. 마가는 소년 시절 교회에서 가끔씩 그의 얼굴을 봤고 어머니 마리아로부터 그의 훌륭한 인품에 대해 들었지만 당시엔 관심이 없었다.

하지만 로마에서 그의 진면목을 보고 감동받았다. 바울이 바나바를 대체할 파트너로 선택한 이유를 확실히 알 수 있었다. 그는 누구와도 잘 어울리는 온유한 성품으로 격한 토론 중에도 절대 자신의 감정을 드러내지 않았다. 조용히 다른 사람들의 말을 듣고 있다가 적절한 시기에 딱 맞는 조언을 할 뿐이다. 그 조언이 기가 막히게 들어맞았기에 다들 혀를 내둘렀다. 그런 사람이었다. 그는 또 바쁜 와중에 베드로가 전하는 설교를 정리하고 있었다. 유창한 헬라어로 정리된 기록을 보면서 아름답고 힘찬 문장에 감탄을 내두른 사도들이다. 베드로는 일부러 그에게 히브리어 대신 헬라어로 작성해 줄 것을 부탁했다. 그래야 더 많은 이방인들이 하나님의 말씀을 볼 수 있다는 생각에서다. 그렇게 정리한 것이 바로 베드로전서이다.

그는 마가에게도 시간 나는 대로 베드로의 사역을 기록하라고 권유했다. 자신이 베드로를 보는 시각과 다른 시점을 가진 사람의 기록은 그 나름대로 의의가 깊다는 뜻이다. 처음엔 그의 말을 잘 이해 못 했는데 시간이 갈수록 무슨 의미인지 피부에 와닿았다. 마가가 감옥에까지 두루마리들을 싸 갖고 온 이유였다.

"저는 늘 실라 사도에 대해 궁금했어요. 바울 사도에 대한 트라우마가 겹쳐서 더 했어요."

마가가 순수하게 묻자 그가 너털웃음을 지었다. 그도 익히 알고 있는 사건이었다. 그는 마가가 트라우마에 대해 털어놓을 때마다 사람 좋은 미소를 짓고 마가의 뺨을 어루만졌다.

"마가, 충분히 이해된다. 하지만 그만 잊으렴. 내가 바울과 함께할 때 자네 이야기가 나오면 바울이 늘 미안해하는 마음을 비쳤어. 내가 보기에 진심이었네. 자네를 더 큰 사도로 성장시키려는 하나님의 큰 그림이라고 생각하게나."

"사도, 어떻게 바울과 헤어져서 여기로 오시게 된 건가요? 혹시 바나바 삼촌처럼 싸우거나 하신 건 아니지요?"

실라가 너무 큰 소리로 웃어 다른 사도들이 다 쳐다보았다. 베드로도 껄껄 웃으면서 마가의 등을 쓰다듬었다.

"아니다. 마가야. 바울의 까다로운 성정은 2차 전도여행을 다니면서 많이 순화되고 마모되었단다. 내가 확실히 느꼈어. 날이 갈수록 달라지더구나. 사람은 안 바뀐다는데 바울을 보면 그 말이 틀렸다는 것을 알 수 있어. 나는 오래전부터 고향과 가까운 비두니아와 갑바도기아에서 도를 전하고 교회를 세우고 싶었어. 늘 기도하고 있었는데 하나님께서 바울에게 누가와 디모데를 붙여 주시는 것을 보고 결심했지. 아, 디도도 있구나. 고린도를 끝으로 내가 그쪽으로 가고 싶다고 하자 바울도 흔쾌히 동의했어. 오히려 나를 위해 기도를 많이 해 주었지. 우리는 언젠가 하나님의 뜻이라면 반드시 만날 것이라고 다짐했단다. 지금 바울이 가이사랴에서 구류 중이라 안타깝구나. 그것도 하나님의 뜻인지도 모른다. 거기서도 도를 전할 수 있는 기회를 주신 것이라고 생각해."

"그러셨군요. 그래서 그 후 베드로 스승과 합류하신 것이네요. 스승과 고향에서 전도를 많이 하시고는 헤어지셨다가 스승이 도움을 요청하니 그 먼 데서부터 또 여기 로마로 오셨네요. 대단하세요."

"허어, 대단할 것까지야. 마가야, 우리 사도들은 다 그렇게 하나님의 부름에 따라 사는 것이란다. 너도 그렇게 살고 있지 않느냐. 부디 바울 트라우마는 잊고 하나님의 부름에 진력하거라. 너는 누구보다 사도들한테 사랑받지 않았느냐. 바울, 베드로, 바나바 그리고 나도 너를 무척 사랑한단다. 참, 나는 디모데와도 오래 함께했는데 그처럼 좋은 성격은 처음 봤어. 바울이 그토록 아끼는 이유를 알겠더군. 그도 마가 너를 무척 보고 싶다고 했어. 둘 다 아직 한참 젊으니 앞으로 함께 사역하며 부닥칠 일이 많을 거라고 이야기했지. 거기다 나이도 비슷하니 얼마나 좋으냐. 성격이 비슷하면서도 정반대 경향도 있으니 더 잘 맞을 것이다. 나도 너희 둘이 속히 만나면 좋겠다.”

마음 여린 마가는 그의 축복을 받고 또 한 번 눈물을 흘렸다. 베드로와 실라는 그를 안고 있는 힘껏 축복기도를 쏟아내었다. 베드로 역시 디모데의 겸손과 훌륭한 성정에 대해 잘 알고 있었다. 몇 번 만났다고 아주 좋은 제자라며 마가와도 잘 어울릴 친구라고 언급했다. 마가 또한 오래전부터 디모데에 관해 관심을 갖고 있었기에 그와의 만남에 관한 상상을 자주 했다. 두 사람은 결국 만나게 되었다. 잠깐이지만 로마 셋집에서도 같이 있었고 꾸준히 편지 왕래를 했으며 바울과 베드로의 순교를 앞두고 함께 마머틴 감옥에서의 귀한 열흘을 함께한 신앙의 소중한 동지가 되었다.

* * *

실라를 만나기 전까지 마가는 실라를 질투했지만 세상에 실라보다 더한 디모데라는 강력한 라이벌이 나타났으니……. 마가는 바울이 어디 있던 간에 바울의 동향에 대해 촉각을 곤두서고 있어서 디모데와 누가 그리고 디도에 대해서도 잘 알고 있었다. 그가 모든 정보를 압축한 결과 바울의 사랑을 가장 많이 받고 있는 사람은 단연 디모데였다. 디모데에 대한 질투와 부러움으로 몸서리치던 나날이었다. 그런데 세상일은 정말 모른다. 디모데와 자신이 둘도 없는 친한 친구이자 동료가 되리라곤 상상도 못 했다. 또한 누가와도 이토록 친밀하게 지내게 될지 알지 못했다. 디도는 늘 멀리 떨어진 곳으로 사역을 가서 그와 부딪칠 기회가 없어 안타까울 뿐이었다. 언젠가 한번은 꼭 만나고 싶은 친구였다.

한참 전부터 마가를 향한 바울의 눈빛은 마치 깊이 사랑하는 아들을 바라보는 아버지나 다름없었다. 그가 중도 이탈한 1차 전도여행 당시엔 한 번도보지 못한 애정 표현이었다. 그때는 바울도 젊었고 자신은 막 소년을 벗어난 철없는 청년이었다. 바울은 이제 허연 수염이 턱까지 길게 늘어져 있고눈썹마저 하얗게 변해 마치 구약시절 엘리야나 이사야 같은 대선지자의 풍모로 변해 있는, 온화한 기운이 온몸을 감싸고 있었다.

예전의 사울 당시 길길이 날뛰던 짐승의 포학함은 어느덧 옛말이 되었다.사역 초기만 해도 옛 성격이 불쑥불쑥 튀어나와 동역자들을 당황시켰지만지금은 완전 딴사람이 되어 있었다. 다메섹 회심 사건 이후 몇 년의 공백 기간 동안 그는 완전히 힘이 빠져 버렸다. 마치 하나님께서 아브라함, 모세, 야곱, 요셉, 다윗을 훈련시키신 것처럼 그도 그런 기간을 거쳤다. 바울은 한 번도 그 기간 동안 무엇을 하고 지냈는지 말하지 않았다. 마가는 언젠가 바울이 죽기 전에 물어보려고 작정하고 있었다. 훈련 기간을 거쳤다 한들 완전히 성격이 죽는 데에는 또 다른 시간이 많이 걸렸다. 인간이기 때문이다.

바울을 처음 보는 사람은 상상치도 못할 이야기가 되어 버렸다. 세월의힘이런가, 믿음의 힘이런가. 바로 성령의 도우심이로다! 그래서 데오빌로각하도 퀸투스도 누가의 기록을 보고는 무척 놀라워했다.

마가는 바울을 보면서 1차 전도여행을 떠올리면 격세지감을 느꼈다. 그렇다. 그때는 바울이 너무 젊었다. 회심한지 얼마 안 된 시기에다 누가 봐도 주님에 대한 죄책감과 부채감으로 말미암아 더더욱 자신에게도 남에게도 엄격하던 시기였다. 오로지 주님에 대한 열정과 패기 그리고 도전 의식으로 똘똘 뭉친 사도였다. 대부분 디모데, 베드로, 누가와 함께 이야기를 나누지만 이렇듯 바울과 단 둘이만 대화할 수 있는 시간은 하나님의 은총이었다. 새벽녘이 될 때까지 마가는 한잠도 못 자고 기분 좋은 희열에 사로잡혀 있었다. 어젯밤 바울과 나눈 대화가 생생하게 펼쳐졌다.

바깥에는 비바람이 요란한 소리를 동반하며 힘차게 포효하고 있었다. 덕분에 대화가 이어지면서 자신도 모르게 흥분해서 목소리가 조금씩 올라가고 있는 바울과 마가의 대화가 순조롭게 진행되었다. 아무도 방해하는 사람이 없었다. 그토록 거친 황량한 바깥소리에도 죄수들과 간수들은 누가 업어가도 모를 만큼 단잠에 빠져들었다. 그것도 축복이었다. 정교하게 쌓아 올린 돌무더기에서 나오는 차가운 냉기는 가뜩이나 위축된 죄수들을 심적으로 더 무너지게 만드는 위용을 보이지만 야속하게도 서서히 익숙해진다.

바울도 그랬다. 처음 투옥되었을 때 한여름임에도 돌벽으로 무자비하게 침투하는 웃풍은 삶의 의욕을 단숨에 꺾어 버렸다. 거기다 지하 감옥이라 습기의 습격은 속수무책이었다. 하나님을 기다리는 믿음이 아니었다면 당장 다른 죄수들처럼 체념 상태에 놓였을 것이다. 그러기에 바울은 지상 감옥으로 옮긴 것만 해도 하나님의 은혜라고 감격해했다. 팔방미인 누가의 활약으로 간수들의 허락을 받아 가져온 펄펄 끓는 물주전자가 바울과 베드로를 위로했고 작은 창문으로 새어 드는 한 줌의 햇빛은 그들로 하여금 막연

하나마 소망을 품게 만들었다. 다시금 마가의 질문이 시작되었다. 마가와 바울은 지치지도 않고 대화를 이어 나갔다. 다행히 바울의 컨디션이 좋았다. 성령께서 함께하시고 스데반이 이들을 뒤에서 도왔다.

"스승님, 빌립보에서 암비볼리와 아볼로니아를 거쳐 데살로니가로 들어가셨단 말씀이군요? 데살로니가도 데살로니가이지만 이어서 베뢰아와 아덴까지 진격하셨지요. 물론 아덴(아테네)엔 스승님만 먼저 도착하고 디모데와 실라는 조금 늦게 도착했지요."

마가는 실라에게 들은 대로 물었다. 갑자기 로마에 있을 때 실라가 빌립보에서 데살로니가로 가는 험난한 여정을 이야기해 준 것이 생각났다. 그동안 잊고 살았는데 바울의 이야기를 들으면서 번개같이 떠올랐다.

* * *

"마가야, 바울과 내가 빌립보에서 엄청나게 얻어맞지 않았느냐. 거의 죽기 직전까지 갔느니라. 우리 둘 다 피고름이 맺히고 시퍼런 멍이 들고 온몸이 퉁퉁 부어 사람들이 알아보지도 못할 처참한 지경까지 갔느니라. 입안이 다 찢겨져 말도 제대로 나오지 않았지. 그럼에도 감옥에서 어떻게 찬송과 기도가 나왔는지. 우리도 모르게 성령께서 함께하셨던 거야. 그러니 다른 죄수들이 다 따라 부르고 감옥 문이 열렸음에도 우리와 함께한다고 아무도 탈출하지 않았단다. 그들도 기적을 체험한 것이지."

실라가 감개무량한 듯 말하면서 하늘을 올려다보았다. 마가는 마치 자신이 경험한 듯 온몸이 떨렸다. 실라가 다시 말을 이었다.

"하나님께서 간수와 그 집안을 구원하시려는 계획이 있으셨지. 그의 가족과 죄수들을 통해서 더욱 도가 널리 전파되는 것을 보시기 위함이었단다. 그리고 우리는 감동에 젖어 다시 길을 나섰는데, 생각보다 훨씬 험한 길이었어."

"그곳에서 바로 데살로니가로 가신 것이군요."

"그렇지. 데살로니가로 가려면 암비볼리와 아볼로니아를 거쳐야 하는데 끝자락에 늪도 있고 가파른 언덕도 나온단다. 늪에는 온갖 해충이 살고 있어 우리를 괴롭혔고 언덕을 올라갈 때는 힘들어서 몇 번을 쉬면서 걸었지. 거의 사십 일 가까이 걸은 것 같아."

"아이, 누군가 마차를 타고 가면서 사도님 일행을 도와준 사람도 없었나요? 얼마나 힘드셨을까요?"

실라가 껄껄 웃으면서 손사래를 쳤다.

"태워 주고 싶어도 우리 옷차림을 보면 망설였을 거야. 다들 거지꼴이었어. 거기다 맞은 상처까지 더하니, 우리를 무슨 폭도로 알고 오해한 사람들도 있었지. 죽지 않은 것만도 다행이었어. 자칫 로마 군인이라도 만났으면 정말 큰일 날 뻔했지."

"결국엔 데살로니가에 도착하셨지요."

"그랬단다. 마가야, 우리가 그곳에 도착해서 가장 먼저 본 게 무엇인지 아느냐?"

마가는 실라의 말에 몰입하느라 배가 고픈지도 몰랐다. 베드로가 그들을 부르러 와서야 식탁에 앉을 수 있었다.

"아니 실라, 마가한테 무슨 이야기를 하길래 저토록 집중하고 있는 것이오? 나도 궁금하오."

베드로와 다른 사도들이 흥미진진하게 둘을 바라보면서 웃었다. 마가는 지금 빵이 입으로 들어가는지 코로 들어가는지도 몰랐다. 어떻게 포도주를 마셨는지도 기억나지 않았다. 실라는 조금 뜸을 들이려는 듯 한껏 미소를 띠고는 따끈한 스프에 빵을 찍어서 먹었다.

"흠, 우리 눈에 들어온 것은 올림포스산이었단다. 너도 알지? 헬라인들이 열광하는 판테온 말이다. 헬라에서 가장 높은 산이라 그런지 꽤 위압감을 주더구나. 봉우리엔 녹지 않은 눈이 하얗게 쌓여 있는 것도 신비감이 느껴지고, 사람들이 왜 그렇게 제우스나 헤라 그리고 아폴론 신, 데메테르(케레스) 여신, 디오니소스(바쿠스)와 아레스(마르스) 신을 경배하고 추앙하는지 이해가 갔어. 앞으로 '우리가 저들과 영적 전쟁을 해야 하는구나.'라는 생각이 절로 들었는데 그 예감이 딱 들어맞았어. 헬라 곳곳 어디 가나 신들이 판을 치고 있었지. 아, 마가야 혹시 바나바한테 들었느냐? 바나바와 바울이 루스드라 사람들한테 제우스와 헤르메스로 오인받아 진짜 신들이 분노해 판테온에서 내려와 바나바와 바울을 만나러 왔다는 사실을. 그 이야기를 바울한테 전해 듣고는 얼마가 기가 막혔는지……."

마가는 거기까지만 들었다. 그때 성도들이 베드로와 실라를 찾아왔기 때문이다. 뒷이야기가 무척 궁금했지만 그들이 바쁜 관계로 듣지 못했다가 얼마 전 감옥에서 바울한테 직접 들었다.

* * *

베드로, 실라, 바나바는 물론 모든 사도들에게 바울의 일거수일투족은 엄청난 관심의 대상이었다. 그만큼 바울을 주목하는 사람들이 많았다. 유대인이든 헬라인이든 바울은 모든 사람들의 초미의 관심사가 되어 있었다.

실라가 바울과 동행했다는 것은 예루살렘교회에서도 적극적으로 이들의 선교를 지원했다는 뜻이다. 처음 1차 전도여행은 안디옥교회가 성령의 부르심으로 말미암아 주관했지만 2차부터는 모교회인 예루살렘교회에서도 물심양면으로 돕기 시작했다. 그들이 1차 전도여행을 주관한 안디옥교회에 대해 부끄러움을 느꼈기 때문이다. 많은 사도들이 그에 대해 격렬한 토론을 벌인 결과였다.

"그렇지. 참으로 일도 많았고 할 이야기도 많구나. 마가야, 데살로니가는 마게도냐의 수도였고 당시 인구가 이십만 명인 대도시였지. 환락과 쾌락이 극에 달한 화려한 도시였어. 아름답고 웅장한 그리스·로마 신전이 곳곳에 널려 있었지. 인간이 만든 신들의 전성 시대였단다. 우리는 실라, 디모데, 누가와 함께 움직였단다. 그때만 해도 젊었다. 우리가……."

바울은 다시금 그때도 되돌아간다. 데살로니가가 눈에 선하다. 실라는 어찌 지내고 있는지 궁금하다. 얼핏 순교했다는 소식을 들었다. 마가도 그렇게 들었다고 하면서 눈물을 흘렸다. 사실상 이때는 서서히 사도들의 순교가 시작되고 있었다. 이미 순교한 사도도 꽤 되었다. 인간적으로는 참으로 슬픈 일이지만 이들 모두는 천국의 소망이 있기에 담대히 받아들이는 중이었다.

바울과 실라 그리고 디모데는 늘상 그렇듯 설렘과 환희를 안고 데살로니가로 들어섰다. 그들은 유대인회당에서 도를 전했지만 보수적인 유대인들의 반발을 막을 수는 없었다. 그러기에 겨우 삼 주인 이십 일만 머물렀다. 성전에서의 전도가 극한 반대에 부닥치니 어쩔 수 없이 성전 대신 그곳에 사는 신실한 성도 야손의 집에서 설교했다. 그곳마저 집요하게 쫓아온 유대인 무리들로 인해 데살로니가를 나와 베뢰아로 향해야 했다.

선동된 사람들은 야손과 그의 식구들까지 잡아들여 바울의 행방을 캐려고 했다. 로마 식민지에서 로마 황제가 아닌 다른 왕을 믿는다는 자체가 반역으로 치부되는 시절이었다. 그것도 공개적으로 예수님이 유대인의 영적 임금이라는 사실을 선포하는 건 죽음을 각오해야만 할 수 있는 말이다. 하지만 하나님께서 예비하신 현명한 읍장이 나서서 야손의 죽음을 막을 수 있었다. 우리 좋으신 하나님께서는 적재적소에 꼭 맞는 사람을 보내신다.

데살로니가에서는 많은 헬라인과 귀부인들이 믿었는데 당시 음란한 사회 풍조상 귀부인들은 대부분 유대 여자들이다. 상류층 헬라인 남자들은 헬라 여자보다 경건한 유대 여인을 배우자로 선택하는 일이 빈번했을 정도로 남녀노소를 막론하고 악행이 판을 치고 있었다.

결국 바울 일행은 삼 주 만에 데살로니가에서 도망치듯 나와 베뢰아로 갔는데 천만다행으로 이곳은 데살로니가에 비해 신사적인 사람들이 많았다. 훨씬 쉽게 선교할 수 있었다. 하지만 바울을 눈엣가시처럼 여기고 죽이기를 작정한 괴악한 무리들은 여기까지 쫓아왔으니, 이들은 마치 땅끝까지 바울을 추격하기로 작정한 사람들 같았다.

그들의 심리를 이해할 필요가 있다. 바울이 사울이었을 때 하던 행동이 지금의 그들과 똑같았다. 그러니까 그들은 다른 사도들에 비해 유독 바울에게 더 깊은 배신감을 느끼는 것이다. 말끝마다 바울이 천하를 어지럽힌다고 사람들을 선동하면서 바울을 로마 법정에 세우려고 눈에 불을 밝혔다. 로마 식민지라서 사형은 반드시 로마 법정에서 확정되어야 했다. 만약 그런 법이 없었다면 바울은 어디서고 진즉 투석 사형으로 희생되었을 것이다. 바울이 로마 시민권자라는 것도 그의 죽음을 늦춘 하나의 이유가 되었다.

바울을 지키려는 사람들이 얼마나 급했으면 바울만 먼저 피신시켰다. 실라와 디모데가 같이 움직일 겨를이 없었다. 먼저 아덴으로 간 바울, 두 사람을 기다리면서 조용히 묵상하며 지친 심신을 추스르는 시간을 가졌어야 했는데 그렇지 못했다. 너무나도 인간적인 행동을 하도록 사탄이 그의 왕성한 지식욕을 건드렸기 때문이다. 그동안 자제하며 살았지만 이곳은 모든 그리스·로마 신들의 집성촌이나 다름없어 더더욱 우상의 향연이 극에 달하고 있는 모습을 보니 그의 분노가 이성을 앞질렀다.

* * *

마가와 바울이 한참 대화에 열중하고 있을 때 디모데가 슬그머니 들어섰다. 마가와 바울이 놀란 눈으로 바라보니 그가 선한 미소를 띠면서 속삭이듯 중얼거렸다.

"아니, 제가 꿈을 꾼 게 아니로군요. 스승님과 마가가 같이 앉아서 마주보며 웃고 있었어요. 너도밤나무와 포도나무, 무화과나무가 지천인 아름다운 숲인데 저기가 어딘지 궁금해서 나도 가야겠다고 일어서는데 눈이 떠졌어요. 스승님, 비가 무척 많이 오네요. 사실 빗소리와 천둥소리에 깼어요. 번개도 쳤는지 창문이 노래졌다 붉어졌다 했고요. 누가는 그 와중에 코까지 골면서 자고 있어요. 얼마나 다행인지. 우리 때문에 일도 많고 잠자리도 불편할 텐데."

"잘 왔다. 디모데야, 잠은 부족하지 않느냐?"

바울이 삐쩍 마른 손목으로 디모데를 잡아당겨 앉히자 디모데가 뭉클한지 금방 눈시울이 붉어졌다. 마가도 노스승과 제자의 마음을 알 것 같아 아무 말도 못 하고 둘만 번갈아 보았다.

"이만하면 충분히 잤습니다. 에베소에서도 이 시간이면 일어나는데요. 새벽기도를 드리는 시간이니까요."

"아니 벌써 그렇게 시간이 되었느냐? 마가 너는 괜찮으냐? 잠이 부족하면 안 되는데……."

"아닙니다. 스승님. 저희는 아직 젊잖아요. 몇 날 며칠 밤새는 건 아무것도 아닙니다. 오히려 스승님이 걱정됩니다."

"나도 수십 년 습관이 되어 괜찮단다. 새벽이면 어김없이 눈이 떠지지."

"근데 스승님, 무슨 이야기를 그리 정답게 나누고 계셨습니까? 제가 들어와서 문 옆에 잠시 서 있었는데 두 분이 전혀 눈치 채지 못하고 서로에게 집중하고 있더군요."

"아, 마가가 우리 2차 전도여행에 대해 궁금한 게 참 많더구나. 그때 이야기를 했단다. 맞아. 지금 아덴 선교 이야기를 하려던 참이었어. 너와 실라가 오기 전 내가 혼자 있을 때 저지른 부끄러운 실수 말이다."

디모데는 입을 다물었다. 스승에게 뭐라고 말하기도 어려운 아덴 시절이 떠올라서이다. 디모데와 실라가 도착한 후 그동안 무슨 일이 있었는지 바울이 자세히 말해 주었다. 바울의 진솔한 고백이었다. 그에게 반면교사가 되어 준 일화였다. 하늘같은 스승도 저런 실수를 하는데 하물며 스승과 비교해 한참이나 부족한 자신은 어떻게 처신해야 하는지 늘 조심하고 또 조심하며 살았다. 아덴은 바울에게 최악의 선교지였다. 다시금 민망함에 얼굴이 달아올랐다.

* * *

"마가야, 디모데는 이미 내게 많이 들은 이야기란다. 나는 실라와 디모데를 기다리는 동안 영육 간에 휴식을 취하며 기도하는 시간을 가졌어야 했는데, 물론 복음을 전하기는 했지. 하지만 복음보다는 내 지식을 자랑하느라 바빴단다."

마가는 초롱초롱 눈을 빛내며 완전히 몰입해 있었다.

"아덴은 결코 만만한 곳이 아니었지. 헬라 곳곳 중 가장 많은 신이 모여 있지 않느냐. 판테온이 통째로 옮겨 온 느낌이었다. 포세이돈부터 아테나(미네르바), 헤라, 아폴론 게다가 하데스까지……. 루스드라에서 만난 제우스와 헤르메스는 거기선 나를 모른 척하더군. 아데미(아르테미스, 다이아나) 여신도 그렇고, 자기네 본진이란 말이지. 한마디로 처절한 실패를 맛보았단다. 아, 아직 마가는 아데미 이야기를 듣지 못했지? 그녀와는 에베소에서 만났단다. 얼마 전 우리가 봄 정원에서 근사한 식사를 한 적이 있었지? 그때는 아데미가 아는 척을 하더구나. 정원 한쪽 화려한 분수대에서 커다란 달을 두 손에 든 상태로 말이야."

바울이 씁쓸하게 웃으면서 말을 이었다.

"아덴에선 내가 몹시 오만했다. 사탄이 그 짧은 순간을 놓치지 않더군. 소싯적 학문에 통달했다는 자부심으로 헬라 철학자들을 확실하게 이기고 싶었지. 예수님을 만나기 전 내가 유대사회에서 엘리트로 각광받았다는 지적 허영심이 나를 마구 부추겼단다. 하지만 허무하게도 남은 건 그들이 붙여준 '말장이'라는 멸칭뿐이야. 그때 절실히 깨달았어. 도는 오로지 복음으로 전해야지 지식이나 철학, 학문으로는 어림없다는 사실을 가슴속 깊이 새긴 귀한 경험이었지."

디모데는 이 이야기를 귀가 닳도록 수십 번을 들었음에도 진지한 표정으로 스승의 말을 한마디도 빠짐없이 경청했다. 그리고는 또 다시 위로의 말을 반복했다. 늙은 스승은 제자가 보내는 위로의 언어를 감사해하며 받았다. 디모데는 같은 말을 하더라도 매번 새로운 은혜를 느끼게 만드는 능력자라고 할 수 있다.

"그래도 아덴에서 다마리와 관원 디오누시오 그리고 몇몇 복음을 받아들인 사람이 있지 않습니까? 그들이 씨를 뿌리고 열매를 맺었을 겁니다. 겐그레아 서원식도 아덴 사역 실패 때문에 했다고 하셨잖아요. 이제 아덴은 잊으셔도 될 것 같아요. 주님께서도 충분히 이해하셨을 겁니다."

마가도 거들었다. 그는 진심으로 바울과 디모데를 존경하고 있었다. 바나바와 실라 그리고 베드로한테 들은 바울의 인격 변화는 사람의 힘으로는 도저히 이룰 수 없는 것이었다. 그만큼 하나님께서 바울에게 특별한 애정과 은총을 베푸시는 것이 피부로 느껴졌다.

"스승님, 디모데의 말이 맞습니다. 아덴 선교의 실패를 바탕 삼아 스승님께서 그 후 더 큰 사역을 이뤄 내지 않았습니까? 다 하나님의 예비하심으로 보여집니다."

자신을 위로하는 젊고 순수한 제자들을 보며 바울은 모처럼 큰 소리로 웃었다. 디모데 역시 환하게 웃는 스승을 보니 절로 긴장이 풀어졌다. 아버지 같은 스승이지만 젊은 시절엔 한 성격하던 날카롭고 직선적인 사도가 아니었던가. 세월이 흐르면서 부드러운 인품으로 변화되었다. 마가를 가차 없이 내치고 실라를 선택한 바울의 선교 여정은 인구에 회자되었던 대사건이었다.

10.
바울의 고린도 전도,
평생의 동역자 아굴라와 브리스길라를 얻은 은총,
고린도교회 분쟁에 관한
바울의 편지(사도행전 18장, 고린도전서 1장)

디모데와 마가 그리고 바울은 옹기종기 모여 앉아 지난 이야기에 푹 빠져 있었다. 천둥번개는 그쳤지만 여전히 거센 빗소리가 돌벽을 강타하고 있었다. 좁은 감옥이라 사실 한 사람이 누우면 꽉 차는 방이지만 세 사람이 함께 있으니 바깥바람을 막는 효과가 있는지 그리 춥게 느껴지지 않았다. 마가는 마치 자신도 2차 전도여행에 합류한 느낌이었다.

"스승님, 아덴 다음엔 고린도 전도가 이어졌지요? 고린도는 당시 엄청난 향락의 도시 아니었습니까? 소돔과 고모라 저리 가라 할 만큼 음란한 제사도 많았다고 들었어요. 그곳에서 어떻게 전도의 문을 여셨는지 신기합니다."

마가가 적극적으로 질문에 나서자 평소에도 조용한 디모데는 더욱 말을 아꼈다. 자신은 이미 스승과 체험했지만 마가한테는 마지막 경청의 기회임을 잘 알고 있기 때문이다. 디모데의 배려는 어디서나 유명했다.

"그랬지. 나도 가서 깜짝 놀랐다. 헬라 문화가 가장 융성하던 시대였지. 온갖 철학과 궤변 그리고 그리스·로마 신들이 판을 치던 시절이었다. 경제적으로도 부유했기에 더더욱 우상들이 전성기를 누리고 있었지."

"그래도 거기서 좋은 동역자를 만나셨잖아요. 브리스길라와 아굴라 부부요. 그들을 모르는 사도는 드물 겁니다. 사도들은 물론 믿음의 성도들 모두 그런 동역자를 얻은 스승을 부러워했지요. 특히 로마 여인 브리스길라는 유대인 남편인 아굴라와 바울 스승을 위해 헌신했지요. 그럼에도 사람들은 아굴라보다 브리스길라를 먼저 호명하면서 그녀의 하나님에 대한 섬김을 존중해 주었고요. 저도 스승님과 잠시 로마 셋집에 머물 때 가까이 살던 그 부부를 자주 봤어요. 매일 하루에도 열두 번씩 오가면서 스승님을 도와 헌신했잖아요. 존경스러웠어요. 브리스길라는 요리도 잘해서 주로 식사를 담당한 아리스다고와 데마가 무척 고마워한 기억이 나요. 그녀가 두 사람을 많이 도와주었어요."

마가는 바울의 행적을 비교적 자세히 알고 있어 바울과 디모데를 놀라게 했다. 바울은 브리스길라 부부가 고맙고 그리워서 잠시 목이 메었다. 바울이 셋집에서 해방되고 소아시아로 건너가기 전에 만난 것이 마지막이다. 부부는 그곳까지 동행하고 싶어 했지만 당시 아굴라의 건강이 급속도로 악화되었기에 바울은 그들에게 로마에 남아 몸 관리를 잘하라고 강권하다시피 했다.

"아굴라와 브리스길라, 지금까지 내게 베푼 은혜만 해도 족하오. 이젠 그대들의 건강을 돌봐야만 하오. 언젠가 하나님의 뜻이라면 반드시 다시 만날 것이라 확신하오. 하늘에서 그대들을 향한 상급이 크실 것이오. 고마웠소. 축복하오."

"사도님, 아쉽지만 알겠습니다. 지금까지 함께한 것만으로도 영광이었습니다. 속히 회복해서 꼭 다시 뵙도록 하겠습니다."

부부와 바울 그리고 다른 사도들은 서로가 울면서 포옹하며 헤어졌다. 아굴라는 아픈 몸을 이끌고 굳이 선착장까지 나와 배에 오르는 바울 일행을 배웅했다. 아굴라의 건강이 어느 정도 회복되자 그들은 다시 에베소로 건너

가지만 바울과 엇갈렸다. 바울의 2차 투옥 후 이들은 다시금 로마로 건너왔다. 비록 셋집에 있을 때처럼 바울을 만나지는 못했지만 누가와 긴밀히 연락하면서 물심양면으로 바울을 도우려고 혼신의 힘을 다했다. 바울의 순교 후 이들은 다시 에베소로 가 디모데와 오네시모의 사역을 도우면서 살다가 순교하는 거룩한 삶을 살았다.

* * *

바울에 관한 마가의 엄청난 관심을 알 수 있었다. 마가는 바울의 동역자들을 상세히 파악하고 있었다. 바울도 그들을 떠올렸다. 바울과 끝까지 함께한 사람들이다. 참으로 충성스러운 부부다. 이들을 따라 바울도 낮에는 천막 만드는 일에 동참했다. 바울과 마가는 자연스레 고린도로 흘러갔다. 바울의 말 한마디, 손짓 몸짓에 마가는 울고 웃었다. 바울 옆에 서 있는 스데반은 그런 마가의 모습이 몹시 사랑스러워서 웃음을 참고 있었다. 바울도 스데반과 눈을 맞추며 즐거워했다. 물론 마가와 디모데의 눈에는 스데반이 보이지 않았다. 고린도에도 스데반은 바울과 동행했다.

아덴에서 재회했던 디모데와 실라는 다시 마게도냐로 갔기에 바울이 먼저 고린도로 들어갔다. 이번엔 아덴에서의 일을 교훈삼아 먼저 나서지 않았다. 하나님께서 브리스길라와 아굴라를 예비해 주셨으니 마침 이들도 바울처럼 천막 만드는 일에 종사하고 있었다. 바울은 대대로 대형 천막업에 종사하는 부유한 집안에서 태어난 고학력자였다. 바울의 고향 다소는 천막을 만드는 재질이 풍부한 곳이라 주민 대부분이 천막업으로 생계를 이었다. 유대인은 아무리 고학력자라 하더라도 몸을 쓰는 기술 한 가지는 필수로 가지고 있었다. 그들의 오랜 생존 전략이었다.

바울이 혼자 남아 실패한 아덴 사역을 생각하며 살짝 위축되어 있을 때으레 그렇듯 스데반이 힘을 주었다. 실라와 디모데가 없다는 것도 그의 기운을 빠지게 만들었다. 선교는 동역자가 그만큼 중요하다. 그는 마음에 맞는 동역자의 유무에 따라 선교의 질이 달라진다는 것을 잘 알고 있었다.

"바울, 힘내시오. 여기 고린도라는 광활한 광야가 펼쳐져 있지 않소? 비록 소돔과 고모라를 능가하지만 그에 비례한 사역의 기쁨도 클 것이오. 주께서 이미 그대를 도와줄 귀한 인연을 예비하셨소. 바로 브리스길라와 아굴라 부부요. 브리스길라는 로마 출신이지만 남편 아굴라가 본도 출신 유대인이라 어쩔 수 없이 로마 황제의 유대인 추방 칙령에 따라 이곳에 와 있소. 하나님의 예비하심으로 그들도 천막을 만드는 일을 하고 있소"

"오오, 스데반 고맙습니다. 당장 내일이라도 그들을 만나야겠습니다. 아버지 하나님 감사합니다."

브리스길라 부부와 바울은 간단한 상견례를 했다. 바울은 바울대로 부부는 부부대로 긴장 상태였지만 함께 식사하면서 그동안의 바울 사역을 듣더니만 누구보다 기뻐했다. 부부도 하나님이 보내 주신 사도를 만나 믿음을 한층 더 성장시키고 싶다는 간절한 소망이 있었기에 하나님께서 주선한 만남에 감사하고 행복해했다.

바울은 부부의 안내를 받아 고린도를 찬찬히 둘러보았다. 부부는 바울에게 고린도에 지천으로 널려 있는 신전을 보여 주었다. 적을 알아야 제대로 준비할 수 있다는 생각에서다. 참으로 현명한 부부다. 특히 브리스길라는 모든 면에서 믿음을 전파하려는 자세를 갖추고 있었다. 체격도 크고 단단했기에 그 험한 천막일을 할 수가 있었다. 타고난 강건한 체력만큼이나 너른 마음 씀씀이라 주위에 사람이 끊이지 않았다.

한마디로 하나님 외엔 두려울 것이 없는 여전사였다. 사실상 천막을 만드는 일은 웬만한 남자들도 힘들어 하는 고된 작업이다. 무겁고 두꺼운 가죽을 자르고 운반하고 꿰매는 중노동이다. 바울과 부부는 한집에 살면서 낮에는 전도하고 밤에는 천막을 만들면서 하나님께 헌신했다. 같은 천막업을 하는 부부를 예비해 주신 하나님의 놀라운 섭리는 그 이야기를 듣는 사람들에게 전율을 안기기에 부족함이 없었다.

* * *

화려하고 웅장한 로마식 건물이 사람들의 눈을 현혹시키고 있었다. 어디가나 사람들은 먹고 마시고 놀면서 인생의 환희를 만끽하고 있었다. 벌건 대낮부터 각종 음란한 행사가 곳곳에서 벌어지고 있고 사람들은 전혀 수치를 느끼지 못한 채 술과 노래, 춤 그리고 연극에 빠져 있었다. 가장 성황을 누리는 곳은 수도 없는 연극장과 이름도 모르는 신들의 각종 신전이었다. 하루에도 몇 번씩 연극이 열리기에 연극장은 문전성시를 이루었다.

연극장에선 연극만 공연하지 않았다. 여차하면 사자를 풀어놓아 사람들을 죽이는 잔인한 행사가 다반사로 열리는 곳이기도 했다. 로마 황제를 신으로 추앙하지 않는 유대인들 특히 그리스도교를 받아들인 유대인이나 이방인이 끌려가 억울한 죽음을 맞이했다. 사람들은 그런 죽음을 자책은커녕 일종의 놀이로 받아들였던 잔혹한 시절이었다.

신전에서 제사를 주관하는 이는 대부분 여자들이다. 남자 제관도 있지만 여자가 월등히 많았다. 수천 명의 여자 제관들은 머리부터 발끝까지 흘러내리는 하얀색의 신비스러운 옷과 햇빛을 받아 반짝반짝 반사되는 금사슬을 온몸에 걸치고 머리엔 화관을 꽂은 채 그리스·로마 여신의 자태를 흉내 내고 있다. 남자들은 제사를 드리러 와서 제단에 예물을 드리고는 곧장 여자 제관들과 신전 곳곳으로 흩어져 성적 관계를 맺었다. 성적 행위를 영적 제사라고 강변하는 사람들이다. 신전에서도 춤과 노래가 빠지지 않았다.

신전이 보이는 곳에 이르면 멀리서도 강한 향냄새가 사람들의 정신을 현황시켰다. 사람들은 신전에 점점 가까이 갈수록 요상한 음악 소리와 타는 듯한 향냄새에 벌써부터 황홀경에 빠져 들어갔다. 한 번 발을 들이면 웬만하면 빠져나갈 수 없는 깊은 함정이었다. 매일매일 돈은 돈대로 갖다 바치고 정신과 육체는 날로 피폐해짐을 느끼지만 죽을 때까지 멈출 수 없는 강렬한 유혹을 견뎌 내지 못했다.

수많은 신전 중에서도 단연 돋보이는 곳은 아프로디테(비너스) 신전과 아폴론(아폴로) 신전이다. 두 곳 다 어마어마한 크기와 화려한 부의 상징으로 고린도의 자랑이다. 쓰스인 제우스의 아들과 딸인 아프로디테와 아폴론, 아프로디테는 유명한 미와 사랑의 여신으로 트로이 전쟁을 위시해 관여한 데가 무척 많다. 아폴론과 아르테미스(다이아나)는 쌍둥이 남매이고 이들과 아프로디테는 이복 간이다.

아프로디테 신전은 그야말로 거대한 땅덩어리로 모든 곳을 돌려면 하루 온종일 다녀도 모자랐다. 바울은 아굴라 부부와 함께 시찰 갔다가 광활한 넓이에 기절할 뻔했다. 적을 알아야 대처할 수 있다는 생각으로 갔는데 영적 전쟁에 대해 깊이 있게 고찰하게 만들었다. 헬라 문화 자체로는 존중하고 싶지만 사람들의 타락이 문제였다. 그들은 이미 음란의 늪에 빠져 사는 게 습관이 되어 있었다. 바울은 이 사람들에게 도를 전해야 한다는 강한 소명 의식이 생겼다.

아프로디테 신전은 높고 커다란 기둥 열네 개가 하늘을 떠받치듯 솟아 있었다. 삼만 명을 수용할 수 있는 거대한 경기장 및 냉탕과 온탕을 갖춘 대형 목욕장까지 있었다. 하이라이트는 팔천 명을 수용하는 원형 극장으로 각종 신화가 연극으로 공연되었다. 처음에는 신을 위한 경건한 의식이 진행되었으나 시간이 지날수록 난잡한 제사로 변질되어 갔다.

신전엔 끝이 안 보이는 저수지도 있고 신전 안에는 각종 신들의 조각상과 로마 황제의 조각상마저 자리 잡고 있었다. 로마인은 어디서고 황제를 인간이 아닌 신으로 추앙하려고 했기에 더더욱 그리스도교와 부딪칠 수밖에 없었다. 황제가 단연 살아 있는 신인데 감히 식민지 백성인 유대인과 그리스도인들이 황제가 신이라는 것을 부인하고 하나님이 유일신이라고 주장하는 것을 견딜 수 없었던 것이다. 로마인이 보기엔 그들은 신성모독죄를 지은 죄인이나 다름없었다.

아프로디테 신전에선 다른 신전보다 훨씬 수위 높은 온갖 음란 행위가 제사라는 명목으로 밤낮없이 행해지고 있었다. 이곳 역시 다른 신전들과 마찬가지로 제사를 주관하는 남자보다 여자가 훨씬 많았다. 거의 천 명에 가까운 여자 제관들이 고린도뿐 아니라 세계 곳곳에서 몰려오는 사람들을 맞았다. 오죽하면 남녀 불문 고린도 사람이라고 하면 성적으로 타락한 사람들이라는 선입관이 생길 정도였다. 아니 선입관이 아니라 실제로 그랬다. 여자들은 아예 몸을 파는 사람으로 취급받았다. 그건 부유하고 자유로운 사회 환경과도 맞닿아 있었다. 다른 곳은 대부분 로마 폭정에 시달리는 데 비해 고린도는 상대적으로 로마의 간섭에서 벗어나 있었다. 사람들은 모두 환각에 취한 것만 같았다. 어떤 부끄러움도 수치심도 느끼지 않았다. 이런 사람들을 거대한 아프로디테 여신 조각상이 오묘한 미소를 띠면서 바라보고 있었다. 여신은 조각상에서 유유히 걸어 나와 바울에게 아는 척을 하면서 그의 손을 붙잡았다. 놀란 바울이 쳐다보자 화사한 미소를 띠면서 말을 걸었다.

"오 바울 사도, 드디어 여기서 만났구려. 지난번 루스드라에 제우스와 헤르메스가 격분해서 내려갈 때 나도 따라갔다오. 우리 판테온의 열두 신과 모든 신들 그리고 요정까지 총출동해 진기한 구경을 하고 왔지요. 그때 얼마나 흥미롭던지 신나게 웃었다오."

여신이 그때가 생각나는 듯 깔깔거리며 웃었다. 언제 왔는지 수많은 요정들이 까르르 웃으면서 바울의 주위를 날고 있었다. 바울이 무슨 말을 하기도 전에 다시 여신이 말을 이었다.

"우리 판테온에서도 사도는 인기인이라오. 사도가 곧 에베소에도 갈 터인데 아마도 아르테미스와 만날 것이오. 흥, 분명 자기 신전에 사도를 끌고 가서 자랑하겠지. 안 봐도 뻔하오. 자기 신전이 내 신전보다 크니 어쩌니 하면서 나를 비난할 것이오. 들은 척도 하지 마시오. 괜스레 우리 아버지 제우스의 나에 대한 사랑을 시기해서 그렇다오. 자기나 나나 제우스의 서녀인데 혼자 적녀처럼 행동해서 헤라와 적녀인 아테나(미네르바)도 그녀를 몹시 미워하고 있다오. 자기 분수를 모르고 설친다고 말이오. 어쨌거나 나 역시 사도에게 바라는 것은 제우스와 똑같소. 그저 우리 그리스·로마 신들을 폄하하지만 않으면 좋겠소. 오오, 알고 있소. 그대가 무슨 생각을 하는지, 우리 헬라 문화는 존중하지만 우리를 우상으로 생각해서 사람들을 주께로 돌아오게 만들려는 그대의 노력을……."

바울은 여신의 장황한 설명에 할 말을 잃었다. 조금 떨어진 곳에서 브리스길라와 아굴라가 의아한 듯 바울과 높이 솟은 아프로디테 여신 조각상을 번갈아 바라보고 있었다. 바울이 마치 조각상과 대화하는 것처럼 보였기 때문이다.

　태양의 신, 의학의 신, 음악과 시의 신이라서 대대로 사랑받는 아폴론(아폴로) 신전은 더했다. 고린도 내 수위 높기로 유명한 이복 누이 아프로디테 신전을 능가하는 유일한 신전이 바로 아폴론 신전이었다. 아프로디테 신전에서도 성적 욕망에 만족하지 못한 사람들은 이구동성으로 아폴론 신전으로 모여들었다. 고린도를 넘어 로마 제국 곳곳에서 배를 타거나 마차를 타고 혹은 몇 달을 걸어서 몰려왔다.

　아폴론 신전의 규모는 어마어마한 아프로디테 신전을 능가할 정도이니 말 다 했다. 아프로디테 신전의 기둥이 열네 개인데 반해 아폴론 신전은 거의 세 배 가까운 서른여덟 개로 구성되었으니 그 광활함은 널리 퍼진 광야를 보는 듯했다. 서른여덟 개의 기본 기둥 말고도 신전 곳곳에 하얀 대리석으로 만든 기둥들이 널려 있었다. 기둥에는 올림포스산에 살고 있는 각종 신들의 조각상이 화려하고 촘촘하게 배치되어 있었다. 신전의 역사 또한 유구하다. 올림포스산의 막강한 권력자 헤라 여신의 신전 다음으로 지어진 곳이다. 거대한 산으로 둘러싸여 있고 정원은 사시사철 소나무 군락의 푸르름으로 인해 사람들은 자연의 위대함에 감탄하면서 이 모든 게 신들의 선물이라고 믿었다.

　사방이 숲인지라 소나무뿐 아니라 포도나무, 잣나무, 황양목, 석류나무, 너도밤나무, 무화과나무 등등 각종 나무들과 꽃으로 둘러싸여 있는 신전 안팎은 사람들이 숨기 좋은 작은 동굴 같은 비밀의 장소를 무한대로 제공했고 제사라는 명목의 성적 일탈은 육체의 쾌락과 환희의 절정이었다. 여기선 남녀를 떠나 남자와 남자의 행위도 신에게 바치는 제사로 간주되었기에 특히 남자들이 바글거렸다. 멀리 로마에서 일부러 오는 사람도 많았다. 로마의 화려하기 짝이 없는 수많은 신전을 제치고 날이 갈수록 유명세를 떨치고 있었다.

고린도는 인구 육십만 명이 넘는 대도시였고 무역이 발달해 모든 것에 부족함이 없다 보니 그리스·로마 신화에 나오는 신들도 덩달아 성황을 누렸다. 아덴 못지않게 헬라 문화도 융성한 시절이었다. 아프로디테 신전을 나와 아폴론 신전까지 한 바퀴 돈 아굴라 부부와 바울은 살짝 피로를 느꼈다. 대충 바깥만 돌았는데도 거의 한나절을 소모한 셈이다. 경건과는 거리가 멀어도 너무 먼 신전들인데다 요상한 향과 알 수 없는 음악은 사람의 기를 빨아내는 데 적극적이었기 때문이다. 이들이 잠시 벤치에서 쉬다가 일어나는데 누군가 바울의 손을 잡고 어딘가로 이동해 가니 바울이 놀라 소리를 질렀다. 앞서가는 브리스길라 부부는 그의 소리를 듣지 못한 듯 부지런히 앞만 보고 걷고 있었다.

"바울 사도, 반갑소. 나는 아폴론이요. 지난번 루스드라에서 잠깐 봤지요. 그대는 우리를 보지 못했다 해도 우리 신들은 그대와 바나바 사도를 자세히 관찰할 수 있었지요."

아폴론 신이 한껏 반가운 미소를 띠면서 아는 체를 했다. 바울은 조금 전 아프로디테 여신에 이어 아폴론 신까지 맞닥트리니 지금 꿈을 꾼다고만 생각했다. 아프로디테 여신의 말을 들을 때처럼 아무 말도 못 하고 멍하니 바라보고 있으려니 아폴론이 더 큰 소리로 웃었다.

"허어, 그대의 이런 모습은 낯설기만 하오. 예전의 그 살기등등한 위협적인 표정은 다 어디로 갔소? 앞으로 우리와 대적하려면 아니 대적이라는 표현은 좀 그렇지만 어쨌든 우상이라고 치부되는 우리 대신 당신이 이젠 목숨마저 바치려는 그리스도교를 전파하려면 조금은 독해져야 할 것이오. 내 말을 명심하시오. 물론 전처럼 표독스러운 독함이 아니라 그리스도교를 위한 단단함 말이오. 요즘은 당신들의 그리스도교 영향 때문인지 나의 델포이 신전을 찾아오는 이들도 예전에 비해 상당수 줄어들었소. 델포이 신탁보다는 하나님의 말씀이 더 우선시되는 건가, 착잡하면서 쓸쓸하다가도 순리대로 받아들여야 하나 싶기도 하고 하여간 요즘 내 마음이 많이 복잡하오……."

바울은 생각지도 못한 아폴론의 진지한 말에 더더구나 입이 떨어지지 않았다. 오늘은 놀라움의 연속이었다. 아폴론은 바울의 손을 잡고 또다시 하늘을 향해 날아올랐다. 날면서도 그는 입을 쉬지 않았다.

"아까 내 이복 누이 아프로디테를 만났지요? 그녀가 또 아르테미스를 비난했지요? 안 봐도 뻔하오. 어찌 그리 여신들은 서로가 서로를 못마땅해하는지 이해가 안 가오. 아르테미스는 나의 쌍둥이 누이라오. 아르테미스는 성격이 좋아 제우스의 사랑을 독차지하고 있는데, 아니 독차지까지는 아니고 아테나와 비등비등하지만. 그게 그렇게 헤라와 아테나의 심기를 불편하게 만드나 보오. 아테나, 아프로디테, 아르테미스 셋 다 뛰어나게 아름다운 것도 서로가 반목하는 이유라오. 아, 내가 쓸데없는 말을 너무 많이 했소. 내가 하고 싶은 말도 제우스와 아프로디테와 똑같소. 우리 헬라 문화를 존중해 달라는 것이오."

아폴론은 민망한지 혼자 껄껄거리며 웃었다. 아폴론과 바울을 둘러싸고 날고 있는 여러 신들과 요정들도 까르르 웃으면서 바울의 혼을 쏙 빼놓았다. 바울이 마침내 땅에 발이 닿았을 때 정신을 차리고 보니 브리스길라 부부가 씩씩하게 걸어가고 있었다. 브리스길라가 생각난 듯 뒤를 돌아보며 쫓아오는 바울을 향해 웃으면서 빨리 오라고 손을 흔들었다.

* * *

그럼에도 하나님의 은총은 그곳 고린도에도 도를 믿는 사람들을 남겨 놓으셨다. 초기 바울은 도를 전하는 데 조심스러웠으나 브리스길라 부부의 전폭적 지원과 하나님의 은혜로 엄청난 성과를 거두었다. 후에 디모데와 실라가 합류하면서 바울의 전도는 그야말로 날개를 달게 되었다.

브리스길라 부부는 바울에게 잘 배운 결과 평신도임에도 당대의 학자 아볼로에게 성령 세례를 알려 준 대단한 믿음의 소유자들이다. 알렉산드리아에서 온 아볼로는 구약성경에는 능통했지만 세례요한의 세례만 받았을 뿐 성령 세례에 대해 전혀 알지 못하고 있는 상태라서 열심히 도를 전했지만 사람들에게 하나님의 감동을 주지 못했다. 성령 세례를 모르는 사람들은 도의 핵심인 십자가와 부활을 알리는 대신 예수님을 위인처럼 생각해 그가 행한 기적만 전하려는 우를 범했다.

브리스길라 부부는 그 후 어디고 바울과 동행했다. 바울은 그들에게 고마움을 표시했다. 그들이 없었다면 고린도에서의 사역은 온전하지 못했을 것이다. 디모데도 동의한다는 듯 마가에게 고개를 크게 끄덕였다.

"브리스길라와 아굴라, 그대들의 헌신을 잊지 못하오. 나의 벗, 나의 가족이었소. 나를 위해 그대들의 목숨까지 아끼지 않았을 것이라 확신하오. 하나님께서 그대들의 헌신을 갚아 주실 것이오."

"바울 사도님, 우리는 이미 보답받았습니다. 주님께서 만나게 해 주신 사도와 함께 주님 안에서 평안을 누리고 사니 더 이상 여한이 없습니다."

고린도의 첫 번째 교회는 아이러니하게도 유대인이 아닌 로마인 디도 유스도의 집이다. 그것도 바울을 심하게 배척한 유대인회당의 바로 옆집이었다. 데살로니가에서도 이곳 고린도에서도 유대인회당은 발 벗고 나서 바울 일행이 들어오지 못하도록 막았고 나아가 온갖 트집을 잡아 로마 관리에게 끌고 가려고 획책했다. 로마 사람이 보기에도 어이없는 일이라 비웃음을 당했다.

하나님의 역사는 신기한 게 어떻게 유대인회당 옆집의 로마인 자택을 최초의 고린도교회로 만드실 생각을 하신 것일까. 참으로 신묘막측하다. 거기다 같은 유대인인 유대인회당장 그리스보와 그의 가족까지 믿음을 받아들였으니 유대인들의 시기와 질투는 날로 더해만 갔다. 결국 바울을 재판에 회부했지만 하나님이 막으셨다.

사람인 이상 바울도 지칠 때가 있었다. 그럴 때마다 하나님은 환상을 통해 바울의 심기를 굳게 만드셨다. 결국 바울은 그곳에서 일 년 육 개월이나 거하면서 하나님의 말씀을 가르쳤다. 그 기간 동안 데살로니가전후서를 작성했다.

그 후 바울은 수리아, 겐그레아를 거쳐 에베소로 갔는데 에베소에 실라와 디모데를 남게 했다. 디모데는 늘 바울의 명에 따랐다. 여기서 사역하라 하면 충성스럽게 일하고 다시 바울이 어디로 오라고 하면 당장 있던 곳을 정리하고 떠나는 식이었다. 아굴라, 브리스길라 부부는 늘 바울과 동행했다. 에베소에서 가이사랴를 거쳐 다시 안디옥으로 향했다. 이것만 봐도 안디옥은 바울의 영적 고향이었다. 영혼의 쉼터라고 할 수 있다. 안디옥에서 안식년 겸 일 년가량 머물다가 다시 갈라디아와 브루기아로 떠났다. 3차 전도여행의 시작이었다.

11.
고린도교회의 분란과
분파 논쟁(고린도전서 1-3장)

아침이 밝았다. 바울의 방은 아침 식사를 차리는 누가와 디모데로 인해 즐거운 부산스러움이 일었다. 디모데는 늘 그렇듯 차분했고 마가 역시 잠을 설쳤음에도 어제의 흥분이 남아 있어 신이 난 얼굴이었다. 영문 모르는 베드로는 마가를 보고 덩달아 달뜨는 기분이었다. 즐거움은 가장 빨리 사람들을 전염시킨다.

"오, 나만 모르는 무슨 비밀이라도 있는 건가? 다들 무슨 의식을 치르는 사람들 같아서 말이야. 바울 무슨 일인가? 괜스레 질투가 나려고 하네."

베드로의 장난스러운 말투에 다들 한바탕 웃었다. 누가는 아침에 일어나서 바울과 마가로부터 어젯밤 이야기를 들었다. 그 짧은 시간에도 그는 두 사람한테 들은 이야기의 요점만 간단히 기록하는 기민함을 보였다. 그는 드로아에서 처음 바울을 만났을 때부터 이미 기록을 시작했기에 상당한 분량의 두루마리들을 갖고 있었다. 기존 기록에 더해 감옥에서 들은 이야기를 합해서 정리하고 있었다.

"베드로, 아무것도 아니네. 어젯밤 잠이 안 와 복도를 어슬렁거리고 있는데 마침 마가가 방에서 나오다가 나를 보았지. 우리는 2차 전도여행 이야기를 나누었다네. 이미 그대도 다 아는 이야기일세."

"오호, 그랬군. 사실 나도 이리저리 들어서 아는 거지 자세히는 알지 못한다네. 그대한테 직접 듣는 것이 가장 확실하지. 그래 어디까지 진도가 나갔나? 궁금하기 짝이 없네."

"빌립보부터 시작해 데살로니가, 베뢰아, 아덴 그리고 고린도 전도까지 이야기를 마쳤습니다. 제게 큰 도움이 되었습니다."

마가가 보고하자 베드로가 싱긋 웃었다. 마가가 신이 난 이유를 알 것 같았다. 마가의 궁금증을 모르지 않기 때문이다.

"마가야, 네가 로마에서 실라와 함께 있을 때에도 그렇거나 2차 전도여행에 대해 그에게 묻더니만 어젠 바울로부터 직접 들으니 더 좋았나 보구나."

베드로가 인자한 미소를 지으며 따스한 음성으로 답했다.

"네. 스승님, 실라 사도가 빠진 구역이 몹시 궁금했는데 어제 다 알게 되었습니다."

"그랬구나. 잘했다. 마가야, 어제 고린도까지 들었다 그랬지?"

갑자기 베드로의 표정이 착잡해졌다. 사람들이 걱정스레 그를 바라보았다.

"바울, 고린도 하니 또 생각나는 게 있소. 그대가 세운지 몇 년 후에 생긴 고린도교회 분쟁 말이오. 지금도 어이가 없소. 아니 분명 그대가 개척한 교회인데 나는 왜 거기 끼어 들어간 꼴이 된 것이오? 처음 이야기를 들었을 때 너무 화가 나서 당장 달려가 그들에게 항의하고 싶은 것을 꾹 참았소. 내가 가면 일이 더 커질까 봐 야고보와 장로들이 극구 말렸지. 그렇지 않았다면 내 성격에 그것들을 가만 놔두지 않았을 것이오."

베드로의 흥분한 모습에 다들 미소 지었다. 디모데와 누가는 익히 알고 있는 이야기이지만 마가는 정확히 모르던 소식이라 흥미가 돋았다. 마가는 총총 눈을 빛내며 베드로에게 물었다. 마가는 언제부터인가 감옥에서 귀여움을 담당하고 있었다. 귀요미 마가라고 불렸다. 퀸투스는 물론 군인들과 간수들도 그를 좋아했다. 그는 사람들을 끌어당기는 치명적인 매력이 있었다.

"아니 스승님들, 정말 연결고리가 많네요. 두 분은 날 때부터 서로 통하는 뭔가가 있었던 것 같아요. 고린도교회 구설수에조차 나란히 올랐단 말입니까?"

마가의 천연덕스러운 질문에 다들 큰 소리로 웃었다. 이른 아침부터 들려오는 기분 좋은 웃음소리에 감옥은 때 아닌 화합의 장이 되어 버렸다. 죄수들로 하여금 상쾌한 아침을 맞게 만드는 좋은 징조가 된 것이다. 이들의 대화를 엿듣기 위해 일부러 바울의 방 앞에 모여 앉는 죄수들이 날이 갈수록 늘어갔다. 그들은 자신들이 가지고 있는 작은 것이라도 가지고 오려고 노력했다. 작은 무화과 하나, 남겨 놓은 빵 한 조각과 아끼는 치즈까지 사도들의 대화에 감동받아 뭐라도 주고 싶어 했다. 마가와 디모데가 감옥에 들어올 때 갖고 와서 나누어 준 음식을 그들은 아끼고 아껴서 조금씩 먹고 있었다. 그것마저 다시 갖고 온 순박한 사람도 있었다.

그들 중엔 물론 흉악범도 있지만 전쟁 노예로 끌려온 사람들도 많아 억울함에 몸서리치다가 사도들의 말씀에 위안과 치유를 받고 있었다. 사도들이 아무리 음식을 가지고 오지 말라고 만류해도 소용없었다. 바울이 민망한 듯 입을 열었다.

"한참 에베소에서 사역할 때 이야기를 전해 들었지. 갑자기 고린도교회에 분파가 생겼다고, 각각 나와 아볼로 그리고 게바(베드로)와 예수 그리스도 편에 서는 사람들로 교회가 넷으로 나뉘었다니 정신이 아득해졌다네. 이게 대체 무슨 귀신 씻나락 까먹는 소리인지 어이가 없었다네."

베드로가 답답하다는 듯 주먹으로 제단을 쾅쾅 쥐어박았다. 몸은 많이 쇠약해졌지만 강한 악력은 그대로였다. 제단에 놓여 있던 성경책과 두루마리가 바람에 휘청거리면서 끝으로 내달렸다. 비는 그쳤지만 바람은 아직도 강하게 불고 있었다. 디모데가 일어나서 얼른 바로잡았다.

"바울, 그러니 나는 오죽했겠는가. 아볼로는 담임목사라 치고 나는 고린도교회와 아무런 상관관계도 없는데, 물론 내 추종자들이 내 이름을 팔아서 모세율법을 강조했다고 들은 것은 있지. 정말 미안하네. 아마도 나를 이용해 그대를 폄하하려는 목적도 있었을 게야. 율법이 아닌 믿음으로 구원받는다는 말을 가장 듣기 싫어하는 유대인이라 충분히 그럴 만하다고 짐작은 했어. 아아, 이제야 그대에게 내 진심을 전하는군. 바울 참, 고생 많이 했소. 유대인들이 이해도 되는 게 나 역시 이방인들과 식사하다가 야고보가 보낸 사람들을 보고 무의식적으로 피했잖아. 그런 배경으로 보면 되는데 어쨌거나 안타깝고 아쉽지."

바울이 알겠다는 듯 눈을 깜박거렸다.

"그래서 내가 엄중하게 디도 편에 편지를 보냈지요. 나는 복음을 심었고 아볼로는 물을 주었고 오직 하나님은 자라나게 하셨다고요. 심고 물 주는 건 누구나 할 수 있지만 자라나게 하시는 건 오로지 하나님뿐이시라고."

베드로가 두 손을 들어 하나님께 영광을 돌렸다. 다들 따라했다. 누구랄 것도 없이 그들의 입에서 조용히 찬송가가 흘러나왔다.

"그대가 그 분란 때문에 참으로 마음고생을 많이 했지. 디도도 전달하느라 애썼고. 고린도교회의 답변을 받은 디도가 바로 오지 않아 그대가 드로아 사역도 포기하고 유럽으로 넘어간 것 아니오. 애쓰셨소. 바울."

"나보다 디도가 큰일을 했다오. 지금도 디도를 생각하면 가슴 한구석이 뻐근하다네. 그에게 늘 미안함을 간직하고 있지. 그래도 우리는 꾸준히 서신 교환을 하고 있어 다행이오. 얼마 전에도 편지를 받았소. 잘 지내고 있다네. 달마디아에서 사역을 잘하고 있으니 하나님의 은혜 아니오."

바울은 말을 끝마치며 흘긋 스데반을 쳐다봤다. 스데반도 바울을 바라보며 정답게 눈을 맞췄다. 사실 바울이 고린도교회 분란으로 무척 힘들어할 때 가장 큰 힘이 되어 준 건 바로 스데반이다. 같이 울고 같이 걱정해 주었다.

바울이 고린도교회의 분란으로 인해 심란해하고 있을 즈음 환한 후광으로 머리부터 발끝까지 둘러싸인 스데반이 그에게 다가왔다. 신기하다. 평소엔 그림자처럼 바울 곁에 있는 듯 없는 듯 조용히 서 있다가 매번 그가 심신이 피폐할 때면 어김없이 가까이 다가온다. 그는 이 사실을 누구한테도 말하지 않았다. 아니 못 했다. 스데반과 사울(바울)의 일화는 유명하기 때문이다. 오로지 예수님만이 알고 계시는 비밀이다.

바울은 울면서 스데반에게 그간의 마음고생을 털어놓았다. 스데반과 둘만 있을 때면 그는 자기도 모르게 어리광 부리듯 마치 아기가 엄마한테 의지하듯 모든 일을 스스럼없이 말하게 되는 마법을 적용시켰다. 그러고 나면 그렇게 마음이 시원할 수가 없었다.

"성도들과 사도들은 바울 당신이 무슨 자격으로 예수님의 열두 제자랑 어깨를 나란히 하려는 욕심을 부리냐고 했지요. 맞습니다. 그들이 예수님과 고난을 함께할 때 나는 비웃었고 예수님 사후 제자로 뽑힌 당신이 성령 충만해 하나님께 영광을 돌릴 때 나는 살기등등해서 빨리 당신이 죽기만을 바랐고 당신이 잔혹하게 돌무더기로 사라질 때조차 군중을 선동한 거짓 증인들의 옷가지를 탐욕스럽게 지켰지요. 잘못했습니다."

바울이 통곡하며 그에게 용서를 빌었다. 아무리 용서를 구하고 구해도 부족한 죄인이었다.

"바울, 주께서 우리를 맺어 주셨으니 그만 자책하시오. 예수님이 다메섹에서 그대를 불렀을 때, 그대가 며칠 눈이 안 보여 고생할 때, 바나바와 함께 예수님의 제자들을 만나러 갈 때에도 나는 늘 그대 곁에 있었지요. 그대가 천국에 갈 때까지 동행할 터이니 마음을 다잡으시오."

"누구한테도 말하지 못한 심정을 집사께 말할 수 있어서 얼마나 좋은지요. 디모데한테도 디도한테도 심지어 누가한테도 차마 집사가 수호자라는 사실을 말하지 못했어요. 부끄럽고 민망해서요."

바울은 스데반이 죽어 가던 현장을 떠올리면 마음이 무거웠다. 당시 그는 열혈 바리새인이자 집요한 박해자였다. 나중에야 스데반이 유대인들에 의해 왜 그토록 잔인하게 죽임을 당했는지 깨달았다. 그리스도의 죽음에 이르는 과정과 흡사하다. 여기까지 회상한 바울은 스데반 앞에 엎드러졌다. 아무리 세월이 지나도 자신이 용서가 되지 않는 끔찍하게 슬픈 장면이어서다.

바울이 고린도교회 분쟁 이야기를 끝내면서 고꾸라지자 놀란 일행은 얼른 그를 침대에 눕히고 방을 나섰다. 그가 왜 갑작스레 정신을 잃었는지는 스데반만 알고 있었다. 스데반은 조용히 침대로 다가와 그의 얼굴을 감싸 주었다. 누가는 늘 그렇듯 물수건으로 바울의 입을 적셨다. 바울은 스데반을 바라보며 희미한 미소를 지었다. 누가는 그런 그의 모습을 보며 안심하며 방을 나섰다. 방 밖에서 기다리고 있던 일행에게 괜찮으니 걱정 말라고 고개를 끄덕거렸다. 다들 하나님께 감사하면서 각자의 방으로 헤어져 휴식을 취했다.

12.
바울의 에베소 전도,
아데미(아르테미스) 여신과 담판을 짓다(사도행전 19장)

베드로와 바울은 데오빌로 각하의 부하들을 만나러 간 누가와 디모데, 마가를 기다리면서 이런저런 이야기를 했지만 일각이 여삼추였다. 잠깐만 보이지 않아도 그립고 그리운 제자들이다. 누가는 워낙에 감옥에서 신임을 쌓아 걱정이 안 되지만 이제 온지 며칠 안 되는 마가와 디모데는 마치 물가에 내놓은 어린아이들 같았다. 마침내 그들이 돌아왔다. 마가와 디모데는 어찌나 긴장했는지 그새 얼굴이 핼쑥해져 있었다. 스승들은 그들에게 가서 쉬고 오라고 등을 떠밀었다. 누가는 궁금해하는 스승들에게 데오빌로의 부하들을 만난 이야기를 해 주었다.

누가와 디모데, 마가가 조심스레 퀸투스의 사택으로 들어서니 낯익은 사람들이 눈에 띄었다. 디모데도 바로 알아보았다. 디모데를 마차로 데려다주었던 마르쿠스와 케소다. 그들은 디모데에게 반갑다는 듯 손을 흔들었고 디모데는 정중히 고개를 숙였다. 마가는 그들에게 달려가 차례로 포옹했다. 그들도 디모데와는 다르게 마가와는 허물없이 지냈는지 편해 보였다. 퀸투스는 그런 디모데와 마가를 흥미롭게 바라보고 있었다.

마르쿠스는 곧장 누가한테 따라오라는 눈짓을 하고는 옆방으로 들어갔고 누가는 익숙한 듯 퀸투스에게 목례를 하고는 그를 따라 방으로 들어섰다. 디모데는 멍하니 그들을 쳐다보고 있고 마가는 케소와 안부를 나누었다. 느닷없이 퀸투스가 케소에게 물었다.

"케소, 자네는 알고 있었나? 마가가 예루살렘에서 유력한 가문의 아들이라는 것을. 나는 그제야 알았네. 어쩐지 사람이 고생한 태 없이 맑고 밝더라니 내가 사람 보는 눈이 정확하단 말이야. 마가, 내가 언젠가 예루살렘에 가게 되면 그때 꼭 자네 집을 찾아가겠네. 아, 지금은 예루살렘교회가 되어 있다면서? 대단해. 참, 내가 이럴 때가 아니지. 누가가 각하한테 보내는 편지를 읽어야 하잖아. 에이, 밤낮 똑같은 이야기겠지만, 지긋지긋한 유대율법으로 다투는 이야기 정말 신물이 나. 자기들도 진저리날 것만 같은데. 그러니 우리 위대한 로마 제국의 통치를 받고 있지."

마가는 민망해서 고개를 숙였다. 디모데는 아예 눈을 감고 있었다. 감옥장의 찢어지는 듯한 웃음소리는 옆방에까지 들렸다. 마르쿠스가 대놓고 이마를 찌푸렸다. 누가는 그가 가져온 데오빌로 각하의 편지를 조금 떨어진 책상에서 읽고 있었다. 데오빌로의 편지는 오로지 누가만 보게 되어 있었다. 퀸투스마저도 오직 누가가 답장으로 쓴 편지만 볼 수 있었지만 일부러라도 보지 않았다.

나의 친애하는 벗 닥터 누가에게

자네가 고생이 많네. 편지 잘 읽고 있다네. 이제 젊은 사도들이 떠날 날이 가까워 오니 자네가 더 바빠지겠군. 부디 건강 챙기게나. 베드로는 사형이 임박한 것 같고 바울도 곧이어 그 뒤를 따르게 될 거야. 다행히 젊은이들이 떠나면 시행될 것 같네. 운이 따랐지. 죽음을 목도하고 간다면 그들이 사는 내내 어떤 심정일지 가늠도 되지 않네. 하나님께서 도와주셨지.

누가, 나는 틈나는 대로 구약성경과 누가복음을 정독하면서 자네가 요즘 보내는 서신들과 비교하는 재미에 푹 빠져 있다네. 누가복음은 갈릴리에서 시작해 유다, 사마리아를 거쳐 예루살렘에서 끝나지 않았는가. 보니까 이번 편지 모음은, 내가 제목을 붙인다면 베드로복음이라 해야 하나. 어쨌든 지금까지는 베드로가 주인공이군.

바울이 등장하려면 조금 더 있어야 하나 보지? 어쨌든 신기하게 누가복음과 이 편지가 연결된단 말이야. 그러니까 누가복음에서 끝난 예루살렘에서 시작한단 말이지. 그래서 유대와 사마리아까지 가지 않았나. 바울이 등장하며 예수께서 그토록 강조하신 땅끝까지 가는 이야기가 나온다고 짐작하고 있어. 맞지 않나?

땅끝이라면 서바나(스페인)일 텐데. 아, 바울이 그토록 가고 싶어 했다며? 안타깝고 안타깝네. 아마도 오늘 마르쿠스가 갖고 올 자네 편지엔 바울의 여정이 시작될 것이라 믿고 기다리고 있네. 그럼 이만 줄이네. 무엇이든 자네가 필요한 건 마르쿠스를 통해 말해 주게나. 고맙네.

그대의 친구인 데오빌로가

누가는 다 읽고 나서 편지 맨 밑에 간단히 답신을 하고 사인했다. 각하가 예리하게 인지한 누가복음의 끝과 지금 쓰고 있는 서신의 앞이 예루살렘이라는 것은 우연이 아니라고 적었다. 오늘 보내는 편지부터 드디어 바울이

등장한다고도 알렸다. 늘 감사하다는 인사도 잊지 않았다. 각하를 만나게
해 주신 하나님 아버지께 영광 돌린다는 말도 첨부했다. 누가는 편지를 잘
접어서 다시 마르쿠스에게 주었다. 그가 고개를 끄덕이고는 편지를 자신의
품 안에 소중히 집어넣었다. 충직한 그는 각하의 편지나 누가의 답신을 한
번도 보지 않았다. 몰래 봐도 그만이지만 누군가 또 자신을 감시하고 있을
지도 모른다는 경계심을 풀지 않았다. 케소도 마찬가지였다. 두 사람은 사
실상 감시보다는 각하에 대한 존경심이 워낙에 커서 각하가 원하지 않는 일
은 하고 싶어 하지 않았다. 두 사람은 어린 시절부터 각하의 집에서 성장했
다. 둘 다 정적의 무고로 인해 집안이 풍비박산되었을 때 각하의 특별 배려
로 목숨을 유지할 수 있었다. 두 사람 외에 양 집안에서 살아남은 사람은 없
었다. 둘은 각하가 어느 곳을 가든지 동행하며 목숨을 아끼지 않고 충성을
바쳤다.

누가는 아무것도 숨기지 않았다. 그게 오히려 스승들의 마음을 편하게 했
다. 휴식을 취하고 온 마가와 디모데까지 오자 그들은 이른 점심을 먹기로
했다. 다들 갑작스러운 퀸투스의 부름에 아침을 먹는 둥 마는 둥 한데다 뭔
가 먹으면서 긴장을 풀고 싶었기 때문이다. 젊은이들은 하나같이 스승들의
몸 상태를 우려했다.

"스승님들, 아무래도 디모데와 마가가 와 있어 무리하시는 건 아닌가요?
제가 너무 삼시 세끼를 강조했나 싶어 조금은 후회됩니다. 하루 두 번 정도
만 모일까요?"

누가가 묻자 바울과 베드로가 펄쩍 뛰면서 손사래를 쳤다.

"아니, 무슨 큰일 날 소리냐. 지금 한시가 급한데, 우리는 괜찮다. 수십 년

간 단련된 몸 아니냐. 이 정도 하루 이틀 밤새는 건 아무것도 아니니 다들 걱정 말거라."

바울이 밝은 표정으로 말하니 그제야 다들 안심하는 모습이다. 누가가 잠시 자리를 비우더니만 곧바로 조촐한 점심 식사를 쟁반에 담아 들고 왔다. 말라비틀어진 빵 몇 조각과 빵을 찍어 먹을 초 그리고 차디찬 스프가 전부였다. 평소 감옥에서 제공되는 식사다. 그나마 간수의 배려로 뜨거운 물주전자를 받은 것만도 감사해야 한다. 디모데는 얼른 뜨거운 물주전자에서 물을 따라 조금씩 각 사람의 스프 위에 조심스레 부었다. 마가는 선반에 걸쳐 있는 부대 자루에서 치즈와 올리브, 꿀을 챙기고 바게트를 먹기 좋게 잘라 가져왔다.

마가는 감옥에 들어올 때 건포도, 올리브, 꿀, 바게트, 치즈, 포도주를 가져왔고 디모데도 빵과 치즈, 포도주 그리고 바울이 좋아하는 해바라기 씨와 무화과 열매 말린 것을 준비했다. 이들은 가져온 귀한 음식을 감옥에 있는 간수들과 다른 죄수들에게도 조금씩 나눠 주었다. 간수들은 이들의 배려에 감동해 최대한 편의를 봐 주었다. 사실상 그들은 평소에도 바울과 베드로의 경건한 행동과 예배에 놀라워했고 특히 죄수도 아니면서 자진해서 바울을 따라온 누가의 헌신에 감동받은 사람들이다. 성령께서 이들과 함께하시니 그나마 혹한의 감옥 생활을 견딜 수 있었다. 혹한임에도 기분 탓인지 겨울이 점점 물러나고 있다는 느낌이 종종 들었다. 실제로도 계절은 어김없이 봄을 향해 질주하고 있었다.

"바울, 이제 에베소 차례인가? 에베소에서 바울의 사역이 절정이었지. 안 그런가. 디모데?"

"맞습니다. 제가 봐도 바울 스승의 영성이 대단하셨어요. 스승의 손수건이나 앞치마에 살짝 손만 대어도 기적이 일어났지요. 그때 제가 함께할 수 있어 영광이었습니다."

디모데가 겸손하게 말하자 바울은 민망한 미소를 지었지만 뿌듯함은 숨길 수 없었다. 마가는 그런 디모데와 바울을 부러운 듯 바라보고 있어 베드로는 크게 웃지 않을 수 없었다.

"마가야, 왜 그렇게 부러운 표정이냐? 너도 바울이나 디모데 못지않게 훌륭한 사역자였다. 자신감을 가지렴. 네가 부족한 게 뭐가 있느냐? 거기다 마가의 다락방은 성도들에게 영원히 기억될 장소 아니냐? 모든 교회의 모체인 예루살렘교회가 탄생된 장소인데 자부심을 가져도 된단다."

다들 베드로의 말에 동의하며 박수를 치자 마가도 기뻐하며 두 손을 모으면서 감사를 표했다. 모두 바울의 입을 주시했다. 바울은 디모데의 손을 잡으며 현재 에베소 상황을 궁금해했다. 모두가 디모데에게 집중한 후 다시금 예전 바울의 에베소로 넘어갔다.

"스승님께서 워낙에 처음부터 에베소 사역을 단단하게 잡아주셔서 큰 어려움은 없습니다. 거기다 얼마 전부터 오네시모가 합류해 더욱 성도들을 굳게 해 주고 있어 제가 큰 도움을 받고 있습니다."

"오오, 오네시모가 마침내 에베소에서 사역을 시작했구려. 바울, 그의 이야기를 감명 깊게 들었소, 그대의 훌륭한 종이었지. 우리가 놀란 건 그의 주인이었던 빌레몬의 귀한 행동이야. 그건 하나님이 함께하시지 않으면 안 되는 일이지. 그 모든 게 다 바울 그대로 인해 일어난 일 아니오."

베드로가 감탄하자 다들 동의했다. 바울은 쑥스러운 듯 고개를 저었다.

"내가 했다기보다 우리 좋으신 하나님께서 또 하나의 충성스러운 종을 예비하신 것이지. 그의 주인인 빌레몬의 신실한 성정 아니면 도저히 이루어질 수 없는 일이었소. 빌레몬은 내가 존경하는 성도라오. 빌레몬이 오네시모를 용서한 후 하나님의 크신 상급이 빌레몬과 그 집안에 쏟아쳤다오. 할렐루야! 거기다 로마 셋집에서 디모데와 누가가 그에게 친절하게 대한 것도 컸다오. 만약 우리 중 누군가가 그를 기피했다면 지금의 성과는 거두기 힘들었을 것이오. 나는 초창기 내가 사울에서 바울로 변화되었을 때의 외로움이 생각나서 그에게 더 잘한 것도 있다오. 아무도 나를 가까이 하려 하지 않았을 때 말이오. 아아 베드로, 그렇다고 그대를 원망한 건 아니오. 부디 오해 말구려."

다들 베드로를 쳐다보며 유쾌하게 웃었다. 베드로도 미안해하며 바울의 당시 심정을 이해한다는 듯 손을 들었다. 그때 누가가 마가한테 말했다.

"마가는 아마 그를 보지 못했을 거야. 네가 예루살렘으로 가기 전 이것저것 준비하느라 바쁘게 움직이고 있었을 때라서, 그가 도착하고 한참 동안 구석방에 숨어 지내느라 사람들이 거의 알아채지 못했지."

"그랬군요. 본 것 같기도 하고 못 본 것 같기도 해요. 다음에 에베소에 가면 꼭 만나고 싶어요."

바울이 다시 입을 열었다. 그의 비장한 표정은 지금까지 살아오며 받은 하나님의 은혜가 복받친다고 강변하는 것만 같았다.

"다 디모데와 누가의 헌신 덕분이라오. 디모데야, 고맙고 수고했고 애썼다. 누가도 마찬가지이고. 나는 죽기 전까지 너와 에베소 교회를 위한 기도를 쉬는 죄를 짓지 않을 것이다."

디모데는 바울의 말에 감격해 대답도 못 하고 스승의 품에 안겨 굵은 눈물방울을 떨어트렸다. 아기 같은 그의 모습에 사람들은 눈시울이 붉어지는 가운데서도 웃음을 멈추지 못했다. 실로 화기애애한 분위기였다. 밤새 내린

비도 그치고 바람도 잦아들었다. 작은 창문이지만 강렬한 햇빛이 비쳐 들어오는 것을 보며 일행은 하나님이 주신 선물에 감격해 마지않았다. 고린도에 이어 에베소에선 또 어떤 일이 기다리고 있을지 특히 마가와 베드로는 흥분을 가라앉히기 힘들었다.

* * *

바울이 에베소로 넘어가니 의외로 사람들이 성령 세례에 대해 잘 알지 못하고 있다는 사실을 깨달았다. 그들은 오직 세례요한의 세례만 알고 있었기에 성령 세례에 대해 지극한 관심을 보였다. 곧 예수 그리스도의 이름으로 바울의 세례를 받은 후에야 그들은 성령이 충만해 방언도 하고 예언도 하며 더욱 전도에 힘을 기울였다. 열두 명의 제자들은 그렇게 성령과 만났다. 방언과 예언은 특별한 계시가 아니라 하나님과의 소통이며 하나님의 말씀을 제대로 알고 다른 사람에게 전달하는 능력이라고 알려 주었다.

바울은 처음 석 달간 유대인회당에서 열심히 강론했으나 다른 곳과 마찬가지로 오히려 비방을 받으니 아예 제자들을 따로 세워 두란노서원에서 날마다 도를 전했다. 그는 두란노서원에서 이태 동안 제자들을 더욱 굳게 만들었으니, 들을 귀 있는 사람들을 포함해 날마다 많은 수의 유대인과 헬라인이 도를 믿게 되었다. 에베소는 바울 사역의 절정이자 가장 오래 머물렀던 선교지였다. 에베소 역시 화려한 전성기인 만큼 사역 방해도 심했다. 하지만 하나님께서 바울에게 은총을 내리시니 그의 손수건과 앞치마만 만져도 병이 낫는 기적이 행해지고 귀신이 물러갔다.

바울을 부러워한 유대인 마술사들이 그리스도의 이름을 빙자해 귀신을 물리치려다 오히려 귀신에게 혼쭐이 나는 우스꽝스러운 상황이 연이어 발생했다. 엎친 데 덮친 격으로 유대인 제사장 스게와의 아들 일곱 명도 이 일을 따라하다가 악귀가 이들에게 달라붙어 벗은 채로 도망가는 망신을 당하면서 사람들은 모두 하나님의 능력에 경외심을 품었다. 어디 가나 유대인들은 모든 수단 방법을 강구해 바울의 사역을 훼방하는 데 전력을 기울였다. 집요함에 있어서는 타의 추종을 불허했다. 바울은 자신이 사울일 때의 행동과 하나도 달라지지 않는 그들을 보면서 깊은 회한에 젖어야 했다. 자신도 그리스도를 만나지 않았다면 지금 저들이 하는 행동과 똑같았을 것이라고 생각하니 소름이 돋았다. 하나님께 죄송해서 얼굴을 들 수가 없었다.

마술사들도 더 이상은 안 되겠는지 두려움에 떨면서 사람들이 많이 모인 광장에서 엄청난 분량의 마술책을 불사르는 기이한 일의 연속이라 하나님의 말씀은 점점 더 흥왕하였다. 유대인은 물론이고 헬라인들이 이 신묘한 현상에 더 놀라고 더 빨리 도를 받아들였다.

에베소는 고린도만큼이나 무역이 왕성한 도시였기에 역시 고린도 저리 가라 할 정도로 음란함도 오십보백보였다. 고린도처럼 엄청나게 많은 신들이 하나같이 호황을 누렸지만 에베소에선 단연 아데미(아르테미스) 여신과 디오니소스(바쿠스) 신이 각광을 받았다. 다산과 풍요 그리고 술을 사랑하는 도시로 이름나 있었다. 포도와 포도주, 향락과 술의 신인 디오니소스는 어디 가나 대환영을 받았다. 디오니소스 신전에는 술을 좋아하는 남자들뿐 아니라 다산과 황홀경에 빠져든 여자들도 무척 많이 와서 제사를 드렸다.

바울은 에베소에서 마게도냐와 아가야로 갔다가 디모데와 에라스도 둘을 다시 마게도냐로 보내고 잠시 아시아에 머물러 있을 때 에베소에서 큰 소동이 일어났다. 에베소도 그리스·로마 신들이 부귀영화를 누리고 있을 때라 신들을 이용한 돈벌이가 횡횡하던 시절이었다. 장색들의 우두머리 데메드리오가 흥분한 은장색들 앞에서 열변을 토하면서 그들의 분노를 부추기고 있었다.

"바울이라는 유대인 때문에 우리 사업이 위기에 처했소. 아데미 여신의 은감실을 만들어 큰 수익을 얻고 지금껏 아무 문제없이 잘 살았는데 이게 무슨 아닌 밤중에 홍두깨란 말이요? 그들 말이 손으로 만든 건 다 우상이라고 하면서, 우리 아데미 여신까지 우상이라고 배격한답니다."

"아니 무슨 말도 안 되는 선동이란 말입니까? 저 무식한 미개인들이 우리 유식한 헬라인을 뭘로 보고, 이리 되면 아데미 신전이 경홀히 여김을 받게 되고 여신의 위엄마저 떨어질 위기에 처하게 됩니다. 당연히 우리 사업도 망하게 되지요. 저것들을 응징해야만 우리도 살고 아데미 여신도 다시 영광을 되찾게 될 겁니다."

"맞습니다. 에베소가 이렇게 번성한 건 다 아데미 큰 여신의 힘이지요. 웅장한 아데미 신전만 봐도 그 위용을 알 수 있는데 저 못 배운 인간들이……. 이제 우리가 할 일은 바울 일당을 잡아 죽이는 것이요."

이 일로 온 성이 요란했고 흥분한 무리는 이미 가이오와 아리스다고를 잡아 연극장으로 끌고 들어갔다. 그들은 바울도 잡으려고 혈안이 되어 이곳저곳을 헤매고 다녔다. 바울은 제자들의 만류로 두란노서원에서 잠시 쉼을 가졌다. 일행과 어떻게 해야 가이오와 아리스다고를 구출할 것인지 함께 기도하며 의논하다가 잠시 잠에 빠져들었다. 에베소에 온지 얼마 안 되어 여독이 남아 있는데다 오자마자 부닥친 연극장 사태로 지친 상태였다. 사람들은 잠든 그를 보고 조용히 방을 빠져나갔다.

다산과 풍요 그리고 달의 여신 아데미(다이아나)가 거대한 상체를 흔들면서 바울을 깨웠다.

"바울 사도! 지금 당신 때문에 에베소에서 사상 최대 소요가 일어나기 직전이요. 어쩌자고 이 아름답고 부유한 곳을 사정없이 흔드는 것이요?"

바울이 설핏 눈을 뜨자 명성만큼 아름다운 아데미 여신이 화살을 흔들면서 호감을 표했다. 바울이 놀라 벌떡 일어났다. 아데미 여신이 왜 자기를 찾아왔는지 짐작이 갔다. 한편 생각하면 여신도 안됐다는 착잡한 마음이 들었다. 그는 작정하고 여신에게 솔직한 심정을 전했다.

"이렇게 찾아주니 감사하오. 그런데 데메드리오와 은장색들은 말로는 그대를 숭배한다고 하면서 정작 돈을 벌기 위해 은감실을 팔아 장사하더군요. 진정 그들이 여신을 사랑하는지 나는 모르겠소. 혹시 여신은 그 사실을 알고는 있소?"

은감실이란 은으로 만든 아데미 여신의 모형 신전이나 여신의 형태를 뜻한다.

"당연히 나도 알고 있는 사실이오. 왜 모르겠소? 그대를 따르는 그리스도인은 온 마음을 다해 하나님을 믿고 사랑하지만 여기선 나를 그저 부귀의 염원으로만 생각한다는 것을……. 사도가 빌립보에서 귀신 들린 여종을 구원한 것도, 여기서 유대인 제사장 스게와의 일곱 아들과 마술사들이 예수를 빙자해 귀신을 쫓아내려다 되레 심하게 망신만 당했다는 것도, 마술사들이 자신의 책을 모아 와 불태웠다는 이야기도 다 들었소. 대단하오. 에베소에서 당신의 능력이 절정에 달해 있음이 다른 사람들 눈에도 보이나 보오. 그래서 당신을 두려워하는 것이라오."

여신이 흥분한 듯 빠르게 말을 잇더니 갑자기 바울의 손을 잡고 날았다.

바울이 놀라 손을 빼려고 하는 순간 그들은 이미 거대하고 웅장한 아데미(아르테미스) 신전에 당도해 있었다. 바울이 눈을 휘둥그레 뜨면서 사방을 둘러보았다. 과연 세계 칠대 불가사의처럼 끝이 보이지 않는 신전의 규모에 말문이 턱 막혔다. 여신은 장난스러운 미소를 띠면서 그의 손을 잡고 신전 구석구석을 보여 주었다. 고린도에서 아굴라 부부와 함께 가 본 아프로디테 신전이나 아폴론 신전과 다름없는 어마어마한 규모였다. 아니 그보다 더 커 보였다.

신전은 하얀 대리석으로 만든 수백 개의 거대한 돌기둥으로 이루어져 있고 광대한 넓이에 끝이 보이지 않았다. 곳곳에 여신의 상징인 달과 화살과 사냥개가 보였다. 그녀를 따르는 수백 명의 요정들은 쉴 새 없이 그녀의 주위를 날아다니면서 까르르 웃음을 터트렸다. 바울이 홀린 듯 바깥으로 나오니 화려한 마차가 수도 없이 놓여 있고 그 밑엔 또 셀 수 없는 계단이 이어지고 있었다. 사람들은 힘겹게 계단을 올라와 여신에게 경배했다. 한마디로 화려함의 극치였다. 에베소 사람들이 자부심을 가질 만했다. 이곳에서도 은 감실 즉 아르테미스와 신전의 각종 모형이 은으로 장식되어 날개 돋친 듯 팔렸다. 마치 그리스도인들이 십자가를 소중히 간직하고 있는 것과 같은 모양새였다.

"또 있지요. 우리들의 신인 제우스와 헤르메스도 루스드라로 당신과 바나바 사도를 찾아가지 않았소? 내가 제우스의 딸이라는 것은 알고 있지요? 아폴론은 나의 쌍둥이 동생이라오. 사람들은 우리가 쌍둥이임에도 각각 다른 곳에 우리들의 가장 화려하고 웅장한 신전을 세웠지요. 물론 자그마한 신전은 로마 제국 곳곳에 있지만, 내 신전은 이곳 에베소에 있고 아폴론 신전은 고린도에 있다오. 아프로디테(비너스)와 함께. 아아, 아프로디테 이야기만

들어도 기분이 상하오. 그래서 괜스레 고린도가 싫어졌소. 비록 그녀와는 이복 자매간이지만. 그대가 아프로디테와 아폴론 둘 다 만나고 온 사실도 이미 아폴론을 통해 들었소. 분명 아프로디테가 나를 욕했겠지. 흥, 그녀는 잘못 알고 있다오. 내가 자기를 시기한다고. 쳇, 말이 되는 소리를 해야지. 내가 자기보다 뭐가 부족하다고 시기를. 내가 아름다워도 훨씬 아름다운데. 안 그렇소? 제우스, 우리 아버지가 가장 사랑하는 딸은 아테나(미네르바)가 아닌 난데 다들 모르고 있다오. 아테나는 자기가 적녀라고 어찌나 잘난 척을 하는지, 정말 눈꼴사나울 정도라오."

아르테미스 여신은 바울이 묻지도 않은 아폴론, 아프로디테와 아테나 여신에 대해 장광설을 늘어놓다가 바울이 별 흥미를 보이지 않자 머쓱해하며 다음 말을 이었다.

"제우스와 역시 내 이복동생 헤르메스는, 아이고 제우스는 대체 사방팔방에 얼마나 많은 자식들을 뿌려 놓았는지. 인간들이 욕하는 이유를 알 것 같소. 나도 부끄럽소."

여신이 흥분하며 씩씩거렸다. 바울은 무슨 말을 해야 할지 몰라 잠자코 있었다. 사실 유식한 바울은 이미 다 꿰뚫고 있는 이야기이지만 굳이 아는 척하지 않았다. 그럴 시간도 마음의 여유도 없었다. 여신은 바울의 심드렁함에도 전혀 굴하지 않았다.

"그들은 당신들을 신으로 오인한 인간들의 어리석음에 분노해 따지러 왔다가 오히려 압도당했지요. 제우스가 신들의 회의 때마다 분하다고 하면서도 기분 좋은 만남이었다고 고백하더군요. 나도 그때부터 당신이 궁금해 대화하고 싶었다오. 아, 그때 나도 있었지. 그 사건은 올림포스산에서도 유명했다오. 제우스가 흥분해서 헤르메스와 함께 내려갈 때 우리 열두 신들이

다 따라갔소. 우리는 당신들 주위를 빙빙 돌면서 즐거워했지. 그때 내가 당신한테 아는 척도 했는데, 그런 흥미로운 구경거리를 놓칠 우리 신들이 아니지요."

여신의 웃음이 끊이지 않았다. 원래 잘 웃는 성정인가 싶었다. 여신은 바울을 왜 만나러 왔는지 잠시 잊은 듯했다. 바울은 여신의 추억을 방해하고 싶지 않아 잠자코 듣고만 있었다. 이게 대체 무슨 일인가 싶어 당황스럽기도 했다. 그때 여신은 아차 싶었는지 큰 목소리로 바울의 주의를 끌었다. 바울이 놀라서 여신의 얼굴을 똑바로 쳐다보았다. 여신이 잠시 주춤하더니만 풀 죽은 듯 소리를 낮추었다.

"이제 본론으로 들어가서, 당신의 주님께서 이미 유대인들의 흥분을 가라앉힐 지혜로운 서기장을 예비하신 것도 압니다. 하, 그 서기장도 우리를 우상이라고 칭하더군요. 기가 막혀서. 나와 제우스 신전을 콕 집어서 말이오. 제우스가 지금 치욕이라 생각하고 루스드라 때보다 더 펄펄 뛰고 있을 겁니다. 곧 올림포스산에서 신들의 회의가 열리는데 아마 나를 보기 무섭게 화풀이하지 않을까 벌써부터 걱정이오. 그 불같은 성격 당신도 알 것 아니오?"

바울은 말문이 막혔다. 제우스의 돌발 행동은 이미 인간들한테도 유명하지 않은가. 아마 자신의 딸인 아르테미스가 아닌 다른 여신이었다면 그 성질머리에 이미 짐승이나 나무로 만들어 버리고도 남을 전무후무한 별종이었다.

"아, 생각나는 게 있는데 바울, 그 유대인 알렉산더 말이오. 당신을 죽이려고 작정한 무리들 중 가장 악질로 보이던데, 이번에도 유대인들이 그를 통해 당신을 고소하려다 서기장한테 막혔지요. 그 인간한테 뭔가 안 좋은 기운이 느껴지오. 부디 조심하시오. 이번에 당신을 고소하지 못했기에 언제고 기회만 노리고 있을 것이오.”

바울은 때 아닌 여신의 권고에 소름이 끼쳤다. 그렇잖아도 알렉산더를 볼 때마다 교활한 뱀이 연상되었기 때문이다. 늘 충혈된 눈과 술에 취해 얼굴이 시뻘게져 있는 그는 마치 독사가 이제나저제나 사람을 휘감을 준비를 하고 있는 것처럼 바울의 주위를 어슬렁거리면서 감시의 눈초리를 거두지 않았다. 사탄의 그림자가 비취는 느낌이었다. 바울이 조금 놀란 표정을 짓자 여신은 평소처럼 의기양양한 자태를 뽐내면서 바울의 손을 잡고 다시 날아갈 준비를 했다. 바울이 어쩔 줄 몰라 하며 자신은 그냥 걸어가겠다고 하자 여신이 코웃음을 쳤다.

“바울, 그대가 아직 나의 신전을 몰라서 하는 말이오. 여기는 몇 날 며칠을 걸어도 위치를 확실하게 알지 못하면 헤매게 되어 있어요. 나가는 곳 같으면 다시 안으로 연결되지요. 마치 사람들 눈에 보이지 않는 미로처럼 건축되었답니다. 그래야 사람들이 마법의 세상을 즐길 수 있으니까요.”

바울이 순순히 고개를 끄덕이자 여신이 다시 그의 손을 잡고 힘차게 날아올랐다.

요정들도 한꺼번에 비상해서 그들 주위를 감쌌다. 그는 조금 전처럼 두란노서원에 누워 있었다.

“이제 곧 소요가 그칠 것이오. 나는 아까 당신이 있는 곳으로 처음 올 때 단단히 마음먹고 왔지만 나 역시 사도를 보는 순간 제우스처럼 알 수 없는 힘에 압도당했소. 오, 그대들의 하나님은 진정 막강하신가 보오.”

여신은 여전히 화사한 미소를 짓고 있지만 한숨을 거푸 쉬었다. 바울이 여신을 위로했다.

“그건 바로 성령 때문입니다. 우리는 곧 에베소를 떠나지만 여기 그리스도를 믿지 않는 사람들은 당신을 정신적 지주로 모시고 살아가겠지요."

"나도 당신의 하나님을 믿소. 지금까지의 기적만 봐도 누구든 인정할 수밖에 없지 않소? 그렇지만 당신한테 부탁하고 싶소. 우리 그리스·로마 신화와 헬라 문화를 존중해 주시오. 세계최고의 문화 아닙니까? 당신도 그건 인정할 것이오. 안 그렇소?"

여신의 말에 바울도 크게 웃었다.

"나도 헬라 문화의 힘을 믿습니다. 아마도 성경 다음으로 그리스·로마 신화가 인구에 회자될 것이라 확신합니다."

에베소엔 아르테미스 신전뿐 아니라 술의 신인 디오니소스(바쿠스) 신전까지 있어 더더욱 사람들을 술의 구렁텅이로 끌어들였다. 그래서인지 다른지역보다 에베소에 훨씬 많은 알코올 중독자들이 득실거렸다. 거리거리마다 술집이 호황을 누렸다. 처음엔 물 대신 약으로 섭취한 포도주였지만 점점 포도주는 약을 넘어 영혼을 파괴시키는 악마의 음료수로 변질되어 갔다.

디모데가 바울의 이야기가 끝나자마자 소리를 질렀다. 평소 조용한 그라서 다들 놀라 그를 쳐다보았다. 디모데 자신도 놀라 입을 가리고 있다가 바울이 걱정하자 갑자기 누가에게 두루마리를 잠시만 달라 하더니 급하게 뭔가 썼다. 일행은 아, 탄식을 내지르며 그가 무슨 말을 할지 짐작하고 마른침을 삼켰다. 이들 모두 데오빌로 각하가 강조한 로마 화재 사건과 그리스도인 박해에 대한 이야기는 절대로 하면 안 된다는 지침을 명심하고 있었다. 자칫 모두의 목숨이 위태로워지기 때문이다.

누가가 일어나서 창문 쪽으로 가 바깥 동향을 살폈다. 마가도 집히는 게있는지 얼른 일어나서 살짝 방문을 열고 복도를 돌아보았다. 다행히 아무도 없었다. 누가도 안심하라는 듯 손을 들었다. 일행은 디모데가 쓴 두루마리를 돌아가며 읽었다.

　스승님, 저도 그런 의심을 했는데, 여신의 말처럼 분명 알렉산더가 스승님을 고소했다는 심증을 갖고 있었어요. 로마 셋집에서 풀려나오신 이후 여러 곳을 돌다가 에베소에 오셨을 때 그가 우리를 미행한다고 들었거든요. 실제로 몇 번 미행하는 낌새도 눈치챘고요. 아마도 이때다 싶었을 겁니다. 뭔가 분위기가 심상치 않았어요. 아아, 제가 진작 그 이야기를 스승님께 알렸어야 했는데 설마설마 하다가 시기를 놓쳤습니다. 죄송합니다. 다 저 때문이에요. 그뿐 아니라 후메네오와 빌레도도 다 같은 편으로 수시로 모여 작당하는 것 같았어요. 그들을 경계하고 조심했어야 했는데…….

　바울은 울먹거리는 디모데를 꼭 안아 주었다. 마가와 베드로는 두 사람을 번갈아 보며 어쩔 줄 몰라 했다. 이번엔 바울이 급히 그 두루마리 밑에 답을 썼다.

　아니다. 그가 미행하는 것은 나도 처음부터 알고 있었다. 네 말대로 후메네오와 빌레도도 한편이었지. 오히려 나는 네가 걱정하고 움츠러들까 봐 말을 안 했지. 그가 고소하지 않았더라도 누군가 나를 고소했을 것이야. 그들에겐 최고의 기회였지. 로마 관원들이 눈을 밝히면서 화재의 주동자를 찾고 있었으니까, 우리 그리스도인들 중 누군가는 반드시 희생양이 되어야만 하는 급박한 상황이었지. 지금도 이어지고 있고. 그래야 네로의 로마 제국이 살아남으니까, 그들은 수단 방법을 가리지 않았지. 오히려 내가 된 게 요즘은 기쁘다고 생각해. 다른 사도들이 남아서 하나님의 사역을 더욱 굳게 만들면 되니까. 처음엔 내가 아직 할 일이 남았다고 생각했기에 아쉽지 않았다면 거짓말이야. 흠……. 서바나로 꼭 가고 싶었거든. 나를 포함한 사도들이 서바나만 빼고 로마 제국 곳곳은 안 간 곳이 없잖아. 마지막으로 서바나만 남았는데, 그곳은 아마 다른 누군가 주님의 부름을 받아 가리라고 확신해. 누가가 될지 마가와 디모데가 될지 우리는 알지 못하지만. 그러니 너희들은 주님이 언제 부르실지 모르니 늘 마음을 단단히 먹고 준비하고 있어라.

다들 돌아가며 바울의 회신을 보았다. 베드로가 바울을 껴안았다. 일행은 돌아가며 디모데를 안고 토닥여 주었다. 디모데는 그제야 정신을 차리는 듯했다. 침착한 누가는 재빨리 두루마리를 잘게 찢어 촛대 안으로 밀어 넣었다. 두루마리가 재가 되는 짧은 순간까지 일행은 긴장을 늦추지 않았다.

"바울, 내가 오히려 부끄럽네. 나는 로마에서 탈출할 생각만 하고 있었지. 처음엔 성도들의 권유를 받아들이지 않았지만, 물론 그들이 나를 위해 그랬다는 것을 잘 알고 있지. 내가 그대 말대로 땅끝까지 가야 한다고 성도들은 생각한 거야. 그대는 이미 감옥에 있으니까 나라도 주님의 소명을 이루기 원했던 거지. 그들의 간곡한 부탁을 듣고 있으려니 나도 마음이 흔들렸다네. 그때 깊이 주님의 뜻을 물었어야 했는데 내 급한 성정이 또 도지는 바람에……. 아아, 내가 급히 로마를 떠나려고 선착장으로 발걸음을 옮기는 순간 너무나도 낯익은 실루엣이 저 멀리서 보이는 거야. 십자가를 지고 계셨지. 내가 그때 엎드러졌어. 골수가 쪼개지는 것만 같은 깨달음이 왔어. 땅끝은 그저 내가 도피하려는 핑계였음을⋯⋯."

바울과 베드로는 둘 다 뜨거운 눈물을 흘렸다. 일행은 손에 손을 잡고 둥글게 감옥 바닥에 무릎을 꿇고 앉았다. 차가운 냉기도 이들을 막지 못했다. 모두 조용히 찬송가를 불렀다. 스데반도 구석에서 눈물을 훔치며 찬송가를 따라 불렀다. 순간 감옥이 잠시 진동했다. 성령께서 함께하신다는 증거였다.

> "내 영혼, 내 영혼 평안해. 저 마귀는 우리를 삼키려고 입 벌리고
> 달려와도 주 예수는 우리의 대장 되니 끝내 싸워서 이기리라. 내 영
> 혼 평안해, 내 영혼 내 영혼 평안해."[5]

잠시 무거운 분위기를 깨트리려는 듯 바울이 다시 입을 열었다.

"에베소 하니까 또 에바브라가 생각나는구나. 디모데야, 그렇지 않느냐? 마가야, 우리가 빌립보 이야기를 하면서 에바브로디도를 기억하지 않았느냐? 이름이 비슷하지만 전혀 다른 사람이지. 아아, 갈수록 깨달음이 온다. 하나님께서 늘 예상치 못한 훌륭한 평신도 동역자들을 참 많이도 내게 보내 주셨구나. 고맙고 고마운 일이지."

디모데도 그들이 그리운 듯 얼굴이 발갛게 달아올랐다. 그 모습을 보며 바울도 아련한 미소를 지었다. 다들 고개를 끄덕였다. 이번엔 디모데가 나서서 설명했다.

"에바브로디도와 에바브라는 디도처럼 완전한 헬라인이었지요. 저처럼 유대인의 피가 섞인 것도 아닌데 참으로 신실한 종들이었습니다. 마가가 들

---

5 새찬송가 413장.

은 것처럼 에바브로디도는 빌립보와 로마 그 먼 길을 즐겁게 다니면서 바울 스승님과 우리들에게 편의를 제공했지요. 결국 병이 들었지만……. 그래도 하나님께서 은혜를 베푸셔서 곧 나음을 입었지요. 할렐루야!"

"그렇단다. 에바브라는 에베소에서 우리한테 믿음을 잘 배워서 자신의 고향인 골로새에서 큰일을 담당했지. 그때 골로새 사람 빌레몬도 도를 받아들였어. 빌레몬의 집이 골로새교회가 되었지. 마치 마가의 다락방이 예루살렘교회가 된 것처럼 말이다. 어떻게 골로새에서 그렇게 충실한 종들이 나왔는지 지금도 기이하고 감사하단다."

"골로새교회에서 아이러니하지만 오네시모도 배출된 게 아니오? 빌레몬이 워낙에 큰 그릇이기도 했지만 하나님의 뜻이 아니었다면 있을 수 없는 일이 벌어진 것이지. 우리도 그 이야기를 전해 듣고는 다들 신기해했다오. 바울 그대가 나중에 두기고와 오네시모를 함께 빌레몬에게 보내지 않았소? 그대의 진심이 담긴 곡진한 편지를 동봉해서 말이오."

베드로도 거들었다. 바울이 놀라 그를 바라보았다. 베드로는 물론 다른 사도들도 바울의 사역에 관해 지대한 관심을 가지고 있었다는 사실을 뼈저리게 확인한 시간이었다. 베드로는 예의 장난기 넘치는 눈망울로 어깨를 으쓱하면서 일행을 둘러보아 다들 크게 웃었다. 그는 늘 어두운 분위기를 환기시키는 유머감각이 탁월했다. 말과 자세 하나로도 사람들을 즐겁게 만드는 비결의 소유자였다. 바울은 그런 그의 능력을 몹시도 부러워했다. 바울은 시시때때로 그런 유머 감각을 발휘하려고 필사적인 노력을 했지만 결과는 늘 베드로의 승리라서 그것 또한 일행의 소소한 낙이 되었다. 스데반마저도 바울의 부족한 유머 감각에 고개를 저어 바울을 더더욱 움츠러들게 만들었다.

에베소에서 골로새까지 이어지는 사역은 마치 드라마틱한 연극을 보는 것 같다고 다들 한마디씩 말을 이었다. 바울이 에바브라 이야기를 하면서 긴 이야기의 마침표를 찍었다.

"에바브라는 골로새뿐 아니라 근처 라오디게아와 히에라볼리에도 교회를 개척한 든든한 일꾼이기도 했지. 아아, 그러고 보면 나는 정말 이방인 선교에 내 삶 전체를 바친 보람을 느껴.

이 모든 게 다 하나님의 은혜 아닌가. 하지만 스데반에게 또 많은 성도들에게 내가 지은 죄를 갚으려면 아직도 멀었다고 생각해. 천국에 가서 가장 먼저 그들에게 무릎을 꿇고 용서를 구할 것이야. 오오 하나님, 저를 부디 용서해 주시옵소서. 제가 박해하고 핍박한 수많은 성도들에게 아무리 용서를 빌고 또 빌어도 부족하옵니다."

결국 여느 때와 똑같이 바울의 오열로 끝났다. 일행은 조용히 무릎을 꿇고 바울을 둘러싸고 기도를 드렸다. 스데반도 슬그머니 걸어와 바울의 얼굴을 감싸 안았다. 이들 모두를 우리 주 예수 그리스도께서 두 팔을 넓게 벌려서 감싸고 계셨다. 할렐루야!

13.
바울의 3차 전도여행 및 에베소 장로들에게
마지막 설교를 하다, 바울이 예루살렘으로 가려는 이유는
동족에 대한 부채 의식(사도행전 20장)

"스승님, 괜찮으십니까?"

눈을 떠 보니 디모데와 베드로가 걱정스러운 눈으로 자신을 바라보고 있었다. 바울은 정신이 번쩍 들었다. 이게 무슨 일인가. 분명 조금 전까지 일행과 에베소 전도 이야기를 하고 있었는데 현실이 아닌 모두가 꿈이었던 말인가. 그럴 리가 없는데…….

바울의 당황함을 눈치챈 베드로가 얼른 웃으면서 말을 이었다.

"아무 걱정 말게나. 그대가 피곤에 지쳐 찬송하는 도중에 잠이 든 것이라네. 그래도 에베소까지 다 들었지. 이제 예루살렘으로 넘어가야 하네."

"아, 나이는 못 속이는군. 아까만 해도 밤새는 걸 자신만만해 했는데 민망해서 어쩌냐. 디모데야, 마가는 나처럼 자러 간 게구나. 누가가 또 얼마나 걱정할지. 누가는 어디 간 게냐?"

바울의 말이 그치기가 무섭게 누가가 물수건을 갖고 들어왔다. 그는 조용히 바울의 얼굴에 맺힌 땀을 닦아 주었다. 마치 부모님께 하듯 정성스러운 손길이었기에 보고 있는 베드로와 디모데가 괜스레 울컥해했다.

"그대가 잠에 취하는 모습을 보고 우리가 얼른 침대에 눕혔지. 내가 마가한테도 빨리 가서 자라고 했어. 바울이 깰 때 자기도 깨워 달라고 신신당부하고 갔다네.”

베드로가 시원시원하게 답했다. 베드로와 디모데는 혹시나 해서 대화도 못 나누고 바울만 지켜보고 앉아 있었다. 그렇게 한 스승은 누워 있고 한 스승은 옆에 앉아 있는 이 공간이 디모데한테는 천국처럼 보드랍게 다가왔다. 두 스승이 천국으로 가고 나서도 한참 동안 잊을 수 없는 장면이 되었다. 힘들 때마다 그는 이 장면을 떠올리며 위안을 받았다. 동화의 한 장면처럼 아련하고 슬프면서도 따스했다. 바울이 디모데와 누가의 부축을 받고 일어나 앉자 어떻게 알았는지 마가가 방금 잠에서 깬 부스스한 얼굴로 급히 방으로 들어왔다. 그는 바울이 방금 일어났다고 하자 속으로 쾌재를 불렀다. 자면서도 그 다음 이야기가 몹시 궁금했기 때문이다.

“바울, 괜찮소? 너무 무리하는 건 아니요? 그래도 우리 모두한테 너무나도 소중한 이야기니까. 살아 있는 역사, 하나님께 드리는 간증이자 귀한 사역이었지. 하나님께서 선택하신 최고의 종이 바로 당신 바울 아니오.”

베드로가 엄지를 올리자 다들 따라했다. 바울이 손사래를 치며 당황해했다.

“무슨 말씀을, 나뿐 아니라 우리 모두 하나님의 사역을 위해 애쓴 사람들이지요. 그대 베드로는 말할 것도 없고, 우리 주님의 수제자 아니었습니까? 누가, 디모데, 마가 다 하나님의 사람이지요. 누가는 지금도 내가 하는 말 한마디 한마디 그리고 모든 행동을 다 기록하고 있습니다. 그대들도 결코 피할 수 없다오.”

바울이 웃으면서 누가를 바라보았다. 베드로도 맞장구쳤다.

“아이고, 조심해야겠네. 누가가 그렇게 하는 일이 많으면서도 끊임없이 기록하는 것을 보면 절로 몸가짐을 바로잡게 되네.

누가, 자네가 또 의사라서 얼마나 다행인지 몰라. 우리들의 건강까지 책임지고 있고, 하나님께서 우리를 위해 예비하신 귀한 보석이야."

누가가 두 손을 모아 고개를 숙였다. 다들 박수를 보냈다. 바울이 갑자기 생각난 듯 손을 들고 말하기 시작했다.

"참, 아까 내가 말한 에베소의 열두 제자들 말이오. 그들을 보면서 새삼 깨달은 게 있다오. 대부분 요한의 세례 즉 회개의 세례만 아는 사람들이 많은데, 누가, 마가, 디모데야, 너희들이 앞으로 사역할 때는 반드시 처음 믿는 성도들한테 이 차이를 정확히 설명해 주면 좋겠다. 요한의 세례만 알고 있으면 주님이 마치 위인처럼 느껴진단다. 그들은 오직 주님의 행적만 이야기하지. 그들은 주께서 비참하게 십자가에 달려 돌아가신 것을 부끄럽게 생각해 그 이야기는 쏙 빼지. 아니 그 뜻을 정확히 모르니까 말하지 않는 것이다. 주께서 우리를 위해 십자가에 죽으셨고 또 우리를 위해 부활하셨다는 것을 알려야만 해. 부활이 없다면 우리가 지금까지 목숨을 걸고 전도한 나날은 아무 의미가 없단다. 세례요한도 사람들한테 물세례를 주면서 분명하게 언급했어. '나는 물로 너희에게 세례를 주거니와 나보다 능력이 많으신 이가 오시나니 나는 그 신들메를 풀기도 감당치 못하겠노라. 그는 성령과 불로 너희에게 세례를 주실 것이요.'[6]라고 말이야. 그도 성령 세례에 대해 자세히 알고 있었단다. 그가 예수님께 물로 세례를 줌과 동시에 예수님께 성령이 임하셨지. 사실상 물세례를 받을 때 성령도 함께 임하는 경우가 많단다. 그러니 물세례라고 폄하하면 안 된다. 물세례를 받을 때 진정으로 하나님의 은총에 감사하면 그게 성령 세례로 이어진다는 것도 명심해야 한다. 그리고 열두 제자라고 한 건 우리 유대인에겐 열둘이라는 숫자는 엄청나게 중요하다는 것도 설명하고. 주님의 열두 제자, 구약의 열두 지파 그리고 열두 문 등

---

6   성경과 노트 앱, 누가복음 3장 16절.

등. 칠이라는 숫자와 함께 열둘은 완전함을 의미하지. 또 화합도, 주님과의 화합 그리고 성도들과의 화합이란다."

다들 경탄하며 바울의 말에 집중했다. 바울은 푹 자고 일어나서인지 말에 힘이 넘쳤다. 길게 말해도 힘들어하지 않아 사람들을 안심시켰다. 바울을 통해 이렇게 되새기는 것도 큰 은혜가 되었다. 잠시 조용해진 분위기를 베드로가 깼다.

"바울, 나는 항상 궁금했소. 그대는 1, 2차 전도여행이 끝난 후엔 안디옥으로 가서 안식년을 취하지 않았소? 그런데 3차 전도여행 때는 안디옥이 아닌 예루살렘으로 가려는 의지가 무척 강했지. 물론 모두가 그 이유를 짐작하고 있지만 그대한테 직접 듣고 싶소."

베드로의 말에 디모데와 마가가 격하게 동의를 표했다. 바울은 그 말에 울 듯한 표정을 지었다. 예루살렘에서의 험악한 나날이 생각나는 듯했다.

"여기 누가와 디모데도 그때 나와 함께했기에 두 사람한테 들어도 되는데……."

바울이 말끝을 흐리자 누가와 디모데가 강한 부정의 의미로 고개를 세게 저었다. 당사자가 말하는 것이 가장 정확하고 의미 있다는 뜻이었다. 바울은 천천히 일행을 둘러보았다. 모두 다 어미 새를 기다리는 새끼들마냥 입을 벌리고 모이를 기다리는 간절함을 드러내고 있었다. 베드로와 마가가 가장 열성적인 태도를 취하고 있었다.

바울은 에베소에서 연극장 소동이 끝난 직후 제자들을 불렀다. 바로 '파라칼레오'였다. '파라칼레오'란 심방이란 뜻도 포함된다. 제자들을 한 명씩 따로 불러 권면하고 자세히 가르치고 위로하고 격려하고 양육하는 것이다.

그렇게 그들을 권유하고 그곳을 떠났다. 마게도냐로 가서도 여러 제자들을 그런 식으로 굳게 한 후 고린도에서 석 달을 머무르면서 로마서를 작성했다. 다시 안디옥으로 가려 했으나 여전히 집요한 유대인들이 그를 해하려고 공모하니 어쩔 수 없이 마게도냐로 돌아가기로 했다. 평생 바울을 추격한 유대인들이다. 그런 집요함이 있으니 우리 주 예수 그리스도를 죽음에까지 이르게 한 것이 십분 이해가 간다.

아시아까지 같이 가기로 한 사람은 일곱 명이다. 성도들은 이들 일곱 명을 '구제헌금 원정대' 혹은 바울을 지키는 '예루살렘 원정대'라고 지칭했다. 각 이방인 교회를 대표하는 사역자들이다. 이들은 바울의 수호자를 자청한 사도들이다. 일곱이란 숫자는 완전함을 의미한다. 한마디로 그들은 바울을 지키기 위해 자신들의 목숨을 내건 용감한 주의 종들이다. 물론 디모데가 껴 있다. 누가는 작성한 사람이라 자신의 이름은 기록하지 않았다.

소바더, 아리스다고, 세군도, 가이오, 두기고와 드로비모이다. 아리스다고의 충성심을 여기서도 엿볼 수 있다. 에베소 연극장사태 때 바울 대신 가이오와 함께 끌려간 사람이다. 그는 바울이 가이사랴에서 로마로 압송되는 배에도 누가와 함께 승선했다. 로마 셋집에 이어 마머틴 감옥에서까지 함께 있다가 안타깝게도 디모데와 마가가 오기 직전에 순교했다. 바울은 그가 죽자 허무함에 삶의 의욕을 잃어버리려는 순간 디모데와 마가가 온다는 소식을 듣고 기사회생했다. 시기가 잘 들어맞았다. 운이 좋았다. 아니 하나님의 준비하심이었다.

바울 일행은 드로아에서 일주일을 머물렀다. 일행은 그 후 앗소, 기오, 사모를 거쳐 밀레도로 가서 에베소교회 장로들을 청했다. 장로들에게 행한 그의 고별설교는 신앙인의 삶을 압축해 보여 준 것으로도 유명하다. 바울의 언행일치 삼 년 삶을 정리한 것이다. 최선을 다해 하나님의 도를 전했고 누구에게도 폐를 끼치지 않았으며 사사로운 이득을 취하지 않았고 오직 하나님만 바라보고 사역했다는 것을 담담하고 당당하게 고백했다.

예루살렘에서 본인의 결박당함을 예상하면서도 가는 이유는 하나님의 뜻도 있지만 지금껏 이방인 선교에 치중하느라 막상 동족인 유대인에 대한 전도는 상대적으로 약했다는 죄책감이 들어서였다고 했다. 그만큼 동족에 대한 사랑이 깊었던 바울이다. 예루살렘으로 가는 이유는 또 있었다. 유례없는 기근으로 고통 받는 예루살렘교회의 성도들을 위해 이방인 교회에서 거액의 구제헌금을 모아 바울에게 전했던 것이다. 모교회인 예루살렘교회의 고난에 적극적으로 동참한 것이다. 하나님의 자비로움을 닮은 이방인 교회에 존경심이 들게 만들었다. 바울은 꼭 자신의 손으로 이 헌금을 전하고 싶었다.

예루살렘교회 성도들이 이방인 교회 성도들의 진심을 알아주기를 원했다. 주님 앞에서 우리는 다 하나라는 화합의 정신을 이루고 싶었다. 에베소 장로들은 바울의 동족에 대한 마음을 이해했고 하나님의 뜻이라는 것을 깨닫고는 모두 그를 위해 축복기도를 한 후 눈물로 헤어졌다. 바울의 모든 사역은 자신을 위해서가 아닌 오로지 주님을 위해 한 일이라는 것을 잘 아는 그들은 바울을 존경하지 않을 수 없었다.

바울은 평생 이방인 선교를 하면서 동족인 유대인에게 부채감을 지니고 살았다. 자신으로 인해 이방인도 구원을 받는데 막상 같은 종족인 유대인은 눈을 감고 귀를 막으면서 하나님의 도를 배척하고 있었다. 예수님 사후 긴 세월이 흘렀건만 안 믿는 사람들은 여전했다. 믿는 사람도 많았지만 믿지 않는 사람들이 더 많은 상황이었다. 그래서 그는 마지막 전도여행이라고 생각한 로마와 서바나로 가기 전에 먼저 예루살렘에 도착하고 싶었다. 원래 유월절에 가려고 했으나 여의치 않아 오순절에 맞추기로 했다.

예루살렘에서의 처음이자 마지막 전도를 마친 후에 로마를 거쳐 서바나 전도를 간절히 소망했다. 예수님이 말씀하신 땅끝은 분명 서바나(스페인)라고 굳게 믿었기 때문이다. 오순절에 맞춰 예루살렘으로 가려는 사람들이 얼마나 많은가. 바울은 이미 유명인사다. 바울을 죽이려는 완악한 유대인들이 무척이나 많았다. 그들은 전혀 변하지 않았다. 수십 년간 지속된 바울 쫓기이다. 참으로 지독하기 그지없는, 전 세계에서 유례를 찾기 힘든, 한 사람에 대한 증오심이 이토록 오래 간다는 건 사탄의 조종이 아니라면 달리 설명할 길이 없다.

바울이 사울이었을 때 그가 예수파 유대인들을 죽이려는 이유와 동일하다. 오로지 구원은 유일한 선민인 유대인만 받아야 하는데 배신자 바울이 거짓 선지자 예수와 말도 안 되는 부활논리로 유대인은 물론 유대인이 그토록 무시하는 개돼지보다 못한 이방인도 구원받을 수 있다면서 선동한다는 이유에서다. 한마디로 신성모독이라는 것이다. 그렇기에 바울이 예루살렘에 간다는 건 목숨을 내건 위험한 행위였다. 쥐가 스스로 고양이에게 잡아먹히기로 작정한 것이나 마찬가지였다. 그래서 수많은 사람들이 말렸지만 그의 결심을 꺾을 수가 없었다.

열심히 경청하던 베드로가 고개를 끄덕거리면서 물었다.

"바울, 혹시 유대인에 대한 부채 의식이 아직도 남아 있소? 이제 그만 잊으시오. 그대는 할 만큼 했소. 그 누구도 그대의 헌신을 부정하지 못하리라."

베드로가 힘차게 위로하자 바울이 고마워하면서 멋쩍게 웃었다. 가만히 듣고만 있던 마가는 유두고에 대해 물었다.

"스승님, 그 유두고라는 청년, 죽었다가 살아났을 때 얼마나 감격했을까요? 분명 삼층 누각에서 떨어질 때 자신이 죽을 것이라고 느꼈을 텐데요."

"아니다. 아마도 그는 기력이 다해 떨어지는 것도 느끼지 못했을 것이야. 그를 포함해서 대부분 설교를 듣는 사람들은 어렵게 사는 사람들이었지. 하루 종일 일하다가 와서 들으려니 얼마나 피곤했겠느냐. 하나님께서 그 믿음을 어여삐 여기셔서 살리셨느니라."

베드로는 인구에 회자되는 유명한 바울의 고별설교 이야기를 꺼냈다.

"에베소교회 장로들에게 한 그대의 설교를 전해 들었을 때 나도 울었소. 얼마나 가슴 아프던지. 주님의 일에 최선을 다하고 죽음마저 주님을 위한 일이라면 두렵지 않다는 그대의 소명에 우리 모두 같은 상황이라 더 이입된 것 아니겠소. 또 그대의 부름을 받고 바로 밀레도까지 와 준 장로들도 대단하오. 다들 그대의 마지막을 예감했던 것이지."

"나뿐 아니라 모든 사도들의 마지막 심정이 그렇잖소. 우리 모두 하나님의 부르심을 입은 사람들 아니오. 다들 죽음을 각오하고 주님의 사랑을 전하려는 이들이니까."

갑자기 분위기가 숙연해졌다. 잠시 비치던 햇빛마저 숨어 어두움에 사로잡히자 평소처럼 적막강산이 되어 버린 감옥, 바울이 자기도 모르게 찬송가를 웅얼거렸다.

"부름 받아 나선 이 몸, 어디든지 가오리다. 괴로우나 즐거우나 주만 따라 가오리니, 어느 누가 막으리까. 죽음인들 막으리까."[7]

바울을 따라 마가, 디모데, 베드로, 누가까지 감옥인 것도 잊고 힘차게 불렀다. 감옥의 다른 죄수들도 다 함께 따라 부르고 있었다. 간수가 곧바로 달려왔지만 아무 말도 못 하고 조용히 서 있었다. 그들은 모든 사도들이 손을 맞잡고 찬송가를 부르며 뜨거운 눈물을 흘리는 모습에 순간 얼어붙었다. 스데반도 바울의 손을 잡고 따라 불렀다. 스데반도 회한인지 기쁨인지 알 수 없는 눈물을 흘리고 있었다.

---

7 새찬송가 323장.

14.
바울의 예루살렘 방문,
야고보와 베드로를 만난 후 투옥되다(사도행전 21장)

뜨거운 여름이었다. 사계절 중 여름에 가장 아름다운 마머틴 감옥은 오래 전 황후의 여름 궁전답게 곳곳마다 아름다운 꽃과 나무 그리고 힘차게 내뿜는 분수대의 역동적인 물소리로 달아오르고 있었다. 바울 일행은 손에 손을 잡고 궁전 곳곳을 산책하고 있었다. 그들 모두는 초라한 죄수복 대신 단정한 사도복을 입고 상쾌한 바람과 초록이 어우러진 숲에서 뿜어져 나오는 피톤치드 향에 매료되어 있었다. 잔잔한 흥분이 이들을 황홀하게 감쌌다. 스데반도 바울의 옆에서 함께 걸었다. 그 역시 오랜만의 바깥 외출에 신이 난 듯했다.

군인들이 그들을 옆에서 호위하고 있었다. 간수들도 그들의 뒤를 따랐다. 궁전의 기다란 회랑들은 진한 꽃향기와 그리스·로마 신들의 조각상으로 새롭게 배치되어 있었다. 이들은 먼저 퀸투스의 사택으로 들어섰다. 퀸투스와 집사들은 이들을 정중하게 맞았다. 식탁에는 이미 화려한 세팅이 되어 있었다. 퀸투스가 놀랍게도 바울과 베드로에게 다가와 깊이 허리를 숙이며 악수를 청했고 누가와 마가에겐 친근감을 표하며 포옹했다. 디모데와는 아직 어색한지 살짝 목례만 했다. 디모데도 얼굴이 붉어져서 얼른 목례하고는 누가의 뒤로 가서 숨었다.

퀸투스가 다 함께 건배를 들자며 포도주 잔을 높이 들었다. 그가 유쾌하게 말문을 열었다.

"바울, 베드로 사도 오랜만이오. 사도들이 여기 처음 올 때가 언제요. 그새 세월이 이리도 빨리 흘렀군요. 그래도 이렇게 건강한 모습으로 볼 수 있어 기쁘오. 자, 오늘은 아무 걱정 말고 마음껏 마시고 먹고 즐깁시다. 특별히 데오빌로 각하께서 호의를 베푸신 것이라오. 마가, 누가, 어서들 들어요. 디모데, 우리도 친해집시다. 이제 며칠이면 여기를 떠나게 되지 않소? 나도 막상 헤어지려니 섭섭하오. 안 그런가. 마가?"

마가만 신나게 맞장구를 치면서 화답하고 나머지는 그의 고음에 하마터면 귀를 막을 뻔했다. 스데반만 두 손으로 귀를 막았다. 어떻게 사람에게서 저런 높은 음의 목소리가 나오는지 신기하기만 했다. 식탁엔 말 그대로 진귀한 음식이 은그릇에 담겨 있었다. 화려한 접시는 음식을 담기에도 아까워 보였다. 로마 제국 곳곳에서 공수해 온 음식이라고 퀸투스가 여러 번 생색을 냈다. 각종 과일과 고기, 생선, 야채와 빵이 화려하게 올라와 있었다. 집사 하나가 은쟁반에 탐스럽게 쌓여 있는 무화과 말린 열매를 바울 앞에 갖다 놓았다. 퀸투스가 그것을 보더니 다시 찢어지는 목소리로 바울에게 말했다.

"바울, 무화과 말린 열매는 특별히 사도를 위해 준비한 것이라오. 보통 열매와 달리 아주 기가 막힌 맛이오. 그것도 데오빌로 장군이 몹시 신경 써서 보내신 것이니 많이 드시오. 이따 갈 때도 가져가시오."

바울은 고맙다는 표시로 가볍게 목례를 했다. 퀸투스가 알 듯 모를 듯 미묘한 미소를 띠면서 그를 바라보는데 섬뜩한 느낌이 들었지만 일단 이 오찬을 즐기기로 했다. 하나님께서 그와 베드로에게 보내신 지상에서의 마지막 선물이라는 생각이 들었기 때문이다.

그들은 몇 년 만에 제대로 된 식사를 즐기고 다시 정원 곳곳을 산책했다. 새소리는 더욱 커졌고 지난번에 본 공작새와 잔나비도 반가운 듯 어슬렁거렸다. 누가도 처음 보는 회랑과 전각이 곳곳에 널려 있었다. 역시 처음 보는 사람들이 그곳을 관리하고 있었다. 뒷마당 깊숙이 또 다른 숲이 숨어 있었다. 그들이 숲 안쪽으로 더 깊이 들어가려는 순간 당황한 군인들이 못 들어가게 막았다. 순간 모두 느꼈지만 아무도 입 밖으로 내지 않았다. 지금 이 순간이 몹시 소중하기 때문이다.

'아, 이곳이 참수 기둥터로구나. 조금 더 가면 참수 기둥이 있겠구나.'

바울은 의연한 자세로 앞서서 걸어가고 있었다. 자신이 먼저 가라앉으면 안 되기 때문이다. 하나님께서 나한테 마음의 준비를 하라는 뜻이구나……. 스데반만 얼른 다가와 바울의 손을 잡았다. 한결 마음의 위안이 되었다.

숲의 반대쪽으로 가니 다시금 커다란 정원이 그들을 맞았다. 역시 처음 보는 분수대와 화단이다. 지금껏 누가가 오고 간 정원과 차원이 달랐다. 이토록 화려한 정원이라니. 널따란 광장엔 없는 것이 없었다. 연극장도 보였다. 배우들이 대사 연습을 하고 있었다. 노래하고 춤추는 사람들도 보였다.

대형 분수대는 광대한 바다를 연상시켰다. 순간 판테온이 분수대로 옮겨 왔나 싶은 착각이 들었다. 올림포스산의 열두 신 말고도 현존하는 신과 요정들이 총출동해 있었다. 아테나, 아프로디테, 아르테미스 여신은 여기서도 아름다움을 경쟁하고 있었다. 아르테미스 여신이 커다란 달을 두 손에 들고 있다가 바울을 보더니 반갑다고 소리치며 달을 던졌다. 놀란 바울이 순간적으로 달려가 달을 받았다. 달은 보기보다 꽤 무거워 바울이 잠시 휘청거렸다. 그 모습을 보고 여신이 깔깔거렸다. 바울은 민망해서 얼굴을 붉혔다. 요정들이 달려와 바울에게서 달을 빼앗아 다시 여신에게로 날아갔다. 여신들과 요정들의 웃음소리가 한참 동안 울려 퍼졌다. 마가도 디모데도 누가도 베드로도 미친 듯이 웃었다. 간수들도 군인들도 따라 웃었다. 아프로디테 여신과 아폴론 신도 바울을 한 번 자기네 신전에서 만났다고 반갑다는 듯 윙크를 하며 바울의 머리 위에서 빙빙 돌며 꽃 이파리를 한 움큼씩 던졌다.

　누가는 제우스 신과 어린 헤르메스 신이 입으로 물을 뿜고 있는 것을 보면서 데오빌로 각하의 집을 떠올렸다. 똑같은 조각상이 그의 집 분수대에도 있었다. 제우스와 헤르메스도 바울이 반가운지 장난치고 싶어 했다. 둘은 달려와서 입속의 물을 바울의 얼굴에 뿜었다. 바울도 순간 동심으로 돌아간 듯했다. 이 기묘한 상황이 믿어지지 않기 때문이다. 꿈인지 현실인지 분간할 수 없었다. 그는 자신도 모르게 분수대로 달려가 제우스와 헤르메스에게 손으로 물을 뿌렸다. 모든 신들도 재미있는지 우르르 달려와 바울 일행에게 물을 뿜었다. 일행도 다 함께 분수대에서 같이 물을 뿌리면서 어린아이들처럼 모든 시름을 잊고 놀았다.

　아르테미스 여신은 아예 달을 던지며 즐거워했다. 돌아가며 달을 토스했다. 마가와 누가는 노련하게 달을 받아쳤다. 여신은 더욱 신이 나 두 사람에게 계속 던지다가 디모데가 생각났는지 그한테 가까이 와서 던졌다. 그는 받기도 전에 분수대로 미끄러져 넘어졌다. 모든 신들이 낄낄거리며 달려와서 그를 분수대 중간으로 끌고 들어가 물을 뿌렸다. 그는 혼비백산해서 나왔지만 기쁜 표정은 숨기지 못했다. 얼마만의 놀이인지 까마득해서 아련하기까지 했다. 신들은 누가와 마가도 분수대 안으로 잡아채어 물속으로 밀어 넣었다. 바울은 스데반에게도 물을 뿌렸다. 스데반도 이리 뛰고 저리 뛰면서 즐거워했다. 그런 스데반의 뒷모습을 바라보면서 바울은 또 한 번 죄책감을 느꼈다.

인간과 인간이 만든 그리스·로마 신들은 다들 신이 나서 서로 달을 뺏고 뺏기면서 행복해했다. 제자들이 오랜만에 어린아이들처럼 즐거워하는 모습을 보며 바울과 베드로도 절로 기쁨이 충만해졌다. 데메테르 여신과 헤라 여신 그리고 아레스 신은 헤파이스토스(불카누스) 신과 디오니소스(바쿠스) 신을 물에 넘어트리며 깔깔거렸다. 디오니소스는 물속에서도 자신의 상징인 탐스럽고 싱싱한 포도송이를 들고 다녀 사람들의 시선을 끌었다. 그는 특히 아르테미스 여신과 친한지 거의 붙어 있다시피 했다. 바울은 아르테미스 여신과 디오니소스 신을 보면서 절로 에베소 사역을 떠올렸다. 저 두 신 때문에 힘들었던 에베소 전도였다. 사람들은 모두 음란에 취해 술독에 빠져 있었다. 두 신전에서는 제사라는 명목으로 술과 함께 성적 일탈이 아무렇지 않게 행해지던 시절이었다.

아테나 여신이 쏜살같이 달려와 아르테미스의 커다란 달을 빼앗아 아폴론에게 넘겼다. 아폴론은 빙글빙글 돌면서 아프로디테에게 줄 듯 말 듯 얼쩡거리다가 재빨리 누가에게 던졌다. 누가가 받아서 저 멀리 손을 들고 기다리고 있는 디오니소스에게 길게 토스했다.

아르테미스 여신과 다른 여신들의 화사한 웃음소리가 정원을 가득 메웠다. 아프로디테는 아폴론에게 달려와 있는 힘껏 밀쳤고 아테나는 뒤에서 아프로디테를 감쌌다. 아테나와 아프로디테의 아름다움은 물속에서도 여전했다. 포세이돈 신은 분수대도 자신의 영역이라는 듯 시종일관 위엄을 잃지 않으면서도 즐거움에 동참했다. 그는 아예 네 마리 말이 끄는 마차를 타고 종횡무진 분수를 휘젓고 다녔다. 눈에 보이는 대로 마가와 누가 그리고 디모데를 마차에 태웠다가 내동댕이치면서 즐거워했다. 제우스를 비롯한 다른 신들도 껄껄거리며 웃었다. 판테온이 여름 동안 이곳에 있기로 작정한 것 같았다. 일행도 웃고 숲속과 광장 정원의 모든 생명체들이 함께 웃었다. 나무도 꽃도 하나님을 경배하며 말도 새들도 기쁨의 찬양을 불렀다. 아름다운 오후가 생동하는 여름이었다.

바울의 예루살렘 입성 이야기를 앞두고 있는 시점에 베드로는 자신도 모르게 얼굴을 붉혔다. 두고두고 부끄러운 기억이었다.

"바울, 이제야 말하는데 입이 열 개라도 할 말이 없소. 나뿐 아니라 야고보도 그곳에 같이 있던 장로들도 얼마나 후회했는지 모르오. 우리가 그대를 사지로 몰아넣었다고, 나중에 천국에서 우리 주님을 뵈올 낯이 없다고 다들 한탄했소. 미안하오. 언젠가 꼭 그대한테 진심으로 사과하려고 했소. 야고보도 나와 같은 생각이오. 그렇잖아도 야고보가 며칠 전 편지를 보내왔소. 그대한테 꼭 전해 달라고 했소. 자신이 죽기 전에 가장 걸리는 일이라고 하면서 장로들과 함께 용서를 구한다고 말이오."

베드로의 진지한 사과에 바울이 어쩔 줄 몰라 했다. 누가와 디모데는 모든 사실을 자세히 알고 있지만 마가는 세세한 것까지 알지 못했다. 다만 짐작할 뿐이었다. 바울은 베드로의 손을 잡아당겨 자신의 가슴에 갖다 댔다. 다 이해한다는 뜻이다.

"바울, 어서 그 이야기를 풀어주시오. 민망하지만 우리 이야기를 듣고 앞으로 마가가 참조할 것이 많을 것이오. 디모데와 누가는 이미 알고 있겠지만 한 번 더 들어도 좋겠지?"

베드로의 결연한 말투에 감옥은 다시 비장한 분위기에 휩싸였다. 누가와 디모데는 얼결에 고개를 끄덕였다. 바울이 긴장한 듯 물을 마시자 기다렸다는 듯 모두 다 물을 찾았다. 누가가 뛰어가서 주전자에 한가득 물을 채워 왔다.

"참 베드로, 내가 한 번 말한 것 같은데, 우리가 예루살렘으로 가는 길에 빌립 집사 집에서 며칠 머물렀다오. 얼마나 반갑던지, 그대 이야기도 많이 나누었소. 사마리아 선교 이후 그대를 보지 못했다고 안부 전해 달라고 했는데 이제야 전하는구려. 빌립이 또 스데반도 보고 싶다고 했는데……."

바울이 흘깃 스데반을 쳐다보니 스데반이 고개를 끄덕이면서 희미한 미소를 짓다가 그 시절이 떠오르는지 슬픈 얼굴이 되었다. 바울은 또 다시 가슴이 찢어지는 고통이 느껴졌다. 스데반은 마치 그림자마냥 벽에 딱 붙어 있다가 슬그머니 뒤로 돌아서서 눈물을 닦았다. 바울이 보지 못하게 하려는 것이다. 바울은 그런 그를 못 본 체하며 이야기를 이어 갔다.

"빌립뿐 아니라 가는 곳곳 제자들 모두가 나에게 예루살렘으로 가지 말라고 했다오. 그중엔 아가보 선지자도 있었지. 다 나에 대한 애정으로 말하는 것임을 너무나 잘 알기에 고마우면서도 한편으론 왜 내 심정을 이리도 몰라 주나 서운하기도 했소. 다들 같은 유대인이라 이해하리라 생각했거든. 그래도 반가운 사람들이 예루살렘까지 많이 동행했지. 그들 모두 목숨을 건 동행이었다오. 가이사랴 출신 제자들도 있었고 구브로 사람 나손도 같이 갔지. 나손은 자신의 예루살렘 집을 우리들의 숙소로 제공했어. 그때 참으로 행복했소. 그리스도 안에서 내 삶이 헛되지 않았다는 것에 뿌듯함을 느꼈다오."

바울은 예루살렘에 오랜만에 들어갔을 때 야고보와 베드로를 비롯한 많은 형제들이 그들 일행을 반갑게 영접해 준 것을 지금도 잊지 못했다. '역시 내 고향이구나.' 하면서 한동안 완고한 유대인들로 인해 상한 심령을 달랠 수 있었다. 따뜻한 환대에 심신의 피로가 한순간에 날아갔다. "아버지 하나님 감사합니다."라는 말이 절로 나왔다. 도착한 날 달게 자고 다음 날 개운한 상태로 야고보와 장로들을 만났다. 하지만 다음 날 만난 그들은 마치 딴 사람 같았다.

야고보는 명실상부 수만 명이 운집한 예루살렘교회의 담임목사로서 엄청난 위용을 자랑하고 있었다. 이들은 오래전 예루살렘공의회에서 만난 적이 있다. 당시 야고보의 거시적 결단으로 할례 문제가 해결되었다. 그 후 이방인 선교가 배에 돛을 단 듯 매끄럽게 흘러갔으니 바울의 이방인 사역에 결정적인 역할을 한 셈이다.

하지만 세월이 흘러 예루살렘교회가 안정되다 보니 초심을 잊은 듯 야고보와 장로들은 초반부터 바울 일행을 몰아붙였다. 이방인 선교 보고도 형식적으로 받았다. 물론 바울 사역에 대해 하나님께 영광을 돌리는 것은 잊지 않았다.

15.

예루살렘교회 담임목사 야고보 사도와 장로들의 불합리한 결정에도 순종한 바울, 정결례를 행하고도 투옥되는 기막힌 상황에 놓이다(사도행전 21-24장)

갑자기 스데반이 손에 든 지팡이를 힘껏 휘두르는 것이 바울의 눈에 보였다. 그러자 이게 무슨 일인가. 바울의 앞에 그때 만난 야고보와 예루살렘교회의 장로들이 무릎을 꿇고 앉아 있었다. 바울은 너무 놀라 얼른 그들 앞에 무릎을 꿇고 함께 맞절을 했다. 정신을 차리고 자세히 보니 그 안에 베드로도 같이 있는 게 아닌가. 베드로는 지금의 죄수복이 아닌 그 시절 아름답고 위엄 있는 사도복을 갖추고 있었다. 바울이 그제야 자신의 옷을 보니 여전히 죄수복이다. 대체 베드로는 어떻게 된 것인가…….

야고보가 얼떨떨해 있는 바울을 껴안고 입을 맞추었다. 바울의 눈을 보면서 조용히 입을 열었다.

"바울, 진즉에 우리가 그대를 만나러 왔어야 하는데 너무 늦었소. 그대가 예루살렘에서부터 얼마나 많은 고초를 당했는지 잘 알고 있소. 로마로 오는 길은 또 얼마나 험악한 과정이었소. 광풍 유라굴로부터 온갖 고생이란 고생은 다하지 않았소. 우리는 할 말이 없소. 부디 우리를 용서하오. 곧 천국에 가야 하는데 진정 주님 뵐 면목이 없소. 그전에 그대한테 진심 어린 사과를 하고 싶었소. 우리 사과를 받아 주기를 두 손 모아 바라오."

다들 침통한 분위기라서 당황한 바울이 오히려 그들을 위로했다.

"갑자기 왜들 이러시오. 부디 힘내시구려. 이런 상황을 예견하지 못한 게 아니잖소. 우리 모두 주님을 위해 우리 한 몸 죽는 건 당연한 수순 아니오."

그들은 바울의 위로에도 불구하고 깊이 후회하는 낯빛이었다.

"마가의 다락방 이후 삼십 년이 지났을 때 바울이 예루살렘에 왔지요. 지금 생각하니 우리가 그대한테 심한 모욕을 주었소. 선교 보고는 잠시였고 그대의 설명보다 여기 소문에 더 크게 반응했지요."

야고보가 회한 서린 음성으로 자책했다. 침묵하던 베드로도 입을 열었다.

"우리가 용기가 없었소. 그대를 옹호하기는커녕 예루살렘에 유례없는 흉년이 들어 고통받는 유대인들을 위해 이방인들이 모아 준 거금의 구제헌금까지 가져온 사람에게 칠 일간의 정결례를 요구하고 네 명의 나실인 결례 비용까지 떠맡겼으니……. 그리 하면 예루살렘에 떠도는 '바울이 모세율법을 지키지 않는다. 할례를 받지 말라고 했다. 명절을 지키기 위해 예루살렘에 와야 하는데 오랫동안 오지 않았다.'라는 소문이 맞다고 인정하는 셈인데도 그대는 말없이 순종했지요. 교회가 아닌 하나님께 순종한다는 것을 그때 우리는 알아채지 못했소. 사실 우리 모두는 다 알고 있었지. 바울이 무조건 모세율법을 기피하지 않았다는 것을. 할례 문제도 그렇소. 우리가 이미 예루살렘공의회에서 결정했음에도 강력하게 유대인들을 설득하지 못하면서 바울에게만 떠넘긴 셈이지요. 바울은 헬라파 유대인 디모데한테 할례를 행했음에도, 우리가 너무 비겁했소. 거기다 바울이 여기저기 돌아다니며 사역하느라 얼마나 힘들었겠소. 때맞춰 예루살렘에 오려면 배를 타야 하고 또 걸어야 하고 운이 좋아야 마차를 타고 오는데 우리는 가만히 예루살렘에 편히 있으면서, 어쩌면 바울의 사역을 우리가 알게 모르게 시기한 것인지도 모르오. 우리는 우물 안 개구리였소. 진심으로 반성하오."

바울은 베드로가 한마디도 끊지 않고 결연한 목소리로 말을 이어 가는 것이 몹시 신기했다. 감옥에서의 베드로와 너무 다른 위엄 서린 말투였기 때문이다. 베드로의 말을 들으면서 장로 한 명이 눈물을 흘리자 갑자기 감옥은 통곡의 바다로 침잠해 버렸다. 울음이 잦아들자 장로 한 명이 손을 들었다.

"바울 사도, 우리는 정말 늦게야 깨달았습니다. 사도께서 예수님에 대한 사랑 그리고 예루살렘에 있는 유대인 그러니까 동족에 대한 부채 의식과 사랑으로 죽음을 각오하고 예루살렘행을 택하셨다는 것을요. 3차 전도여행을 마친 시기에 휴식이 절실히 필요한 때임에도 명절에 맞춰서 오려고 애를 쓰셨다는 것을…… 죄송합니다. 우리를 용서해 주십시오."

바울은 속으로 놀랐다. 이들이 당시 자신의 상황을 자세히 알고 있었다는 것에 하나님께 감사 찬송을 드렸다. 인간인 이상 서운해하지 않았다면 거짓말이다. 사실 정결례는 얼마든지 드릴 수 있었다. 그만큼 자신이 예루살렘을 떠난지 오래되었기에 자신의 몸을 깨끗하게 한다는 것에 조금도 이의가 없었다.

하지만 모세율법이나 할례 문제 그리고 관습을 지키지 않는다는 이유는 트집을 잡는 것이나 다름없었다. 그 문제는 한참 전부터 나온 것이니 예루살렘교회에서 맘만 먹으면 설교나 전도하면서 성도들을 설득시킬 수 있었을 것이다. 하지만 그들은 그렇게 하지 않았다. 수만 명의 성도가 있었음에도 은연중 겁을 냈던 것이다. 자신들은 정통 유대인이라 헬라파 유대인 스데반처럼 공공연한 죽음을 당할 위험도 피할 수 있었다. 물론 초기 희생자인 사도요한의 형제 야고보가 있지만 그때는 잔인무도한 헤롯왕의 통치 기간이었다. 당시 그들은 전보다 훨씬 안전한 환경에 잠식되었는지도 모른다.

장로들 모두 진심 어린 사과와 존경의 마음을 담아 머리를 숙였다. 바울 역시 감사해서 고개를 숙였다. 야고보가 대표로 사과할 게 있다며 손을 들었다. 그가 몹시 미안한 듯 말을 이었다.

"바울, 그대의 칠 일 정결례가 끝나기 무섭게 지독한 유대인들이 또 다시 그대를 찾았지요. 그대가 가는 곳곳마다 우리 율법을 훼손하고 헬라인을 데리고 거룩한 유대 성전으로 들어갔다고 선동했단 말이요. 그 헬라인은 다름 아닌 에베소인 드로비모인데 그대와 함께 성내에 있는 것만 보고 그대가 데리고 들어갔다고 거짓말을 한 것이요. 유대 성전에는 오로지 유대인만 출입할 수 있는데 유대인이 생각하기에 인간이 아닌 가축이나 다름없는 헬라인이 성전에 들어왔다는 건 참을 수 없는 모독이라고 생각한 것이지요. 그것도 딴 사람이 아닌 바울이 주동자라고 하니 사람들이 폭발한 겁니다."

그랬다. 미운 털이 박힌 바울을 잡기 위해서는 선동이 필수였다. 유대인들에겐 이번이 마지막 기회나 다름없었다. 예루살렘 외 다른 도시에서도 바울을 잡으려고 혈안이 된 사람들이었지만 하나님이 막으신 탓에 번번이 실패했다. 이곳은 그들의 본진이기에 어떻게든 그를 잡아들여야 했다. 그래야 모세율법과 할례가 모욕을 받지 않게 될 테니까…….

그렇게 바울은 그들의 희생양이 되어 소리 없이 돌무더기로 사라질 뻔했지만 다행히 로마 군대의 도움을 받았다. 천부장 루시아가 소문을 듣고 군사들, 백부장과 함께 소요 현장으로 달려오니 그제야 바울을 때리고 있던 군중이 물러났다. 바울은 곧 쇠사슬에 묶이게 되었고 영문으로 들어가기 직전 천부장의 배려로 성난 유대인들을 향해 히브리어 방언으로 자신에 대해 설명하고 변호할 수 있는 기회를 얻게 되었다.

또다시 바울의 회심 이야기가 나왔으나 이미 그들은 들을 마음이 전혀 없었다. 그들은 오로지 바울을 죽이려는 목적 외엔 아무것도 눈과 귀에 들어오지 않았다. 바울의 회심 이야기를 듣던 베드로가 갑자기 손을 들었다. 일행이 모두 그를 쳐다보았다.

"다들 생각나시오? 바울이 히브리어로 처음 한 말이 무엇인지? '부형들아, 들으라.'였소. 그 말을 들으니 누가 떠오르오? 스데반 아니오? 스데반의 첫 말은 무엇이었소? 바로 '부형들이여, 들으소서.'였잖소. 우리 유대인들이라면 익히 아는 단어가 부형이나 형제 아니오. 부형이란 아버지와 형님을 뜻하는 단어로 타인에 대한 존경을 담아 말하는 우리만의 고유한 언어지요. 결론은 스데반도 바울도 우리 유대인에 대한 경외심을 갖고 있었는데 유대인들은 그 사실을 굳이 모른 척했다는 것이오. 그들이 하나님을 믿지 않으니 당연히 하나님께서 보내셨다는 메시아 역시 받아들이지 못했던 것이오. 그러니 메시아가 오려면 아직도 멀었다고 생각해 신성모독죄로 두 사람을 죽이려 했던 것 아니겠소?"

일행은 베드로의 말에 소름이 끼친 듯 정적에 휩싸였다. 그랬다. 그들 유대인은 스데반과 바울의 유대인을 향한 존경심을 익히 알면서도 일단 둘을 죽이려고 혈안이 되어 있었다. 그래야만 자신들의 믿지 않는 죄책감에서 벗어날 수 있으리라 여긴 것이다. 바울과 스데반은 반사적으로 마주 보았다. 그리고 나서 둘은 희미하게 웃었다. 스데반은 베드로에 대한 존경심과 애정이 북받쳤는지 베드로의 뒤로 걸어와서는 그를 안았다. 베드로는 당연히 바울이라고 생각했는지 뒤를 돌아보지 않고 웃기만 했다.

* * *

바울이 천부장의 배려로 성난 유대인 무리로부터 떨어져 있게 되었을 때 하나님의 예비하심으로 마침 바울의 생질이 그들의 계략을 듣게 되었다. 바울을 고소하고 재판할 때 나오면 매복했다가 죽인다는 모략을 그가 듣고는 바로 바울에게 알리고 바울은 그를 천부장 앞으로 가도록 했다. 그의 말을 들은 현명한 천부장은 곧바로 바울을 예루살렘과 가까운 가이사랴의 벨릭스 총독에게 보내기로 결정했다. 아무리 생각해도 자신이 판단하기에는 역부족이었다. 가이사랴에는 식민지 이스라엘을 다스리는 로마 총독부가 주둔하고 있었다.

오래전 바울의 회심에 따라 완고한 정통 보수파 유대인인 그의 가족과 집안은 엄청난 충격을 받았다. 사실 바울 모르게 그전부터 믿는 사람들도 있었지만 대부분 바울과 같은 사고방식의 소유자들이었다. 엘리트 집안인데다 명성이 자자한 가말리엘 법사 등 최고의 스승에게 배웠다는 자부심으로 똘똘 뭉쳐 있는 최상위층이 바울의 급작스런 회심으로 인해 밑바닥부터 갈라진 분열이 일어났다.

전통을 지키려는 보수층은 크게 반발했지만 바울처럼 많이 배우고 뼛속까지 유대교에 열성적인 사람이 저렇게 변했다면 분명 무슨 이유가 있을 것이라고 추측하는 진보파 젊은층이 강하게 대치했다. 그 결과 수많은 집안사람들이 바울을 따라 그리스도교로 개종하고 세례를 받는 이변이 속출했다. 영문 앞에서 유대인의 계략을 들은 생질도 그중 한 명이었다. 그가 바울의 목숨을 살리는 데 일조했다.

천부장은 생질의 이야기를 듣고 바울을 살리고자 그를 호송할 인력을 대규모로 준비시켰는데 누가 보면 죄수의 호송이 아닌 왕족을 호위하는 수준이었다. 유대인들은 나중에 이런 이야기를 듣고 분해서 잠을 설쳤다. 야고보와 베드로 그리고 장로들은 환호성을 질렀다. 막연한 죄의식에서 벗어날 수 있었기 때문이다. 사실상 바울이 예루살렘에 온지 겨우 열흘이 지난 시점에 일어난 사건이라 정신을 차릴 수가 없었다. 하지만 이들은 적극적으로 나서지도 않았다. 이들 역시 유대인들을 두려워했다. 치졸한 처사였다. 장로 한 명이 그때를 떠올리며 치를 떨면서 부끄러움에 얼굴을 들지 못했다.

"참으로 집요하고 매서운 인간들이었소. 바울을 죽이기 전까지 먹지도 마시지도 않겠다는 결사대가 사십 명이 넘었고 야속하게도 많은 유대인이 동참했지요. '바울이 모세를 배반했다. 이방인에게 거룩한 유대 성전에 들어가는 것을 허락했다.' 등등 허무맹랑한 소문을 퍼트렸고요."

베드로가 특유의 걸걸한 목소리로 말을 이었다. 베드로와 야고보는 예루살렘교회의 주축 인물로서 더욱 책임감을 느끼는 듯했다.

"하지만 우리는 살아 계신 하나님의 역사를 목격했지요. 바울을 보호할 사람들을 치밀하게 예비해 놓으셨소. 결사대 사십 명의 열 배가 넘는 로마 군인, 그것도 정예병 사백칠십 명을 준비하셨지요. 보병에 기병과 마병까지…… 오후 제삼시(오후 아홉 시), 사람들 눈에 잘 띄지 않는 시각에 전속력으로 가이사랴로 달려가도록 은혜를 베푸셨지요. 아무런 방해 없이 바로 벨릭스 총독 앞으로 인계한 것이나 다름없었지요. 할렐루야!"

야고보도 낮은 목소리로 읊조렸다.

"바울, 너무도 부끄럽소. 우리 예루살렘 본교회가 아닌 이방인 로마 군대가 그대를 살렸소. 주님의 마지막 명령인 로마로 가기 전까지 안전하게 보호받을 수 있도록 은혜를 베푸신 것이요. 사실 사과할 건 또 있소. 진정 부끄럽기 짝이 없구려. 그대가 이태나 가이사랴 감옥에 구류되어 있을 동안 우리는 그대를 나오게 할 수 있는 어떤 힘도 발휘하지 못했지. 아니 더 솔직히 말하면 그럴 여유도 없었소. 시시각각 로마 관원들의 그리스도인에 대한 압박이 심해지면서 우리 살 길이 바빴다오. 베드로와 몇몇 사도는 그래도 목숨을 걸고 로마와 다른 곳으로 가서 전도했는데 나는 예루살렘에 머무르고 있으면서도……."

야고보는 말을 잇지 못하고 결국 울음을 터트렸다. 심한 죄책감과 자괴감이 몰려오는 바람에 그만 죽고 싶은 심정이었다. 베드로가 그를 안았다. 바울도 그를 토닥거렸다. 베드로도 바울에게 미안한 심정을 토로했다.

"사실 나도 로마에 가면서 마음이 무거웠소. 그대는 감옥에 있는데 나만 도피하는 게 아닌가 하는……. 그러면서도 하나님이 부르신다는 느낌에 어쩔 수 없었소. 그때 내가 마가와 실라한테도 로마로 속히 오라고 했지. 그러다가 몇 년 후 그대가 로마로 온 것이오."

"오 베드로, 그때 마가를 나한테 보낸 것 아니오? 지금도 고맙게 생각하고 있소. 얼마나 든든했는지 모르오. 마가의 진면목을 보게 된 시기요. 물론 그전에도 마가를 만났지만 우리는 로마 셋집에서 더욱 친해질 수 있었다오. 다 그대 덕분이오."

바울은 베드로와 야고보 그리고 장로들에게 깊이 허리를 숙였다. 진심으로 고마워서다. 늦게라도 이들의 속마음을 들었으니 은혜가 족하다는 생각이 들었다.

"사도들의 마음을 내가 왜 몰랐겠소. 다 하나님께서 정하신 수순이라고 생각했기에 담담하게 받아들였다오. 이렇게 늦게라도 그대들의 마음을 알았으니 나도 여한이 없소. 나 역시 그대들한테 섭섭한 마음이 남아 있었다면 사과하오. 우리 모두 하나님께 바친 몸들 아니요."

바울이 화답하자 장로들은 한결 편안한 표정으로 마주 보며 웃었다. 주께서 다정하게 그의 제자들을 바라보고 계셨다. 주 예수여 어서 오시옵소서! 아멘!

16.
산헤드린공회(대검찰청)에서 아나니아 대제사장과
바울의 회칠한 담 논쟁, 예수님의 로마 전도 격려를 받은 바울,
아나니아의 집요한 바울 고소 (사도행전 23-24장)

다들 진지한 와중에 야고보가 바울에게 물었다.

"바울, 산헤드린공회에서 아나니아 대제사장이 그대의 입을 치지 않았소? 그때 그대가 멋지게 방어했다는 소식을 듣고 우리가 환호했지요. 역시 바울이라고 말이오. 회칠한 담이라고 비판했다는 이야기는 우리 모두에게 부활하신 예수님에 대해 진지하게 생각해 보는 계기가 되었소. 예수님은 회칠한 무덤이라고 하셨는데 어떻게 예수님과 그대의 고난 과정이 비슷해 안쓰럽기도 했고요."

"아, 나도 모르게 화가 났어요. 처음엔 그가 대제사장이란 것도 몰랐지요. 참 누가, 예전에 데오빌로 장군이 물었다고 하지 않았나? 회칠한 무덤이 뭐냐고?"

갑자기 바울이 누가에게 묻자 다들 누가를 쳐다보았다. 누가가 쑥스럽다는 듯 답했다.

"네, 제가 설명했지요. 이스라엘 유대의 서민층에선 대부분 사람이 죽으면 길에 묻는데 명절에 타지에서 사람들이 몰려오면 밟힐 우려가 있어 그때만 석회를 뿌려 표시한다고요. 밟지 말라고요. 하지만 스승님이 말씀하신 회칠한 담은 회칠한 무덤보다 더 나쁜 뜻이지요. 무덤은 확실한 이유가 있지만 담은 무슨 용도인지 모른다. 그 안에 악한 것이 가득 담겨 있는데 겉만 번지르르하게 석회를 뿌려 사람들을 속인다. 그런 것 아닌가요? 또 데오빌로 각하가 아나니아라는 이름이 유대에서 흔하냐고 물었어요. 성경에 여러 번 나온다고요. 그래서 제가 자세히 설명했지요. 아나니아, 삽비라 부부와 청년 사울에게 안수해 눈을 뜨게 한 아나니아 사도 그리고 아나니아 대제사장 다 다른 인물이라고요. 각하는 참으로 호기심이 많고 기억력도 좋으세요. 헤롯왕에 대해서도 각각 다른 왕, 네 명에 대한 설명을 첨부했지요. 다한 혈통이라고요. 그가 흥미진진해했어요."

누가의 똑 부러지는 답변에 다들 고개를 끄덕거렸다. 바울도 만족한 표정으로 회칠한 담의 설명이 바로 자신이 뜻한 바라고 일행에게 알려 주었다. 그러면서 예수님께서 나타나신 것을 상기시켰다.

"예수께서 '너는 반드시 로마로 가야 한다. 거기서 나의 도를 전해야 한다.'라고 하셨어요. 그 말씀에 힘을 얻었습니다."

다들 "아!" 하고 탄성을 내질렀다. 장로 한 명이 다시 말했다.

"지금 생각해도 아나니아 대제사장이 참으로 그악스럽고 집요한 게 이태 동안 사도가 가이사랴 감옥에 갇혀 있는 동안에도 바울에 대한 분노를 거두지 않았어요. 끝까지 어떻게든 사도를 죽이려는 계획을 멈추지 않았지요. 아니 대제사장이면 제사 지내기에도 바쁠 텐데 어떻게 자신의 일을 할 생각은 안 하고 바울 죽이기에만 골몰했는지 한심하고 치가 떨립니다. 벨릭스에서 베스도 총독으로 바뀌자마자 한 일을 보세요. 바로 바울을 고소하려 하지 않았습니까?"

"더둘로 변사와 합류한 것을 보면 아나니아의 추접스러운 행태를 더 잘알 수 있어요. 돈을 주고 유명한 변호사를 고용한 것만 봐도 그들의 목적이 눈에 보였지요. 아무리 말 잘하는 더둘로가 둘러댔어도 하나님께서는 베스도가 흔들리지 않도록 다잡으신 겁니다. 아마 그들은 무척이나 약이 올랐을 겁니다. 아나니아는 말할 것도 없고 더둘로도 그렇게 많이 배우고 혼자 잘살면 뭐 합니까? 하나님의 은혜는 잊어버리고 오로지 베스도 총독에게만 잘 보이려고 했잖아요. 사실상 베스도를 은근히 압박한 것이나 다름없지요. 전 총독인 벨릭스한테는 뇌물이 통했잖아요. 그들은 베스도가 바울이 예루살렘으로 가는 것을 허락하면 매복했다가 바울을 죽이고 그 모든 책임을 베스도에게 떠넘기려는 약은 수를 쓰려고 했지만 베스도가 의외로 그들의 야비하고 교활한 속임수에 넘어가지 않았어요. 결국엔 바울이 로마행 배를 타게 되었고요. 사실 로마로 가는 길이 어디 쉬운가요? 만약 로마 군인이 대동하지 않았다면 십중팔구 어딘가 매복한 유대인에 의해 바울은 쥐도 새도 모르게 암살되었을 겁니다."

베드로도 거들었다. 그랬다. 가이사랴건 예루살렘이건 어디서나 로마로 가는 길은 멀고도 험했다. 배를 타야만 했다. 비용도 만만치 않았고 모든 제반 사항도 녹록치 않았다. 몸만 가는 게 아니기 때문이다. 하나님께서 이 모든 것을 일거에 해결해 주신 것이다. 조용히 이야기를 듣고 있던 야고보가 말을 이었다.

"우리는 아나니아 대제사장을 통해 큰 교훈을 얻었지요. 자신도 하나님을 믿지 않는 죄를 범했고 다른 사람들까지 믿지 못하도록 한 겁니다. 그로 인해 벨릭스나 베스도 등 로마인에게 도를 전할 수 있는 기회를 놓쳐 버린 것이나 다름없지요. 그렇게 야비하고 덜떨어진 모습을 보여 주었으니 그들이 속으로 얼마나 우리 유대인을 무시했겠냐고요. 무시를 넘어 그리스도교에 대한 신뢰마저 깡그리 없앤 것이지요. 하긴 내가 이렇게 말할 자격도 없지만. 오오, 주님 우리를 용서하시옵소서.”

야고보는 잠시 숨을 고르다가 또 손을 들었다. 다들 기다려 주었다. 그만큼 그가 하고 싶은 말이 많다는 것을 느낄 수 있었다. 그의 깊은 회한이 와닿아 가슴이 쓰라렸다.

“나는 바울에게 또 감명을 받은 건, 바울이 그랬잖아요. ‘내가 이렇게 결박을 받은 것 외에는 여기 있는 모든 사람들이 다 나와 같이 되기를 원하노라.’ 라고요. 얼마나 하나님과 함께 동행한 삶에 보람을 느끼고 자신 있었으면 그렇게 당당하면서도 따뜻한 권면을 할 수 있나 해서요. 그 앞에 섰던 사람들이 누구입니까? 세상 사람들의 눈으로 보면 대단한 이들이잖아요. 로마 총독도 있고 대제사장과 명망 있는 유력 인사들 그리고 분봉왕이지만 어쨌든 이스라엘의 왕과 그의 파트너 아닙니까. 하지만 이들의 하나님을 모르는 세속적인 삶보다는 현재는 비록 죄수의 몸이지만 하나님을 알고 있고 그의 계명에 따라 살려고 노력했던 사람, 바울과는 천지 차이가 있지요. 하나님께서 그때 분명 바울의 말을 들으셨을 텐데 얼마나 기뻐하셨을지. 나는 그저 부럽고 주님께 죄송한 마음뿐입니다.”

다들 야고보의 말을 듣고 또 한 번 회한의 한숨을 내쉬었다. 바울에게 베푸신 하나님의 은혜는 그것만이 아니었다. 가이사랴에서 처음 탄 배는 아드라뭇데노, 다시 말하면 여객선이다. 대형 상선이 아니었기에 가는 곳곳마다 들러야 했다. 그래서 바울의 고향 다소뿐 아니라 시돈도 구브로도 밤빌리아 해안도 잠시 들러볼 수 있었다. 예루살렘 입성 전에 시돈에서 일주일 머물렀던 기억, 바나바의 고향인 구브로를 바라보며 바나바와의 사역을 회상했고 고향인 다소에서의 어린 시절을 추억하며 행복해했다. 이 모든 게 다 하나님의 은혜였다. 바울이 “할렐루야!”를 선창하자 다들 큰 소리로 “할렐루아!"를 외쳤다.

　베드로는 그때의 상황을 너무도 잘 알기에 회한의 눈물을 흘렸다. 바울의 진심은 알았지만 본인을 포함한 예루살렘교회 사도들의 미숙한 대처가 화를 불렀다. 그에 더해 그들 모두 태생적으로 유대인이라는 한계로 인해 완악한 유대인 무리들의 눈치를 보지 않을 수 없었다. 비겁하고 비굴했다. 목숨 바쳐 바울을 옹호하려는 사도들은 없었다. 다들 눈치 보느라 급급한 시절이었다. 바울은 그런 베드로의 심정을 잘 알기에 말없이 그를 안아 주었다. 마가, 누가, 디모데 그리고 야고보와 장로들도 그를 따스하게 격려했다.

17.
하찮은 부활 논쟁으로 치부된 전도로 말미암아
다섯 번의 법정 심문을 받은 바울(사도행전 25-26장)

바울은 지금 꿈을 꾸고 있는 건지 현실인지 분간을 못 했다. 분명 감옥이었다. 마가와 디모데, 누가가 언제나처럼 좁디좁은 방에서 등을 맞대고 앉아 자신의 이야기를 경청하고 있었고 스데반은 늘 그렇듯 벽에 그림자처럼 붙어 있으면서도 온화한 미소를 잃지 않고 있었다.

이 좁은 방에 어떻게 성장한 베드로와 야고보 및 유대의 명망 있는 장로들이 다닥다닥 붙어 있는지 의심스럽기 짝이 없는데 아무도 불편한 티를 내지 않았다. 이들은 오롯이 바울의 이야기를 듣느라고 허리를 곧추세우고 앉아 있었다. 마가와 디모데는 베드로와 야고보의 존재를 알고 있는 건지 모르는 건지 혼란스럽지만 누구 하나 미심쩍은 표정이 아니다. 신기했다. 자꾸만 스데반을 쳐다보니 그도 겸연쩍은 듯 손에 잡은 지팡이를 만지작거렸다. 정말 저 지팡이로 저들을 소환한 것인가……. 마가의 힘 있는 목소리가 바울의 상념을 깼다.

"스승님, 정말 흥미진진합니다. 흥미라는 표현이 경박스럽긴 하지만 무슨 연극 보는 것만 같아요. 그렇게 밤에 로마 군대의 호위를 받아 벨릭스 총독 앞에 서셨군요. 벨릭스는 원래 노예 출신이라고 들었는데 어떻게 총독까지 되었는지 엄청난 인물이로군요."

누가가 얼른 말을 받았다.

"엄청나기보다는 약삭빠른 인물로 노예로 있을 때 주인에게 잘 보여 출세가도를 달린 아주 영악한 속물입니다. 그 집에 화재가 났을 때 목숨 걸고 주인을 구했대요. 늘 주인 곁을 눈에 띄지 않게 맴돌면서 어떻게든 기회를 잡으려고 몸부림쳤대요. 나중에 다른 노예가 증언하는 것도 들었어요. 그가 일부러 화재를 냈다고 집사를 비롯해 하녀들과 요리사 등 여러 사람이 증언했다고요. 하지만 그 노예는 물론 증언한 사람들 모두 주인의 노여움을 사 잔혹하게 처형당했어요. 모두 그가 사주한 겁니다."

누가는 역시 세상 소문에도 빨랐다. 바울은 모두 처음 듣는 이야기였다. 벨릭스 총독이 유대인 아내 드루실라와 함께 와서 자신의 강론을 몇 번이나 들었지만 둘 다 회심의 기미는 보이지 않았다. 그가 자신한테 돈을 바라는 것도 눈치챘다. 그가 바울의 친척뿐 아니라 바울을 사랑하는 성도들로부터 받는 돈도 쏠쏠했다. 결국 그는 중요한 믿음을 깨우치지 못하고 적은 돈을 벌기에 급급해 이태나 바울을 구금 상태로 방치한 최악의 인간이었다.

"그 인간이 세 번이나 결혼했어요. 비록 천신만고 끝에 밑바닥 노예에서 그토록 바라던 최고의 자리인 로마 총독에까지 올랐지만 노예의 비굴한 성정은 버리지 못했지요. 결혼 횟수를 뭐라 하는 게 아니라 늘 자신의 영달과 욕망을 위해 결혼한 질이 나쁜 인간입니다. 아내를 사랑해서가 아닌 이용 대상으로 생각한 것이지요. 첫 번째 부인은 유명한 안토니우스와 클레오파트라의 손녀입니다. 두 번째는 우리가 아는 유대 여자 드루실라인데 이것도 이미 결혼한 그녀의 미모에 반해 그녀를 유혹한 겁니다."

평소 차분한 누가가 살짝 흥분해서 말을 이으니 일행은 더더욱 몰입했다.

"세상은 돌고 도는 게 벨릭스는 결국 가이사랴에서의 폭정이 문제가 되어 로마로 소환되어 공직에서 쫓겨났어요. 드루실라는 폼페이 화산 폭발로 죽었고요. 벨릭스 후임으로 베스도 총독이 부임했는데 아그립바왕과 여동생 버니게가 같이 인사차 왔잖아요. 아그립바와 버니게는 드루실라의 친남매입니다. 아그립바는 초대교회 초창기에 요한 사도의 형제인 야고보를 죽인 헤롯왕의 아들입니다. 어떻게 헤롯왕 4대가 모두 예수님 및 예수님의 제자들과 악연으로 이어지는지 한탄스러워요. 사탄의 계략이지요. 그래도 아그립바는 바울 사도를 놓아주려고 했어요. 사도께서 가이사한테 상소만 안 했다면 풀어 주려고 했지만 만약 그랬다면 로마행은 무산되었을지 모릅니다. 유대인들이 또 무슨 흉계를 꾸몄을지 모르니까요. 다 하나님의 놀라우신 계획이었다고 생각됩니다."

바울은 아그립바와 버니게 그리고 베스도 앞에서 심문을 받았지만 역시나 특별한 일은 없었다. 로마 황제에게 반기를 드는 이유가 전혀 없었기 때문이다. 오로지 유대율법에 관한 문제로 누가 봐도 바울의 전도를 훼손시키려는 목적이었다. 베스도는 바울에게 "너의 넓고 깊은 학문이 너를 미치게 했구나."라고 절규했다.

평소 나서지 않고 뒤에서 묵묵히 그림자 역할을 수행하던 누가가 이번엔 열심히 자기 의견을 내어 사람들을 놀라게 했다. 다소 거친 표현도 마다하지 않았다. 아마 누구보다 바울 곁에서 모든 것을 보았기 때문에 다른 사람들보다 훨씬 생각도 많았으리라. 사실상 스트레스가 얼마나 많았겠는가. 직접 보는 것과 나중에 듣는 것은 천지차이다. 누가의 설명이 이어졌다. 바울도 놀라서 그의 말을 잠잠히 듣기만 했다.

"벨릭스는 바울 사도께서 거금의 구제헌금을 가지고 온 것을 알고 있었

어요. 혹시 헌금 외 남은 돈이 있나 싶어 은근히 기대했어요. 몇 번이나 사도
게 눈치를 주었지요. 돈을 주면 석방시키겠다는 메시지를 집요하게 보냈지
만 사도가 눈 하나 깜짝 안 하자 포기하고 방치한 겁니다."

베드로와 장로들의 얼굴이 다시 부끄러움으로 말미암아 벌겋게 달아올
랐다. 베드로가 말끝을 흐리며 겨우 입을 열었다. 그는 말하는 도중 몇 번이
나 숨을 골라야 했다. 누가는 그 와중에도 물을 챙기며 베드로의 안색을 살
폈고 마가는 물수건으로 시시때때로 베드로의 얼굴을 닦아내느라 정신이
없었다. 마가는 베드로가 죄수복이 아닌 사도복을 입고 있다는 것을 아는지
모르는지 한편으론 누가의 말을 듣고 한편으론 베드로를 챙기느라 바빴다.
그런 마가를 모두가 흐뭇하게 바라보며 미소 지었다.

"그 헌금은 아주 요긴하게 쓰였답니다. 예루살렘교회 성도들이 굉장히 고
마워했어요. 유대인들이 그토록 무시하던 이방인들로부터 구제헌금을 받
은 희귀한 상황이었어요. 도를 믿지 않는 유대인들은 그것에도 분노했답니
다. 아무리 힘들어도 어찌 천민이나 다름없는 이방인한테 도움을 받을 수
있냐고요. 예루살렘교회 성도들은 그들과 달리 열린 마음의 소유자들이었
기에 감사히 받았고 다음에 은혜를 갚자고 다짐했지요. 바울이 평생 이방
인에게 도를 전한 노고가 마침내 모든 사람들에게 알려지고 인정받는 느낌
이었어요. 바로 유대인과 이방인의 진정한 화합입니다. 믿음으로 하나 되는
세상 말입니다. 그런데 우리는…… 그런 사실을 바울에게 직접 전하지도 못
한 채 속수무책 세월만 보냈지요. 지금 생각하니 왜 그렇게 무기력했는지.
어떤 방법으로든 바울을 빼내려고 노력했어야 하는데 성난 유대인들의 기
에 눌려서 그만……."

야고보가 길게 한숨을 쉬며 울먹거리자 또다시 장로들의 회한이 이어졌

다. 바울이 얼른 손을 들어 그들의 탄식을 막았다. 지금은 과거의 일에 얽매일 시간이 없다. 앞으로 어떻게 하나님의 사역을 이어 나가야 하는가가 가장 중요한 문제이기 때문이다.

이번에도 누가가 입을 열었다. 아직도 살짝 흥분한 상태였다. 평생을 바울과 함께하면서 그 나름대로 느낀 속마음을 풀고 싶었던 것일까……

"벨릭스는 하나님이 주신 회심의 기회를 여러 번이나 스스로 걷어차고 바울 사도를 일 년도 아닌 이태 동안 구금 상태로 방치했지요. 사도께서는 예루살렘을 거쳐 로마로 다시 서바나로 가는 선교 여정을 구상하고 계셨는데 그 인간 때문에 아무것도 못 하는 아까운 시간이 지나갔어요."

이때 바울이 손을 들어 발언권을 요청했다. 누가가 주춤한 듯 물러났다.

"누가, 그건 아니다. 물론 이태 동안 물리적인 일은 못 했지만 하나님의 시계는 우리와 다르게 움직인단다. 나로 하여금 인내를 배우게 한 시간이었지. 더욱 겸허하게 나를 돌아볼 수 있었단다. 내가 그동안 헌신한 가치관이 옳다고 확신할 수 있는 시간이었어. 거기다 그간 긴장으로 점철된 심신의 피로도 풀 수 있었어. 어쩌면 안식년이었을지도 몰라. 장소는 비록 불편한 구치소였지만, 1차와 2차 전도여행의 안식년을 안디옥에서 보냈다면 3차 전도여행의 안식년 장소는 가이사랴라고도 할 수 있지. 다들 그렇게 생각 안 하시오?"

바울이 오랜만에 껄껄 웃었다. 다들 따라 웃었다. 갑자기 창문으로 환한 햇살이 삐죽 고개를 내밀면서 인사했다. 어디선가 따뜻한 온기가 냉골의 감옥을 데워 주고 있었다. 야고보와 베드로 그리고 장로들은 민망해하는 바울과 달리 계속해서 누가의 자세한 설명을 듣고 싶어 했다. 그들은 그만큼 그 당시 상황에 대한 궁금증에 목말라 있었다. 예루살렘과 가이사랴라는 물리적 거리만큼 그들의 마음도 거리를 두었다는 자책감 때문이었다. 바울도 그들의 안타까운 심정을 알 것만 같았다. 누가가 자기 대신 설명하는 것에 고마움을 느꼈다. 누가는 정말 바울이 죽을 때까지 여러모로 헌신한 벗이자 동료이자 가족보다 더한 관계였기에 기뻐하며 누가를 만나게 해 주신 주님께 감사드렸다.

누가는 바울에게 죄송하다는 목례를 한 다음 꿋꿋이 말을 이어 갔다. 이번이 마지막 기회라는 절박함이 비쳐졌다. 일행에게 바울의 진심에 관해 알려야겠다는 강한 의지를 엿볼 수 있었다.

"벨릭스 다음에 부임한 베스도 총독도 벨릭스와 오십보백보였어요. 똑같이 돈을 바랐지요. 하지만 벨릭스보다는 인간적이었어요. 역시나 유대인들의 환심을 사려고 했고 자기가 봐도 아나니아 대제사장이나 유대인들의 말을 들어봐도 자기 생각엔 하찮은 부활 논쟁뿐이니 사형까지 시킨다는 건 무리라고 생각한 사람입니다. 그래서 아그립바와 버니게를 초빙했지요. 로마인의 눈에는 부활이나 율법 논쟁이 비논리적인 언쟁으로 보였거든요."

"음, 하찮은 부활 논쟁이라니. 내가 더 기분 나쁜 건 로마인은 그렇다 치고 우리와 같은 유대인인 아그립바와 버니게, 드루실라 같은 인간들이 더 악질이었다는 겁니다. 유대인이라 충분히 도에 대해 알 만큼 알면서 모른 척한 죄는 씻기 어렵습니다."

베드로가 흥분해서 주먹을 쥐었다. 다들 고개를 끄덕거리면서 분노를 드러냈다. 야고보도 어이없어 자신의 가슴을 주먹으로 치면서 신음 소리를 내었다.

"하찮은 부활 논쟁이라니. 아니 우리 주 예수 그리스도께서 십자가에 못 박혀 돌아가신 것을 보고도 그런 말이 그것도 유대인의 입에서 나온 말이라니. 어릴 때부터 듣고 보고 자란 것이 메시아 강림 아닙니까? 그런데도 그토록 못 믿었지요. 아니 안 믿은 겁니다. 그들은 이방인을 개나 소 취급했는데 이렇게 나오면 이방인들과 다를 것이 뭐가 있냐고요? 아니 사실 나도 이런 말할 자격도 없지요. 우리도 다 똑같은 죄인입니다."

야고보와 베드로 그리고 장로들의 장탄식이 또 다시 이어졌다. 모두 다 그때 용기를 내지 않은 후회로 몸서리치고 있었다. 누가가 다시 끼어들었다.

"아그립바와 버니게, 드루실라 남매는 하나같이 음란한 사람들입니다. 버니게는 여러 남자와 관계를 가진 것도 모자라 친오라버니인 아그립바와도 사실혼 관계를 유지했어요. 그래서 베스도가 부른 법정에도 나란히 참석한 겁니다. 누가 보면 무슨 왕족 행사가 열린다고 생각했을 겁니다. 아그립바는 왕이 드는 홀과 머리엔 왕관을 쓰고 버니게 역시 화려한 머리 장식에 긴 드레스까지 떨쳐입고 등장했지요. 죄인을 심문하는 자리가 아닌 마치 바울을 환영하는 축제처럼 보였습니다. 단 한 명의 죄인 아닌 죄인을 심문하는 자리에 왕과 총독 그리고 유대 유력 인사가 다 모인 셈이지요."

바울은 예루살렘과 가이사랴에서의 마지막이 참으로 파란만장했다는 생각이 들었다. 무려 다섯 번의 심문을 거친 셈이다. 부활을 인정하지 않는 사람들에게 피를 토하는 절규를 했건만 한 번도 받아들여지지 않았다. 마지막 아그립바도 죄를 인정하지는 않았지만 부활에는 관심을 보이지 않았다.

총 다섯 번의 심문, 첫 번째는 그나마 바울을 살린 천부장 루시아, 그의 배려로 죽음을 피할 수 있었다. 두 번째는 대제사장 아나니아와 장로들, 세 번째는 벨릭스 총독, 네 번째는 베스도 총독, 마지막 다섯 번째가 바로 아그립바왕이다. 이 다섯 번째 심문을 거치고서야 마침내 로마행이 결정되었다.

18.
바울의 로마 압송과 광풍 유라굴로 앞에서 보인
진정한 크리스천 리더십(사도행전 27장)

이제 사흘만 지나면 마가와 디모데가 돌아가야 한다. 쏜살같이 일주일이 지나갔다. 하루 종일 붙어 이야기하는데도 할 이야기가 어디서 그렇게 많이들 나오는지 서로가 신기해했다. 이들이 오기 전에도 베드로와 바울은 꽤 많은 대화를 나눴다고 생각했는데 이번에 보니 그것도 아니었다. 가장 추운 한겨울에 마가와 디모데가 도착했는데 신기하게도 그들과 지낼 동안 무지막지한 추위는 없었다. 비바람이 자주 쳤는데도 불구하고 봄은 어김없이 오고 있었다. 감옥은 여전히 냉기를 뿜었지만 이들이 함께하는 열기는 차디찬 감옥을 녹이기에 부족함이 없었다.

간수들도 적막하기 그지없던 감옥에 잠시나마 활기를 불어넣어 준 이들에게 고마움을 표시했다. 더 붙들고 싶어도 그렇게 할 수 없었다. 분명 이들을 지켜보는 눈과 듣고 있는 귀가 있을 것이다. 자칫하면 간수들의 목숨마저 위태로울 수 있다. 데오빌로 각하의 특별 허가가 내려왔지만 그것과는 별개로 간수들에게도 하나님의 감동이 임했기에 열흘이라는 긴 시간을 할애해 준 것이다. 로마 고위층이 무슨 트집이라도 잡는다면 당장 파면과 죽음에 처할 수 있는 위험한 상황이기에 감옥에 있는 사람들은 지위고하를 막론하고 한마음으로 하루하루가 무사히 지나가기만을 기도했다.

모두의 마음이 바빠지기 시작했다. 누가 봐도 이들의 마지막 만남이다. 아마도 마가와 디모데가 가고 난 후 얼마 안 있어 위대한 사도들의 순교가 진행될 것이라는 사실을 다 알고 있었다. 그래서 베드로와 바울도 자신들이 알고 있는 혹은 들은 이야기를 모조리 쏟으려고 작정한 것이다. 마침 바울의 이야기가 절정을 향해 달려가고 있음에 감사하는 일행이었다.

늘 그렇듯 베드로가 포문을 열었다. 베드로는 감옥에 들어온 이후 가장 활기찬 모습을 보여 누가와 바울의 마음을 짠하게 만들었다.

"참, 바울. 어젯밤 그대가 청년 사울이었을 때 다메섹에서 그대한테 안수해서 그대의 눈을 다시 뜨게 해 준 아나니아 사도가 꿈에 나타났소. 마치 우리들의 이야기를 다 들은 사람처럼 말해서 깜짝 놀랐지. 그가 사울을 처음 만나러 가기 전에 주님께서 해 주신 이야기를 하는데 온몸에 소름이 오소소 올라왔소."

"오오, 궁금하오. 나도 아나니아한테 나중에 듣긴 했지만, 그대한테 뭐라고 했는지 듣고 싶소."

바울의 궁금증에 동의한다는 듯 누가, 마가, 디모데도 눈을 총총 빛냈다. 스데반도 귀를 쫑긋거리며 앞으로 걸어 나오더니 조용히 바울의 뒤로 와서 섰다. 사실 스데반은 그 자리에도 있었기에 아나니아가 사울에게 안수하는 것을 직접 봤지만 그래도 궁금하기 이를 데 없었다.

"주께서 사울을 만나기를 망설이는 아나니아한테 단호하게 말씀하셨답니다. '가라. 사울은 내 이름을 이방인과 임금들과 이스라엘 자손들 앞에 전하기 위하여 택한 나의 그릇이라. 그가 내 이름을 위하여 해를 얼마나 받아야 할 것을 내가 그에게 보이리라.'라고요. 그 말을 듣는 순간 천둥이 정수리를 내려치는 것 같았지. 바울이 그동안 주의 이름을 알리기 위해 얼마나 많은 해를 당했소? 수많은 이방인은 물론, 아, 베스도도 벨릭스도 이방인 아니오. 거기다 임금들이라고 하셨는데 어쨌든 아그립바도 분봉왕이긴 하지만 왕이고, 아마도 로마의 가이사 앞에서도 주의 이름을 전하라는 뜻 아니었겠소? 로마로 가는 게 정해진 수순이라 그토록 바울을 지키신 것 같소. 아나니아도 그렇게 생각한다고 하더군. 바울이 보고 싶고 다메섹에서 더 깊은 교류를 하지 못한 것이 아쉽다고도 했소. 그때는 사실 우리 모두에게 절박하고 급박한 나날이었지. 유대인들의 끈질긴 추적에 점차 로마의 박해도 심해지던 나날이었어."

바울도 새삼스레 아나니아가 그리워졌다. 그는 사울의 회심 후 첫 번째로 만난 주님의 제자였다. 그는 주님의 70인 제자 중 한 명이었다. 이미 다메섹에서 영성 가득한 경건한 제자로 칭찬받고 있었다. 언제 어디서나 우리 주님은 적재적소에 제자를 예비하고 계신다는 사실에 모두 감명 받았다. 바울도 두고두고 그에게 고마움을 표했다. 바울이 아나니아를 생각하느라 잠시 말을 멈췄는데 그 침묵을 베드로가 깼다. 그의 큰 목소리에 바울은 정신을 차린 듯했다.

"바울, 이제 드디어 로마로 향하는구려. 그때는 감옥이라도 이런 곳은 아니었지. 자유로운 구금 상태라 이태나 전도했잖소. 아, 그놈의 망할 인간만 아니었다면 우리가 지금도 땅끝까지 가서 전도하고 있을 텐데, 그 때문에 우리가 이런 고생을 하는구려. 지옥에 떨어질 인간이지."

베드로는 인간이라는 단어를 말할 때 소리는 내지 않고 입모양으로만 말했다. 네로 황제를 뜻함을 다 알고 있었다. 로마 화재와 함께 소리 내어 말하면 안 되는 금기어였다.

"스승님께서 로마로 오기까지 갖은 고생을 하셨잖습니까. 특히 배에서 유라굴로 광풍으로 인해 죽을 고비를 넘기셨는데 그때 상황이 무척 궁금합니다. 참, 디모데는 스승께서 가이사랴 감옥에 있을 때 다시 에베소로 간 것이지요?"

마가의 질문에 이번에도 누가가 나섰다. 누가 역시 마가나 디모데처럼 이들이 가기 전에 모든 사역을 이야기해야 한다는 사명감에 사로잡힌 듯했다. 그는 마치 데오빌로 각하에게 전하듯 이 모든 대화를 듣고 말하고 기록하느라 감옥에서 가장 바쁜 사람이 되어 있었다.

"아, 그 이야기는 제가 할까요? 스승님 지금 살짝 지치신 것 같아서요."

바울의 상태를 족집게처럼 파악하고 있는 누가다웠다. 바울이 고맙다는 듯 고개를 끄덕거렸다. 유라굴로 이야기는 자기가 하기에는 자랑하는 것도 같아 민망한 게 사실이었다. 지혜로운 누가가 그것까지 파악한 것이다. 바울의 심기를 깊이 헤아리는 충성스러운 하나님의 종이다. 거기다 누가 말대로 피로감이 몰려온 것도 사실이었다. 사실상 대부분의 이야기를 바울이 했기에 에너지 소모가 상당했다. 어젯밤 뜻하지 않게 야고보 일행을 맞닥뜨린 사건도 긴장감을 높였다. 신기한 건 아무도 그들에 대한 이야기를 하지 않는다는 점이다. 오늘 아침 일어나니 야고보 일행이 사라졌다. 마가나 디모데, 누가 그리고 베드로까지 꿈을 꾸었다는 말조차 하지 않았다.

"마가 말대로 바울 사도께서 가이사랴 감옥에 투옥되셨을 때 사도께서 디모데를 비롯한 다른 제자들을 다 돌려보내셨어요. 각자 떠나온 곳으로 가서 사역에 전념하라고요. 나와 아리스다고만 남았지요. 디모데는 로마 셋집에서 다시 만났고요."

디모데도 마가를 향해 맞다고 미소 지었다. 디모데만큼 조용히 듣고만 있는 사람은 없었다. 디모데는 틈틈이 스승의 이야기를 들으면서 기록한 것을 누가와 마가에게 전했다. 혼자 있을 때 자신의 기억을 되짚어 보충하는 것도 잊지 않았다. 그는 그렇게 있는 듯 없는 듯 사람들에게 도움을 주는 존재였다. 특히 바쁜 누가한테 큰 힘이 되어 주었다. 누가에게 궁금한 것도 많은 마가는 생각난 김에 이야기하려고 누가한테 물었다.

"아, 또 있어요. 바울 스승의 이야기가 끝나면 질문하려고 했는데 잊어버리기 전에 할게요. 데오빌로 각하와 서신 교환은 꾸준히 하고 있는 거지요? 그가 어떻게 답장을 보냈는지도 궁금해요. 마르쿠스가 왔던 날 묻고 싶었는데 누가 사도가 너무 바삐 왔다 갔다 하기에 차마 물을 수가 없었어요."

누가는 마가를 향해 순박한 미소를 지었다.

"알았네. 마가. 그것도 가기 전에 다 말해 줄게. 지금은 바울 스승 이야기를 마저 들어야 해. 스승의 이야기를 완결시켜야 하니까."

베드로와 바울은 언제나처럼 누가의 확실하면서도 젠틀한 태도에 경탄을 금치 못했다. 누구도 기분 상하지 않게 맺고 끊는 것이 확실한 사도라고 자신 있게 말할 수 있다. 마가도 만족한 표정이었다. 바울을 대신해 누가의 설명이 다시금 이어졌다. 바울은 누가의 말을 수정할 필요가 있을 때만 손을 들었다.

바울의 로마행이 결정되자 다들 바빠졌다. 베스도 총독은 바울을 호송할 군단을 지시했고 책임자는 백부장 율리오로 낙점되었다. 율리오는 하나님께서 예비하신, 로마로 가는 내내 바울을 살리려고 숨은 노력을 한 충성된 사람이다. 처음엔 그리 크지 않은 여객선으로 가이사랴를 떠나 구브로, 길리기아, 밤빌리아를 거쳐 루기아에 이르러서야 이집트에서 출발한 알렉산드리아호로 갈아탔다. 알렉산드리아호는 대형 상선이다. 당시 알렉산드리아는 호황을 누리는 대도시였다. 그 배에는 바울을 비롯한 죄수와 그들을 안전하게 호송할 군대 및 관광객과 상인 등 총 이백칠십육 명이 타고 있었다.

당연히 주도권은 백부장 율리오가 쥐고 있었다. 선장과 선원 모두 그의 말을 따랐다. 바울이 보기에 분명 위태로운 항해가 될 것 같아 미리 예고했지만 율리오는 그보다 선장과 선주의 말을 더 신뢰했다. 바울에게 호감은 있지만 배는 경험자가 더 잘 알리라는 상식을 믿었기 때문이다. 하지만 바울의 우려대로 광풍을 만났고 십사 일간 흑암과 폭풍의 위협 속에서 아무도 먹지 못하고 공포에 시달려야 했다.

"누가! 그때 데살로니가 사람 아리스다고도 함께했지? 그는 평신도로서 어떻게 바울과 그 오랜 시간을 함께했는지 내가 다 고맙네그려. 바울 그대가 참 복이 많아. 좋은 동역자를 많이도 만났어. 나도 여기서 아리스다고와 조금 더 시간을 보냈으면 좋았으련만 내가 들어오고 얼마 안 있어 죽어서 너무 아쉽네. 그의 아픈 모습만 보고 나는 그저 기도만 해 주었지."

베드로가 안타깝다는 듯 말을 흐리자 바울은 문득 아리스다고 생각에 잠시 숙연해졌다. 누가도 바울의 심기를 눈치 채고 말을 멈췄다. 아리스다고는 사도들 못지않게 바울 사역에 큰 힘이 되어 준 사람이다. 베드로 말대로 바울 사역엔 사도는 물론 평신도들마저 목숨을 아끼지 않았다. 아리스다고는 에베소에서부터 함께해 가이사랴 감옥 및 두 번에 걸친 로마 감옥 투옥까지 함께했으나 베드로가 들어오고 난 후 곧이어 순교하는 바람에 바울을 더욱 외롭게 만들었다. 아마도 누가와 베드로가 옆에 없었다면 바울은 지상에서 보내는 마지막 여정에 회의를 가졌을 수도 있다. 평생 바울을 지켜 준 누가에 이어 생각지도 못한 베드로가 감옥에 들어오면서 바울은 마음의 평강을 유지할 수 있었다. 천국으로 가기 전까지 서로의 든든한 동반자가 되어 준 베드로와 바울이다.

마가는 비록 바울의 로마 셋집에서 바울과 잠시 살았지만 많은 시간을 내이야기한 적은 없었다. 그만큼 바울의 하루하루가 바빴기 때문이다. 매일매일 쏟아져 들어오는 유대인 및 로마인, 헬라인 무리가 말씀을 사모했기에 그는 하루 온종일 말씀을 전파하고 남는 시간엔 틈틈이 옥중서신을 쓰느라 일분일초도 허투루 보낼 시간이 없었다. 그 당시 작성된 서신이 에베소서, 골로새서, 빌레몬서, 빌립보서이다. 바울의 부지런한 성정과 사명감을 엿볼 수 있는 집필이라 할 수 있다.

그래서인지 이곳에서 만난 마가와 바울은 그때를 만회하려는 듯 조금의 시간 낭비도 없이 서로에게 집중하고 있었다. 마가는 작정한 듯 적극적으로 궁금한 점이 있으면 재차 물으면서 기록하고 배워 갔다. 다들 마가의 이런 태도를 보고 그가 앞으로 사역할 때 큰 도움이 되리라 믿어 의심치 않았지만. 아아, 참으로 안타깝도다. 바울과 베드로의 순교 이후 이태도 안 되는 짧은 시간에 이교도들의 계략으로 비참하게 순교했으니……. 천국에 있던 바울과 베드로가 놀라움을 금치 못한 비극적인 사건이었다. 순교마저 삼촌인 바나바와 비슷하게 당했다.

바울이 아리스다고 생각에서 조금 벗어난 듯하자 누가가 얼른 말을 이어 갔다. 평소 그답지 않은 빠른 말투라서 사람들은 한마디도 놓치지 않기 위해 그의 입에 집중해야만 했다.

"스승께서 그때가 항해하기엔 위험한 겨울 초입이라 멜리데섬(몰타)에서 날이 풀리길 기다리자고 했지만 율리오를 비롯해 아무도 귀를 기울이지 않았어요. 왜냐하면 하필 그때 날씨가 맑고 쾌청했거든요. 사람들은 섬보다는 위락시설이 많은 뵈닉스로 빨리 갔으면 했어요. 선장이 득의만면해서 항해를 시작했지만 곧이어 스승께서 말씀하신 대로 광풍이 배를 낭떠러지로 몰아붙였지요. 십사 일간 우리는 꼼짝 못 하고 몰아치는 파도와 흑암에 갇혀 있었어요. 배는 끈적끈적한 모래밭으로 계속 끌려들어가고 사람들은 하나님 대신 바다의 신 포세이돈(넵투누스)에게 제발 살려 달라고 부르짖더군요. 갑판에는 하데스(플루토)신에게 이번 한 번만 무사히 보내 달라고 구걸하면서 우는 무리도 보였고요. 얼마나 절망적인 상황이면 저럴까 싶었지만 저들이 아직 하나님을 모르니 그럴 수 있겠다 생각했어요. 인간의 본성이 그대로 노출되는 모습에 참으로 착잡하더군요."

여기까지 말을 마친 누가가 잠시 숨을 돌리고 물을 마시자 다들 따라서 물을 마셨다. 너도나도 잠시 멈춤 상태가 되었다. 마가와 디모데는 여전히 눈을 빛내면서 누가를 바라보았다.

"그때 스승께서 그들을 안정시키면서 선포했어요. '곧 배가 정상 궤도로 돌아설 것이고 우리는 한 명도 죽는 사람 없이 안전하게 어느 섬에 내릴 것이니 먹고 기운을 내시오. 하나님께서 내게 그리 말씀하셨소. 나는 그 말씀을 신뢰하니 아무 걱정 마시오.'라고요. 다들 스승의 부드러운 카리스마에 가슴을 쓸어내리는 눈치였답니다. 스승의 축사를 받고는 다 즐겁게 식사를 마쳤지요. 스승은 사실 십사 일 전에도 사람들의 목숨은 지킬 수 있을 것이라 이야기했지만 사람들은 두려움에 그 말도 잊어버리고 스승에게 비난을 퍼부었고 왜 빨리 풍랑이 멈추지 않느냐고 불평불만을 쏟아냈지만 스승은 그저 묵묵히 그들의 말을 다 들어주었답니다. 제가 속상하지 않으시냐고 물었더니 우리 강건한 사람들이 연약한 심령을 가진 자들을 도와주는 게 당연하다고 아무렇지 않게 말씀하셔서 제가 크게 배웠지요."

바울은 쑥스러운 듯 조용히 웃었다.

"결국 이백칠십육 명 모두 안전하게 하선했지요. 처음에 약삭빠른 선원들이 아드리아해에서 육지가 가까운 줄 눈치 채고 거룻배(구명보트)를 타고 자기들만 살리려고 탈출하려는 것을 스승께서 알아차리고 율리오에게 알려 거룻배를 모조리 끊어냈지요. 그리고 죄수들의 탈출을 우려해 군인들이 다 죽이려는 것도 율리오가 막았답니다. 오로지 스승을 살리려는 고마운 뜻이었어요. 그때 새삼스레 느꼈습니다. 바로 진정한 크리스천 리더십에 대해서요. 약한 사람들을 도와주고 용기를 잃지 않게 모두를 안정시키면서 안전한 방법을 하나님께 간구하는 것이지요. 하여간에 당시 스승님이 너무도 멋지셨어요. 다들 인정했고요. 군인들은 물론 모든 승객들이 하선한 후 깊은 감사를 전하더군요. 그들도 안 것이지요. 스승께서 우리 모두의 정신적 지주였다는 것을요."

마침내 누가의 길고 긴 이야기가 매듭을 짓자 다 같이 존경심이 우러나는 기립 박수를 보냈다. 바울도 얼떨결에 일어나 깊이 허리를 숙였다. 방 밖에서 조용히 서서 듣고 있던 간수들도 함께 박수를 치며 경의를 표했다. 간수들끼리 속삭였다.

"지금 여기 감옥의 정신적 지주도 바울 저 사도야."

19.
멜리데(몰타)섬을 거쳐 마침내 로마 도착,
셋집(1차 감옥)에 구금된 상태에서 로마 전도(사도행전 28장)

　바울의 이야기는 이제 마무리 시점으로 숨 가쁘게 달려가고 있었다. 마가와 디모데가 떠날 날도 가까워졌다. 열흘이라는 길고도 짧은 시간이 어떻게 지나갔는지 다들 아쉬움을 토로하고 있었다. 누가의 열정적인 유라굴로 광풍 이야기가 끝을 맺었다. 누가는 언제 그랬냐는 듯 다시 예전의 냉철하고 차분한 모습으로 돌아가 있었다. 그는 다른 죄수들을 둘러보려고 잠시 자리를 떴다. 의사의 본분을 충실히 수행하고 있는 것이다.

　병원에서 의사가 매일 아침 회진을 돌 듯 누가도 아침저녁으로 지상과 지하 감옥을 돌면서 그들을 살폈다. 죄수들은 그가 얼굴을 비추는 것만으로도 위로를 받았다. 열악한 환경이지만 그는 그가 갖고 있는 최소한의 장비만으로도 죄수들에게 응급 치료를 해 주는 진정한 의사이자 멋진 사도다. 대부분 사형을 앞두고 있는 중죄인들이라 마음의 안정에 더욱 신경을 써 주고 있었다. 죄수들은 오히려 바울과 베드로의 사형이 앞당겨질까 봐 지레 겁을 먹고 있었다. 그러면 누가도 감옥을 떠날 것이라 짐작하고 있기 때문이다. 그렇다고 자신들을 위해 남아 달라는 부탁은 차마 할 수 없음을 그들도 인지하고 있었다. 누가는 정식 재판으로 구금된 것이 아니기 때문이다. 신앙이 없는 그들조차 누가가 나가서 사역해야 한다고 생각했다.

누가가 자리를 뜨자 일행의 눈과 입은 자연스레 바울에게 쏠렸다. 바울은 손을 내저으며 뭐라도 먹자고 제안했다. 그제야 다들 배고픔을 느꼈다. 몇 시간 동안 집중하느라 허기진 것도 잠시 잊고 있었다.

마가와 디모데가 부지런히 몸을 놀렸다. 평소 누가가 하던 일이다. 누가가 하는 것을 보고 배웠다. 두 사람은 방구석에 자신들의 겉옷을 깔고 제단에 놓여 있던 바울의 성경책과 두루마리 뭉텅이를 조심스레 올려놓았다. 디모데는 얼른 자신의 손수건으로 제단을 깨끗이 닦은 후 선반에 걸려 있는 부대 자루에서 자신과 마가가 사 온 치즈와 포도주, 올리브 및 대추야자 몇 개를 꺼내와 늘어놓았고 그 위에 가느다란 마른 빵을 몇 조각 얹었다.

바울이 좋아하는 무화과 열매 말린 것도 빵 옆에 몇 개 얌전히 놓았다. 무화과 열매는 바울이 좋아한다는 것을 알기에 아무도 손을 대지 않았다. 바울이 몇 번이나 나누려고 해도 소용없었다. 조금 있으려니 누가가 간수에게 받은 스프와 빵 그리고 뜨거운 물주전자를 들고 왔다. 늘 식사축사는 바울과 베드로가 돌아가며 했다. 바울이 웃으면서 베드로를 쳐다보자 베드로가 얼른 눈을 감고 손을 모았다. 다들 눈을 감고 경건하게 베드로의 축사를 들었다. 너무도 정갈한 식사 풍경이다. 기도할 때나 축사할 때는 베드로의 시원시원한 목소리가 쩌렁쩌렁 울려 사람들을 놀라게 했다. 감옥에서 듣기 힘든 힘찬 목소리라서 사람들은 듣기만 해도 카타르시스를 느낀다고 좋아했다.

"사랑과 은혜가 풍성하신 아버지 하나님 감사드립니다. 우리가 사랑하는 형제 마가와 디모데가 함께하고 있음에 더욱 감사드립니다. 이들은 이제 곧 밖으로 나가서 할 일이 많은 사람들입니다. 늘 굳게 지켜 주십시오. 누가도 마찬가지입니다. 이 세 사람이 바울과 저 그리고 우리 사도들과 성도들이 남긴 주님의 유산을 하나도 빼놓지 않고 남김없이 전할 수 있도록 힘을 주시옵소서. 바울과 저는 선한 싸움을 마치고 이제 하나님의 품에 안기기만을 고대하고 있습니다. 우리들의 마지막까지 외롭지 않도록 젊은 사도들을 만나게 해 주시고 함께 귀한 시간을 보낼 수 있도록 배려해 주심에 감읍하옵니다. 마가와 디모데가 사온 귀한 음식들 그리고 여기 감옥에서 제공하는 소중한 음식을 우리가 먹고 마지막 힘을 낼 수 있도록 은혜를 베풀어 주시고 우리가 헤어지는 날 그리고 언젠가 다시 만날 때까지 우리들을 축복하시고 은총을 베푸소서. 마가와 디모데 그리고 간수들의 손을 어여삐 여기소서. 또한 여기 수감된 죄수들도 긍휼히 여겨 주시옵소서. 이 모든 것을 주관하시는 우리 주 예수 그리스도의 이름으로 간절히 기도드립니다. 아멘!"

베드로의 심상치 않은 기도가 끝나자 식사 자리는 순간 울음바다가 되었다. 베드로는 예전의 호랑이 같이 펄펄 날던 사도의 모습 대신 유머 감각이 풍부하고 호탕한 웃음의 인간적인 매력을 펼쳤기에 사람들은 가끔 대사도인 그의 본연의 모습을 잊고 살다가 이처럼 기도하는 우렁찬 음성과 간구에 그의 진면목을 새삼스레 느끼곤 했다. 베드로는 아차 싶었는지 장난기 가득한 미소를 띠고는 다시금 유머 기질을 발휘하여 사람들을 꼼짝 못 하게 만드는 마력을 발휘한다.

"바울, 어서 무화과 열매부터 드시오. 호시탐탐 노리는 사람들이 많소. 이거 어디 예전에 무화과 열매 못 먹은 사람은 억울해서 살 수가 있나. 나는 천국에 가면 가장 먼저 무화과부터 찾을 것이오."

일행은 웃다가 울다가 기쁘고 즐겁게 식사를 마쳤다. 바울은 로마에서의 마지막 여정을 생각하니 감회가 새로운 듯했다. 일행은 조용히 그의 입이 열리기를 기다렸다. 그의 애틋한 심령이 전해져서이다. 이윽고 그가 결심한 듯 입을 열었다.

멜리데섬(몰타)엔 원주민 토인들이 살고 있었다. 그들은 난파한 대형 상선의 바울 일행 특히 죄수들을 불쌍히 여겨 친절히 대했다. 날이 추워 모닥불을 피웠는데 바울이 주워 불 속으로 던진 나뭇가지에 언제 매달렸는지 독사가 열기를 피해 밖으로 나와 바울의 손을 물었다. 바울은 아무렇지 않게 독사를 떼어 다시 불속으로 던져 버렸다. 함께 있던 토인들이 서로 눈짓을 했다. 분명 바울이 붓든지 아니면 독이 퍼짐과 동시에 그 자리에 엎드러지리라 예상했기 때문이다.

'역시나 공의는 살아 있도다. 저가 배에선 운 좋게 살아남았지만 역시 살인자는 그 벌을 받게 되는구나.'

그런데 아니다. 아무리 기다려도 그는 멀쩡했다. 이 정도면 저는 인간이 아닌 신이라고 할 수 있다. 갑자기 사람들의 그에 대한 호의가 높아졌다. 추장 보블리오가 발 빠르게 바울 일행을 자기 집으로 불러 사흘이나 극진히 대접했다. 추장의 아버지는 당시 열병과 이질을 앓고 있었다. 의사인 누가가 정확히 진단한 결과 병명이 밝혀졌다. 열병과 이질은 전염병이기에 다들 죽음만을 기다리는 상황에서 이럴 수가…… 바울이 안수하니 감쪽같이 치유된 게 아닌가. 할렐루야! 토인들은 환호하고 그 동네 병자들이 모두 한걸음으로 뛰쳐나와 바울의 안수를 받고 깨끗함을 입게 되었다. 경사 났네, 경사 났어! 신이 난 사람들은 석 달 후 일행이 떠나갈 때 넉넉한 물품으로 보답했다.

그 섬에서 융성한 대접을 받은 사람들은 이제 심신의 강건함을 얻게 되었다. 로마로 들어가기 전 하나님께서 베푸신 은혜로 로마 전도에 맞설 준비를 하게 만드신 것이다. 다시 알렉산드리아호를 타고 로마로 향했다. 수라구사, 레기온을 거쳐 보디올에선 믿는 형제네 집에서 일주일이나 머무르며 못다 한 성도의 교제도 가졌다. 로마 형제들은 소식을 듣고 저자와 삼관까지 배웅을 나와 바울의 마음을 잠시나마 따스하게 만들었다.

드디어 로마에 도착한 바울, 그는 아름다운 테베레강 근처에 있는 감옥 겸 셋집에서 이태 동안 지내면서 전도에 열을 올렸다. 유대인들이 송사를 하지 않기에 재판이 열리지 않아서였다. 아무리 집요한 유대인들이라도 로마까지 쫓아와서 황제에게 송사하기란 말처럼 쉬운 일이 아니다. 반은 포기 상태였고 반은 이제나저제나 때를 기다리고 있었다. 소송할 수 있는 기한은 일 년 육 개월이었지만 자칫 무고로 밝혀지면 오히려 자신들이 로마법에 의해 재판을 받을 수 있다는 사실을 영악한 그들이 모를 리가 없었다. 마침 바울이 로마 시민권을 갖고 있음으로 유리한 상황이라 유대인들 역시 이러지도 저러지도 못하고 속을 태웠다.

셋집은 바울이 전도하기에 더할 나위 없는 훌륭한 집이다. 비록 한쪽 발목이 쇠사슬에 매어 있기는 했지만 전도하고 편지 쓰는 데는 아무 지장이 없었다. 믿는 사람도 많았지만 어디나 그렇듯 믿지 않는 사람들도 많았다. 다들 여기서 바울의 투옥 생활이 끝났다고 생각했다. 그래서인지 당시 함께 한 디모데, 마가, 누가, 아리스다고, 데마까지 바울의 2차 투옥에 대해선 상상하지 못했다.

* * *

바울의 긴 이야기가 끝나자 다들 마가와 디모데를 바라봤다. 베드로가 심각한 표정으로 손을 들었다. 무슨 할 말이 있다는 뜻이다. 다들 궁금해하며 그의 이야기를 기다렸다.

"바울, 멜리데섬에서 그 독사 말이오. 나는 그 이야기를 들을 때 온몸에 전율이 일었소. 골수가 쪼개지는 듯한 통증과 함께 환희도 느꼈소."

"스승님, 무슨 뜻인지요?"

마가가 조심스레 물었다.

"이건 나만의 생각일지 모르지만, 독사는 뱀 아니냐? 뱀은 구약 시대 초기부터 사람과 원수지간이 되었지. 에덴동산에서의 만행을 모두 기억하지? 뱀은 또 짐승 및 사탄으로 상징되는 악이나 마찬가지이고. 하지만 예수님이 다시 이 세상에 오실 때에는 모든 악을 타파하신다고 우리가 믿고 있지 않느냐. 바울이 독사에 물렸을 때 안 믿는 사람들은 바울이 곧 죽음을 맞이할 것이라 믿었지만 바울은 아무렇지 않게 그것을 떼어 다시 불 속으로 던져 넣었지. 거기다 멜리데는 피난처라는 뜻 아니냐. 그처럼 우리들의 피난처가 되시는 예수님과 함께 우리 성도들은 마지막 순간에 승리의 기쁨을 맛본다는 상징적인 사건 아닌가 싶어서 말이야."

바울을 비롯한 일행은 진심으로 베드로에게 존경의 눈길을 보내면서 박수를 쳤다. 역시나 예수님의 수제자답다는 생각이 들었다. 베드로도 뿌듯한 미소를 지었다. 스데반도 엄지를 들었다. 하늘에서 주님이 베드로를 내려다보시면서 장하다는 표정을 지으셨다. 이어서 마가도 할 이야기가 많다는 듯 아예 일어섰다. 그는 눈물을 흘리고 있었다.

"스승님, 그때가 참으로 행복한 시절이었습니다. 저는 잠시만 스승님과 함께 있었지만 스승님은 물론 여기 있는 누가, 디모데 그리고 아리스다고와 데마한테도 배운 게 무척 많았어요. 저만 일찍 빠져나왔지요. 그때는 스승께서 먼저 저를 내보내신 겁니다. 오해하지 마세요."

마가가 절박한 음성으로 절규하듯 소리치자 다들 박장대소한다. 마가의 거절 트라우마가 안쓰러우면서도 웃음이 나오는 건 어쩔 수 없는 것이라서 마가에게 입맞춤과 포옹 세례가 쏟아졌다. 바울과 베드로도 그의 등을 쓰다듬어 주었다. 베드로가 그의 말을 다시 한번 확인해 주었다.

"다들 알지. 마가야, 진짜 그만 잊어라. 바울도 이미 오래전에 잊은 일인데 왜 그렇게 집착하느냐. 이건 반성이 아닌 집착에 가까워 보이느니라. 오 주여, 우리 마가를 부디 긍휼히 여겨 주시옵소서. 바울에게 거절당한 트라우마에서 온전히 벗어나도록 치유하여 주소서. 그때 바나바를 부르기 위해 바울이 너를 내보낸 것 아니냐?"

마가가 두 손을 모아 베드로에게 감사를 표했다.

"스승님 감사합니다. 어쩌면 스승님 말이 맞는지도 모르겠어요. 반성 단계를 넘어 집착으로……. 아아, 정말 앞으로 자유로워지겠습니다. 더 이상 제가 이러면 바울 스승이 더 힘들어하시리라는 생각이 지금에야 들었습니다. 스승님 죄송합니다. 주여, 제게 망각의 은총을 허락하시옵소서."

마가는 바울과 베드로에게 고맙다는 인사를 전하면서 이번이 자신의 생애에 못 잊을 시간이라고 힘주어 말했다.

"사실 그때는 이렇듯 바울 스승과 자세한 이야기를 나눌 기회가 별로 없었어요. 다들 바빴지요. 스승님은 하루 종일 사람들을 만나고 전도하고 틈틈이 편지를 쓰시느라 식사 시간 외에는 얼굴 뵙기도 힘들었고 누가, 아리스다고, 데마도 나름대로 바쁜 하루하루를 보냈지요. 특히 데마는 찾아오는 사람들을 영접하는 것만으로도 벅차 했고요. 누가는 그때도 지금처럼 사람들을 의사로서 돌보는 한편 기록하느라 바빴고요. 아리스다고는 늘 그렇듯 말없이 온갖 허드렛일을 도맡아서 했지요. 식사준비도 거의 데마와 둘이 했답니다. 고맙게도 브리스길라가 음식 장만에 큰 힘이 되어 주었어요. 그 부부가 정기적으로 시장에 가서 음식 재료를 사다 주었지요. 각 교회에서 보내 주는 후원금을 관리한 것도 그 부부였고요. 우리가 필요한 건 어떻게든 구해 주고 우리 남자들이 못 하는 일은 브리스길라가 도맡아서 처리했지요. 그녀는 데마, 아리스다고와 함께 그 많은 사람들이 먹을 음식 준비를 했지요. 물론 저나 디모데가 도와주기는 했지만 전적으로 둘이 애쓴 게 사실입니다. 브리스길라는 또 로마인이었기에 우리를 감시하는 군인들과도 통하는 게 있어 우리가 참 많은 도움을 받았어요. 음식 솜씨도 대단했고요"

마가가 숨도 안 쉬고 빠르게 말을 토하다가 잠시 중단했다. 다들 조용히 그의 다음 말을 기다렸다.

"아, 아리스다고 정말 그립네요. 너무 빨리 죽어서 안타깝습니다. 천국에서 지금 우리를 보고 있겠지요. 디모데는 그때 스승의 편지를 에베소와 빌립보에 전하고 거기서 또 머물다가 다시 오느라 얼굴 보기도 힘들었지요. 그래도 짧은 시간이나마 디모데와 온전히 시간을 함께할 수 있어 든든하고 행복했어요. 우리는 장난꾸러기 친구들마냥 작은 일에도 즐거워했지요. 디모데, 그렇지?"

디모데가 웃으면서 마가를 껴안았다. 누가도 애정이 넘치는 표정으로 마가의 머리를 쓰다듬었다. 누가는 갑자기 생각난 듯 데오빌로 이야기를 꺼냈다. 마가가 특히 집중해서 들었다. 누가는 주머니에서 두루마리를 꺼냈다. 데오빌로 장군에게 보내는 편지였다. 내일 아침 퀸투스가 보는 즉시 장군에게 전해질 것이다. 누가는 감옥에 들어온 이후 처음으로 퀸투스 대신 일행에게 먼저 그의 답장을 보여 주었다. 자신이 말로 하는 것보다 편지를 보는 게 훨씬 데오빌로에 대한 이해가 쉬울 것이라 생각했기 때문이다.

존경하는 데오빌로 각하께!

각하, 평안하신지요. 저희는 각하의 배려로 잘 지내고 있습니다. 지난번 보내 주신 각종 음식으로 퀸투스의 사택에서 오찬을 즐기게 해 주신 은혜를 어떻게 갚아야 할지, 그저 감사하다는 말씀만 드립니다. 바울과 베드로 사도의 마지막 만찬답게 뜻깊었습니다. 다들 음식도 즐기고 처음 가 본 정원 곳곳을 산책하는 기쁨도 누렸습니다. 판테온의 모든 신들이 합류한 대형 분수대에서 다들 오랜만에 동심으로 돌아가 한껏 즐거움을 누렸습니다. 하나님께서 날씨마저 아름다운 한여름으로 바꿔 주셔서 축복이 배가되었습니다.

각하가 말씀하신 대로 이전 누가복음과 지금 쓰고 있는 서신이 무척 공통점이 많습니다. 참으로 예리하고 정확하게 파악하셔서 놀라움을 금치 못했습니다. 누가복음은 나사렛에서 유대, 사마리아, 예루살렘으로 끝나고 지금 서신은 반대로 예루살렘에서 유대, 사마리아, 땅 끝으로 진행되고 있습니다. 또 각하가 유의해서 보신 대로 처음엔 베드로가 주관했지만 중반쯤부터 바울의 이야기가 주를 이룹니다.

베드로는 초대교회의 시발점으로 예루살렘교회를 안정시키는 데 큰 몫을 했고 나아가 이방인 선교를 시작할 수 있는 발판도 마련했지요. 그와 함께한 예수님의 친동생 야고보 사도의 거시적 결단이 컸습니다. 아, 야고보라는 이름이 혼동되신다고요. 예수님의 열두 제자인 야고보는 사도요한의 형제로서 헤롯왕에 의해 초기에 순교당했습니다. 사도요한 이야기도 곧 기록할 예정입니다.

예루살렘공의회를 주도하고 예루살렘교회의 주축이 된 야고보는 예수님의 큰 동생입니다. 예수님 살아생전엔 믿지 않고 오히려 비웃었지만 예수님 사후 큰 깨달음을 얻어 명실상부 하나님의 충성된 종으로 살았습니다. 그가 나중에 가이사랴 감옥에 구류된 바울의 일로 회개하는 모습도 제가 일전에 보낸 편지에 썼으니 참조하십시오. 각하, 직접 만나 뵐 기회가 다시 오면 더 자세히 말씀드리겠습니다. 그리고 각하의 성함이 그렇게 지어진 것이로군요. 사실 늘 궁금했습니다. 데오빌로는 하나님을 사랑하는 사람 혹은 하나님의 사랑을 받는 사람이라는 뜻인데 각하는 로마인이라 무슨 깊은 뜻이 있으리라 혼자 추측만 했었지요.

각하, 이만 줄입니다. 지금 쓰고 있는 서신도 정리되는 대로 보내겠습니다. 강건하십시오.

각하의 은혜를 받고 있는 누가 드림

돌아가며 편지를 본 일행은 놀라움을 금치 못했다. 무엇보다 얼마 전의 오찬이 꿈이 아닌 실제 상황이었다는 것에 순간 할 말을 잃었다. 다들 이구동성으로 하나님께 대한 감사와 데오빌로의 배려에 대해 감탄을 쏟아내었다.

"아니, 그때 오찬이 사실이었어? 나는 정말 꿈을 꾼 줄 알았지. 바울도 같은 꿈을 꾸었다기에 하나님이 꿈으로나마 우리에게 마지막 선물을 주셨다고 생각했는데. 그러고 보니 그 음식들이 분명 한참 남았을 텐데, 퀸투스와 부하들이 다 먹었겠지?"

베드로의 한탄에 다들 배를 잡고 웃었다. 스데반도 즐거운 듯 환하게 웃었다. 그도 분수대에서의 물놀이를 기억하고 있었다. 마가와 디모데는 서로 손을 잡고 고개를 끄덕였다.

"아아, 저는 그게 더 신기하네요. 아무리 겨울이 끝나간다고 해도 어떻게 갑자기 한여름의 화려한 정원으로 변신할 수 있었을까요. 하나님의 손길은 그저 경탄스럽기만 합니다."

마가도 신기한 듯 누가를 쳐다보았다. 디모데는 그답게 데오빌로라는 이름을 생각하고 있었다.

"저는 데오빌로라는 이름이 어떻게 지어졌는지 그게 더 궁금합니다."

다들 역시 디모데라는 눈빛을 보냈다. 누가도 감탄하며 말을 이었다.

"네가 궁금해하리라 예상했어. 각하의 할머니 집에 어릴 때 전쟁 포로로 끌려온 소녀가 있었대. 어린 것이 울음을 참으면서 침착하게 들어오는 모습이 신기했다나. 부모가 전쟁 중 그 애 앞에서 다 죽었던 거야. 다른 노예들은 두려움과 절망감에 거의 다 정신을 잃은 상태였는데 그 애만 오뚝하니 당차 보였대. 그때부터 할머니가 말동무 겸 하녀로 곁에 두었는데 애가 틈만 나면 성경을 보더래. 그게 뭐냐고 물으면 부모님의 유산이라고 자기는 그것만 있으면 된다고 해서 흥미가 생겼대. 할머니가 나도 한번 보자고 하면서 둘만의 비밀스러운 공유가 시작되었다네. 참으로 동화 같은 이야기라서 나도 편지로 읽을 때 얼마나 신비스럽던지. 할머니가 그래서 데오빌로한테 그 이름을 지어 주신 것이라네. 처음엔 각하의 부모님이 무척 반대하셨는데 할머니의 뜻을 꺾지 못했다네. 다행히 라틴어를 쓰는 주변 사람들은 데오빌로가 그냥 헬라어로 된 애칭 정도로 여겼다네. 요즘은 혹시 그 미친 네로가 이름을 가지고 트집 잡을까 봐 걱정되는데 아직 그런 기미는 안 보인다고 하네.

하나님께서 각하를 지켜 주신다는 확신이 선다고 해서 천만다행이야. 하나님께서 장군에게 특별한 은혜를 베푸시는 것 같아요. 스승님."

그 역시 미친 네로를 발음할 때 입 모양으로만 말했다. 다들 알아듣고 하나님께 경배드렸다. 바울은 조용히 누가의 말을 들으면서 그때 가 보지 못한 참수 기둥터가 있는 숲을 떠올렸다. 스데반도 같은 표정이었다. 언젠가 혼자 미리 가 보면 좋겠다는 생각을 했다. 그래야 마음의 준비를 더 잘할 것이라는 슬프면서도 자랑스러운 느낌에 몸을 부르르 떨었다. 아무도 바울이 그런 생각을 한다는 것을 눈치채지 못했다.

20.
끝나지 않은 우리들의 사도행전,
바울과 요한 사도의 만남

　바울은 완전 탈진 상태였다. 베드로도 바울만큼은 아니지만 힘이 많이 빠진 것을 알 수 있었다. 두 사람은 몸은 힘들지만 제자들에게 모든 것을 쏟아 부었다는 뿌듯함과 성취감 그리고 하나님의 은혜에 보답할 만큼 선한 영적 전쟁을 잘 치러냈다는 것에 자부심을 드러냈다. 하지만 노사도들에게 열흘 간의 끊임없는 대화는 몸에 무리가 갈 만했다. 그것도 하루도 빠짐없이 이십사 시간이 모자랄 만큼 강행군이나 다름없는 치열한 대화의 장이었다. 두 사도의 평생에 걸친 사역을 거의 나노 단위로 쪼개서 톺아보는 시간을 가진 것이나 다름없었다.

　드디어 내일 새벽에 마가와 디모데가 감옥을 떠난다. 오늘 저녁이 마지막 만찬이나 마찬가지이다. 간수들도 그 사실을 알기에 그들이 따로 보관해 놓은 말린 고기와 건포도 몇 개라도 가져왔다. 사형을 앞두고 불안해하는 다른 죄수들도 한마음으로 자신이 가지고 있는 가장 좋은 것을 누가 편으로 보냈다. 누가도 그들의 마음을 잘 알기에 감사히 받아야만 했다.

　바울은 한참 천국에서 예수님과 함께 즐거이 걷는 꿈을 꾸다가 인기척에 놀라 설핏 눈을 떴다. 디모데와 누가가 걱정스러운 듯 자신을 내려다보고 있었다. '아, 오늘이 마지막 날이로구나.' 하고 현실로 돌아온 바울은 힘겹게 디모데의 부축을 받고 침대에서 일어나 앉았다.

"아아 디모데야, 미안하다. 왜 이렇게 툭하면 잠이 드는지 모르겠구나. 내일 새벽이면 너희들이 출발해야 하는데 오늘은 다들 일찍 자야지. 부디 하나님의 강한 군사가 되어라."

누가는 물수건으로 바울의 얼굴을 닦아 주고는 디모데에게 눈짓을 하고 급히 사라졌다. 부족한 대로 감옥에서 최후의 만찬을 준비하려는 누가의 애틋하고 든든한 뒷모습에 울컥하는 디모데를 보고 바울 역시 뭉클함이 사무친다. 디모데는 말없이 눈물만 흘렸다. 다시는 보지 못할 스승과 헤어지는 게 서러운 그는 바울의 손을 놓지 못했다. 바울도 잠시 할 말을 잃고 그의 손만 어루만졌다. 그가 힘겹게 입을 열었다.

"스승님, 내일 새벽이 되기 전 한밤중 동 트기 전에 마가와 함께 아무도 모르게 이곳을 빠져나갈 생각입니다. 그래야 로마 곳곳에 포진해 있는 군인들의 눈을 피할 수 있어서요. 그들도 한밤중이면 잠을 못 이긴다고 합니다. 여기 올 때는 운 좋게 낮에 들어왔지만 갈 때는 조심하려고요. 스승님, 조금만 더 버티십시오. 네로 황제의 끝이 곧 다가올 겁니다. 그런 예감이 강하게 들어요. 지금 마지막 발악을 하고 있어요. 하나님께서 로마 제국도 기독교 국가로 만드시려는 큰 그림을 그리고 계심을 느낍니다."

디모데는 네로 황제와 로마 제국이라는 단어를 바울의 귀에 대고 속삭였다. 바울은 단호하게 말하는 그의 얼굴을 쓰다듬었다. 바울도 같은 생각이었다. 곧 로마가 기독교화되리라는 군건한 믿음이 있었다.

* * *

바울은 로마 첫 투옥 당시 이태 동안 구금 상태에서 최선을 다해 도를 전하다가 풀려나와 최종 목적지인 서바나로 가기 전에 여러 곳을 전도하러 다녔다. 4차 전도여행의 시작이었지만 중도 포기해야만 했다. 알렉산더의 고발 때문이었다. 구리장색 알렉산더는 오래전 에베소에서부터 그를 호시탐탐 노리고 있었다. 사탄의 지령을 받은 알렉산더는 유대인 제사장들만큼이나 집요하고 교활하게 그를 쫓고 있었다. 그들은 암암리에 바울 체포 현상금까지 두둑이 건 상태였다. 비열한 알렉산더가 그 기회를 놓칠 리가 없었다. 바울과 디모데가 만나 함께 소아시아를 돌 때부터 그는 끈질기게 그들을 미행하며 기회를 엿보았다. 후메네오와 빌레도 같은 동조자들이 그에게 협력했다. 이들 셋은 이미 사탄에게 영혼을 바친 사람들이었다.

바울이 디도, 디모데, 에라스도 등과 함께 한창 전도할 때였다. 그는 디도를 그레데섬(크레타)에 남겨 놓았다. 그곳에서 사역을 이어 가라는 뜻이었다. 섬은 이제나저제나 전도하기에 험한 곳이다. 디도는 강한 체력만큼이나 행동력이 있고 굳건한 정신력의 소유자였다. 거기다 성경 말씀에도 밝았다. 험지에만 디도를 보내는 이유가 있었다. 상대적으로 체력이 약한 디모데는 결코 디도의 체력을 따라갈 수 없었다. 정신력만 가지고는 한계가 있는 전도였다. 대신 디모데는 성도들에게 말씀을 가르치고 상세히 전파하는 능력이 있었다. 하나님께서 각자 사도들에게 다른 은사를 베푸신 것이다. 그에 따라 바울은 제자들을 적재적소에 배치한 셈이다.

이런 바울의 깊은 뜻을 모르는 사람들은 바울이 디모데만 편애한다고 비방을 하는 바람에 디모데와 디도 두 사람 모두에게 마음의 상처를 안겼다. 하지만 두 사람은 하나님과 바울의 계획을 이해했다. 디도는 인간인 이상 여러 사람들의 위로를 가장한 바울 비난에 속상해했지만 바울로부터 직접

이에 관한 진심 어린 해명과 애정이 듬뿍 담긴 위로를 듣고는 오히려 자신의 속 좁음을 부끄러워했다. 디모데는 디모데대로 디도에게 미안해한 나날이었다. 하지만 두 사람의 우정은 이런 불필요한 오해에도 불구하고 변함없었다. 서로가 격려하며 오래 서신을 주고받았다.

바울은 에베소에 디모데를, 고린도에 에라스도를 남기고 떠났다. 병든 드로비모는 요양하라고 밀레도에 남게 했다. 드로비모는 바울을 지키려고 함께 예루살렘으로 간 '바울 수호대'의 일곱 명 중 한 명으로 끝까지 바울과 하나님께 충성한 종이다. 에라스도와 디모데는 바울에게 순종해 마게도냐에도 갔다. 그러고 보면 디모데는 바울의 한평생 함께한 수제자이자 동역자였다. 영혼의 벗이자 육신의 아버지와 아들보다 더한 사이였다. 서로에게 축복이었다. 바울은 그 와중에도 디도서와 디모데전서를 작성했다. 디모데후서는 마머틴 감옥에서 기록했다. 그 편지를 보고 디모데와 마가가 감옥으로 가 열흘간 함께 있기로 결심한 것이다.

4차 전도여행이었지만 마침 니고볼리에서 혼자 있던 바울을 마주친 순간 때가 왔다고 환호성을 지른 알렉산더는 곧장 근처에 있던 로마 관원에게 신고해 그를 긴급 체포하게 만들었다. 하필이면 로마 본국에서도 그리스도교 박해가 절정을 치닫고 있는 시점이었다. 로마 군병대로선 생각지도 않은 대어가 굴러들어온 셈이다. 망설일 필요가 없었다. 어떤 재판도 필요 없었다. 강압이면 다 통했다.

로마에선 그리스도인들이 사자의 밥이 되는 것이 일상사였다. 오죽하면 굴을 깊이 판 카타콤이 연이어 만들어지는 시기였다. 카타콤은 자그마치 삼백 년이나 존재했다. 한 번도 세상 바깥으로 나와 보지 못하고 그곳에서 태어나 그곳에서 죽은 사람도 부지기수였다. 햇빛 한 번 보려면 죽음을 각오해야만 했다. 하나님은 그들의 간절함과 절박함을 결코 무시하거나 잊지 않으셨다. 결국엔 이탈리아가 기독교 국가가 된 것을 보라! 그것도 바티칸 공화국이 존재하는 나라가 된 것이다. 할렐루야!

디모데와 이야기를 나누다가 잠깐이라도 움직이고 싶었던 바울은 그의 손을 잡고 복도로 걸어 나갔다. 다른 죄수들이 목례를 하면서 그의 건강을 기원했다. 그도 손을 들어 화답했다. 베드로의 방으로 가니 베드로와 마가도 좀 전의 바울과 디모데마냥 헤어지기 아쉬워 어쩔 줄 모르고 있었다. 마가가 도착하자 그동안 축 늘어져 있던 베드로는 기운이 펄펄 났고 그 힘으로 지금껏 버티고 있었다. 바울 역시 혹독한 추위를 잊을 만큼 기쁜 순간을 만끽했다. 마가가 떠나면 베드로가 어떻게 지낼지 벌써부터 걱정이 되었다.

최후의 만찬이 완성되었다. 간수들의 배려가 큰 힘이 되었다. 간수들에게도 목숨을 건 모험이었다. 이들은 내일이 빨리 오면 좋겠다는 생각을 하다가도 막상 내일 이후 감옥 분위기가 어떻게 변할까 한편으론 걱정되었다. 다시금 우울의 구렁텅이로 빠져 버리지나 않을지, 바울과 베드로가 사형 이전에 힘이 빠져 자연사하지는 않을지 별의별 생각이 다 들었다. 그리되면 자신들은 어떤 처벌을 받을지도 모른다는 두려움이 순간순간 몰려들다가도 어느새 마음이 편안해지는 나날이었다. 성령께서 그들에게 심령의 감동을 주시기 때문이다.

그런 감동으로 인해 마가와 디모데가 하루 이틀도 아닌 열흘이나 몰래 숨어 있었다는 사실이 밝혀지면 죄수들 이전에 자신들이 먼저 참수당하거나 사자 굴에 던져질 수도 있다는 두려움에서 벗어날 수 있었다. 이제 감옥에서 차릴 수 있는 최고의 식탁이 차려졌다. 감옥에 있는 죄수들 그리고 간수들이 모두 자신이 아끼는 것을 내놓아 풍성한 만찬이 완성되었다. 바울이 좋아하는 무화과 말린 열매는 간수들이 특별히 누군가한테 부탁해 두 덩어리나 식탁에 올랐다. 포도주와 올리브, 치즈 및 고기 말린 것과 꿀 그리고 빵이 소담스럽게 올라왔다. 누가는 엽렵하게도 미리 끓여 놓은 물주전자를 조심스레 들고 왔다.

간수들과 죄수들은 멀리서 박수를 보내면서 진심으로 이들의 앞길을 빌어 주었다. 마가와 디모데 그리고 누가는 경건하게 마주앉은 바울과 베드로에게 잔을 들어 경의를 표했다. 마치 마가의 다락방 같은 최후의 만찬 분위기라서 숙연하기 짝이 없었다. 스데반은 늘 그렇듯 벽에 붙어 서 있었지만 그의 손에도 잔이 들려 있었다. 그와 바울은 서로 손을 들어 함께 건배했다. 사람들은 그런 바울의 행동에 아무런 의심도 하지 않았다.

가끔씩 바울과 스데반만이 알 수 있는 행동을 취할 때면 사람들은 바울이 주님과 소통한다고만 생각했다. 그들은 이미 그것에 익숙해진 상태였다. 마가와 디모데도 이미 아는 상황이었다. 그들도 오랜 기간 바울과 함께하면서 익히 아는 행동이었다. 이들이 만약 상대방이 스데반이라는 것을 알면 어떤 반응을 보일지 궁금했다. 바울과 베드로의 식사축사가 이어졌다. 베드로의 선창에 따라 그들은 한목소리로 성경 말씀을 낭독했다.

"그런즉 내가 하나님의 단에 나아가 나의 극락의 하나님께 이르리이다. 하나님이여, 나의 하나님이여 내가 수금으로 주를 찬양하리이다."[8]

---

8   성경과 노트 앱 시편 43편 4절.

바울이 그 뒤를 따라 큰 소리로 읽었다. 일행 역시 바울을 따라 낭독했다.

> "내 영혼아, 네가 어찌하여 낙망하며 어찌하여 내 속에서 불안하
> 여 하는고. 너는 하나님을 바라라. 그 얼굴의 도우심을 인하여 내가
> 오히려 찬송하리로다."[9]

그들은 이 순간만큼은 모든 불안과 두려움에서 해방되었다. 먹고 마시면
서 서로를 마음껏 축복했다. 이 순간만큼은 모두의 얼굴에서 평강의 하나님
이 보였다. 스데반 역시 하늘로 올라갈 때의 화평한 얼굴로 되돌아가 있었
다. 식사가 끝났다. 바울이 마지막으로 디모데와 마가 그리고 누가한테 축
복의 말씀을 들려주었다. 다들 경건하게 말씀을 받았다.

> "누가, 마가, 디모데의 하나님 여호와가 너희들 가운데 계시니 그
> 는 구원을 베푸실 전능자시라. 그가 너희들로 인하여 기쁨을 이기
> 지 못하여 하시며 너희들을 잠잠히 사랑하시며 너희들로 인하여
> 즐거이 부르며 기뻐하시리라 하리라."[10]

젊은 세 사도는 하나님의 전폭적인 사랑이 느껴져 어찌 할 바를 몰랐다.
누가가 손을 들자 다들 그를 쳐다보았다.
"스승님들 그리고 디모데와 마가, 우리가 얼마나 많은 이야기를 나누었는
지 셀 수가 없네요. 처음 디모데와 마가가 도착했을 때 제가 한 서른 번 가

---

9   성경과 노트 앱 사편 42편 5절.
10   성경과 노트 앱 스바냐 3장 17절.

까이 이야기를 나눌 거라고 했는데 맞았어요. 아마 따로따로 이야기한 것까지 합치면 더 될 겁니다. 제게도 무척 은혜로운 시간이었습니다. 그동안 기록한 것에다 더 자세히 보충할 수 있었어요. 제가 최선을 다해서 기록한 것은 데오빌로 각하가 곧 책으로 엮으실 겁니다. 제목은 사도행전이 될 것입니다. 각하께서 강력하게 사도행전으로 하자고 하셨어요. 누가복음 제2권 혹은 베드로나 바울복음 아니면 성령행전, 교회행전도 고려되었는데 여러 사도들의 이야기를 합치다 보니 사도행전이 가장 잘 맞는 것 같다고 해서 저도 동의했어요. 스승님들 고생하셨습니다. 그리고 마가와 디모데도 애썼다. 까탈스런 퀸투스에게도 잘 맞춰 주어 고마워."

마가가 눈물을 흘렸다. 디모데도 감사의 인사를 전했다. 마가가 울먹거리면서 누가를 껴안았다.

"스승님들 그리고 누가, 디모데, 너무 고마워요. 덕분에 성령 충만한 열흘이었습니다. 더 좋았던 건 저도 베드로 스승과 함께 오랫동안 간직해 온 두루마리를 완결시킨 것입니다. 저도 지난번 로마에서 쓴 것보다 오히려 여기서 훨씬 더 많이 보충할 수 있었어요. 실라가 쓴 것에도 마찬가지였고요. 아, 어젯밤 실라 사도가 꿈에 나타나서 고맙다고 했어요. 자신이 쓴 것에 빠진 것을 촘촘히 기록해 주었다고요. 바울과 베드로 스승께도 안부를 전하라 했습니다. 디모데와 누가한테도요. 본인이 지금 천국에 있다고 걱정 말라고 했어요. 주님과 행복한 시간을 보내고 있다고요."

그들 모두 뿌듯함과 주에 대한 사랑으로 가슴이 벅차 있을 때 바울은 사도요한이 자신에게 다가오는 것을 보았다. 깜짝 놀라 일행을 쳐다보니 아무도 눈치채지 못한 채 베드로의 이야기에 귀를 기울이고 있었다. 스데반이 바울을 향해 고개를 끄덕였다. 요한은 바울의 손을 잡고 긴 회랑을 지나 정원으로 향했다. 그들은 정원의 끝자락 숲에 있는 참수 기둥터로 가고 있었다. 스데반도 바울의 손을 잡고 그들과 동행했다.

이미 예수님의 열두 제자 중 열 명이 순교했다. 요한의 형제 야고보는 하나님의 사역을 펼치기도 전 헤롯왕의 욕심으로 일찌감치 희생양이 되었다. 마지막으로 남아 있는 사도요한도 펄펄 끓는 물에 던져졌지만 하나님의 은혜로 살아남아 그리스 밧모섬으로 유배되어 요한계시록을 작성하는 중이다. 베드로와 바울의 순교 직전 요한이 감옥으로 바울을 찾아온 것이다. 다른 사람들 눈에는 보이지 않았다.

두 사도가 오랜만에 마머틴 감옥에서 만났다. 요한은 베드로도 만나 회포를 풀었다. 베드로는 꿈을 꾸었다고 생각해 바울에게도 말하지 않았다. 베드로와 바울은 거의 비슷한 시기에 천국으로 향했다. 요한은 내일 떠나는 디모데와 마가로 인해 바울과 베드로가 기운이 빠질까 봐 걱정부터 했다.

"내일 디모데와 마가가 떠나는데 바울, 부디 힘을 내시오. 나는 솔직히 그대보다 베드로가 더 걱정이오."

"고맙소, 요한. 우리는 열흘간 전심으로 서로를 위하면서 충만한 시간을 보냈기에 괜찮을 것이오. 그래도 이리 생각해 주니 얼마나 고마운지 모르겠소. 나도 베드로가 걱정이지만, 마가로부터 얻은 기쁨 때문에 충분히 견딜 수 있을 것이오."

두 사도는 서로가 맞잡은 손에 힘을 주었다.

"바울, 그대가 로마로 가기 전까지 겪은 고초를 생각하면 참으로 가슴 아프오. 얼마나 힘드셨소? 나는 우리가 만났을 초기에 그대와 더욱 친하게 지내지 못한 게 두고두고 후회되오. 나도 베드로처럼 그대와 여러 면에서 얽히고설켰으면 참 좋았을 텐데, 주님께서 베드로한테만 그런 은총을 허락하셨지요. 그런 면에서 베드로가 몹시 부러웠어요. 그대가 베드로와 안디옥에서 이방인 식사 문제로 싸운 것도 다 영적 싸움 아닙니까? 두 사도에게는 그것마저 축복이었지요."

"그리 생각해 주니 참으로 고맙소, 요한. 나도 그대와 똑같은 생각이오. 지나고 생각하니 내가 먼저 적극적으로 예수님의 열두 제자에게 살갑게 다가갔어야 했는데 나도 어려워서 망설인 게 후회되오. 하지만 지금이라도 만났으니, 나는 늦었다고 생각하지 않소. 우리는 곧 천국에서 영원히 만날 사람들 아니오. 그리고 요한, 이렇게 이야기를 해 보니 왜 그토록 주님께서 그대를 사랑하셨는지 확실히 알겠소. 우리 주 예수 그리스도께서 살아 계실 때에도 그대를 가장 아끼시더니 마지막까지도 지키시는구려. 성경은 한 구절한 구절 다 귀하지만 그중에서도 요한계시록이 얼마나 소중한지 모든 성도들이 다 알고 있지요."

두 사도는 마주 보며 활짝 웃었다. 선한 싸움을 마쳐 가는 사도들은 서로의 노고를 위로하고 있었다.

"예루살렘과 가이사랴에서 유대인들이 그토록 그악스럽고 집요하게 바울 그대를 죽이려고 했지만 주님께서 아무 해 없이 로마로 보내셨지요. 아그립바왕과 베스도 총독까지 그 누구도 그대가 죄가 없다는 사실을 알았지요. 단지 유대인들의 간악하고 치밀한 음모라는 것을……. 여기 로마에서도 1차 투옥 당시 많은 사람들에게 이태 가까이 도를 전했지요. 비록 몸은 쇠사슬에 매었어도 자유로운 구금이나 마찬가지였으니 그것만으로도 하나님의 은혜가 족했지요. 그곳에서 옥중서신도 작성했고요. 그런데 말이오. 왜주님께서 그대가 에베소나 다른 도시에서 행한 것처럼 로마에선 그런 기적을 행하지 않으신 걸까요? 가는 곳곳 성스러운 난리가 나지 않았습니까? 유럽 선교의 문을 여신 것도 하나님이시고요."

요한이 작심한 듯 물었다. 그가 오래 고민하고 생각한 신중한 질문이라는 것을 바울은 알아챘다. 바울이 고개를 끄덕거리면서 온화한 미소로 그를 바라보자 그가 말을 이었다. 옆에서 스데반이 조용히 그들을 바라보고 있었다. 요한의 눈에는 스데반이 보이지 않았다.

"바울, 나는 그런 생각도 해 봤지요. 그대로 인해 성령님의 불길이 온 로마를 사르고 로마 시민 모두가 하나님의 도를 접하고 그야말로 마가의 다락방 성령강림 사건 같은 은사가 들불처럼 일어나 결국엔 로마를 우리 이스라엘이 정복한다는 사역 말이요."

요한이 흐뭇한 미소를 지으며 꿈꾸듯 말을 이어 갔다. 바울은 그런 그를 사랑스럽게 바라봤다. 왜 예수님께서 그를 그토록 아끼고 사랑하셨는지 새삼스레 깨달음이 왔다. 머리끝부터 발끝까지 사랑스러움으로 가득 찬 아담한 체구의 미남이면서 영성 넘치는 카리스마까지 갖춘 하나님의 강한 군사였다. 바울은 자신도 모르게 요한의 매력에 빠져들어 그를 포옹하며 등을 쓰다듬었다. 격려의 표시였다.

"하나님께서 원하셨다면 충분히 그리하셨겠지요. 하지만 주님의 뜻은 그렇지 않았습니다. 이스라엘은 앞으로 몇 년 안에 로마 제국에 완전히 점령될 것입니다. 이스라엘이 정식으로 나라의 기틀을 갖추게 되는 건 아마도 이천 년 가까운 세월이 흘러야만 가능할 것입니다."

요한이 잠시 생각에 잠겼다가 다시 말을 이었다.

"그렇소. 우리는 광대하신 하나님의 뜻을 뒤늦게 깨닫지요. 비록 신약성경에선, 지금 누가가 열심히 기록하고 있는 사도행전이 로마 전도의 성공으로 인한 로마 성시화나 이스라엘의 로마 정복 같은 극적인 변화 없이 밋밋하게 마무리되지만 나는 그 너머의 장엄함에 전율이 일었소. 바로 우리들의 사도행전이 이어진다는 깊은 의미 아니겠소? 또한 그대가 그 힘든 상황에서도 묵묵히 복음을 전한 자세에 감명받았고 존경심을 품게 되었소. 아, 조금 전 누가가 말하는 것을 들었소. 데오빌로가 제목을 강력하게 사도행전으로 하자고 주장했다는 것을요. 교회행전, 성령행전, 바울행전 등등 여러 제목을 생각해 봤는데 아무래도 사도행전이 가장 의미에 부합한다고 했다면서요. 나도 같은 생각입니다. 데오빌로 장군은 참으로 속 깊은 사람이오. 그를 만난 것도 바울 그대의 복이오. 하나님의 크신 은총이지요."

바울과 요한은 부르르 떨면서 뜨겁게 포옹한다. 전광석화처럼 그들의 머릿속을 스치는 웅장하고 비장한 비전을 똑같이 느꼈기 때문이다. 바울이 감동받아 손뼉을 쳤다.

"요한, 그대의 말이 맞소. 바로 우리 사도들의 사도행전 나아가 우리 성도들의 사도행전이지요. 각 교회의 사도행전 그리고 개개인의 사도행전도 된답니다. 개포교회의 사도행전, 정동교회의 사도행전, 새문안교회의 사도행전, 부산 성민교회의 사도행전이 되는 것이지요."

"그렇지요. 후대 성경을 읽는 모든 성도들이 자신의 이름을 대입해 각자의 사도행전을 만들었으면 하는 바람이오."

"내가 진실로 속히 오리라 하시거늘 아멘, 주 예수여 오시옵소서.
주 예수의 은혜가 모든 자들에게 있을지어다. 아멘."[11]

요한과 바울 두 사도는 동시에 소리 내어 이 기도를 드리고는 서로가 기

---

11   성경과 노트 앱, 요한계시록 22장 20-21절.

이해했다. 전적으로 하나님의 은혜라는 것을 깨닫고는 서로의 두 손을 맞잡았다.

* * *

바울은 어떻게 잠이 들었는지 기억하지 못했다. 요한과 마지막 회포를 푼 후 일행을 찾으니 이미 만찬은 끝나 있었다. 감옥은 원래의 적막함에 휩싸여 있었다. 누가의 손길이 자신의 이마에 닿는 것을 느끼는 순간 눈이 떠졌다. 디모데와 마가의 흐릿한 실루엣이 보였다. 그가 놀라서 곧장 일어나려는 것을 누가가 뒤에서 떠받쳐 주었다. 디모데는 이미 눈물을 흘리고 있었고 마가의 두 눈도 붉게 물들어 있었다. 베드로는 바깥에서 울음 섞인 잔기침을 하고 있었다. 디모데에 이어 마가와 진한 포옹을 하고 뜨겁게 입 맞추었다. 무슨 말이 하고 싶은데 바로 나오지 않았다. 디모데의 손을 잡고서야 입이 떨어졌다.

"디모데야, 마가야, 우리 나중에 천국에서 만나자. 너희 둘 다 강한 군사가 되어라. 주님께서 늘 지켜 주실 것이다. 우리는 이제 더 이상 걱정하지 말거라. 누가가 지금처럼 잘 도와주고 있으니 너희는 나가서 더욱 성도들을 굳세게 하여라. 디모데야, 빌레몬과 오네시모한테도 안부를 전하거라. 그들이 고맙게도 계속해서 편지를 보내 나를 위로했지. 참으로 충성스러운 사람들이다. 내가 무척 존경하고 사랑한 두 사람이다. 아, 오네시보로에게도 안부를 전하고. 그리고 누가, 브리스길라 부부에게도 고마움을 전하게나. 자네가 늘 그리 하고 있는 것을 내가 다 알지만, 그 부부처럼 아름다운 하나님의 종은 찾기 힘들지. 마가, 디모데가 여기 있는 동안 부부가 노심초사하면서 바깥 동향에 대해 신경 쓰고 있었을 거야. 마가, 디모데, 너희도 도착하거든 그들에게도 고맙다는 서신을 꼭 보내거라."

두 사도는 고개만 끄덕일 뿐 대답도 제대로 하지 못했다. 바울은 누가에 의지해 두 사도를 따라 힘겹게 발걸음을 내딛었다. 앞서서 베드로가 씩씩한 척하면서 큰 걸음으로 걷고 있다가 마가가 뛰어가자 그와 어깨동무를 하면서 정원을 가로질러갔다. 복도를 지날 때에는 죄수들이 그들을 향해 고개를 숙이거나 손을 흔들었다. 부러워하는 게 아닌 잘 버티라는 격려의 눈빛이라 두 사람의 마음을 더욱 숙연하게 만들었다. 깜깜한 어둠이지만 그날따라 휘영청 밝게 빛나는 달은 소담스러운 아름다움을 뽐내고 있었다. 간수들이 촛대를 들고 있지만 없어도 될 만큼 주위가 밝았다. 군인들도 보이지 않았다. 어쩌면 일부러 나타나지 않는 것만 같았다.

디모데와 마가는 처음 감옥에 들어올 때와 달리 나갈 때에는 왜 그렇게 가는 길이 짧게 느껴지는지 아쉬웠다. 들어올 때는 한참을 걸어도 끝이 보이지 않는 정원을 지나고 분수대를 지나고 다시 작은 광장을 지나서야 길고 긴 회랑이 눈에 뜨였지만 이번엔 금세 정문에 도달한 것만 같아 야속하기까지 했다. 정문 앞에서 다섯 사람은 손에 손을 맞잡고 한참을 서 있었다. 어떤 말도 할 수 없었다. 그저 눈물이 흐르는 서로의 얼굴만 쳐다보았다. 천년의 시간이 지나는 것 같았다. 교교한 달빛만 이들을 비추고 있었다.

간수들도 조용히 기다려 주었다. 잠시 시간이 지나자 뒤에서 무슨 소리가 들리는 듯했다. 간수들이 서두르기 시작했다. 그들은 바울과 베드로 그리고 누가를 살짝 뒤로 밀었다. 마가와 디모데는 깜짝 놀라 그들에게 달려오려고 했지만 간수들이 막았다. 어딘가에서 달려온 군인들이 소리가 안 나도록 온 힘을 다해 조용히 철문을 열었다. 그들은 스승들에게 마지막 목례를 했다.

마침내 두 사도가 간수들의 안내를 받아 철문 밖으로 나갔다. 해가 뜨려면 아직 멀었기에 나무들도 소리를 죽이면서 이파리를 흔들고 있었다. 바람도 조심스러운지 돌기둥 뒤로 숨었다. 군인들은 누가 시키지도 않았는데 간수들과 눈을 맞추더니 저 멀리 사라져 버렸다.

간수들이 바로 철문을 닫지 못했다. 베드로와 바울의 충혈된 눈길을 차마 외면하지 못해서이다. 베드로와 바울 그리고 누가는 두 사람이 골목을 돌아 완전히 사라질 때까지 미동도 안한 채 말없이 지켜보고 있었다. 마가와 디모데는 몇 발자국도 못 가 뒤돌아보고 스승들의 손 인사를 받은 후 조금 걷다가 다시 뒤돌아보기를 반복했다. 마지막 골목이 휘어지는 끝에서 두 사람은 무릎을 꿇고 큰절로 스승들께 최후의 인사를 건넸다. 스승들 역시 깊이 허리를 숙였다. 마침내 그들이 사라졌다. 골목 끝자락에서 그들을 기다리고 있던 데오빌로 장군의 수하들이 그들을 재빠르게 잡아당겼기 때문이다.

곧이어 말들이 울부짖는 소리와 함께 마차 바퀴가 굴러가는 소리가 어둠을 깨었다. 간수들도 힘이 빠졌는지 힘겹게 무거운 철문을 닫았다. 둔탁한 소리가 이제 그들이 완전히 떠났다는 것을 알려 주었다. 베드로는 울음을 삼키면서 빠르게 벤치로 가서 앉았지만 바울은 그 자리에 주저앉아 버렸다. 다리에 힘이 풀렸기 때문이다. 누가가 얼른 스승을 일으켜 주었다. 누가와 간수 한 명이 바울을 부축해서 벤치로 갔다. 바울은 감옥인 것도 잊고 오열했다. 이제야 디모데와의 이별이 실감 나기 시작했다. 자신의 죽음이 다가오는 것도 실감 났다. 한참을 울었다. 간수들은 조용히 벤치 뒤로 가 서 있고 군인들도 못 본 척하면서 정원을 돌고 있었다.

바울이 정신을 차리고서야 누가와 베드로는 물론 간수도 군인들도 없다는 것을 깨달았다. 오로지 스데반만이 자신을 감싸고 있었다. 따뜻한 미소로 자신을 바라보는 스데반을 보면서 다시금 그와 처음 만났던 순간을 떠올렸다. 그 후 늘 바울을 지키는 그와 함께했던 세월이 생생하게 다가와 바울로 하여금 슬픔 가운데서도 주님 안에서 누리는 평화와 기쁨으로 온몸을 떨게 만들었다.

에필로그

1.
마가와 디모데가 떠나고 난 후,
사도베드로 거꾸로 십자가형으로 순교

디모데와 마가가 떠난 후 한동안 감옥은 동굴 안의 고요 그 자체였다. 열흘간 제자들에게 모든 열정을 아낌없이 쏟아낸 바울과 베드로는 이미 탈진 상태였다. 행복과 허탈감이 교차했다. 하나님을 위한 전 생애는 전혀 후회스럽지 않지만 이런 사랑스러운 제자들과 성도들을 두고 떠나는 게 아쉽기도 했다. 참으로 인간적인 사도들이다. 사도들과 달리 누가는 늘 그렇듯 침착하게 행동해 주위 사람들을 안심시키는 매력이 있다. 그가 더욱 바빠졌다. 물수건과 주전자를 들고 하루에 몇 번씩 두 사도를 뵈러 갔다.

간수들도 두 사도를 배려하느라 정신이 없었다. 간수들의 특별배려로 두 사도의 방엔 아예 펄펄 끓는 물 주전자가 배치되었다. 누가가 이제 하루 종일 몇 번이나 주전자를 들고 왔다 갔다 하지 않아도 되었다. 조금이라도 냉기를 없애려는 고육지책이다. 그해 겨울은 신기하게도 따뜻했는데 제자들이 떠나자마자 다시 추워졌다. 마음도 추운데 날씨마저 야속했다. 칼바람이 사정없이 몰아쳐 나이 든 사도들의 등을 더욱 시리게 만들었다. 오죽하면 따뜻한 하늘나라로 속히 가고 싶다는 충동이 들 정도였다. 추위를 이기는 방법 중 대화만큼 좋은 것은 없지만 지금은 침묵의 시간을 견뎌야 했다. 말할 기운도 없었다.

제자들이 떠난 후 일주일이 지나면서부터 감옥에 조금씩 활기가 돌기 시작했다. 젊은 제자들이 남기고 간 열정 덕분이다. 바울과 베드로도 서서히 대화의 문을 열었다. 둘은 이전보다 더욱 가까워진 사이를 확인하듯 서로를 애틋하게 바라보며 희미한 미소로 입을 열었다.

"오오 바울, 이제 좀 괜찮아진 것이오? 오늘은 혈색이 좋소. 디모데 꿈이라도 꾼 것이오?"

베드로가 오랜만에 호탕하게 웃으며 말을 거니 바울 역시 환한 미소로 화답했다.

"그대는 마가 꿈을 꾸었나 보군요. 이제 우리만의 오붓한 시간이 허락된 것이오?"

바울도 오랜만에 껄껄거리며 웃었다. 둘은 쇠사슬에 묶인 손을 힘겹게 맞잡았다. 특별한 열흘 동안 간수들은 이들의 쇠사슬을 거의 풀어 주다시피 했으나 더 이상 관대함을 베풀 수는 없었다. 자칫하면 사도들을 더욱 위험한 상황에 놓이게 할 수 있기 때문이다. 깊은 감옥이지만 듣는 귀와 보는 눈이 있어 항상 조심해야 했다. 자칫하면 사도들의 명줄을 재촉하는 계기가 되기 때문이다.

"바울, 이곳은 서신을 쓰기도 적당하지 못하고, 이전 감옥은 구금 상태라 그나마 자유로워 많이 쓰지 않았소?"

"여기서는 많이 쓰지 못해도 제자들을 만난 것만으로도 영광이지요. 초기에 디모데후서를 썼지요. 그 덕분에 디모데와 마가를 만났잖소. 내가 디모데한테 꼭 마가와 같이 오라고 했는데, 정말 둘이 함께 그것도 같은 시기에 올 줄은 상상도 못 했소. 하나님이 우리에게 베푸시는 마지막 은총이라 생각하오. 거기다 그대와 내가 몰랐던 이야기를 듣는 것도 천국에 가기 전 하나님의 소명인가 싶구려. 흥미진진해 추위도 잊고 모든 고통도 잊을 수 있어 참 좋았소."

둘은 마주 잡고 한참을 웃었다. 누가도 비로소 마음을 놓는 듯했다. 누가 같은 충직한 종이 있어 두 사도는 이렇듯 마지막을 앞두고도 평강을 유지할 수 있었다. 아아……, 이 소박한 행복은 오래가지 못했다. 제자들이 떠나고 난 후 한 달도 채 못 되어 베드로의 사형 집행이 거행되었다.

베드로가 식사 도중 바울과 누가한테 마지막 인사를 전했다. 놀라는 두 사람에게 자신이 갈 때가 다가왔다고 담담히 말했다. 예수께서 어젯밤 꿈에 나타나셨다는 것이다. 바울은 아무 말도 못 하고 눈물만 흘렸고 누가도 당황해했다. 그날 오전에 데오빌로의 서신이 도착했다. 데오빌로보다 주님께서 먼저 알려 주신 것이라고 베드로가 농담을 했다.

깜깜한 오밤중 갑자기 감옥을 뒤흔들듯 요란스러운 소리가 나더니 군인들이 들이닥쳤다. 베드로는 잠자다 말고 끌려 나갔다. 다들 마음의 준비는 하고 있었지만 너무나도 급작스럽게 행해졌다. 마음을 다잡은 바울이 울먹거리면서 찬송을 불렀다. 주님을 아는 유대인 죄수들도 따라 불렀다. 주님을 잘 모르는 죄수들도 그동안 바울과 베드로의 신심에 감동을 받았기에 조용히 화음을 보탰다. 모두가 잠에서 깨어나 경건한 태도로 베드로가 끌려 나가는 것을 지켜보았다.

우는 죄수들에게 베드로는 부드러운 눈빛으로 오히려 위로를 보냈다. 바울 그리고 누가와 울면서 포옹하고 입 맞추었다. 셋은 잠시 무릎을 꿇고 손에 손을 잡고 간단히 기도드렸다. 처음엔 막무가내로 군인들이 막아섰지만 하나님의 감동이 임해 조용히 기다려 주었다. 바울과 누가 그리고 간수들은 그가 감옥의 정문인 무거운 철문을 나설 때까지 함께 걸었다. 그날만은 아무도 제지하지 않았다.

같이 십자가형에 처할 죄수들도 베드로가 다가오자 다들 무릎을 꿇었다. 군인들은 생경한 광경에 압도당했는지 예전처럼 죄수들이 빨리 걷지 않는다고 채찍으로 휘두르거나 발길로 차지도 않았다. 그저 조용히 뒤따르고 있었다. 바울과 베드로의 눈에는 보였다. 천군천사들이 베드로를 호위하고 있었다. 스데반도 베드로를 안아 주었다. 베드로는 스데반과도 깊이 포옹했다.

"잠깐만요. 퀸투스 감옥장님 나오십니다."

퀸투스의 집사들이 소리쳤다. 퀸투스가 거만한 태도로 걸어오고 있었다. 바울과 베드로 그리고 누가가 목례를 하자 그가 살짝 놀란 듯 바울과 베드로를 번갈아 보더니만 베드로에게 와서 악수를 청했다.

"베드로 사도, 그간 고생 많으셨소. 안타깝구려."

그의 목소리는 새벽을 앞두고 있음에도 고음이라 사람들이 다 놀라는 듯했다. 누가 역시 그와 오랜 세월을 함께했음에도 여전히 적응되지 않는 목소리였다.

"퀸투스 감옥장, 그간 고마웠소. 여기 남은 바울과 누가를 잘 부탁하오. 우리가 나중에 천국에서 만나기를 희망하오."

베드로의 정중한 인사에 그가 몹시 당황한 듯했다. 천국에서 만나자는 말에 잠시 할 말을 잃은 듯 보였다. 그는 군인들이 소리를 지르며 죄수들을 정렬시키자 그제야 정신이 나는지 뒤로 물러섰다. 그가 고개를 끄덕거리자 간수들이 철문을 열었고 삐거덕거리는 둔탁하고 육중한 소리에 다들 움찔했다.

베드로는 마지막으로 바울과 누가에게 미소를 짓고는 손까지 흔들었다. 군인들의 목소리는 더욱 높아졌고 죄수들은 급히 발걸음을 옮겼다. 죄수들은 그래도 베드로를 보면서 위안이 되었는지 처음보다는 한탄과 울음소리가 잦아들었다. 마지막 죄수가 나가기 무섭게 간수들이 급히 문을 닫으려고 달려왔다. 감옥문에서 보이지 않는 어둠의 숲길에선 아굴라, 브리스길라와 여러 성도들이 숨죽이며 베드로의 마지막 가는 길을 지켜보고 있었다. 이들은 누가의 연락을 받고 밤을 새워 기도하며 베드로를 보낼 준비를 하고 있었다. 베드로가 걸어가다 살짝 고개를 돌려 이들에게 희미한 미소로 화답했다. 그때 바울과 누가는 분명히 보았다. 앞서 걸어가고 있는 베드로가 영광스럽게 변형되고 있었다. 후광에 눈이 부셨다. 천군천사들이 그를 둘러싸고 있었다. 할렐루야!

* * *

바울과 베드로 두 위대한 스승 및 헌신적인 누가와 간수들, 죄수들의 애틋하고 눈물 젖은 환송을 받고 나온 마가와 디모데는 어떻게 마차에 태워졌는지도 모를 만큼 제정신이 아니었다. 이번엔 둘이 같은 마차에 탔고 저번과 다르게 창문에 두터운 커튼이 내려져 있었다. 마차가 확실히 커 보였다. 앞좌석에 앉은 마르쿠스와 케소도 입을 다물고 있었다. 마르쿠스는 마차가 어느 정도 감옥에서 멀어졌다고 생각되는 순간 뒤를 돌아보며 낮은 목소리로 말했다.

"마가, 디모데 사도, 잘 지내셨지요? 여기 올 때 우리가 당부했던 것처럼 금기 단어는 쓰지 않아서 다행입니다. 데오빌로 각하도 아, 으불로와 부데 그리고 글라우디아와 리노 역시 끝까지 마음을 놓지 못했어요. 때가 때인 만큼……. 그 네 사람은 아마도 마가 사도는 알지 못할 겁니다. 디모데 사도는 그들을 알아봤나 모르겠어요. 어쨌든 무사히 열흘이 지나 이렇게 다시 만날 수 있어 다행입니다. 열흘간 하루도 빠짐없이 두 사도의 일거수일투족이 각하께 보고되었습니다. 각하도 고맙다고 전해 달라고 하셨습니다. 나중에 좋은 시절이 오면 닥터 누가와 함께 두 분을 초대하고 싶다고 하셨고요. 누가 사도가 큰일 했지요. 그가 아니면 엄두도 못 낼 일이었거든요.”

디모데와 마가는 한마디도 거들지 못하고 듣고만 있었다. 마르쿠스는 오늘따라 유독 위압적인 분위기를 풍기고 있었다.

“자, 이제 곧 선착장에 도착합니다. 두 분 어디서건 잘 지내시고요. 이번 열흘은 두 분 생에 없었던 일입니다. 무슨 뜻인지 아시겠지요? 두 분뿐 아니라 누가가 위험해집니다. 베드로는 곧 십자가형에 처해질 것이고 바울 역시 몇 달 간격으로 참수형을 당할 겁니다. 그러면 누가만 남게 되지요?”

두 사람은 누구랄 것도 없이 고개를 끄덕거렸다. 누가가 위험해지면 안 된다는 위기의식이 두 사람 마음속 깊이 차지하고 있었다.

“로마에서 출발한 배는 베네치아를 거쳐 다음 행선지로 갈 겁니다. 디모데 사도도 거기서 마가 사도랑 함께 내리셔서 다른 배를 타세요. 이 배에 같이 탄 사람들 눈에 띄지 않도록 조심하셔야 합니다. 아, 디모데가 마가랑 함께 며칠 지내다 가는 것도 좋은 방법입니다. 이 배에 탄 사람들이 에베소까지 같이 갈 수도 있으니까요. 자, 자, 이제 내릴 준비를 하세요. 다음에 기회가 있으면 또 보겠지요.”

마르쿠스는 자신의 아이디어에 감탄한 듯 의기양양한 표정으로 두 사람을 바라보았다. 조용히 듣고만 있던 케소가 갑자기 손뼉을 쳤다. 그들 네 명은 정중히 작별 인사를 했다.

“정말 좋은 생각이다. 역시 마르쿠스야.”

디모데는 케소의 목소리를 처음 들었다. 체격처럼 목소리도 굵었다. 두 사도는 선착장에 마차가 도착하는 순간 또 누군가에 의해 끌려 내려져 빠른 걸음으로 배로 옮겨졌다. 아직 어두워서 시야가 잘 보이지 않았다. 배에서 이들을 인계받은 누군가가 급히 이들을 끌고 좁은 복도를 지나 작은 객실로 들여보냈다. 문이 닫히고 나서야 둘은 손을 잡았다. 촛대가 희미하게 두 사람의 얼굴을 비추고 있었다. 둘은 그만 바닥에 주저앉았다. 작은 목소리로 각자 기도를 드렸다.

2.
디모데, 마가와 함께한 베네치아를 뒤로하고
에베소로 돌아가다

　디모데는 요즘 잠을 제대로 못 이뤘다. 마가와 함께한 마머틴 감옥에서의 열흘 그리고 마가가 사는 베네치아에서의 사흘이 마치 한여름 밤의 꿈인 듯싶어서이다. 채 이태가 지나지 않은 시기에 베드로, 바울, 마가가 차례로 순교했다. 베드로와 바울은 이미 예상했던 일이지만 마가는 생각도 못 했기에 충격이 몹시 컸다. 침착한 누가마저 모든 일정을 미루고 디모데를 찾아와 몇 달을 함께 지내다 갔다. 두 사람은 아무 말도 하지 못했다. 그저 서로의 옆에 있는 것만으로도 위로를 받았다.

　베네치아에서의 사흘은 감옥에서 머물렀던 열흘간의 긴장감을 풀어 주는 최고의 휴식이었다. 두 사람은 디오니소스(바쿠스)호의 갑판에 앉아 있었다. 디오니소스호는 무라노섬과 부라노섬에 사는 사람들의 통행 수단이다. 아드리아해와 연결된 포강에 흐르는 배는 천천히 베네치아 수상 도시의 멋진 전경을 보여 주며 운행했다. 가장 먼저 성당이 눈에 들어왔다. 피콜로성당과 예레미야성당을 지나 각양각색 예쁜 운하와 다리 그리고 수상 가옥들이 즐비했다. 햇빛을 받은 강물이 반짝거리면서 윤슬이 만들어지는 황홀한 전경에 두 사람은 속절없이 빠져들었다.

　"와우! 어떻게 마르쿠스가 이런 멋진 생각을 했지? 너무 고마워서 상이라도 주고 싶을 정도야. 안 그래, 디모데?"

"맞아. 이렇게 아름다운 베네치아를 보고 가지 않았다면 평생 후회할 뻔했네. 완전 물의 도시구나. 와, 감탄이 절로 나와. 마가는 복 받았네. 여기 사람들이 그토록 사랑한다니 부럽기만 해. 종종 오고 싶다. 아니 그냥 여기 와서 교회를 세울까? 네가 알렉산드리아에 있을 동안만이라도?"

농담을 잘 안 하는 아니 못하는 디모데가 그런 이야기까지 할 정도로 역동적이고 신비스러운 도시인지라 마가도 여생을 여기서 보내기로 작정한 터였다. 디모데의 농담에 둘은 배꼽을 잡고 웃었다. 마가와 디모데는 사흘간 여독도 잊고 베네치아 광장과 성당 시장을 돌아다니며 즐거운 시간을 가졌다. 감옥에서 이십사 시간 긴장하고 살았던 몸과 마음이 저절로 풀어지는 선물 같은 나날이었다. 바울과 베드로가 이들을 위해 하나님께 간구한 것만 같았다. 하지만 마가가 갑자기 표정이 어두워지면서 디모데의 손을 잡았다. 디모데가 놀라 그를 빤히 바라보았다.

"디모데, 우리가 감옥을 나오기 며칠 전에 내가 데마 이야기를 꺼냈잖아. 그게 조금 마음에 걸려. 바울 스승이 하고 싶지 않는데 내가 쓸데없는 오지랖을 부린 건 아닌가 싶어서……."

그제야 디모데는 마가의 심중을 알아채고 쓸데없는 오지랖이 아니라는 뜻으로 강하게 고개를 저었다. 바울 역시 데마가 데살로니가로 갔다는 이야기를 디모데한테 보내는 편지에 썼지만 나중에 후회했다는 심정을 피력했기 때문이다. 어느 날 저녁 식사를 마치고 한참 이야기를 나눈 후에도 일행은 쉽게 자리를 뜨지 못했다. 바울과 베드로는 계속 디모데와 마가한테 궁금한 건 무엇이라도 물으라고 했다. 누가도 오늘 묻지 않으면 평생 후회할 것이라고 부추겼다. 즐거운 분위기였다. 마가가 결심한 듯 손을 들었다. 다들 마가가 마지막까지 궁금한 점이 참 많다고 웃었다.

"바울 스승님, 감히 여쭙니다. 사실 여기 온 첫날부터 묻고 싶었지만 차마 용기가 없었어요. 혹시 무례한 질문이라면 저를 용서해 주십시오."

"마가야, 나나 베드로나 선한 싸움을 마치고 곧 천국으로 가는데 무례할 게 뭐가 있겠느냐? 아무 걱정 말고 물으렴."

바울이 부드럽게 말하니 마가가 스승의 손을 잡았다.

"스승님, 사실 제가 가끔 데마 이야기를 하면서 속으로 아차 싶었던 순간 이 몇 번 있었어요. 제가 로마 셋집에서 그와 잠시 함께했잖아요. 그때만 해 도 데마는 누구보다 충성스러운 스승님의 제자 아니었습니까. 디모데 못지 않게 스승님의 사랑을 받았잖아요. 늘 앞장서서 스승님의 일을 도왔고 셋집 에서도 스승의 말씀을 듣기 위해 매일 몰려오는 수많은 사람들을 안내하고 그들이 기다릴 동안 차를 대접하면서 말씀도 전하고 또 누가와 아리스다고 의 일도 많이 도왔고요. 저도 그에게 많이 배웠거든요. 짧은 기간이었지만 저한테도 몹시 친절했고요. 그래서인지 그가 스승님을 버리고 데살로니가 로 갔다는 게 저는 아직도 믿어지지 않아요."

잠시 분위기가 무거워졌다. 아무도 쉽게 말을 꺼내지 못했다. 바울도 무 슨 말을 어떻게 시작해야 할지 망설이는 듯했다. 베드로가 갑자기 한숨을 깊게 쉬었다. 이번엔 모두 베드로를 바라보았다. 베드로가 손을 들었다.

"흠…… 바울, 사실 나도 데마와 비슷한 행동을 했지. 그때가 가장 네로의 박해가 절정에 달할 때였잖아. 마가야, 당시 로마에 살던 유대인들이 모두 로마를 빠져나갈 궁리를 하느라 바빴단다. 사실상 그리스도를 믿는 유대인 의 정신적 지주나 다름없는 바울이 또 다시 갇혔다는 사실이 우리 모두에게 절망감을 안겼단다. 이전 로마 셋집에 갇힐 때와는 비교도 안 되는 절박한 시점이었거든. 그것도 영향을 끼쳤어."

조용히 듣고 있던 누가가 나섰다.

"성도들은 바울이 갇히니 베드로마저 갇힐까 봐 겁을 냈지요. 말 그대로 그리스도교의 양대 산맥이 두 스승이잖아요. 성도들 사이에 둘 다 무너지면 안 된다는 위기의식이 팽배했어요. 그래서 베드로라도 살아남아야 한다고 잠시나마 로마에서 떠나 있으라고 한 것이지요."

"아 누가, 그렇게 말해 줘서 고맙지만 사실 부끄러운 건 사실이야. 나 역시 인간이라 두려웠거든. 그때 요한이나 실라처럼 속 깊은 사람이 옆에 있었으면 나를 붙잡아 주었을 텐데, 하필 아무도 없었어. 데마가 데살로니가로 간 것처럼 나도 그리로 가려고 했네. 당시 상대적으로 가장 안전한 곳이 거기였어. 유대인들이 물밀 듯이 데살로니가로 향했지. 나는 막 로마를 빠져나가려는 순간 주님이 막으셔서 크게 깨우치고 다시 로마로 돌아왔지만, 그래서 나는 데마를 비난할 자격도 없다고 생각했네. 하지만 바울, 그대의 입장은 나와는 또 다르지 않겠소?"

잠자코 듣기만 하던 바울이 비로소 입을 열었다. 그는 처음엔 고뇌에 찬 표정이었으나 지금은 평소처럼 온화한 미소를 띠고 있어 일행을 안심시켰다.

"오오, 마가가 무척이나 나에게 관심이 많았구나. 도대체 나에 대해 어디까지 알고 있는 게냐. 보니까 누가보다 오히려 마가가 나에 대해 더 많이 알고 있는 것 같아 갑자기 겁이 난다."

일행은 큰 소리로 웃었다. 다들 긴장이 한순간에 풀리는 것을 느꼈다. 바울이 어깨를 으쓱하면서 익살스럽게 말했다.

"내가 이번엔 베드로보다 웃기지 않았느냐? 늘 베드로의 유머 감각에 질투가 났거든. 나도 웃길 수 있는 재주가 있다는 걸 보여 주고 싶었단다."

일행은 며칠 후면 헤어진다는 것도 잊을 정도로 한참을 웃느라 정신이 없었다. 바울이 데마를 생각하는 듯 잠시 숨을 골랐다. 다시금 숙연한 분위기가 되었다.

"데마는 다들 알다시피 나를 위해 최선을 다한 하나님의 종이란다. 내가 마머틴 감옥에 갇히기 전까지만 해도 나를 떠나지 않았지. 그는 우리와 로마 셋집에서도 함께하지 않았느냐. 마가 말대로 그는 사람들 접대를 참 잘했어. 우리가 정신 못 차릴 만큼 사람들이 한꺼번에 몰려오는 날도 많았거든. 당연히 서로가 싸우고 밀치고 난리도 아니었지. 하지만 그가 나서기만 하면 언제 그랬냐는 듯 말끔히 정리가 되었단다. 그것도 엄청난 능력이지. 데마가 나를 떠나기 전 우리는 오래 이야기를 나눴단다. 데마는 완전히 하나님을 떠난 것이 아니다. 단지 당시 어렵고 희망이라고는 눈곱만큼도 보이지 않는 포악하고 절망적인 사회 상황에서 사역을 잠시 쉬겠다는 뜻이었어. 그러니까 말씀을 전하는 사역은 당분간 접고 예전의 평범한 성도로 다시 돌아가겠다는 의미라고 볼 수 있지. 나도 충분히 이해했지만 사람인 이상 섭섭하지 않았다면 거짓말이야. '왜 그 시기가 하필 지금이냐. 데마야?'라고 물으니 그가 말없이 눈물을 흘리더구나. 그때 깨달았다. 그가 몹시 지쳐 있다는 사실을…… 우리 모두 그렇게 지칠 때가 있지 않느냐. 그럼에도 불구하고 나 역시 외롭고 지친 나머지 디모데한테 그가 떠났다는 사실을 편지로 알렸지. 나중에 어찌나 후회되던지. 내가 그래도 어른이고 스승인데 나잇값을 못 한 것 같아 자괴감에 빠지기도 했지. 어쨌거나 그가 데살로니가에 무사히 도착해서 죄송하다는 편지를 보내지 않았느냐. 누가는 잘 알고 있지. 사실 어젯밤 꿈에 그가 나타나서 무릎을 꿇고 빌더군. 내가 놀라서 무슨 일이 있냐고 물으니 계속 내가 꿈에 나온다고, 내가 가장 힘들 때 자신이 떠난 죄책감으로 잠을 못 잔다고. 그래서 곧장 로마로 출발하겠다고 해서 오지 말라고 극구 말렸지. 내가 곧 천국으로 갈 것이고 지금 오는 건 너무 위험하다고 말이야. 누가가 나를 잘 보살피고 있다고 안심하라고 했어. '사랑하는 데마야, 나는 너에 대한 섭섭함을 떠나보낸지 오래되었으니 앞으로 오직 하나님을 위한 사역에만 전념하여라. 너로 인해 데살로니가가 성시화되기만을 진심으로 빌겠다.'라고 했어. 우리는 오래 껴안고 있다가 헤어졌단다. 그래서 마가가 그에 대해 물을 때 속으로 무척 놀랐지. 우리가 이런 이야기를 하려고 그가 미리 꿈에 나왔나 싶었다."

베드로가 거들었다.

"바울, 다행이오. 나는 그대가 지금까지도 데마에 대한 서운함이 있나 싶어 은근히 걱정했는데, 역시 바울이오. 나는 데마의 심정도 일정 부분 이해도 되오. 우리 모두 하나님의 종이긴 하지만 인간인 이상 지칠 때가 없다면 그건 거짓말이지."

일행은 바울의 권유로 모두 데마를 위한 축복기도를 드렸다.

데마도 그 시간 성령님을 통해 그들의 기도를 들었다. 그는 하나님의 사랑에 감읍해 눈물을 흘리고 로마로 귀환할 준비를 하기 시작했다. 아무한테도 말하지 않고 조용히 서둘렀다. 사탄 역시 천사들만큼이나 바쁘게 데마의 로마행을 방해하기 위해 움직이기 시작했다. 그때 바울이 누가를 쳐다보더니 디모데를 향해 물었다.

"디모데야, 혹시 여기서 지낼 동안 우리들의 로마인 동역자들을 보지 못했느냐? 내가 편지에 쓴 적이 있었지. 사실 그들은 모두 데오빌로 장군의 측근들이란다. 데오빌로를 통해 도를 받아들인 사람들로 으불로, 부데, 리노와 글라우디아란다. 그들 네 명은 우리의 2차 전도여행 때부터. 아, 그러니까 데오빌로가 도를 완전히 받아들이기 전부터라고 해야 하나. 그가 누가에 대해 관심을 가질 때부터라는 표현이 정확하겠네. 그는 신기하게도 누가를 처음 보는 순간부터 아니 누가에 대한 이야기를 들을 때부터 호감이 갔다고 하네. 사람이 사람한테 끌리는 건 또 인력으로 되지 않는 일 아닌가. 어쨌든 우리를 오래전부터 알게 모르게 도운 사람들이란다. 그러면서 그들 또한 하나님의 도에 대해 관심을 갖게 되고 나중엔 모두 열정적인 제자가 되었지. 이 모든 것은 하나님의 은혜이자 축복이라는 것을 알 수 있지 않느냐. 누가, 마가와 디모데는 아직 눈치채지 못한 건가?"

누가가 고개를 끄덕였다. 디모데는 집히는 게 있다는 듯 놀라워했고 마가는 무슨 뜻인지 몰라 의아해했다. 베드로는 그런 마가를 껴안아 주었다.

"아 마가, 자네는 봐도 모를 것 같아 일부러 이야기하지 않았어. 어쩌다 보니 그럴 시간도 없었고, 디모데는 아는 것 같았는데 정말 몰랐던 거야?"

그제야 디모데는 퀸투스의 사택에 갈 때마다 누군가 다른 사람들 모르게 살짝 아는 척을 하던 로마인들을 떠올렸다. 예전에 에베소에서 가끔씩 볼 때와는 전혀 다른 복장을 하고 있어서 긴가민가했었다. 바로 그들이었다. 데오빌로 각하는 마가와 디모데의 안전을 우려해 그들을 두 명씩 교대로 마머틴 감옥으로 파견했다. 이들은 디모데한테 대놓고 아는 척은 절대 하지 않았다. 아무리 퀸투스가 데오빌로의 친척이고 측근이라 하더라도 절대 권력 앞에선 그 누구도 믿을 수 없다는 것이 오랜 세월 군인과 정치인으로 살아온 데오빌로의 신념이었다. 왜냐하면 그가 퀸투스의 성향을 너무도 잘 알고 있기 때문이다. 퀸투스는 누가 봐도 출세에 목마른 사람이었다. 더구나 상식이 통하지 않는 네로 황제 시기였다.

디모데와 마가가 오기 전에도 이들은 누가와 바울 그리고 베드로를 지키기 위해 정기적으로 출근했지만 퀸투스와 군인들은 크게 신경 쓰지 않았다. 대부분 감옥에서 근무하는 사람들은 데오빌로 가문과 어떤 식으로든 얽혀 있기 때문이다. 네 사람은 마르쿠스와 케소 그리고 하빌로와 카이틴과는 또 다른 차원에서 데오빌로와 신앙인으로서의 동지 의식을 나누고 있었다. 하나님의 준비하심은 늘 사람의 생각을 뛰어넘는다는 것을 이들을 통해 절실히 느끼고 있는 바울과 베드로 그리고 누가이다. 마르쿠스, 케소, 하빌로, 카이틴도 도를 알고 있지만 깊이 들어가지는 못한 상태이다. 이들은 우선적으로 데오빌로 각하와 그의 측근들에 대한 안위에 더 심혈을 기울이고 있는 사람들이다.

* * *

"마가, 알렉산드리아에 가서 잘 지내라. 나도 시간이 나면 방문할게. 네가 세운 교회가 몹시 기대된다. 바울과 베드로, 바나바도 얼마나 기뻐하실지 눈에 선하다."

"디모데야, 너도 에베소에서 잘 버텨라. 먹는 것도 잘 챙겨 먹고, 위장 관리 잘해라. 보니까 바울은 네 위장 걱정하느라 제대로 드시지도 못하더군. 사실 부러웠어. 나도 에베소에 갈 수 있으면 갈게."

둘은 껴안으며 웃었다. 이제 마가와 디모데도 정말 헤어져야만 한다. 두 사람 다 감격과 환희와 아쉬움과 감동으로 말미암아 서로에게 입 맞추면서 제대로 마지막 인사도 나누지 못한다. 이들 역시 언제 또 다시 만날지 모르는 기약 없는 삶이기 때문이다. 오로지 주 예수께 사로잡힌 몸이기에, 하지만 주님의 사역을 향한 더 깊은 소망을 품고 이들은 각자의 길로 들어섰다.

하지만 이때만 해도 이들은 오래지 않아 지상에서 헤어지게 되리라는 생각은 꿈에도 못 했다.

3.
베드로의 순교 직전 바울, 누가와 못다 한 이야기를 나누다, 스데반 집사 자신의 이야기를 하다

베드로와 함께하는 마지막 저녁 식사를 마치고 바울과 누가, 베드로 세 사도는 함께 무릎을 꿇었다. 그때다. 바울이 평소 습관대로 벽을 바라보며 고개를 끄덕였다. 베드로와 누가는 이미 익숙해져 신경도 쓰지 않았다.

"베드로, 누가, 할 말이 있네. 미리 말하지 못한 것을 용서해 주게나."

베드로와 누가는 갑작스러운 바울의 말에 어찌 대응해야 할지 몰라 눈만 껌벅거렸다.

"그대들이 이상하다고 생각하는 내 습관 말일세."

"아, 예전부터 누군가 곁에 있는 듯 행동하시는 것이요?"

"맞아. 누가 있는 것처럼이 아니라 진짜 있다네."

"네?"

"아니 바울, 그게 무슨 말이요?"

"아, 진작 이야기하고 싶었는데, 그게 그게, 쉽게 나오지 않았소. 원래는 마가와 디모데가 있을 동안에 말하려고 했는데 시기를 놓쳤어. 해야지, 해 야지 하다가 오늘 말하지 않으면 베드로한테는 천국에서나 말할 수 있겠다 싶어서 지금 하려고 하네."

베드로와 누가는 내일이 베드로의 사형 집행일이란 것도 잊은 것 같았다.

오로지 바울만 뚫어져라 쳐다보다가 누가가 용기를 내서 물었다.

"누구? 혹시 우리 주님? 아⋯⋯."

"아니, 정말 우리 주님이신가? 세상에나, 이걸 어쩌나."

"아닐세. 자 이제 인사 나누게나. 놀라지 말고. 스데반 집사 어서 이리로 오시지요."

"⋯⋯."

"⋯⋯."

"베드로 사도, 오랜만입니다. 그리고 누가 사도 반갑고 고맙습니다. 스데반 이렇게 인사드리네요."

"아니, 이게 누군가 스데반, 반갑고 미안하네. 우리가 지켰어야 했는데 우리 대신 너무 빨리 갔지."

베드로가 오열하며 스데반을 껴안았다. 스데반도 베드로의 말에 울컥했는지 눈물을 쏟았다. 누가는 어리벙벙해 있다가 스데반이 내미는 손을 정중히 잡은 후 포옹했다. 베드로는 스데반을 붙들고 어쩔 줄 몰라 했다. 얼굴을 쓰다듬고 안고 입 맞추고 눈물을 흘렸다.

"스데반, 그때 얼마나 힘들었나, 우리는 그대를 구하려고 가까이 가지도 못하고 비겁하게 방치했네. 미안하고 미안하네."

바울은 다 자기 잘못이라고 스데반과 베드로 앞에 무릎을 꿇고 진심으로 사죄했다. 누가는 재빨리 문을 열고 주위를 살핀 후 나가서 물주전자와 물수건을 갖고 들어왔다. 베드로와 바울 그리고 스데반에게 물을 건넸다. 한참을 울고 나서 조금 진정이 된 세 사람은 서로가 자기 잘못이라며 자책하다가 미안해하고 위로했다. 누가는 조용히 세 사람을 바라보면서 바울과 베드로의 눈물을 닦아 주었다.

"스데반, 어여 이야기 좀 해 보게나. 아니 어떻게 딴 사람도 아닌 바울의 수호자가 된 것인가? 우리 주님이 시킨 것인가? 아니면 그대가 자원한 것인가?"

"사람들이 돌을 던지기 시작할 때 하늘을 우러러보니 우리 주님께서 하나님 우편에 앉아 계시다가 벌떡 일어나셨어요. 그리고는 저한테 말씀하셨습니다. 사람들이 흥분해 떠드는 와중에도 또렷하게 들렸습니다. '스데반아, 애썼다. 나는 너를 사랑한다. 너는 지금부터 저 뒤에 독기를 품고 서 있는 사울의 수호자가 될 것이다. 사울이 얼마 후에 바울이 되어 평생 나를 위해 고난을 받고 너와 함께 천국으로 올 때까지 너는 그를 지켜야 한다. 다른 사람들 눈에는 보이지 않을 것이다. 오로지 사울과 너와 나만 아는 비밀이니라. 나중에 베드로가 천국으로 오기 직전에 베드로와 누가가 너를 만나게 될 것이다.' 그 말씀을 듣고 저는 새로운 임무를 부여받은 것처럼 기뻤습니다. 비록 드러내서 사역은 못하지만 바울을 돕는 역할이 주어진 것만 해도 영광이라 감사하고 행복한 나날을 보냈습니다."

"아아, 그렇구나. 그랬구나. 잘했다. 스데반. 우리 주님께 충성스러운 종노릇을 한 번도 아닌 두 번이나 했구나. 그대의 상급이 크리라."

또다시 바울은 자책하며 엎드러지고 베드로와 스데반은 그를 위로하느라 정신이 없었다. 누가는 뭐에 씐 것마냥 얼얼한 상태였다. 알 수 없는 감동의 물결이 그를 휘감았다. 이제 모든 비밀이 밝혀졌다. 수십 년간 바울의 이상 행동이 한순간에 이해되는 감격에 그는 온몸에 힘이 빠지는 것을 느꼈다. 베드로와 스데반은 밤을 새며 못다 한 이야기를 나누었다. 그 덕분에 베드로는 잠시나마 죽음의 두려움에서 벗어날 수 있었다. 스데반은 자신을 기억해 주고 고마워한 베드로를 보면서 다시금 주님의 은혜와 평안에 몸을 맡길 수 있었다.

그다음 날 새벽 베드로가 감옥 문을 나선 이후 일상은 바울, 누가와 스데반의 공유였다. 스데반은 무척 좋아했다. 혼자 벽에 서 있을 때는 무료했는데 누가와 함께 이야기하고 일도 나눠서 하니 즐겁다고 했다. 얼마 후 베드로의 거꾸로 십자가형에 대해 누가가 말해 주었다. 데오빌로가 서신으로 전해 온 것이었다. 그도 몹시 감동받았다고 썼다. 그는 베드로의 주님에 대한 진정한 사랑에 감격했다고 전했다. 군인들도 처음엔 베드로의 고집에 당황했으나 베드로가 왜 거꾸로 달리겠다고 하는지 이유를 듣고는 수긍했다고 한다.

"나는 감히 우리 주 예수 그리스도처럼 똑바로 십자가에 달릴 수 없는 비천한 몸이오. 황송하게도 사람들은 나를 그의 수제자라고 불렀지만 나는 그가 돌아가실 때에도 또 약속대로 부활하신 후에도 그를 실망시키는 행동만 했을 뿐이오. 그래서 그때의 죄를 씻고 싶어서 십자가에 거꾸로 달리기로 작정한지 오래되었소. 부디 내 소원을 들어주시오. 고맙소."

바울은 그 소식을 듣고 식사를 하지 못했다. 스데반의 위로를 받고도 울기만 했다. 그가 울다 지쳐 잠들었을 때 누가가 스데반에게 조심스레 물었다.

"스데반 집사님, 이렇게 만나 뵙게 되어 영광입니다. 늘 궁금했습니다. 당시 어떻게 예수님의 열두 제자들보다 더 적극적으로 유대인에게 다가가셨는지요. 그것도 정통이 아닌 헬라파 유대인이라고 갖은 모욕과 조롱을 당하는 상태에서요."

"아, 누가 사도도 알다시피 그건 내가 하고 싶다고 되는 게 아니잖소. 성령님께서 강하게 나를 압도하셨소. 진정 나가서 전도하지 않으면 견딜 수가 없었다오. 가만히 앉아 있으면 답답해서 가슴이 터질 것만 같았소."

스데반은 잠시 하늘을 우러러보면서 손을 들었다. 급작스레 강한 회오리

바람이 감옥을 흔들었다. 분명 성령이 임하신 증거였다. 바울도 살그머니 눈이 떠졌다가 다시 눈이 감겼다. 그는 베드로와 만나고 있었다. 사도요한도 나타났다. 언젠가 요한과 함께 걸었던 정원 뒷마당 끝자락의 참수 기둥 터로 들어서고 있었다.

"그 후 이야기는 이미 바울에게 많이 들어서 알고 있잖소."

스데반이 웃으면서 말끝을 흐렸다. 누가가 다시 물었다.

"그래도 젊은 나이에 꽃도 피우지 못한 채 가셨는데 인간인 이상 아쉽지 않으셨다면 거짓말이겠지요?"

둘은 동시에 바울을 쳐다봤지만 다행히 바울은 조그맣게 베드로와 요한의 이름을 부르면서 대화를 나누고 있었다.

"그렇지. 인간적으로 생각하면 아깝다고 할 수 있지만, 다 사도의 때가 정해져 있는 것 같소. 내가 간 후 곧바로 요한의 형제 야고보 사도도 천국으로 왔지. 예수님께서 특별히 우리를 위로하셨다오."

"유대인들은 집사께서 그들의 금기 사항을 건드렸다고 분노한 것이잖아요."

"맞아. 그중에서도 특히 성전과 율법이 그들의 심기를 불편하게 만들었지. 그들은 하나님 자체를 믿지 않아요. 하나님을 믿기 싫으니까 그저 만만한 성전과 율법을 내세운 거요. 예수님의 부활을 말하는 사흘이라는 물리적 기한으로 트집을 잡았지. 내가 오래된 헤롯 성전을 사흘 만에 다시 건축할 수 있다는 거짓말을 한다고 선동한 것이야. 그들 자신은 막상 믿지도 않는 하나님이면서 하나님의 아들 이야기를 하니 신성모독이라고 펄펄 뛴 것이지. 성경 말씀대로 들을 귀가 있어도 듣지 않고 보는 눈이 있어도 보지 않았던 것이오."

스데반은 길게 한숨을 내쉬었다. 누가는 자신도 모르게 다가와서 그를 껴안았다. 어떻게든 위로하고 싶었다. 같은 헬라인이라는 동질감도 작용했다. 그래도 스데반은 헬라파 유대인이었지만 누가는 완전한 헬라인으로 사역하는 데 더 어려움을 겪었기 때문이다. 유대인은 헬라인을 이방인이라고 개나 소처럼 무시하고 헬라인은 헬라인대로 유대인을 무식하다고 야만이라고 조롱했기에 누가는 중간에서 유대인과 헬라인을 중재하면서 사역하느라 심하게 마음고생을 했다.

"누가, 나는 무척 기쁘고 보람이 있소. 다들 나의 이른 죽음을 슬퍼했지만 그건 나를 잘 몰라서 하는 소리요. 나는 말씀을 전하는 데 최선을 다했기 때문에 죽음이 두렵지 않았어요. 나의 죽음으로 인해 바울이라는 걸출한 사도를 배출한 것 아니요? 바울로 인해 하나님의 명령인 복음이 예루살렘과 유대, 사마리아를 넘어 땅끝까지 전해지지 않았소? 그것 하나만으로도 나는 행복하고 감사하다오."

누가는 존경심이 일어 그를 향해 목례를 했다.

"스데반 집사도 예수님께서 가실 때와 동일하세요. 주님도 그러셨잖아요. 이 죄를 저들에게 돌리지 마시라고 하나님께 부탁드렸잖아요. 존경하고 존경합니다. 그리고 또 궁금한 게 있어요. 처음에 군중들이 선동할 때 집사께서 '부형들이여, 들으소서.'라고 공손한 표현을 쓰셨잖아요. 어떻게 그 참담한 와중에도 그토록 침착하게 말했는지 신기해요. 바울 역시 예루살렘에서 '부형들아, 들으라.'라고 유대인의 언어 습관인 부형들을 꺼냈잖아요. 그런 면에서도 스승과 사도는 닮은꼴입니다."

스데반이 쑥스럽게 웃으면서 자고 있는 바울을 돌아보았다.

다행히 바울은 계속 요한과 대화하는 것 같았다. 누가는 다시 물수건으로 바울의 얼굴을 조심스레 닦았다. 스데반 역시 당시를 회상하는 듯 눈시울이 붉어졌다. 누가는 스데반의 손을 꽉 잡았다.

"나도 바울이 예루살렘에서 부형들을 부를 때 그 생각을 했다오. 한편으론 놀랍고 하나님의 뜻은 광대하시다는 것을 새삼 깨달았지요. 언젠가 베드로도 여기서 그 이야기를 했지요. 그때 무척 고마웠어요. 내가 부형들을 부르짖을 때 나 몰라라 하던 사울이 훌륭한 대사도가 되어 부형들을 부르는 모습에 감격했어요. 결코 나의 죽음이 헛되지 않았다는 자부심과 감사로 뿌듯했답니다."

* * *

바울은 요한과 함께 참수 기둥터로 와 있었다. 우거진 나무그늘 사이로 숨어 있는 참수 기둥은 자세히 다가가서 보지 않으면 평범한 나무 그루터기였다. 주위엔 너도밤나무, 상수리나무, 잣나무, 소나무, 포도나무, 석류나무 등 온갖 나무들의 향연이 벌어지고 있었다. 참수 기둥은 너무 많은 사람들이 참수를 당한 흔적이 고스란히 남아 있었다. 반질반질해서 매끄럽다 못해 벌레가 나무 밑동에서 기어 올라왔다가 미끄러져 떨어질 정도였다. 수많은 사도와 성도들의 죄 없는 피가 스며 있었다. 주위 나무들은 괜스레 죄스러운 듯 가지를 떨구고 있었다.

"바울, 이제 마음의 준비는 된 것이오? 베드로, 바나바, 야고보, 안드레도 갔고 다들 갔소. 이제 그대가 가면 내가 갈 것이오. 내가 마지막이 될 것이오."

"요한, 우리 이제 천국에서 만나는 것이오?"

두 사도는 껴안고 입 맞추었다. 그때 주님께서 둘을 부르는 소리가 들렸다.

"사랑하는 요한아, 사랑하는 바울아, 나는 너희들이 몹시 자랑스럽다."

"아아, 주님 감사합니다. 곧 천국에서 뵙겠네요. 저도 베드로 및 다른 사도들과의 반가운 해후를 기다리고 있습니다."

"바울, 수고 많았다. 너를 평생 지켜 준 스데반과 함께 올라올 것이다. 요한아, 너는 부지런히 계시록을 완성시키거라. 너의 마지막 미션이니라."

"아, 주님 주님, 스데반……."

"스승님, 스승님!"

팔을 휘젓고 있는 바울의 손을 스데반이 잡고 누가가 애타게 그를 불렀다. 그제야 눈을 뜬 바울은 누가와 스데반을 번갈아 보더니만 침대에서 일으켜 달라고 했다.

"아, 아직 감옥인가? 나는 지금 내가 참수 기둥터에 있다고 생각했는데……."

바울의 몸은 온통 땀으로 젖어 있었다. 얼굴은 땀과 눈물로 범벅이 되어 있었다. 누가는 아무 말도 하지 못한 채 그저 바울만 바라보고 있었다. 두 사람은 말없이 껴안았다. 누가의 도움을 받아 옷을 갈아입고 나서야 바울이 입을 열었다. 드로아인 가보가 디모데를 통해 넉넉히 보내 준 겨울옷이 무척 도움이 되었다. 참으로 엽렵한 가보와 성도들이다.

"누가, 그대의 은혜를 내 어찌 잊겠는가, 내가 지금까지 지탱해 온 것도 다 그대 덕일세. 천국에 가서도 고마워할 것이야. 하나님의 상급이 크실 것이네. 고맙고 고맙네. 방금 요한과 아리스다고 꿈을 꾸었어. 요한과 참수 기둥터를 걷고 있는데 아리스다고가 계속 우리를 바라보며 웃고 있었어. 요한의 눈에는 보이지 않는지 아무 말도 없더군. 나는 반가워서 손을 흔들었지. 아마 천국에서 나를 마중 나왔나 봐. 고맙게도 말이야. 아아, 나는 천국에 가면 아리스다고와 더 많은 시간을 보내려고 해. 그는 여기서 고생만 하다 죽었지. 그도 나한테 평생 순종한 종인데 나보다 먼저 갈 줄은 상상도 못 했네. 누가, 자네마저 없었다면 나는 아리스다고를 따라 바로 갔을 거야."

누가는 고개를 숙이고 울다가 스데반과 눈을 마주쳤다. 스데반이 장난스러운 눈초리를 보내고 있었다. 스데반도 마가나 베드로만큼이나 유머가 넘쳤다.

"아, 저보다 스데반 집사께서 큰일을 하셨지요?"

"말해 뭐 하나. 스데반은 내 몸 그 자체였네. 나는 입이 열 개라도 스데반에게 고맙다는 표현을 다 못할 걸세. 스데반, 내 목숨보다 귀한 그대요."

"누가, 나도 고맙다는 인사를 하고 싶네. 그대가 바울에게 베푼 은혜는 나한테 베푼 것이나 다름없지. 우리가 어려울 때마다 그대가 도움을 준 것을 잘 알고 있소. 데오빌로 장군에게도 고마움을 전하구려."

스데반이 진지하게 말하자 바울도 고개를 끄덕거렸다.

"나도 늘 데오빌로를 만나 고마움을 전하고 싶었지. 아마 죽을 때나 볼까 싶기도 해. 아니면 나중에 천국에서 보던가."

"아 스승님, 그렇잖아도 데오빌로 각하께서 오실 것 같습니다. 꼭 한 번 스승님을 보고 싶다고 했거든요. 시간 조정을 하고 있다고 했습니다."

"오 그런가. 잘됐네. 신세를 많이 졌는데 인간이라면 감사를 표하고 죽어야지. 나도 기대하네."

시간은 야속하리만큼 빨리 흘러갔다. 베드로, 디모데, 마가와 함께 지내던 한겨울을 보내자 곧장 봄과 여름이 왔다가 후딱 지나가고 낙엽이 아름답게 몰아치는 가을로 들어섰다. 다들 바울의 사형이 내년으로 미뤄지나 생각했다. 간수들도 죄수들도 그리 생각하고 한편으론 안심하고 있었다. 한 해에 두 사도를 한꺼번에 보내지는 않으리라 걱정하면서도 기대하고 있었다.

4.
에베소의 디모데와 오네시모, 신실한 성정의 빌레몬이 노예 오네시모를 주교로 만들다(빌레몬서 1장)

에베소의 디모데는 오네시모와 함께 기도하고 있었다. 오네시모는 잠시 로마 셋집에서 함께 살았다. 디모데는 그가 바울을 찾아온 첫날을 인상 깊게 기억하고 있었다. 그는 무엇에 쫓기는 사람 같았다. 행낭은 무거워 보였고 옷차림부터 상태가 좋지 않았다. 완전히 지쳐서 말도 제대로 하지 못했다.

마침 그날은 디모데가 바울을 찾아 몰려오는 사람들을 안내하고 있었다. 대부분 데마가 안내하는데 그날은 데마가 누가와 함께 장을 보러 간 날이다. 브리스길라와 아굴라 부부가 일찌감치 와서 그들과 동행했다. 브리스길라는 로마인이었기에 시장에서도 모르는 사람이 없었다. 그녀는 무슨 일에나 앞장서서 사도들을 도운 여장부였다. 그들 뒤로 데오빌로의 수하들이 멀찌감치 따라가며 사람들 모르게 그들을 호위하고 있었다.

그는 디모데를 아는 것 같았다. 안도의 한숨을 내쉬는 것 같았다. 디모데는 더욱 그가 궁금해졌다. 사람들이 어느 정도 정리가 되자 마당 한구석에 웅크리고 서 있던 그가 디모데한테 가깝게 다가와 속삭이듯 물었다.

"저기 디모데 사도님, 제가 바울 사도님을 힘들게 찾아왔습니다. 저는 골로새에서 왔습니다. 전에 두 분을 뵌 적이 있습니다. 부디 저를 살려 주십시오."

디모데가 무슨 말을 하기도 전에 그가 급히 내뱉었다. 쓰러지기 직전의 사람 같아 디모데는 우선 그가 앉을 자리를 마련해 주었다.

"저를 아십니까? 골로새라면 에바브라를 알고 있고 또 빌레몬 성도의 집에 간 기억이 있습니다."

"맞습니다. 사도님. 제가 그 빌레몬……. 제 꼴이 이래서……. 사람들 눈을 피해 배에서도 구석에만 있어서, 로마에 도착해서도 낮에는 숨어 있다가 밤에만 걸었습니다. 골로새에서 출발하는 배를 몰래 탔다가 들켜서 쫓겨나기도 하고 선착장에 저를 아는 사람들이 있는 것 같으면 정신없이 도망치다가 운이 좋아 다시 배를 타고 갖은 고생을 했지만 결국 여기까지 오니……."

그가 갑자기 울먹거리면서 말을 잇지 못하고 눈물을 쏟았다. 그제야 뭔가 감이 왔다. 당시엔 노예가 주인의 학대에 못 이겨 탈출하는 일이 잦았다. 하지만 디모데가 알기에도 빌레몬은 훌륭한 성도인데, 고개를 갸웃거리자 그가 얼른 말을 이었다.

"네, 사도님 생각이 맞습니다. 빌레몬 주인님은 말이 필요 없는 의인이십니다. 그런데 그만 제가, 사실은 늘 자유가 그리웠습니다. 한 번 사는 세상인데 평생 남의 밑에서 노예로 살지 못할 것 같아 죽음을 각오하고 오밤중에 나왔습니다. 사도바울을 만나고 싶었습니다. 주인의 집 그러니까 나중에 골로새교회가 되었지요. 그 집에 수많은 사도와 성도들이 드나들었는데 가장 저한테 친절히 대해 주신 분입니다. 사도께서 로마 감옥인 셋집에 계시다는 소식을 듣고 어떻게든 가서 돕고 싶었습니다. 그게 제 마지막 생의 할 일이라는 생각이 저를 사로잡았습니다. 로마까지 오려면 노예의 옷이 아닌 주인의 옷이 필요할 것 같아 옷 몇 벌을 훔쳤습니다. 나중에 꼭 갚겠습니다."

디모데는 모든 상황이 눈에 그려졌다. 어쨌든 이 사람은 중도에 잡히지 않고 로마까지 먼 길을 무사히 온 셈이다. 이것도 하나님의 뜻이런가. 디모데는 생각에 잠겨 그가 하는 말이 더 이상 귀에 들어오지 않았다. 만약 바울이 그를 받아들이지 않고 주인에게 곧바로 알리거나 돌려보낸다면 그는 죽음을 면키 어려운 상황이 된다.

"사도님, 저를 내치지 마시고 제발 바울 사도를 한 번만 만나게 해 주십시오. 간절한 소망입니다. 저를 불쌍히 여겨 주시옵소서. 부탁드립니다."

"디모데, 어디 있느냐?"

마침 그때 바울이 부르는 소리에 정신이 번쩍 든 디모데가 일어나자 오네시모도 벌떡 일어나더니 소리가 나는 쪽으로 번개 같이 달려갔다. 디모데가 놀라 달려가니 그는 이미 바울 앞에 엎드러져 있었다. 바울은 그를 기억하는 듯했다. 바울이 얼른 누가를 불러 사람들 눈에 띄기 전에 그를 안으로 데리고 가라고 했다. 눈치 빠른 누가는 이미 모든 상황을 짐작한 듯 어떤 동요도 보이지 않았다. 그때부터 그는 바울의 심복이 되었다. 이른 아침부터 바울이 잠들 때까지 바울의 곁을 떠나지 않고 온갖 궂은일을 도맡았다. 누가의 짐이 한결 덜어졌다. 누가뿐 아니라 마가, 데마, 아리스다고 등 일행을 속속들이 도우면서 그의 믿음도 서서히 성장하기 시작했다.

* * *

디모데가 마머틴 감옥에 가 있을 동안 오네시모가 에베소교회의 일을 도왔다. 그는 완전히 사람이 변해 있었다. 얼굴 표정부터 달라졌다. 하나님의 은혜를 실감하는 나날이었다.

"아아, 디모데 사도님, 바울 사도께서……. 결국은 오늘이로군요."

"우리는 그저 기도하는 수밖에요."

디모데도 참지 못하고 그만 울음을 터트렸다.

"저는 바울 사도님 아니면 이미 죽은 몸입니다. 아리스다고처럼 처음부터 마머틴 감옥에 같이 갔어야 했는데 죄스럽기만 합니다."

"아닙니다. 그대는 할 만큼 했습니다. 스승님도 저와 마지막 인사를 나눌 때 그대에게 고맙다고 꼭 전해 달라고 하신 것만 봐도 알 수 있지요. 거기다 내 아들이라고 호칭하지 않으셨습니까."

"아아, 영광스럽게도 아들 호칭을 얻었습니다. 디모데, 디도 사도에게만 아들이라고 하셨는데 제가 거기에 끼다니 죽어도 여한이 없습니다. 며칠 후에 빌레몬 주인의 집에 가서 이 모든 일을 알릴 생각입니다."

"다행입니다. 바울 스승께서 두 분을 얼마나 칭찬하셨는지 모릅니다."

"다 사도 덕분이지요. 제가 로마 셋집에서 큰 은혜를 받은 후 사도께서 결단을 내리셨지요. 주인께 직접 편지를 써서 저를 용서하라고 부탁하셨지요. 제가 훔친 옷값을 대신 갚겠다고 하셨고요. 사실 저도 두기고와 함께 주인을 만나러 갈 때 불안감에 떨었습니다. 아마 저 혼자 갔다면 두려워서 중간에 포기했을 겁니다. 다시 로마로 오지도 못하고 어딘가에서 홀로 숨어 비참하게 일생을 마쳤겠지요. 하지만 두기고와 함께 가니 그렇게 든든할 수가 없었습니다. 바울도 두기고도 제게는 은인이십니다. 아, 이 모든 게 다 우리 좋으신 하나님의 은혜이지요. 사실 하나님을 믿는다고 해도 주인 역시 인간인데 얼마나 기가 막혔을지. 제가 입장 바꿔 생각해도 저는 아마 그렇게 못했을 겁니다. 죽을 때까지 제가 주인한테 잘해야 합니다."

다시금 눈물을 쏟은 그가 눈을 비볐다. 그는 며칠 전부터 바울을 생각하며 울고 또 울었다. 지금은 바울과 빌레몬을 동시에 생각하며 울고 있다.

"저라도 불안해서 그 집에 들어가기 싫었을 겁니다. 두기고가 동행했다

하더라도 모든 사람들이 다 그대를 주목해서 봤을 것 아닙니까? 아무리 빌
레몬이 자신의 집을 교회로 만든 믿음 좋고 훌륭한 인품이었다 해도 그대한
테는 주인이었으니까요."

"그렇지요. 주인도 무서웠고 설령 주인은 저를 용서한다 해도 다른 노예
들이 저를 시기해서 주인 몰래 죽이지 않을까 오만 생각이 다 들었습니다.
그런데 놀랍게도 주인은 저를 담담히 맞아 주었습니다. 어떤 폭력도 없었습
니다. 노예들도 저를 바라만 봤지 아무 말도 하지 않았습니다."

"그때 빌레몬이 뭐라고 했는지요?"

"저는 그저 주인 앞에 엎드러져 그의 말만 기다리고 있었습니다. 죽으면
죽으리라 하는 생각도 들었습니다. 하지만 바울 사도가 자꾸 생각이 나더군
요. 사도님을 죽을 때까지 모셔야 하는데 지금 죽으면 그게 가장 아쉽다는
생각만 들었습니다."

"흠……. 두기고 역시 아무 말도 하지 않고 있었나요?"

"네, 제가 부탁드렸습니다. 오로지 제 자신이 감당할 일이라고요. 옆에서
지켜봐 주시는 것만 해도 영광이라고요. 고맙게도 주인은 바울 사도의 편지
를 읽고 다 이해했다면서 부디 바울을 끝까지 잘 보살펴 드리라고 신신당부
를 하더군요. 그리고 옷값도 다 받은 것으로 하겠다고요. 제가 드린 옷값을
끝까지 받지 않았습니다. 가는 길에 여비로 쓰라고요. 오히려 이것저것 사
도께 보낼 것까지 넉넉히 챙겨 주었습니다. 제가 너무 감읍해서 눈물만 흘
리다 왔습니다. 주인은 또 두기고에게도 지극한 예우를 해 저의 그에 대한
미안함을 덜어 주었습니다. 그것도 무척이나 고마웠습니다."

디모데는 빌레몬이 더욱 존경스러워졌다. 그의 다음 말은 더 큰 놀라움을
안겼다.

"저를 배웅한 한 노예한테 들었는데 바울 사도의 편지를 받고 주인이 충격을 받았답니다. 보통 노예가 도망치면 끝까지 쫓는데 주인은 제가 사라진 것을 알고도 다른 지시를 하지 않았답니다. 그리고 제가 로마에 있는 것을 안 다음 노예들을 다 불러 모았답니다. 누구든지 오네시모처럼 나가서 믿음의 사람이 되고 싶은 사람은 언제라도 가라고요. 다만 가면 간다고 알리라고요. 노예들이 감복해 그 자리에서 다 울었답니다. 다 나갈 줄 알았는데 예상 외로 몇 명만 나가고 거의 다 남았답니다. 오히려 예전보다 더 주인을 존경하고 따른답니다. 저도 그 이야기를 듣고 주저앉아 한참 울다가 왔습니다. 두기고도 저한테 그랬습니다. '그대가 복이 많소. 진정 훌륭한 사람을 만났소.'라고요."

"그랬군요. 저도 두기고와 에바브라와 잠시 로마 셋집에 함께 거한 적이 있어요. 아, 그때 오네시보로도 있었지요. 그와는 나중에 에베소에서 다시 만났지만 곧 서로가 뿔뿔이 흩어져서 복음을 전했지요. 아아, 하나님 아버지 감사합니다."

* * *

디모데와 오네시모는 성전 바닥에 무릎을 꿇었다. 이들을 따라 멀찍이 뒤에 서 있던 다른 성도들 모두 조용히 무릎을 꿇고 두 손을 모았다. 오네시모는 후에 에베소 주교로 성장했다. 빌레몬의 귀한 성품이 노예를 훌륭한 주교로 탄생시킨 것이다. 한 사람의 온전한 이해와 용서는 다른 한 사람을 통해 많은 사람을 구원한다. 예수님께서 악질인 사울을 용서함으로써 사울이 바울이 되고 바울은 전 세계 성도들을 구원시킨 것이나 다름없다. 스데반의 용서도 마찬가지 아닌가. 그는 죽어 가면서까지 "저들의 죄를 저들에게 돌리지 마옵소서."라고 기도한 하나님의 사람이다. 스데반이 바울을 완성시킨 것이다.

5.
디모데와 마가,
다른 사도들과 함께한 바울의 참수 순교 현장

　마가는 누가의 편지를 받고 디모데처럼 그날은 새벽부터 모든 일정을 취소하고 기도하고 있었다. 베네치아에서 성도들의 따스한 환송을 받고 알렉산드리아로 온지 일 년이 가까워 오고 있었다. 알렉산드리아교회는 이교도들의 거센 반발이 있었지만 우여곡절 끝에 교회가 세워졌고 순탄한 선교 활동이 이루어지고 있었다. 하지만 이교도들은 끊임없이 마가를 죽이려는 음모를 시도하고 있었다. 성도들은 그런 마가를 우려해 늘 마가 곁에 사람을 두었다. 혼자 못 다니게 할 정도로 신경을 썼다.

　마가는 기도 중에 마머틴 감옥으로 향하고 있었다. 감옥에 도착하니 이미 많은 성도들이 앞서거니 뒤서거니 숲길로 향하고 있었다. 남녀노소 다양했다. 보니까 로마 제국 곳곳에서 몰려온 사람들이었다. 디아스포라 유대인은 물론 흑인과 이방인도 무척 많았다. 마가가 있는 곳에서 얼마 안 떨어진 숲길을 구레네인 시몬처럼 보이는 사람이 휘청거리면서 걷고 있었다. 울고 있는 게 틀림없었다. "시몬!" 큰 소리로 불렀지만 듣지 못한 것 같았다. 시몬은 이미 사람들 속에 섞여 보이지 않았다. 마가도 그들을 따라 걸었다. 아마도 말로만 듣던 참수 기둥터로 가는 것 같았다. 가다 보니 처음 보는 뒷길이었다. 퀸투스를 만나러 가던 길과도 달랐다. 여름날 퀸투스의 저택에서 오찬을 하고 사도들과 함께 정원 곳곳을 돌았지만 그 숲길은 처음 가는 곳이다. 아름드리나무가 숲길을 가득 메우고 있었다. 황금빛 가을 향기가 사람들을 설레게 만드는 날씨였지만 아무도 웃지 않았다.

한참을 걸어 들어가니 드디어 참수 기둥이 보였다. 무지막지한 군인들이 이미 바울을 기둥 앞으로 끌고 가고 있었다. 아아, 그는 문득 하늘을 올려다보았는데 세상에 예수님을 비롯한 예수님의 열두 제자가 다 내려다보고 있는 게 아닌가. 베드로가 마가를 향해 손을 흔들었다. 바나바 삼촌도 반갑게 웃으면서 아는 체를 했다. 마가는 바나바한테 달려갔지만 손이 닿지 않았다. 아리스다고, 야고보, 실라도 보였다. 아리스다고와 실라, 야고보도 반가움을 숨기지 않았다.

요한 사도는 지상에 있었다. 디모데, 빌레몬, 오네시모, 디도, 브리스길라와 아굴라 부부도 다 모여 있었다. 앗! 데마도 보였다. 데마는 마가를 보자마자 울먹거리면서 달려왔다. 둘은 반갑게 포옹했다. 데마는 다른 사도들에게도 연신 미안해하며 고개를 숙이고 있었다. 언젠가 바울의 꿈에 나타난 데마가 정말 로마로 온 것이다. 마가는 정신을 차릴 수가 없었다. 오네시모는 빌레몬에게 정중하게 인사하고 빌레몬 또한 감사히 인사를 받는 모습이었다. 브리스길라는 오열하고 있고 아굴라도 눈이 빨갛게 충혈되어 있었다. 사도들의 얼굴은 다 어두웠다. 아까 마가의 앞에서 걷던 무리들은 사도들을 둥글게 에워싸고 있었다. 무리 속에 저 멀리 시몬이 정신없이 울고 있는 모습이 보였다. 그는 아직 마가를 알아보지 못한 것 같았다.

지상에서는 모두 다 슬픈 표정이지만 신기하게도 천국에 있는 사도들과 성도들의 얼굴은 기쁨과 환희 그 자체였다. 그들은 마치 즐거운 축제를 준비하고 있는 것만 같아 기이함의 연속이었다. 천국은 진정 저런 곳일까. 마가는 알 수 없는 비밀에 휩싸였다.

그런데 언제 살아 있는 사도들과 제자들이 어떻게 여기까지 온 것일까. 시몬을 포함한 저 많은 성도들은 이스라엘은 물론 로마 제국 곳곳에서 또 어떻게 온 것일까. 마가 자신도 어떻게 왔는지 신기했다. 나야말로 어떻게 여기까지 온 것일까, 배를 타고 온 걸까……. 그렇구나. 이미 순교한 사도들은 주님과 함께 하늘에서 바울을 내려다보고 있었다. 바울이 죽인 수많은 성도들도 그들 옆에서 바울을 내려다보고 있었다. 그들에게서 바울에 대한 어떤 분노나 한탄도 볼 수 없었다. 모두 다 인자한 표정으로 바울을 맞을 준비를 하고 있었다. 마가한테는 놀라운 광경이었다. '용서라는 게 저런 것이구나.' 하고 새삼스레 깨달았다.

아직 순교하지 않은 사도들은 바울 주위에 포진해 있었다. 마가는 조금 정신을 차린 후 사방을 둘러보았다. 오랜만에 만난 간수들 그리고 퀸투스와 집사들이 그를 보고 반가운 듯 고개를 끄덕였다. 퀸투스는 여기에서만큼은 큰 소리로 웃지 않고 조용히 있었다. 누군가의 눈치를 보는 것만 같았다. 계속 어딘가를 주시하면서 동태를 살피고 있었다. 궁금해서 그의 눈길을 따라가니, '아, 저 분이 바로 데오빌로 각하로구나.' 하고 깨달았다.

안 보이던 마르쿠스와 케소가 근엄한 얼굴로 호위하듯 그의 옆에 서 있었다. 누가는 그의 뒤에 두 손을 모은 채 고개를 숙이고 있었다. 데오빌로의 얼굴에선 형형한 빛이 났다. 맑은 눈동자가 인상적이었다. 엄격하지만 자애로움도 보였다. 체격은 전형적인 로마 군인이었다. 가만히 서 있어도 그의 존재 자체가 다른 사람들과 달라 보였다. 누가 옆에는 로마인 네 명이 경건한 자세로 두 손을 모으고 서 있었다. 곧바로 전에 바울과 누가가 말한 데오빌로로 인해 복음을 받아들인 부데, 리노, 글라우디아 그리고 으불로라는 것을 알 수 있었다. 저들이 알게 모르게 지난번 감옥에 있는 열흘간 자신과 디모데를 지켜 주었다는 사실에 고마움을 느낀 마가는 그들에게 조심스레 목례를 했다. 데오빌로에게도 깊이 허리를 숙였다. 데오빌로는 알았다는 듯 살짝 고개를 끄덕였고 로마인 네 명은 마가를 향해 목례했다.

데오빌로 각하가 오른손을 높이 들자 모두가 동작을 멈추었다. 그는 천천히 바울 앞으로 다가갔다. 바울을 붙들고 있던 군인이 자신도 모르게 바울에게서 떨어져 나갔다. 바울은 이미 알고 있는 듯 그를 보고 살짝 고개를 숙였다. 그가 오더니만 바울과 포옹하고 입 맞추었다. 사람들이 놀라서 둘을 번갈아 보았다. 어떻게 각하가 죄수와 포옹하고 입을 맞추는지 의아하다는 눈초리였다. 마르쿠스가 잔뜩 경계하는 눈빛으로 군인들을 살폈다. 누가와 로마인 네 명도 경계를 멈추지 않고 조용히 주위를 둘러보았다.

마가는 자신도 모르게 바울 곁으로 가까이 갔다. 두 사람의 대화를 듣고 싶었다. 어느 때보다 바울은 경직되어 있었지만 끝까지 온화한 미소를 잃지 않았다. 그는 마가를 보고 가볍게 고개를 끄덕였다. 데오빌로가 바울의 손을 잡으면서 낮은 목소리로 말했다. 바울 곁에 붙어 있다시피 한 마가의 귀에만 들리는 속삭임이었지만 힘이 실려 있었다.

"바울 사도, 애쓰셨소. 당신의 행적이 담긴 닥터 누가의 서신을 꼼꼼히 읽으면서 감동받았소. 그 덕에 나도 그리스도인이 되었다오. 당신이 청년 사울에서 사도바울이 되었듯 나 역시 데오빌로라는 이름값에 걸맞게 믿음을 키워 가는 중이오. 고맙소. 우리 나중에 천국에서 만나리이다."

바울이 놀란 듯 데오빌로를 바라보았다. 잠시 경외의 눈빛을 보냈다. 바울은 그와 잡은 손에 힘을 주었다.

"오, 하나님의 은혜는 이렇듯 깊구려. 주님 감사합니다. 장군이 우리한테 베푼 도움은 천국에 가서도 잊지 못할 것이오. 장군 덕에 우리 전도여행이 순조로웠소. 누가한테 들어 다 알고 있었소. 하나님의 상급이 크실 것이오. 우리 누가를 앞으로도 잘 부탁하오. 하나님과 나한테 신실한 종이었소. 당신이 더 잘 알고 있겠지요."

데오빌로가 말없이 고개를 끄덕였다. 그들은 다시 한 번 눈과 눈을 마주친 후 희미하게 웃었다. 그가 손을 들자 군인들이 다가와 바울을 참수 기둥터로 데리고 가 나무기둥에 머리를 숙이게 했다. 마음 약한 디모데의 신음 소리가 들렸다. 데마도 비명을 질렀다. 디모데가 눈물을 쏟으며 몸부림치자 디도와 오네시모가 양옆에서 급히 그를 잡았다. 브리스길라 부부는 울면서 눈을 감았다. 요한 사도도 고개를 돌렸다. 오로지 빌레몬과 누가만이 침착함을 유지하면서 바울의 조금 뒤에 서 있었다. 갑자기 군인이 바울에게 마지막으로 하고 싶은 말이 있는지 물었다. 바울이 군인에게 고맙다는 뜻으로 목례를 하고는 머리를 들어 하늘을 우러러보았다.

"오, 아버지 하나님 그리고 우리 주님 다 저를 보고 계시는군요. 감사합니다. 부족한 제가 뭐라고 이렇게까지……. 존경하는 사도들과 집사들, 성도들 그리고 아아, 제가 죽이고 박해한 성도들께는 정말 죄송합니다. 죄송합니다. 천국에 가서 그대들께 진심으로 사죄하고 무릎 꿇겠습니다. 또한 부족한 제가 뭐라고 멀리 로마 제국 곳곳에서 이렇게 제 마지막을 함께하기 위해 험한 여정을 마다하고 달려온 남녀노소 성도들, 그리고 여기 남아 있는 사도들과 성도들한테도 동일한 은혜를 베풀어주시옵소서. 하나님의 경륜과 섭리에 따라 모두가 맡은 바 사역을 잘 감당하고 나중에 천국에서 만나는 축복도 허락하옵소서. 데오빌로 장군과 네 명의 로마인 성도를 제외한 여기에 모여 있는 로마인들은 하나님을 모르는 사람들입니다. 부디 저들을 용서해 주시고 저들에게 죄를 돌리지 마옵소서. 저들 중에서 저와 같은 사도가 나오도록 도우소서. 지금까지 선한 싸움을 마치도록 늘 지켜 주신 우리 주 예수 그리스도의 이름으로 기도드리옵니다. 아멘!"

그의 기도를 들은 제자들과 성도들 모두 큰 목소리로 "아멘!"으로 화답하자 로마인들이 당황한 듯 제자리에서 서성거렸다. 그는 기도를 마친 후 그를 쳐다보고 있는 모든 사람들을 향해 자세를 바꿔 가며 깊이 허리 숙여 감사 인사를 했다. 데오빌로 각하가 살짝 허리를 숙이니 주위 모든 간수들과 군인들도 어쩔 수 없이 따라 하는 시늉을 했다. 퀸투스는 몹시 당황한 듯 허리를 숙였다. 기분 나쁜 표정으로 바뀌었다가 아차 싶었는지 다시 표정 관리를 했다. 바울은 옆에 서 있는 군인에게 살짝 고개를 숙이더니만 제자들이 있는 곳으로 천천히 걸어갔다. 군인이 당황해서 데오빌로의 눈치를 봤고 데오빌로가 고개를 끄덕였다. 바울이 다가오자 요한을 비롯해 모두가 깊이 허리를 숙였다. 데마와 디모데가 울면서 바울의 앞에 엎드러졌다. 데마가 바울의 옷을 잡으며 흐느꼈다.

"스승님, 잘못했습니다. 저를 용서해 주십시오. 저 혼자 살겠다고 도망쳤습니다. 얼마나 스승님이 외로우셨을지 감히 짐작도 못 하겠습니다. 제 생각이 너무 짧았습니다."

"아니다. 데마야. 더 이상 자책하지 말거라. 나는 다 잊었노라. 앞으로 사역에 더더욱 힘쓰거라. 여기까지 와 줘서 고맙다. 나는 너를 사랑하고 축복한다."

"스승님, 감사합니다. 은혜 잊지 않겠습니다. 앞으로 하나님을 위해 제 목숨 바치겠습니다."

"그래, 고맙다."

"디모데야, 내 사랑하는 아들아. 부디 강건해지거라. 지금처럼만 하면 된다. 천국에 가서도 너를 위해 기도할 것이다. 마가, 누가 고맙다. 디모데와 잘 지내거라. 내 아들 디도야, 사랑한다. 너의 나에 대한 사랑은 천국에서도 잊지 않을 것이다. 요한 사도 고맙소. 멀리서부터 오셨군요. 아굴라, 브리스길라 그대들의 충성은 죽어서도 못 잊을 것이오. 고맙소. 그리고 빌레몬, 그대를 존경하고 사랑하오. 오네시모를 부탁하오. 오네시모, 고맙다. 디모데와 함께 에베소를 부탁한다."

바울은 데마, 디모데, 디도 그리고 마가와 뜨겁게 포옹한 후 누가와 요한 그리고 빌레몬, 오네시모와도 눈을 맞추며 포옹했다. 정신을 잃은 듯 울고 있는 브리스길라의 어깨를 토닥거려 주었다. 아굴라와도 포옹하고 따스한 미소를 보냈다. 브리스길라와 디모데, 데마가 가장 크게 울었다. 울먹거리는 디모데를 바라보는 그의 눈이 안쓰러웠다. 그가 디모데를 끌어안았다. 마치 아버지가 아들을 안는 모양새였다. 마지막으로 그는 사도들 뒤로 포진하고 있는 로마 제국 곳곳에서 달려온 성도들에게 양손을 크게 벌려 흔들었다. 그들 모두 바울에게 깊이 허리를 숙이고는 두 손을 맞잡고 무릎을 꿇었다. 통곡 소리와 신음 소리가 숲을 뒤흔드는 것만 같았다. 시몬이 울어서 붉어진 눈으로 바울에게 깊이 허리를 숙였다. 바울도 그에게 따스한 미소를 띠었다. 힘내라는 격려로 보였다.

이제 뒤돌아서 참수 기둥터로 가는 바울을 쫓아 디모데가 달려오자 군인들이 소리를 지르며 칼을 들고 막아섰다. 디도와 오네시모가 놀라서 급히 달려와 디모데를 데리고 갔다. 바울이 디모데를 향해 재차 손을 들자 디모데가 조금 진정된 듯 스승을 보며 고개를 숙였다. 그는 이제 모든 제자들을 둘러보면서 안심하라는 듯 인자한 미소를 지었다. 요한에겐 힘차게 고개를 끄덕였다. 이 모든 광경을 데오빌로와 그의 측근들이 조용히 지켜보고 있었다. 바울은 데오빌로 일행에게도 깊이 머리를 숙였다.

군인들은 이제 더는 안 되겠다고 생각했는지 단호한 움직임으로 바울을 끌고 기둥터로 가 그의 머리를 거칠게 기둥에 내려박았다. 바울의 머리를 베는 순간 머리가 튀어 올랐다가 땅에 닿았다. 다들 한탄의 소리를 내었다. 그 순간 갑자기 땅에 떨어진 머리가 다시 튀어 올랐다. 사람들이 경탄의 신음 소리를 내자 머리는 다시 땅에 떨어졌다가 조금 있다 다시 튀어 오르더니 세 번째에야 땅에 멈췄다. 그와 동시에 바울의 머리가 닿은 세 군데 땅에서 분수처럼 물이 솟아올랐다. 모두가 놀라 뒤로 물러섰다. 데오빌로가 다가와 바울의 머리를 바라보았다. 부릅뜬 눈과 달리 온유한 표정이었다. 데오빌로는 물론 퀸투스도 몹시 충격받은 표정이었다. 군인들도 간수들도 입을 다물지 못했다. 정적이 흘렀다. 모두 다 '이 사람은 진정 하나님의 사도였구나.'라고 생각하는 듯했다.

세 군데 땅에서 나오는 물은 더욱 세차게 솟구쳐 올랐다. 데오빌로가 퀸투스를 불러 솟아오르는 물을 가리키며 뭐라고 지시하고는 누가와 잠시 이야기를 나누었다. 그가 떠나갈 때 모두 다 깊이 허리를 숙였다. 마르쿠스와 케소가 부지런히 데오빌로의 뒤를 따랐고 로마인 성도 네 명과 함께 몇몇 군인들도 따라갔다. 퀸투스가 남은 군인들에게 명령하는 소리가 들렸다. 퀸투스의 요란스러운 고음 말투에 사람들은 그제야 꿈을 꾸다가 현실로 되돌아온 것만 같았다. 퀸투스도 곧바로 집사들, 간수들과 함께 사라졌다. 말은 안 했지만 모두가 분수대를 보고 어안이 벙벙한 표정이었다. 다들 어리둥절해서 이게 환상인지 현실인지 분간을 못 하는 듯했다.

브리스길라와 아굴라가 바울의 머리를 미리 준비해 온 깨끗한 세마포로

감쌌다. 누가, 디모데, 디도, 빌레몬, 오네시모와 마가, 데마도 힘을 합쳐 바울의 몸을 하얀 세마포로 싸서 숲속으로 더 들어간 후에 군인들이 미리 파놓은 땅속에 고이 묻었다. 그들 뒤로 수많은 성도들이 따라왔다. 요한 사도가 기도를 올리고 찬송을 불렀다. 모두 요한을 따라 함께 큰 소리로 찬송가를 불렀다.

"주의 곁에 있을 때 맘이 든든하오니 주여, 내가 살 동안 인도하여 주소서. 주여 주여, 나를 인도하소서. 빠른 세상 살 동안 주여 인도하소서. 피난처인 예수여, 세상 물결 험할 때 크신 은혜 베푸사 나를 숨겨 주소서. 세상 풍파 지난 후 영화로운 나라와 눈물 없는 곳으로 들어가게 하소서. 주여 주여, 나를 인도하소서. 아멘!"[12]

사도들은 물론 곳곳에서 온 성도들의 목소리까지 합쳐져서 찬송은 경건하고 장엄하게 울려 퍼졌다. 그들이 찬송을 드릴 때 멀리서 군인들이 시끌벅적 땅을 파는 소리가 들렸다. 그들이 참수 기둥터로 되돌아가니 벌써 간단한 분수대 표시가 만들어졌다. 세 군데 다 임시로 분수대 모양만 갖추었다. 군인들이 누가한테 며칠이면 분수대를 제대로 완성할 것이라고 묻지도 않은 설명을 해 줬다. 누가는 고맙다고 인사한 후 자신은 퀸투스를 만나러 간다고 하면서 디모데와 마가한테 같이 가자고 했다.

사도들은 모두 한마음으로 분수대를 바라보며 기도한 후 서로 포옹하고 헤어지기로 했다. 빌레몬, 오네시모, 디도, 데마, 브리스길라 부부와 요한 사도는 마가, 누가, 디모데와 인사를 나눈 후 발걸음을 옮겼다. 로마 곳곳에서

―――――――――――
12 새찬송가 401장.

온 성도들도 사도들의 뒤를 따라 조용히 발걸음을 옮기고 있었다. 시몬은 마가와 눈을 맞춘 다음 손을 흔들면서 무리 속으로 사라져 갔다. 그의 표정은 한결 편안해져 있었다. 다른 사람들도 마찬가지였다. 하나님의 깊은 섭리로 보였다. 누가는 특히 브리스길라 부부에게 감사를 전했다. 부부도 곧 에베소로 되돌아간다고 알렸다. 디모데와 오네시모는 그들 부부에게 고마움을 표하며 에베소에서 만나자고 했다.

* * *

디모데는 내키지 않았지만 묵묵히 누가의 뒤를 따라갔다. 마가는 허탈해서 어쩔 줄 몰라 했다. 퀸투스고 누구고 속히 감옥에서 나갔으면 했다. 퀸투스는 몹시 피곤한 표정으로 거만하게 앉아 있었다. 누가, 마가, 디모데는 마치 죄인마냥 그 앞에 고개를 숙이고 서 있었다. 누가도 평소와 달리 지친 표정으로 말이 없었다.

"닥터 누가, 오늘이 마지막인가? 그동안 애썼네. 자네가 하던 일을 이제 누구한테 시켜야 할지 사실 막막해. 여기 있는 인간들은 어쩨 하나같이 다들 멍청이만 있는 건지. 그렇다고 자네를 언제까지 여기 붙들어 둘 수도 없고, 나야 자네가 계속 있으면 좋지만, 그럴 수는 없지. 데오빌로 각하만 아니라면 묶어 두고 싶지만 말이야."

그가 평소보다 높은 고음의 웃음소리를 내자 주위 집사들과 군인들이 자기들도 모르게 움찔하면서 눈치를 보았다. 그들도 그의 심기가 불편함을 느끼기에 불안해하는 표정이 역력했다. 누가의 공백을 어찌 메울지 그들도 사실 바울의 사형이 늦춰졌으면 하는 바람이 있었다. 그건 간수들도 죄수들도 마찬가지였다. 삶의 한 형태가 사라지는 허탈감이 며칠 전부터 감옥을 휘감았다.

"흠, 분수대를 보니 그것도 하나도 아닌 세 군데에서 물이……. 바울 그 흉측한 노인네가 진정 하나님의 사도였단 말인가. 아아, 내 살아생전 이런 신기한 광경을 보는 게 처음이라 사실 나도 아까 몹시 충격받았다네. 아직도 뭐가 뭔지 모르겠지만 말이야. 누가, 자네가 조금만 오래 있으면 좋으련만, 나도 갑자기 그 도가 궁금해지네. 자네가 데오빌로한테 보내는 편지를 건성건성 본 게 갑자기 후회스럽네. 혹시 그 편지 모음 남은 게 있는가? 제대로 좀 보고 싶어졌다네."

누가는 속으로 무척 놀랐지만 하나님의 역사라고 생각했다. 침착하게 안주머니에서 두루마리 몇 개를 꺼내 공손하게 퀸투스에게 건넸다.

"감옥장님, 지금 제가 갖고 있는 것을 드리겠습니다. 원하시면 다른 서신들도 앞으로 계속해서 감옥으로 보낼게요."

"오, 누가 고맙네. 지난번 베드로는 나한테 천국에서 만나자고 했지? 나 원 참……. 내 살다 살다 그런 소리도 처음 들었는데 괜스레 가슴이 콕 찔리는 것 같았단 말이야. 에잇, 대체 이게 무슨 조화인지……."

주위에 서 있던 군인들과 집사들은 눈이 동그랗게 확장되어 퀸투스와 누가를 번갈아 바라보며 이게 무슨 상황인지 파악하느라 머리를 굴렸다. 다시 퀸투스의 고음이 나오자 모두가 다시 정신을 차리는 듯했다.

"참, 디모데 오랜만이네. 에베소에 있다며? 자네가 가장 슬프겠구먼. 아직도 눈물이 멈추지 않는 것을 보니, 자네 아버지나 마찬가지였지. 나도 그 정도는 알고 있네. 마가, 반갑네. 내 꼭 빠른 시일 안에 예루살렘에 갈 것이네. 미리 연락할 테니 그때는 알렉산드리아에서 어떻게든 다시 예루살렘으로

와 있게나. 나는 괜스레 알렉산드리아는 싫단 말이야. 그곳이 로마만큼이나 번성한다고 하지만 어디 로마에 견줄 수 있겠어? 안 그런가. 누가?"

그의 웃음소리가 새삼 사람들을 소름 끼치게 만들었다. 그가 이젠 눕고 싶은지 억지로 일어나서 누가와 포옹을 하고 입을 맞추었다. 마가와도 포옹하고 디모데와는 악수만 했다. 누가는 시종일관 겸손한 태도로 대했다. 퀸투스가 고개를 끄덕이자 집사가 얼른 커다란 보자기를 들고 왔다.

"닥터 누가, 마지막 선물이야. 몇 년간 나를 도와준 감사의 표시네. 자네의 진심과 성실성은 그 누구도 부인하지 못할 것이야. 고마웠네. 나도 진심이야. 먹을 것도 넉넉히 있으니 배 안에서 먹게나. 드로아로 간다며? 고향에서 잠시 머물다가 데살로니가로 가 사역한다고 했지? 귀한 음식이니 간수나 죄수들과 또 나누지 말고 자네가 다 가져가게나. 자네는 너무 욕심이 없어. 그렇게 다 주면 대체 어떻게 살아? 아니다. 안 되겠네. 네가 따라갔다 와라."

의심 많은 퀸투스는 집사를 따라 붙였다. 감옥으로 돌아올 때 집사가 같이 오는 것을 보면서 간수들과 죄수들은 왜 그런지 짐작하고도 남았다. 누가는 지상과 지하 감옥을 일일이 돌면서 눈을 맞추고 마지막 진료를 해 주었다. 죄수들은 다 울면서 누가한테 깊숙이 허리를 숙였다. 디모데와 마가는 간수들과 인사를 나누었다. 누가는 집사가 보는 앞에서 퀸투스가 준 보자기를 행낭에 넣었다. 집사는 누가가 행낭을 어깨에 메는 것까지 확인하고 앞장서서 복도를 걸어 나갔다. 그 뒤를 디모데와 마가가 따랐다. 죄수들은 일행에게 경의를 표했다. 마가와 디모데도 손을 흔들었다. 회랑으로 나와 보니 군인들이 서 있었다. 집사는 누가 일행에게 목례를 하고는 사라졌다.

간수들은 철문까지 그들과 동행했다. 간수들도 누가와 정이 들어 무척이나 아쉬워했다. 넓은 정원을 지나고 분수대 몇 개를 지나 또 다른 광장과 정원을 가로질렀다. 저 멀리 퀸투스의 사택이 보였다. 마침내 철문이 삐거덕 둔중한 소리를 내면서 열렸다. 누가는 몇 년 만의 탈출이었다. 간수들, 군인들과 마지막 인사를 나눈 그는 돌아서서 감옥 문을 바라보았다. 여러 감정이 교차했다. 디모데와 마가도 하염없이 감옥을 바라보는 순간 누군가 이들을 낚아채듯 끌고 가서 마차 안으로 밀어 넣었다. 언제 왔는지 커다란 마차가 대기하고 있었다.

간수들은 감옥으로 돌아오자마자 누가가 남기고 간 행낭부터 찾았다. 누가가 똑같은 행낭을 메고 나간 사실은 퀸투스의 집사도 눈치채지 못했다. 간수들은 행낭을 흔들면서 죄수들과 승리의 눈 맞춤을 했다. 죄수들은 조용히 탄성을 지르면서 두 손으로 자신들의 입을 막았다. 마지막까지 자신들을 배려해 준 누가에게 존경심을 표하면서 잠시나마 즐거워했다.

* * *

바울의 목이 잘리는 순간 스데반은 바울의 머리를 감싸 안고 있었다. 스데반은 처음부터 끝까지 참수 기둥터에 함께했지만 누가 외 살아 있는 사람들의 눈에는 보이지 않았다. 스데반과 누가는 조용히 눈만 맞췄을 뿐이다. 바울과 스데반 두 사람은 사이좋게 손잡고 하늘로 올라갔다. 바울도 스데반처럼 영광스럽게 변형되어 있었다. 하늘에선 우리 주 예수 그리스도와 천군천사들이 이들을 반겼다. 먼저 와 있던 예수님의 제자 및 사도들, 성도들이 모두 나와 그의 손을 잡았다. 베드로와 바나바는 반가움의 눈물을 흘렸다. 실라와 아리스다고는 멀리서 수줍게 손을 흔들었다.

바울이 박해하고 죽이고 괴롭힌 성도들이 손에 손을 잡고 그를 둘러쌌다.

그들 모두 성난 얼굴이 아니다. 바울을 피해 도망 다닐 때의 두려운 얼굴도 아니다. 바울에게 잡혔을 때의 절망적인 표정도 아니었다. 자비로운 태도로 그를 바라보았다. 그에게 애썼다는 눈빛을 보내고 있었다. 바울은 그들 앞에 엎드러졌다. 진심으로 속죄하는 마음에 눈물만 나왔다.

"그대들께 용서를 빕니다. 잘못했습니다. 저는 포악한 짐승이었습니다."

그들은 서로 마주 보며 고개를 끄덕였다. 그리고는 그의 앞으로 다가와 엎드러져 있는 그의 어깨를 돌아가며 토닥거려 주었다. 그를 용서한다는 확실한 증거였다. 그는 미안함과 감사함으로 몸 둘 바를 모르고 있었다. 그때 주님께서 다가오셨다.

"사랑하는 바울아, 애썼다. 이제 나랑 여기서 행복하게 살자꾸나."

바울은 그저 환희의 눈물만 흘렸다. 사모하던 주님의 얼굴을 뵈면 분명 무슨 말인가 하려고 했는데 막상 얼굴을 마주하니 말이 나오지 않았다. 평생 흠모하던 얼굴인데 눈을 똑바로 맞추지 못했다. 기쁨으로 온몸이 떨릴 뿐이다. 이 모든 영광을 하나님께, 평생의 숨은 동반자였던 스데반에게 돌리면서 불현듯 깨달았다. 자신이 가장 사랑한 동역자는 바로 스데반이었음을⋯⋯.

6.
누가와 디모데,
마가의 이른 순교에 경악하다

디모데와 마가는 마차에 올라탄 후 조용히 눈을 맞췄다. 지난번 마머틴 감옥을 나올 때와 똑같은 과정을 거치고 있었다. 누가가 앞좌석에 앉아 있는 것만 달랐다. 호위하고 있는 이들도 마르쿠스와 케소 대신 하빌로와 카이틴이다. 이들은 지난번 마가가 감옥에 올 때 같이 마차에 타고 온 이들이다. 그들은 반갑게 마가와 손을 잡았지만 엄격한 표정으로 일관했다. 지금은 느낌상 더 살벌한 호위였다. 창문은 두꺼운 커튼으로 막혀 있었지만 여전히 골목골목에서 들리는 사람들의 비명 소리는 디모데와 마가를 움찔하게 만들었다.

군인들이 휘두르는 채찍질 소리는 여전히 팽팽했고 사람들의 울부짖음은 두려움과 절망감을 내포하고 있었다. 로마 제국은 마치 악의 끝을 향해 달려가는 것 같았다. 그 와중에도 누가는 침착하니 꼿꼿한 자세를 취하고 있었다. 마부는 그 소리를 지우려는 듯 더욱 말에게 채찍을 내리치며 빨리 달리라고 독촉했다. 말들은 '히이잉, 히이잉' 비명을 지르며 마치 전쟁터를 휘젓고 다니듯 총알처럼 달려가고 있었다. 디모데는 균형을 잃고 몇 번이나 쓰러질 뻔했고 마가는 그럴 때마다 디모데의 팔을 강하게 끌어당겼다. 마침내 선착장에 도착했을 때에는 두 사람 다 기진맥진한 상태였다.

하빌로가 먼저 누가를 부축해 내렸다. 그가 누가에게 귓속말을 하자 누가가 고개를 끄덕였다. 이번엔 마차에 앉아 있던 카틴이 뒤를 돌아보며 디모데에게 내리라는 손짓을 했다. 디모데는 당황해서 마가의 손을 한 번 잡고는 바로 내렸다. 누가도 마가에게 고개를 끄덕였다. 두 사람은 누군가와 함께 곧바로 사라졌다. 마가는 아무 말도 못 하고 멀어져 가는 두 사람을 멍하니 바라보고 있었다.

디모데와 누가가 완전히 사라진 다음에야 카이틴이 마가를 향해 눈짓을 했다. 하빌로가 마가의 손을 잡아 주었다. 마가가 내리자마자 하빌로가 마차에 올라탔고 마부가 말에게 채찍을 휘둘렀다. 마가가 누군가와 함께 걸어갈 때 말발굽 소리가 요란하게 들렸다. 자신도 모르게 뒤를 돌아보자 마차가 굉음을 내며 떠나가고 있었다. 그는 지난번과 같이 배 안으로 끌려들어가 복도를 지나 어두컴컴한 객실로 밀어 넣어졌다. 당연히 누가와 디모데가 있을 줄 알았는데 없었다. 갑자기 두려움이 몰려왔다. 온몸이 덜덜 떨리면서 정신을 잃을 것만 같았다.

'누가와 디모데는 대체 어느 객실로 들어간 걸까. 그들을 만날 수 있으려나. 나는 베네치아에 무사히 도착할 수 있을까……'

* * *

누가와 디모데는 먼저 드로아로 가 가보네 집으로 가서 그곳 성도들과 눈물의 재회를 했다. 누가는 실로 오랜만에 드로아로 돌아간 것이다. 바울의 2차 전도여행 때 처음 만나 바울의 순교까지 거의 십오 년 가까이 충성스럽게 바울을 지킨 것이다. 의사로서 동역자로서 바울에게 꼭 필요한 사람이었다.

"가보, 그대가 보내 준 겨울옷으로 바울, 베드로 그리고 나까지 겨울을 힘들지 않게 날 수 있었소. 고맙소. 바울과 베드로도 꼭 감사를 전하라고 하셨소."

"아아, 누가 사도님 다행입니다. 바울 사도님의 순교 소식을 듣고 다들 얼마나 울었던지……. 그 전날 밤부터 순교 당일까지 교회에 모여 다 함께 기도했습니다. 그날 밤 꿈에 바울이 나타나서 고맙다고 말씀하셨어요. 울면서 깼습니다. 누가 사도님, 오랜 세월 고생하셨습니다. 바울께서 외롭지 않으셨을 겁니다. 제가 더 고맙습니다."

다른 성도들도 누가한테 목례로 고마움을 표했다. 누가도 함께 인사했다.

"가보, 예전에 준비해 주신 많은 음식들 또한 지난번 열흘간 잘 나눠 먹었습니다. 간수들과 다른 죄수들한테도 조금씩 돌렸습니다."

디모데의 감사 인사에 성도들도 기쁘게 화답했다. 누가도 고개를 끄덕이면서 디모데의 말이 맞다고 동의해 주었다. 두 사람은 며칠 드로아에 머물면서 성도들을 굳게 하고 에베소로 향했다. 그곳에서 오네시모를 다시 만났고 에베소교회 성도들에게도 바울 순교에 관한 보고를 하고 함께 기도했다.

"오네시모, 앞으로도 에베소교회와 디모데를 잘 지켜 주시오. 고맙소. 바울 사도께서도 늘 흐뭇하게 내려다보실 겁니다. 나는 당분간 쉬려고요. 쉬면서 데살로니가 사역을 생각해 보려고요.

"당연합니다. 그동안 얼마나 수고하셨습니까? 남들이 할 수 없는 큰일을 감당하셨지요. 심신의 휴식이 절실히 필요합니다."

"오네시모, 고맙소. 디모데, 마가도 잘 들어갔겠지? 마차에서 마지막으로 얼굴을 보고 온 게 마음에 걸리네. 그렇게 서로가 다른 객실에 머무를 줄 알았다면 마차에서 이야기라도 주고받을 것을. 배에서도 우리가 만나지 못하도록 감시가 심했지. 조금도 틈을 주지 않았잖아. 하긴 마가와 네가 지난번 열흘이나 감옥에 함께 있었다는 것이 혹여 로마인은 물론 그악스러운 유대인들한테 알려질까 봐 신경 쓴 것 같아. 사실상 거의 일 년 전 이야기인데도 말이야."

"마차에서도 카이틴이 시종일관 도끼눈을 뜨고 있어서 우리가 좀 얼었지요."

디모데가 힘없이 말하자 누가도 기가 막힌 듯 웃었다. 디모데도 그때 마차에서의 경직된 순간을 생각하니 어이없어 웃음이 나왔다.

"저도 당연히 마가와 같은 객실이라고 생각했어요. 사람들 눈에 띄지 않으려고 배까지 따로 걸게 한다고만 생각했어요. 마가가 오지 않아 우리 둘이 얼마나 마음 졸였습니까? 데오빌로의 수하들이 이야기해 주기까지 계속 기다릴 뻔했지요. 제가 마가한테 곧 편지를 넣겠습니다. 잘 들어갔을 겁니다. 베네치아는 드로아보다 훨씬 가까우니 편지도 바로 받을 겁니다."

누가는 에베소교회의 따스한 환송을 받으며 고향 집으로 향했다. 고향으로 다시 돌아오기까지의 세월을 회상해 보니 절로 감개무량해졌다. 디모데와 누가는 가끔씩 편지 왕래를 하며 지내다가 청천벽력 같은 소식을 듣고 다시 모일 수밖에 없었다. 바울의 순교 현장에서 마지막으로 보고 채 반년도 지나지 않은 시점이었다.

* * *

"디모데, 대체 이게 무슨 일인가? 사실이야? 자네 서신을 받고 답장을 쓸 기운이 없었어. 그냥 주저앉았다가 모든 일 다 제치고 달려왔지. 아니, 마가가 순교한 게 정말인가?"

디모데는 말없이 누가에게 편지 두 통을 건넸다. 그도 말할 기운이 없어 보였다. 계속 눈물이 흐르고 있었다. 누가는 먼저 짧은 두루마리 하나를 펼쳤다. 몇 줄의 간결 명료한 통보였다. 글에서 비장한 결기가 흘렀다.

존경하는 디모데 사도님, 알렉산드리아교회에서 알립니다.

우려한 대로 마가 사도께서 이교도들의 횡포에 순교당하셨습니다. 교회에서 혼자 기도하는 시간에 그들이 뒤에서 사도의 목에 밧줄을 걸어 끌어당겼습니다. 늘 마가 사도를 돌아가며 지킨 우리 교인들인데 하필 그날은 아무도 없었다고 합니다. 사탄이 그 짧은 순간을 놓치지 않았네요. 죄송해서 더 이상 드릴 말씀이 없습니다. 다 우리 잘못입니다. 이틀간 알렉산드리아 거리를 개처럼 끌고 다니며 모욕한 것도 모자라 시신을 불태우려고 하자 하나님께서 분노하시어 폭우를 내리셨고 이 틈을 타서 우리 교인들이 재빨리 시신을 거두었습니다. 다행히 하나님의 은혜로 시신은 온전했습니다. 마가 사도께서 늘 디모데 사도를 그리워하고 기뻐하신 것을 잘 알기에 이렇게 알립니다. 마음 아프시겠지만 추도하러 오지는 마십시오. 혹시라도 이교도들이 사도에게 분풀이를 할까 봐 걱정되어서입니다. 이곳 분위기는 그야말로 일촉즉발입니다. 무슨 일이 일어날지 몰라 다들 전전긍긍하고 있습니다. 기도 부탁드립니다.

존경하는 디모데 사도님, 베네치아교회에서 알립니다.

이미 알렉산드리아교회에서 회신을 받으신 걸로 압니다. 얼마나 황망하고 슬프실지 가히 짐작도 안 됩니다. 두 분의 우정을 잘 알고 있기에 이렇게 연락드립니다. 그리고 기도 부탁드립니다. 우리는 '마가 사도 시신 찾기 원정대'를 조직했습니다. 우리만큼이나 베네치아를 사랑하신 마가 사도의 시신을 계속 알렉산드리아에 방치할 수 없다는 결론을 내렸습니다. 물론 알렉산드리아교회에서는 안 된다고 펄쩍 뛰지만, 사도께서 알렉산드리아교회를 세우고 그곳의 믿음을 엄청나게 성장시킨 것도 잘 알지만, 늘 말씀하셨지요. 반드시 베네치아로 돌아와서 여생을 보내시겠다고요. 또한 그곳 이교도들이 아직도 눈에 불을 밝히고 시신을 탈취할 것이라는 정보를 접했습니다. 만약 그들의 손에 다시 시신이 들어간다면 불에 태워질 것은 안 봐도 눈에 훤합니다. 우리는 목숨을 걸고 계획을 실행할 것입니다. 가장 안전하게 모셔 오는 방법에 대해 여러 아이디어를 내고 회의하고 있습니다. 하나님께서 함께하실 것이란 확신이 섭니다. 시간은 좀 걸리더라도 다시 오실 것입니다. 시신을 모셔 오는 대로 다시 연락드리겠습니다. 그때 누가 사도와 함께 와 주십시오. 세상에서 가장 아름다운 추모예배가 열릴 것입니다.

"디모데, 그럼 우리는 지금 무엇을 해야 한단 말인가? 알렉산드리아교회에서는 당장 오지 말라고 하고 베네치아에서도 지금은 추모예배를 드릴 상황이 아니라는 뜻이지? 하, 그럼 기도만 해야겠네. 바울이나 베드로 스승은 예상했다지만, 그래 예상했더라도 우리가 얼마나 힘들었나. 아마 두 스승도 천국에서 충격을 받았을 것일세. 아, 혹시 마가가 무슨 예감이라도 들었던 걸까? 알렉산드리아로 떠나기 전에 자신이 갖고 있던 모든 두루마리를 나한테 보냈잖아. 감옥에서 베드로와 함께 정리한 것들 말일세. 나한테 감수를 부탁한다고 생각했는데……. 나는 조금 쉰 후에 그것들을 다시 보려고 했지만 하나님께서 속히 나한테 책으로 엮으라는 미션을 주신 것 같아. 아아, 내일부터 나는 그것들에 매달릴 참이네. 데오빌로 각하한테 내 기록은 거의 보낸 상태이니 이제부턴 마가복음과 베드로전후서를 자세히 보고 내가 보충할 수 있는 건 보충하겠네. 베드로의 사형 전날까지 내가 함께했으니 나한테 보냈다고 생각하려고."

디모데도 고개를 끄덕이며 동의를 표했다. 그가 생각해도 누가만큼 적임자가 없었다. 누가 곁에는 경제적 도움을 줄 수 있는 데오빌로 각하라는 든든한 후원자도 있었다.

"누가, 좋은 생각입니다. 마가도 몹시 고마워할 겁니다. 그리고 당분간은 마가를 위해 기도만 해야 할 것 같아요. 언제가 될지 모르지만 분명 답이 올 겁니다. 누가 사도와 함께 베네치아로 가리라는 느낌이 강하게 옵니다. 그때 다시 연락드릴게요."

부록(번외편)

베네치아에서 마가를 다시 만난 사도들, 세상에서 가장 아름다운 마가의 추모예배

마침내 그때가 왔다. 2천 년의 세월이 흐른 뒤였다. 모든 사도들이 천국에 집결해 있었다. 그날은 아침부터 부산스러웠다. 고요하고 평화로운 천국에서 보기 드문 일이었다. 천국에서도 누가는 바빴다. 누가는 열흘 전쯤 바울과 베드로 그리고 바나바와 디모데에게 공지했다.

"스승님들 그리고 디모데, 오늘로부터 열흘 후 우리가 지상으로 내려갈 것입니다. 주님의 특별 허락을 받았습니다. 미리 주의사항을 말씀드릴게요. 이탈리아 베네치아의 산마르코(성마가)대성당이 마침내 오랜 보수 기간을 거쳐 얼마 전에 완공되었어요. 완공 기념으로 마가를 기리는 대대적인 추모예배를 드린다고 합니다. 그날 우리도 그곳에 참석 예정입니다. 아마 마가도 올 것 같아요. 주인공이 참석하지 않으면 의미가 없겠지요."

"세상에나, 마가는 대체 무슨 복을 타고났기에 그리도 후대에서 사랑을 받고 있는 것이냐? 어허, 샘이 나도 한참 많이 나는구나."

여전한 베드로의 유머 감각에 일행은 배꼽을 잡고 웃었다.

"나도 베드로와 같은 심정이오. 한편으론 부럽고 또 그렇게 해서라도 마가의 이른 순교에 대한 아쉬움을 덜어낼 수 있으니 얼마나 좋은지 모르겠소."

바울 역시 껄껄거리면서 베드로에게 동의했다. 바울은 기쁨을 감추지 못하는 바나바를 흘긋 쳐다보며 밝게 웃었다. 바나바도 바울 그리고 베드로와 함께 손을 맞잡고 행복해했다. 디모데도 그리운 친구 마가를 생각하며 한동안 말이 없다가 누가가 부르자 정신이 난 듯 답했다.

"저도 천국에 오면 다시금 마가와 좋은 시간을 보내나 했는데 의외로 자주 보지 못해 아쉬웠어요. 몇 년 전부턴 아예 얼굴 보기도 힘들어요."

"디모데, 네 심정을 충분히 알겠다. 나도 마찬가지야. 천국에 온지 얼마 안 되어서부터 마가가 대체 무슨 일을 하는지 어쩌다 한 번 봤을까, 나도 그 애 얼굴 본지 한참 되었단다."

다들 마가에 대한 그리움을 표명하고 있을 때 누가가 손뼉을 치며 주의를 환기시켰다.

"다들 짐작하고 계시겠지만 우리가 사역할 때의 로마나 베네치아가 아닙니다. 세상이 바뀌어도 한참 바뀌었어요. 그때처럼 생각하시면 절대 안 됩니다. 로마 제국이란 단어 자체가 없어졌어요. 모두 다 독립국가가 되었습니다. 그리고 로마는 우리 사도들의 사역과 그리스도인들이 모진 박해를 당한 보상으로 완전한 기독교 국가가 되었습니다. 황제나 황족도 다 사라졌고요. 로마 안에 바티칸 공화국이 생겼을 정도입니다. 말 그대로 격세지감이지요. 사람들은 이제 누구의 눈치도 보지 않고 자유롭게 교회나 성당을 다니면서 마음껏 주님을 찬양하고 경배드리고 있습니다. 스승님들께서 직접 가서 보시면 우리 사도들이 그토록 고생한 보람을 절실히 느끼실 겁니다."

"오오, 그렇구나. 나도 얼핏 듣긴 했지만, 말만 들어도 너무 기쁘고 감사하다. 할렐루야!"

"역시나 우리 미쁘신 주님께서 결코 우리 사도들의 핏값을 헛되이 하지 않으셨군. 감사하고 행복하네."

일행은 모두 주님께 감사 찬송을 드렸다. 누가가 이어서 설명했다.

"사람들의 눈에는 우리가 보이지 않을 겁니다. 그러니 마음껏 마가와 반가움을 나누셔도 되고요. 사실 저도 마가를 그곳에서 만나리라는 보장은 하지 못하겠어요. 그저 자신의 추모예배니까 오지 않을까 기대 중입니다. 그리고 디모데, 그때 베네치아교회에서 보낸 편지 생각나지?"

"그럼요. 마가가 순교당하고 난 후 바로 받았지요. 거기서 다짐했었어요. 목숨을 걸고 마가의 시신을 찾기 위해 알렉산드리아로 떠난다는 원정대를 조직한다고요. 극적으로 시신을 찾아왔다고 들었습니다. 지금도 편지 말미가 생생하게 기억납니다. 언젠가 반드시 베네치아교회에서 세상에서 가장 아름다운 마가의 추모예배가 드려질 것이라고 했는데. 아아, 진실로 그 약속이 이렇게 지켜질지 몰랐습니다. 감개무량합니다. 이 또한 다 하나님의 은총이겠지요."

디모데, 누가, 바울, 바나바, 베드로는 모두 베네치아에 모여 있었다. 누가의 인솔로 이들은 힘들지 않게 천국에서 지상으로 안착했다. 주님의 따뜻한 배웅을 받았다. 역시 마가는 이곳에서도 보이지 않았다. 반짝반짝 물결치는 포강에는 온갖 대형 상선과 작은 요트까지 각양각색의 운반선이 사람들을 유혹하고 있었다. 초여름 유월의 날씨는 화사한 나머지 사람들의 표정은 밝고 설렘으로 가득 차 있었다. 강 양옆으로 즐비하게 늘어진 로마식 건물은 더욱 고혹미를 뽐내고 있고 몇몇 개의 다리에선 사람들이 사진을 찍느라고 정신이 없었다. 디모데가 먼저 입을 열었다.

"마머틴 감옥에서 열흘간 스승님들과 지내다가 마르쿠스의 제안으로 에베소로 가기 전 마가와 함께 이곳에서 사흘을 보냈어요. 무척 즐거운 시간을 가졌답니다. 배를 타고 강을 한 바퀴 돌았지요. 그때 배 이름이 디오니소스(바쿠스)호였어요. 술의 신 디오니소스라는 이름을 보니 절로 에베소가 떠올랐지요. 아데미(아르테미스) 여신 숭배도 문제였지만 그곳 사람들은 거의 술에 중독된 상태였지요. 우리가 전도 다니던 로마 곳곳에 술주정뱅이들이 넘쳐났지만 에베소가 가장 심했어요. 에베소인들이 가장 추앙하던 신이 바로 디오니소스와 아데미였잖아요. 그러다 보니 판테온도 생각났고요. 마가와 나는 바울과 바나바 스승이 루스드라에서 제우스(쓰스)와 헤르메스(허메)로 추앙받았던 이야기를 하며 한바탕 포복절도했지요. 스승님들 기억나세요?"

다들 큰 소리로 웃었다. 바울도 바나바도 고개를 끄덕거렸다. 베드로는 예의 호탕한 웃음소리에다 목소리까지 커서 사람들이 지나가다 한 번씩 고개를 돌렸다. 전 세계에서 모여든 사람들의 표정은 즐거움 그 자체였다.

베네치아 중앙에 위치한 산마르코 광장엔 사자상이 위엄 있게 걸려 있고 산마르코대성당(성마가대성당)은 주위에 온통 은혜를 뿌리고 있었다. 광장엔 비둘기들이 날아올랐다가 멈추고 비둘기를 쫓는 어린아이들의 해맑은 웃음소리와 사람들의 재잘거리는 소리는 완벽한 평화를 추구하고 있었다. 광장 양옆으로 길고도 긴 테이블과 의자들이 즐비하게 늘어서 있고 사람들은 먹고 마시느라 정신이 없었다.

일행은 보기만 해도 화려한 산마르코대성당 앞에 도달했다.

다들 입을 쩍 벌리고 감탄하느라 잠시 침묵이 이어졌다. 성당은 오랜 보수 기간을 거쳤다고 안내문에 적혀 있었다. 디모데도 눈이 휘둥그레졌다. 분명 마가와 함께 왔을 때 본 성당이 맞았는데 그새 이름이 바뀌어 있었다. 그의 기억엔 베네치아성당이었지만 지금은 산마르코대성당이라고 마가의 이름이 선명하게 각인되어 있었다.

조금 있으면 마가의 추모예배가 시작된다고 누가가 알려주었다. 성당에는 마가의 사진이 박힌 포스터를 들고 있는 사람들로 인산인해를 이루고 있었다. 그들은 모두 긴 줄을 서서 입장을 기다리고 있었다. 여기저기서 마가의 이름이 불리고 있었다. 사람들의 목소리에서 마가에 대한 진한 애정이 느껴졌다. 바울 일행은 성당으로 들어가기 전 잠시 바깥에서 성당을 바라보았다.

비잔틴 양식의 회색빛 성당 전면은 아마도 마가가 알렉산드리아교회의 초대 목사임을 감안한 것으로 보였다. 성당 맨 꼭대기에 마가 동상이 설치되어 있었는데 디모데는 괜스레 반가워서 하마터면 이름을 부를 뻔했다. 마가는 날개 달린 천사들과 함께 서 있었다. 천사들은 모두 마가를 우러러보고 있었고 몇몇 천사는 그를 지키는 자세를 취하고 있었다. 더 이상 이교도들의 만행을 보고만 있지 않겠다는 단호한 의지가 엿보였다.

성당 오른쪽엔 벽돌로 높이 쌓아 올린 종탑이 우뚝 서 있는데 꼭대기엔 가브리엘 천사장이 두 팔을 벌리고 있고 그 밑엔 날개 달린 사자가 든든하게 버티고 있었다. 날개 달린 사자는 부활을 상징하는 베네치아의 수호 동물이다. 광장 시계탑 꼭대기에도 날개 달린 사자가 위풍당당하게 자리 잡았다. 마가는 베네치아의 수호신으로 추앙받고 있었다. 마가 동상은 곳곳에 있는데 동상 옆으로 네 마리 말이 눈에 확 띄었다. 다들 그 말을 보고 생각에 빠졌다. 바울과 베드로는 마머틴 감옥의 대형 분수대를 종횡무진 휘젓고 다녔던 포세이돈(넵투누스) 신을 떠올렸다. 누가와 디모데는 감옥에서 나올 때 탔던, 데오빌로 각하가 제공한 마차를 떠올렸다. 물론 그 마차는 두 마리 말이 끌고 있었지만 마차는 감옥을 오간 강력한 상징이나 다름없었다. 둘은 동시에 눈을 맞추면서 고개를 끄덕였다.

성당 전면은 회색빛과 금빛의 찬란한 조화로 말미암아 더욱 매력적으로 빛나고 있었다. 이제 일행은 성당 내부로 발걸음을 옮겼다. 여전히 사람들은 줄을 서서 기다리고 있지만 이들은 금세 내부로 들어왔다. 내부는 더욱 화려해 눈을 어디에 두어야 할지 모를 지경이었다. 벽면은 거의 금박 장식으로 마무리되어 있었다. 성경에 나오는 많은 일화가 조각되어 있었고 청동으로 만든 장식품은 천장에 조화롭게 매달려 있었다.

이들은 자신들이 활약하던 시기의 교회와 회당을 생각하면서 추억에 젖었다. 아무도 말을 하지 않고 거룩한 분위기에 취했다. 이윽고 추모예배가 시작되었다. 경건하면서도 웅장한 찬송이 힘차게 울려 퍼졌다. 누가가 얼핏 성당 안에 모인 사람들을 보니 수천 명이 넘는 것 같았다. 하나같이 경건한 자태로 마가를 추모하고 있었다. 단상 중앙과 양옆으로 하얀색 사도복을 정갈하게 입은 신부들과 수녀들이 정렬해 있고 성도들 모두 손을 맞잡고 기도하면서 추모예배를 드리고 있었다. 성령 충만함이 수많은 사람들의 마음을 차분하고 평안하게 만들었다. 성령님의 임재하심으로 그 많은 사람들이 모였음에도 질서정연했다. 처음부터 끝까지 화합과 순결함이 빚어내는 신비한 힘에 사람들은 빠져들었다.

주교로 보이는 노신부가 성경책을 펴서 읽고는 기도했다. 신부들 몇몇도 차례대로 기도했다. 젊은 신부가 마가의 생애를 낭독했다. 마가복음과 베드로전후서 이야기가 나왔다. 일행은 서로의 얼굴을 마주 보며 감격에 젖었다. 특히 베드로는 어쩔 줄 몰라 하며 웃음 섞인 눈물을 흘렸다. 바나바 역시 감동을 받은 듯 얼굴이 벌게졌다. 알렉산드리아교회에서의 순교를 말할 때는 성당에 있던 모든 사람들이 안타까운 탄식을 내뱉었다. 성당 전체가 잠시 분노와 아쉬움으로 흔들리는 것만 같았다. 디모데는 가슴을 부여잡았다.

누가도 몸을 떨었다. 바울이 두 사람의 얼굴을 쓰다듬었다.

단상 양옆에 위치한 대형 화면에 이 모든 과정이 그대로 중계되어 일행을 놀라게 만들었다. 시시때때로 마가의 얼굴이 나오니 디모데는 완전히 그리움에 북받친 듯 소리 죽여 울었다. 젊은 마가의 잘생긴 얼굴과 명랑한 목소리마저 어떻게 복원했는지 신기함 그 자체였다. 일행은 완전 넋이 나가 있었다. 그때였다. 살아생전 마가가 단상에 서서 일행을 바라보며 웃고 있지 않은가. 디모데가 놀라 소리를 질렀다. 사람들이 모두 일행을 쳐다보며 의아한 표정을 지었다. 누가가 그에게 물병을 내밀었다. 다른 사람들 눈에는 보이지 않는 듯했다.

기도와 찬송 그리고 낭독까지 모든 절차가 끝나니 사람들이 한 사람 한 사람씩 꽃을 들고 단상으로 나갔다. 한 송이 꽃부터 커다란 꽃다발까지 각양각색의 꽃을 들고 사람들은 마가의 대형 포스터 앞에 정성스레 놓았다. 수천 개의 꽃무더기는 점점 더 쌓여서 이젠 포스터를 가릴 정도였다. 나중엔 단상 전체가 꽃다발에 잠식되었다. 그렇게 추모예배는 끝나가고 있었다. 말 그대로 세상에서 가장 아름다운 추모예배가 되었다. 전 세계에서 달려온 마가를 추앙하는, 수많은 마가의 추종자들이 벌인 기쁨과 환희가 교차하는 축제나 다름없었다. 일행이 바깥으로 나오니 성당 앞 광장뿐 아니라 성당입구에도 마가의 얼굴이 새겨진 대형 포스터들이 수백 개가 넘게 서 있고 그 앞엔 어김없이 수많은 꽃다발이 뒤엉켜 있었다. 그들 모두의 얼굴에서 마가를 향한 지대한 관심과 깊은 애정을 읽을 수 있었다.

* * *

일행은 살짝 지쳐서 광장으로 나왔다. 조용한 천국에 있다가 오랜만에 만난 사람들 무리에 아직 적응이 안 된 탓이다. 그래도 모두가 충만함에 행복한 표정이었다.

광장의 시원한 강바람을 맞으니 그제야 상쾌해졌다. 그들은 광장 벤치에 마주 보고 앉았다. 사람들은 아무도 그들에게 신경 쓰지 않았다. 처음엔 자신들을 알아보지 못하는 사람들을 보고 의아해했지만 시간이 갈수록 편해졌다. 감사하게도 아무 부담 없이 베네치아를 즐길 수 있었다. 그들은 자신들이 사람들의 눈에 보이지 않는다는 사실을 자꾸만 잊고 있었다. 디모데가 일행에게 물병을 돌렸다. 시원한 물은 그들의 긴장을 풀어 주었다. 먼저 베드로가 입을 열었다.

"아아, 우리 마가가 이토록 사람들에게 극진한 예우를 받고 있는 것을 보니 얼마나 기쁜지 모르겠소. 내가 초봄에 천국으로 가고 늦가을인가 바울이 왔지요. 그리고 한 일 년 정도 지났나, 아직도 그날이 생생하게 기억나오. 나와 바울 그리고 바나바가 함께 있는데 주님께서 슬픈 표정으로 걸어오시는 게 보였어요. 우리는 너무 놀라 왜 그러시냐고 물었더니 주님께서 우시면서 내일 마가가 이곳에 온다고 하셨지요."

갑자기 바나바가 울었다. 바울도 따라서 눈물을 흘렸다. 디모데는 아예 통곡 직전이었다. 오로지 누가만이 예전처럼 손수건으로 바울과 바나바의 눈물을 닦아 주었다. 바울이 울면서 말을 이었다.

"나도 어찌나 충격을 받았던지. 천국에선 충격이나 감정의 풍랑도 없을 줄 알았는데, 우리 다들 울었잖소. 나보다 바나바가 더 놀랐지. 바나바, 어떠오? 지금 이렇게 마가가 추앙받는 것을 보니 그때 황망했던 마음이 많이 풀어졌지요?"

"그럼요. 마가가 오기 전까지 많이 울었지만 다음날 마가의 담담한 표정을 보고 마음을 놓았잖소. 물론 마가도 이른 순교에 당황해했지만 다 하나님의 뜻으로 받아들인다고 어른스럽게 말했지요. 속으론 서운해했을지 모르지만 우리 앞에선 도리어 우리를 위로했어요. 베드로가 가장 속상해했지요. 왜 우리와 비슷하게 왔냐고 한참 더 있어야 하는데 하고요."

바울은 마가를 생각하며 괜스레 미안해서 몸서리를 쳤다.

"바나바, 여기 오니 내가 더 마가한테 미안하오. 늘 미안해했지만 1차 전도여행 때 내가 너무 심했소. 참으로 냉정했지. 내가 왜 그랬을까……."

"사실 이제야 말하지만 바울……, 나도 그때 무척이나 서운했다오. 단지 내 조카라서가 아니오. 그 애는 그때만 해도 어렸지 않소? 부잣집 도련님으로 곱게 자라다가 처음으로 험한 전도여행에 한 번 따라온 것만 해도 대단한 일이었잖소."

"미안하오. 내가 열정과 혈기가 넘치는 시절이었소. 부디 이해해 주구려. 그가 대대로 내려오는 신앙 가문이고 어머니가 신실한 믿음의 소유자시고 또 우리 주 예수 그리스도가 십자가를 지고 고난을 받으실 때 뒤에서 벌거벗은 몸으로 담요만 두르고 말없이 따랐다는 사실을 그때만 해도 전혀 모르고 있었소."

"아하, 바울 그러면 그때는 그 유명한, 성령강림하신 마가의 다락방도 늦게 알았다는 이야기구먼."

베드로가 알겠다는 듯 맞장구를 쳤다. 그가 웃으면서 말했다.

"사실 그 덕분에 바울이 좋은 사도들을 많이 만났지요. 내가 누차 말했지만 실라, 누가, 디모데, 디도, 아리스다고 등등 어쩌면 하나님의 더 큰 뜻이 있었는지 모르오. 바나바, 안 그렇소?"

바나바도 동의했다. 바울은 이번에도 쑥스럽다는 듯 고개를 숙이고 아무 말도 하지 못했다.

"베드로는 그와 함께 성경을 기록하는 은혜로운 사역을 했으니 얼마나 감사한 일입니까. 마가복음과 베드로전후서라는 귀한 복음을 남겼지요. 물론 베드로전서는 실라가 줄거리를 잡고 많이 썼지만 그래도 마가가 나중에 보완을 꽤 했지요. 우리 조카 정말 자랑스럽습니다. 아까 신부가 그 이야기를 할 때 얼마나 뿌듯하고 기뻤는지……."

디모데도 누가도 손뼉을 치며 동의한다. 사도들은 천국에서와는 또 다른 지상에서의 즐거움을 한참 만에 만끽하고 있었다. 다들 마가가 자랑스러워 가슴이 벅차올랐다.

"다 하나님의 은총이고 축복이지요. 하나님 아버지 감사합니다."

"저기 사자상 보이시오? 저게 다 마가를 기리는 조각상 아니오? 오면서 보니 헬라 곳곳에 보이더군요. 아까도 말했지만 어떻게 마가가 우리 사도들 중 가장 많은 인기를 구가하는 것이오? 이러니 내가 샘이 나는 게 당연하지."

베드로의 솔직한 발언에 다시금 일행은 박장대소하면서 주저앉았다. 너무 웃어서 배가 아플 지경이었다.

"산마르코 광장이 참 좋군요. 탁 트이고 시원해요. 로마식 원형기둥과 건물이 많아서 그런가. 볼거리도 많고. 어디서나 사자상은 눈에 띄는군요. 사실 대성당이 지나치게 화려한 면이 있지만 일찍 순교한 마가를 생각하면 후대 사람들의 속 깊은 배려에 기분이 좋아지는구려."

유식한 누가가 대미를 장식하려는 듯 입을 열었다. 그동안 조용히 듣기만 하고 일행을 챙기느라 분주했다.

"마가는 하나님의 사역을 넘어 종교사적으로도 문화 예술사적으로도 꿩장한 관심의 대상이랍니다. 앞으로도 계속해서 사람들의 엄청난 주목을 받으리라 생각됩니다. 자, 이제는 우리가 지상을 떠나야 할 시간이 다가온 것 같아요. 가시지요."

그들이 막 하늘로 올라가려고 할 때다. 갑자기 뒤에서 그들을 부르는 낯익은 목소리가 들렸다. 다들 놀라서 뒤를 돌아보고는 반가움에 펄쩍펄쩍 뛰었다. 마가가 평소처럼 장난기 가득한 미소를 띠고는 그들을 향해 손을 흔들면서 달려오고 있었다. 그의 얼굴은 평소보다 더욱 맑고 밝았다. 그는 바나바, 베드로, 바울, 디모데, 누가와 차례대로 포옹하고 입맞춤을 한 다음에야 입을 열었다.

"아아, 스승님들 그리고 삼촌 얼마나 반가운지 눈물만 나옵니다. 누가, 반가워요."

"디모데야, 이게 얼마 만이냐? 네가 너무 보고 싶었다."

다들 입이 떨어지지 않았다. 모두 다 마가만 뚫어져라 쳐다보고 있다가 바울이 말했다.

"마가야, 천국에서 너를 매일 볼 수 있다고 생각했는데 언제부터인가 통네가 보이지 않아 의아했지. 주님께 물어도 빙긋이 웃기만 하셨단다."

"아, 나도 그랬는데. 마가는 천국에서 무슨 일을 하기에 이토록 얼굴 한번 보는 게 힘든가 했단다."

다들 이구동성으로 마가가 한동안 보이지 않았음에 궁금증을 표했다. 그때 스데반이 다가왔다. 스데반도 오랜만이라 일행의 반가움은 더욱 깊어졌다. 스데반이 정답게 인사를 나눈 후 마가 대신 입을 열었다.

"우리 주님께서 제가 바울 사도를 위해 감당했던 일을 이번엔 마가에게 부탁하셨지요. 마가는 제가 했던 일과 똑같은 일을 하느라 하루하루 바쁘게 살고 있어요. 지금 잠시 짬을 내서 이곳으로 달려온 겁니다."

"아하……. 그랬군요. 그렇구나. 마가 애쓰고 있구나. 네가 자랑스럽다. 나도 스데반 아니면 평생 이 일을 하지 못했을 게야. 스데반, 고맙구려. 그래 알렉산드리아에서 수호자 역할을 하고 있느냐?"

바울이 다정하게 물었다. 그런 바울을 바라보며 마가는 괜스레 울컥해졌다. 그런 마가의 심정을 눈치챈 디모데가 얼른 마가를 안아 주었다.

"네, 스승님. 어떻게 스데반과 같은 절차를 거쳤습니다. 우리 주님의 섭리가 참으로 신기합니다."

마가의 말이 끝나기도 전에 베드로가 급히 질문을 던졌다.

"아니 마가야, 그럼 알렉산드리아에서 너를 가장 박해했던, 그 사람이 사도가 되었단 말이냐? 제2의 바울이 탄생되었다는 것이냐?"

"네, 비슷합니다. 가장 집요하고 독하게 저를 쫓던 이교도의 우두머리였습니다. 제가 죽던 날 밤에 주님께서 꿈에 나타나셔서 준엄하게 말씀하셨답니다. '왜 네가 나를 박해하느냐?'라고요. 그가 두려움에 떨면서 밤잠을 설친 후 몇 날 며칠을 고민하다가 핵심 멤버들에게 그 이야기를 했더니 그들이 분노하며 당장 그를 죽이려고 했답니다. 간신히 도망쳐 나와 칩거한 후 성경을 탐독하며 몰래 그리스도인들과 접촉하며 도에 대해 듣고 공부했는데 계속 이교도들이 그의 목숨을 노려 결국엔 죽었습니다. 한참 세월이 지나 그의 후손 중 하나가 우연히 조상들의 묵은 일기를 읽다가 성령의 감동을 받았습니다. 그 후손의 이름이 바로 아피스입니다. 아피스가 즉시로 그리스도인의 도움을 받아 베네치아에 와서 기도하며 성경 공부를 하는 도중에 저와 만났습니다. 그게 벌써 오래전 일입니다. 지금 아피스는 베네치아와 알렉산드리아를 오가며 교회의 중추 역할을 감당하고 있으니 하나님의 은혜는 한량없다는 느낌입니다."

"오오, 우리 주님께서 스데반에 이어 마가한테도 그런 귀한 임무를 부여하신 것이군. 마가야, 너는 천국에 와서도 선택받은 충성스러운 종이로구나. 삼촌은 정말 네가 고맙고 자랑스럽다."

"고맙습니다. 삼촌 그리고 스승님들. 누가 디모데, 이렇게 다시 보니 얼마나 좋은지 모르겠어요. 그동안 바쁘지만 충만하게 살았습니다. 아아, 스데반 집사의 노고를 새삼스레 깨닫게 되었습니다. 아피스가 아직도 완악한 이교도들 때문에 바울처럼 매번 죽음의 위험을 무릅쓰고 다녀야 하니 저 또한 그를 지키기 위해 하루 종일 긴장을 늦추지 못하고 삽니다. 행복한 고민이지요. 그래서 언제부터인가 스데반과 소통을 많이 합니다. 스데반, 고맙습니다."

마가가 예전처럼 명랑하게 깔깔거리며 웃으니 다들 따라 웃었다. 스데반도 마가의 뒤에 서서 흐뭇한 미소를 띠었다. 모든 사도들이 스데반에게도 감사와 경의를 보냈다. 스데반은 오히려 지금껏 자신이 할 일이 있어 감사하다고 하나님께 영광을 돌렸다. 그때 누가가 산마르코대성당으로 화제를 옮겼다. 천국으로 올라갈 시간이 이제 정말 얼마 남지 않아서이다.

"마가를 기리는 산마르코대성당 정말 대단하네. 안은 더 화려해서 놀랐어. 너는 알고 있었어? 이렇게 멋진 성당이 완공되리라는 것을? 또 오늘처럼 아름다운 추모예배가 열린다는 사실을?"

"아, 사실 무척이나 쑥스럽습니다. 누가 사도는 보니까 성당보다 사도의 이름을 붙인 병원이 훨씬 많더군요. 영광스럽지 않으십니까? 스승님들과 삼촌 그리고 디모데성당도 다 있지만 여기 성당이 유난히 화려하고 아름다워서, 부족한 저를 베네치아에선 어찌 이토록 사랑해 주시는지 그저 감

사해서 눈물만 나옵니다. 그들의 애정이 담긴 성당이기에 사실 과분하지
만……."

마가가 황송함에 마무리 짓지 못하자 다들 짓궂게 그를 놀리면서 웃었다.
부러움과 자랑스러움이 혼재된 감정이라 마가도 행복함과 감사함에 주님
께 찬송을 드렸다. 그때 디모데가 마가를 사랑스럽게 바라보며 오래전 베네
치아교회에서 받았던 편지를 꺼내어 보여 주었다. 마가는 감개무량한 듯 편
지를 보며 눈물을 흘렸다.

"디모데야, 그 편지를 여직 간직하고 있구나. 고맙다. 그들이 정말 약속을
지켰지. 내 시신을 도로 찾아간 것은 말 그대로 드라마틱 했어. 무슨 영화보
다 더한 감동이라 나는 그 생각을 할 때마다 아직도 온몸이 부르르 떨린다
니까. 그리고 오늘 그들이 말한 대로 세상에서 가장 아름다운 추모예배를
받았지. 그들이 그 옛날에 초대한 누가와 디모데도 참석해 주었고. 아아, 주
님 감사합니다. 비록 성당의 외양이 너무 화려해서 진정성이 떨어진다는 세
간의 지적도 받았지만, 나는 그들의 내면이 더 중요하다고 생각해. 그들은
진정 온 마음을 다해 나를 반기고 아끼고 기억해 준 것이라서 여한이 없어."

일행은 자신들도 살짝 느꼈던 화려한 성전에 대한 이야기를 마가가 먼저
하니 고개를 끄덕거렸다. 갑자기 마음이 시원해졌다. 그렇다. 외양보다 그
들의 심정이 더 중요한 것이다. 마가를 존중하고 존경하는 마음이면 된 것
이다. 그것으로 충분하지 않은가. 다들 마가를 에워싸며 아낌없는 애정을
드러내었다. 마가도 함박웃음을 지었다. 그가 헤어지기 직전 생각난다는 듯
입을 열었다.

"스승님들, 혹시 그 홑이불 생각나세요? 아아, 부끄럽게도 정말 주님께서
고이 간직하고 계시다가 제가 천국에 처음 올라간 날 돌려주시더라고요. 사

실상 저도 천국에 가서 자랑스럽기도 했지만 당황스러웠는데 가장 먼저 주님과 구레네인 시몬이 다가왔어요. 주님께서 저를 안아 주시고 이불로 따뜻하게 감싸 주셔서 무척 위로를 받았답니다. 그 후에 스승님들과 다른 제자들 그리고 성도들과 반갑게 해후했지요."

"그랬구나. 우리 주님은 약속하신 것을 잊지 않으시지. 어쨌든 우리 마가가 이렇게 기쁘고 보람 있게 사니 참 좋다. 우리도 앞으로 네 걱정하지 않고 기도만 하련다. 그 사도 이름이 아피스라고 했지?"

"네, 고맙습니다. 기도 부탁드릴게요. 그리고 누가, 고마워요. 마가복음과 베드로전후서를 잘 간직해 주고 책으로 엮어 주어서요. 그때 제가 꿈으로 데오빌로 각하께도 고마움을 전했답니다. 디모데야, 너는 말할 것도 없지. 늘 나를 기억해 주고, 알렉산드리아교회뿐 아니라 베네치아교회와도 적극적으로 소통하며 성도들이 영원히 나를 기억하게 해 준 은혜 잊지 않을게. 오늘의 추모예배도 네 덕이 크다. 요즘도 가끔 힘들면 너와 함께 지내던 시절을 떠올리며 큰 위안을 받아, 우리 로마 셋집에서 마머틴 감옥에서 베네치아에서 참 즐겁고 행복했잖아."

섬세한 디모데는 무슨 말을 하지도 못하고 벅차서 마가와 진하게 포옹만 했다. 오히려 천국에 와서 마가와 함께 지내는 시간이 적어 처음엔 당황했지만 이렇듯 마가의 지상에서의 활약을 보니 친구로서 부럽기도 하고 자랑스러워 그에 대한 아쉬움이 절로 사라져 버렸다. 마가는 그런 디모데의 심정을 알겠다는 듯 사랑스럽게 디모데의 뺨을 어루만졌다. 둘은 마주잡은 손에 힘을 주고 서로를 격려했다.

그때 요한 사도가 함박웃음을 지으며 이들 앞에 나타났다. 이들 모두는 요한과 포옹하며 기뻐 어쩔 줄을 몰라 했다. 같이 천국에 있어도 지상에서

처럼 각자의 할 일이 있어서인지 오랜만에 얼굴을 보는 듯했다.

"다들 반갑소. 내가 지금 어디서 오는 줄 아시오?"

그가 환하게 웃으면서 물었다. 다들 호기심에 빛나는 눈으로 그를 쳐다보았다.

"바로 마머틴 감옥이오, 다들 알고 있겠지만 나는 뒤늦게 가서 보니 얼마나 좋은지, 감격스러워 그대들을 찾아왔소. 마가도 보고 싶고, 이제 감옥은 다시 예전의 화려하고 웅장한 궁궐로 되돌아갔잖소. 바울기념궁전으로 이름도 바뀌었지. 바울이 참수 당할 때 머리가 땅에서 튀어 오른 세 곳에서 물이 흘러나와 분수대가 되지 않았소? 그곳이 지금은 세분수교회가 되어 있더군요. 분수대가 세 곳이라는 뜻이랍니다. 또 바울이 원래 있던 지하 감옥에서 지상으로 올라오던 계단 생각나지요? 그곳도 천국의 계단이라는 이름으로 교회가 탄생되었다고 합니다. 참 사람들은 어떻게 이름도 잘 짓는지 모르겠소."

다들 박장대소했다. 그렇다. 세분수교회와 천국의계단교회는 바울을 기리는 사람들의 성지 순례 코스가 되어 사람들의 발길이 끊이지 않는 장소가 되어 버렸다. 바울이 쑥스러워 머리를 긁적거렸다.

"바울, 여기 마가대성당도 아름답지만 그곳 교회들도 참 의미가 깊어서 은혜로웠소. 우리 하나님의 은총은 어디까지인지 늘 감개무량하오."

요한의 말을 듣고 일행은 잠시 감사기도를 올렸다. 디모데는 바울의 참수 현장 그날을 떠올렸다.

* * *

바울의 시신을 고이 세마포에 싸서 무덤에 잘 묻은 후 그날 왔던 사도들, 성도들과 눈물로 헤어진 후 디모데, 누가, 마가는 마지막으로 퀸투스의 저택에 들려 인사하고 감옥으로 돌아왔다. 누가가 지하와 지상 감옥의 죄수들에게 마지막 진료를 베풀 때 마가와 디모데는 바울의 방을 정리했다. 바울의 성경책과 두루마리 묶음 그리고 얼마 안 되는 옷가지를 차곡차곡 디모데의 행낭에 넣었다. 그럴 때에도 퀸투스가 따라 붙인 집사와 간수들이 멀뚱하니 이들의 일거수일투족을 지켜보고 있었다.

누가가 돌아온 후 이들이 막 지상 감옥을 나서려고 할 때였다. 지하 감옥에서 지상으로 올라오는 계단을 거쳐야 죄수용 욕실이 있는 쪽 회랑으로 나갈 수 있다. 갑자기 계단으로 내려가는 바울과 베드로 스승의 뒷모습이 보였다. 세 사도는 너무 놀라 누가 뭐랄 것도 없이 스승들을 쫓아 계단으로 내려갔다. 바울과 베드로는 자연스럽게 바울이 처음 투옥되었던 지하 감옥으로 들어갔다. 디모데와 마가는 말만 들었던 곳이다. 들어서는 순간 지독한 습기가 온몸을 감쌌다. 한여름이 지난 늦가을임에도 습기는 사정없이 돌벽으로 침로하고 있었다.

바울과 베드로가 처음 이곳에 잠시 머물렀을 때 습기와 짓무름으로 심각한 상태에 놓였다는 누가의 말이 실감났다. 아마 그곳에 조금만 더 있었다면 스승들은 참수 이전에 격리되어 바깥으로 쫓겨나갈 뻔했다는 누가의 설명이 피부로 와닿았다. 당시 데오빌로의 도움이 없었다면, 생각만 해도 끔찍한 일이라 이들은 절로 고개를 저었다.

바울과 베드로는 이들을 보더니만 같이 기도하자고 했다. 다섯 사도는 차가운 냉기가 흐르는 바닥에 꿇어앉아 기도드리고 찬송도 불렀다. 디모데와 마가, 누가는 속으로 이 노래가 마머틴 감옥에서의 마지막 찬송이 되리라고 생각했다.

> "나의 죄를 정케 하사 주의 일꾼 삼으신 구세주의 넓은 사랑 항상
> 찬송합니다. 나를 일꾼 삼으신 주, 크신 능력 주시고 언제든지 주
> 뜻대로 사용하여 주소서. 내게 부어 주시려고 은혜 예비하신 주, 주
> 의 은혜 채워 주사 능력 있게 하소서. 죄의 짐을 풀어주신 주의 능
> 력 크도다. 나를 피로 사신 예수, 내 맘속에 오소서. 주여 내게 성령
> 으로 충만하게 채우사 생명수가 강물처럼 흐르게 하옵소서. 나를
> 일꾼 삼으신 주, 크신 능력 주시고 언제든지 주 뜻대로 사용하여 주
> 소서. 아멘!"[13]

다섯 사도는 일어나서 서로의 손을 잡고 강강술래 하듯 돌면서 찬송가를
반복해서 불렀다. 그러고는 다시 바울이 앞장서서 계단을 올라갔다. 베드로
가 그 뒤를 따르고 누가, 마가, 디모데 순으로 올라갔다. 지상 감옥으로 가
니 퀸투스의 집사와 간수들이 기다리고 있다가 이들을 보고 바깥으로 걸어
나갔다. 이들이 회랑으로 나가니 바울과 베드로가 손을 흔들면서 사라졌다.
집사도 무심한 표정으로 목례를 하더니만 곧바로 퀸투스의 사택으로 걸어
갔다. 간수들 역시 아무 생각이 없어 보였다.

* * *

디모데가 그 일을 이야기하자 바울과 베드로가 기억난다는 듯 눈물을 흘

---

13 새찬송가 320장.

리면서도 환희를 감추지 않았다. 요한도 뿌듯한 표정이었다. 그들 모두는 기쁨으로 작별 인사를 나누고 마침내 헤어졌다. 마가는 일행이 하늘나라로 올라가는 것을 바라보며 오래오래 두 손을 흔들었다. 그러고는 곧바로 주님께서 명령하신 아피스의 수호자 역할을 하려고 급하게 사라져 갔다. 천국에서 이 모든 상황을 내려다보신 우리 주 예수 그리스도께서도 흐뭇한 미소를 띠고 계셨다. 할렐루야! 주 예수여, 어서 오시옵소서. 아멘!

소설을 마치며

마가의 이야기를 끝으로 이 소설을 마무리하려고 합니다. 처음부터 끝까지 기도하며 작성했습니다. 처음엔 사도바울 이야기만 간략히 적으려고 했습니다. 근데 아니었습니다. 다시 사도행전을 읽고 강해를 듣다 보니 베드로와 초대교회 이야기가 필수라는 것을 절실히 깨달았습니다.

바울과 베드로뿐 아니라 사도행전을 기록한 누가에 대해서도 심도 있게 다루고 싶었습니다. 데오빌로 각하와 누가의 예사롭지 않았던 관계도 되새기고 싶었고요. 데오빌로를 로마의 황족출신 퇴역장성으로 설정해 평생 누가를 신실하게 후원한 인물로 그렸습니다. 그러다 보니 자연스레 바울과 함께한 사도들에 대해서도 이야기가 나왔습니다. 특히 바울의 마지막 이야기를 그리고 싶었습니다. 디모데와 마가를 보고 싶어 한 디모데후서 4장을 배경으로 이야기를 시작할 수 있었습니다.

바울에게 거절당한 마가의 트라우마 그리고 바울의 스데반 집사 및 기독교인들에 대한 박해로 말미암아 늘 죄책감에 시달리는 트라우마를 동시에 그리고 싶었습니다. 스데반의 이야기도 직접 듣고 싶었고요. 사역의 꿈을 펼치기도 전 너무 빨리 천국으로 간 회한이 분명 있으리라 생각했습니다. 그 회한을 바울을 도와주며 푸는 것으로 설정했어요. 두 트라우마가 교차하며 위로 받는 과정을 비중 있게 다루고 싶었습니다. 우리 모두 살면서 한 번씩은 경험한 트라우마라고 생각했기 때문입니다.

사도행전 1장에서 28장까지 각 장에 담긴 이야기를 소설화시켰습니다. 그 과정에서 그리스·로마 신화도 첨부했습니다. 의외로 성경에 그리스·로마 신들이 많이 등장한다는 흥미로운 사실을 알리고 싶어서입니다. 사도행전 1장으로 들어가기 전에 프롤로그를, 28장이 끝났을 때 에필로그를 작성해 소설의 묘미를 살리려고 노력했고요.

제가 가장 존경하는 개포교회 안성옥 원로목사님과 이명순 사모님 그리고 이상혁 담임목사님과 김부영 사모님 및 정성훈, 정호천 목사님께 감사드립니다. 하나님께 평생 헌신하다 얼마 전 부름을 받으신 신기재 목사님과 이 땅에 남아 하나님의 사역을 이어 갈 유경숙 선교사님께 특별한 감사를 바칩니다. 박순애, 김정애 권사님 및 남편과 호원, 영원에게도 감사를 전합니다.

몇 년 전 『엄마의 비밀』을 읽으신 이정배 교수님께서 제가 성경에 관한 글도 쓰고 싶다고 언급한 점을 꾸준히 상기시켜 주셨습니다. 교수님 응원에 힘입어 성경글을 시작하게 되었고요. 이번에 추천사까지 감사히 보내 주셨습니다. 이정배, 이은선 교수님 부부께서 여러모로 도와주심에 다시 한번 감사드립니다.

지금은 병상에 계시지만 늘 저를 위해 기도해 주신 친정어머니와 친정, 시댁 식구들께도 감사를 전합니다. 늘 함께 있는 것만 같은 친구 강석봉도 고맙습니다. 마지막으로 제 책을 위해 애써 주신 좋은땅 출판사와 관계자님들께도 깊이 감사드립니다.

2024년 3월, 배성혜 드림

추천사

약해진 몸으로 애써 글을 쓰려는 한 분을 만났다. 그녀는 내가 아는 여러 선생님들과도 친분이 있었다. 어쩌다 그가 쓴 부모님의 실화를 엮은 자전적 소설을 받아 읽기도 했다. 글을 잘 쓰고 싶은 허기로 주변 사람들에게 조언을 구했고 글에 대한 평가를 듣고자 했다. 한없이 낮은 자세로 경청했고 감사해했으며 의욕을 키워 나갔다. 어느 순간 약한 몸을 걱정하는 글이 사라졌다. 글에 대한 열망이 그를 치유한 것인지, 아니면 압도한 것인지 모를 만큼 그렇게 말이다.

그 즈음 사도행전 속의 바울을 소설화하려는 뜻을 내비치며 조금씩 쓴 글을 공유하기 시작했고 나름 소감을 듣고자 했다. 신학자인 내게도 예외 없이. 나는 그에게 이렇게 조언했다. 성서만 읽지 말고 바울에 대한 신학적 안목도 키워 가라고 말이다. 이 작품을 위해 저자는 주변의 명망 있는 목사님들의 사도행전 강해를 반복해 들었던 것 같다. 크게 도움이 되었다니 다행이다. 소설은 사실이 아니라 상상력의 산물이다. 성서의 인물 바울을 소설화했다니 픽션과 사실의 경계가 어디쯤 있을지 궁금하다.

과연 성서 기록을 어떻게 상상했고 기록 이상의 무엇을 전달코자 했을까? 사도행전 속의 바울과 로마서가 언급하는 바울이 서로 다르다. 사도행전의 주인공은 어쩌면 베드로일 수 있다. 로마서 속의 바울 위치를 사도행전은 베드로에게 부여했기에 이들 두 인물은 우리가 아는 것 이상의 경쟁, 갈등 관계에 있었다. 물론 협력도 했겠으나 주도권 싸움이 없지 않았다. 신학 공부를 통해 이런 점도 숙지했다면 소설 바울은 더욱 흥미롭게 서술될 수 있었을 것이다.

저자의 소설을 꼼꼼하게 읽지 못한 게으름에 용서를 구하며 하는 말이니 필자의 걱정이 기우가 되면 좋겠다. 여하튼 건강을 염려해야 하는 상태에서 저자는 대단한 작업을 했다. 얼마 전 한 평신도 장로께서 역사적 예수를 주제로 다섯 권의 소설을 썼다는 소식도 접했다. 이제 소설 바울까지 나왔으니 한국 교회가 많이 긴장해야 되겠다. 이렇듯 실력 있고 의식 있는 평신도 작가의 출현을 맘껏 축하하고 격려하려면 말이다.

이정배(감리교 신학대학교 은퇴 교수, 현 현장(顯藏) 아카데미 원장)

후원자 명단(가나다 순)

제 책『사도바울의 마지막, 특별한 열흘』의 출간을 도와주신 분들께 진심 어린 감사를 전합니다. 출간 일정으로 인해 2024년 1월 30일부터 3월 10일 까지 후원해 주신 분들 명단만 수록합니다. 제가 펀딩이 처음이라 출간 일 정을 가늠하지 못했습니다. 죄송합니다. 펀딩 마감인 3월 11일 후원해 주신 분들 명단은 반드시 2쇄 인쇄 때 함께 기재하겠습니다. 고맙습니다.

-책 출간을 도와주신 분들-

강미유 곽해룡 김경 김도원 김류경 김마이아 김미리엄 김민철 김봉균 김선영 김선영수산나 김성신 김애옥 김양미 김용원 김유리 김은신 김은혜 김은호 김정애 김종호 김지수 김해숙 김해자 김현정 김혜정 김희열

남엘림 노미옥

모중현

박경숙 박경옥 박경화 박기원 박소정 박수경 박옥배 박지은 박태진 배명희 배성은 배성준 배은선 배홍기 백난희 백성진 백종선

송유리 심애경

안성옥 양혜령 위유미 유시연 윤대주 윤한나 윤현숙 이기혜 이덕화 이명순
이미정 이승수 이은선 이의진 이재연 이정배 이찬옥 이현주 이혜숙 이효경
임효빈

장준혜 정승진 정연경 정은영 정형진 정혜련 제행신 주하

최인규 최정호 최현아 최희정 추경님

하미옥 한지은 홍의숙 홍진영 황리아 황미숙 황정원 황지원

-그 외 무명으로 일곱 분이 후원해 주셨습니다. 다시 한번 깊이 고개 숙
여 감사드립니다.

사도바울의 마지막, 특별한 열흘

ⓒ 배성혜, 2024

초판 1쇄 발행 2024년 3월 27일

지은이   배성혜
펴낸이   이기봉
편집   좋은땅 편집팀
펴낸곳   도서출판 좋은땅
주소   서울특별시 마포구 양화로12길 26 지월드빌딩 (서교동 395-7)
전화   02)374-8616~7
팩스   02)374-8614
이메일   gworldbook@naver.com
홈페이지   www.g-world.co.kr

ISBN   979-11-388-2880-2 (03810)